Christoph Peters

Das Jahr der Katze

Christoph Peters

Das Jahr der Katze

Roman

Luchterhand

Wenn Sie in Ihren Sarg steigen und Ihr Leben
von dort aus betrachten, erscheint es Ihnen
weder gut noch schlecht.

TAISEN DESHIMARU ROSHI,
»FRAGEN AN EINEN ZENMEISTER«

1.

»Wenn du willst, bist du um halb zwölf an der Tankstelle Spanische Allee.«

Nachdem der Satz zusammen mit Onishis Nummer auf dem Display ihres Telefons erschienen war, hatte Nikola den Fernseher ausgeschaltet und war in die Küche gegangen, lediglich aus dem Bedürfnis, sich zu bewegen, nicht, um dort etwas Bestimmtes zu tun. Unmittelbar zuvor war in einer grellen Computeranimation die Magmablase unter dem Yellowstone-Nationalpark explodiert. Aschewolken und eine monatelange Sonnenfinsternis hatten die gegenwärtige Welt in den Untergang gestürzt. Im Nachrichtenticker war gemeldet worden, dass die Berliner Polizei Waffen und Sprengstoff bei einer rechtsextremen Splittergruppe gefunden hatte und einen Zusammenhang mit der aktuellen Mordserie an vietnamesischen Geschäftsleuten im Osten der Stadt vermutete.

In Nikola hatten sich gegenläufige Empfindungen überlagert: Aufregung, die an Glück grenzte; Schmerz über verschiedene Abschiede; Staunen. Beim Gedanken an Yukis Tod waren ihr Tränen in die Augen gestiegen, denen sie jedoch keine Beachtung geschenkt hatte.

Im ersten Moment war sie sicher gewesen, Onishi würde sie irgendwohin mitnehmen, im nächsten dachte sie, dass er sie ebenso gut erstechen, erschießen, aus dem fahrenden Wagen stoßen konnte, weil sie zu viel wusste oder weil er ihr Verhalten ihm gegenüber nicht respektvoll genug fand.

Sie zog das Messer mit der langen, schmalen Klinge aus dem Block, das Yuki, bevor er ermordet wurde, manchmal benutzt hatte, um ihr Bewegungsabläufe für die Selbstverteidigung zu zeigen, bildete sich aber nicht ein, dass sie damit gegen Onishi eine Chance hätte. Trotzdem spürte sie keine Angst.

Seit Onishi in der Frühe weggegangen war, hatte sie allein in ihrer Wohnung gehockt und darauf gewartet, dass es dunkel wurde. Die Welt, in der sie die vergangenen vierundzwanzig Monate zugebracht hatte, existierte nicht mehr, eine andere, in die sie hätte zurückkehren können, gab es nicht. Sie hatte keine beste Freundin, und ehe sie wieder zu ihrer Mutter nach Boppard zog, ließ sie sich lieber von einem Japaner abknallen, der zumindest darauf achten würde, dass es nicht wehtat.

Sie holte die lederne Reisetasche aus dem Schrank, die Yuki ihr geschenkt hatte, als sie zum ersten Mal zusammen nach Essaouira geflogen waren, warf das Messer hinein, überlegte, was sie sonst mitnehmen sollte: MacBook, Unterwäsche, *Rei in der Tube*, falls es länger dauerte, bis sie irgendwo Wäscheservice oder eine Waschmaschine hatten; T-Shirts, Shorts, Socken, Jeans, zwei Trainingshosen, einen Hoody; das schwarze Trikotkleid, wenn sie ausgingen; Tampons. Im Grunde spielte es keine Rolle, ob sie etwas vergaß. Mittlerweile konnte man fast überall rund um die Uhr alles kaufen, und auf ihrem Konto lag eine Menge Geld, von dessen Existenz niemand wusste. Streng genommen gehörte es ihr nicht, doch das ließ sich schwer nachweisen. Ohne ihre Unterstützung hätte Yuki in diesen zwei Jahren mehr oder weniger nichts zustande gebracht: In technischer und organisatorischer Hinsicht war er eine Null gewesen. Sie sah das Geld als eine Art Gehalt, das er für ihre Mitarbeit gezahlt hatte, auch wenn Teile davon erst noch hätten investiert werden sollen, in Haifischflossen oder was auch immer. Dann hätte sie ihren Anteil in einem oder zwei Monaten erhalten, jetzt war es eben dieses Geld. Es stand ihr zu. Sobald sie wieder eine halbwegs feste Bleibe hätten, musste sie versuchen, es auf ein neues Konto zu transferieren, und das alte auflösen, möglichst ohne dass Onishi es merkte, denn irgendwann würden sogar die Deppen von der Berliner Polizei auf ihren Namen stoßen, und ob sie dann noch Zugriff darauf hätte, war fraglich.

Sie packte ein Paar Ersatzturnschuhe ein, zog den Reißverschluss zu, warf die Tasche über die Schulter und trat aus der Wohnung in der Gewissheit, nie wieder zurückzukehren. Im Treppenhaus dachte sie, dass sie weder wusste, was Onishi vorhatte, ehe er sie abholte, noch konnte sie sicher sein, dass er es überlebte. Für einen Moment spürte sie die Demütigung, falls sie spät in der Nacht vielleicht doch wieder allein vor ihrer Tür stünde. Dann fiel ihr *Manji* ein, der nicht sterben konnte wegen der *Kessenchu*-Würmer, die in ihm lebten und alle Wunden heilten, und sie entschied, sich keine weiteren Gedanken zu machen.

Am Automaten der Sparkasse hob sie tausend Euro von ihrem Konto ab, zog bei der Volksbank noch einmal ebenso viel mit der Kreditkarte. Danach stieg sie in die S-Bahn und fuhr zum Nikolassee, ging zur Tankstelle, setzte sich auf die Bordsteinkante und wartete, abwechselnd aufgeregt wie mit siebzehn vor ihrer Interrail-Tour und so mutlos, dass sie nicht einmal in der Lage gewesen wäre, das ganze Unternehmen abzublasen. Ein Spruch von Onishis dubiosem Meister Harada, der die Leute der Nekodoshi-gumi in Karate und Schwertkampf trainierte, drehte sich in ihrem Kopf: »Die Art, wie du wartest, entscheidet über den Ausgang des Kampfes.«

Wenn das stimmte, hatte sie schon verloren.

Um zwanzig vor zwölf bog ein großer dunkelblauer BMW auf den Platz vor den Zapfsäulen. Das kühle Laternenlicht ließ Onishis Haut bleicher erscheinen, als sie tatsächlich war. Er stieß die Beifahrertür auf, sagte »Steig ein«, und fuhr ohne zu tanken zurück auf die Autobahn.

Seitdem waren acht Tage vergangen. –

Nikola stand auf dem schmalen Balkon und zündete sich eine Zigarette an. Der Regen prasselte herunter wie in einem japanischen Film. Allerdings erinnerte ihre Aussicht über die nächtlichen Dächer eher an eine amerikanische Vorstadt als an Tokio. Die Wohnung befand sich im fünften Stock eines achtstöckigen Hauses, das weder besonders neu noch besonders alt war. Seit dem Morgen hatte sie fast eine komplette Packung Marlboro light geraucht. Normalerweise kam sie damit eine Woche aus. Der Wind wehte so schwach, dass kaum ein Tropfen sie traf. Gern hätte sie sich nass regnen lassen, um überhaupt etwas zu spüren.

Seit dreieinhalb Tagen hockte sie in diesen beiden Zimmern, die Friedemann Weinzierl, einem deutschen Freund Onishis, und dessen japanischer Frau Masumi gehörten. Friedemann arbeitete freiberuflich als Jurist und Journalist, Masumi war Kunsthistorikerin und betreute seit Kurzem das Kulturprogramm für die ausländischen Unternehmensgäste bei Honda. Offenbar hatte Onishi sie überredet, auf seine Kosten spontan Urlaub in den Bergen zu machen.

Nikola konnte nicht überprüfen, ob die Geschichte stimmte, aber es sprach einiges dafür: Neben dem Fernseher lag ein

Stapel deutscher DVDs, im Regal standen deutsche Bücher: »Stiller«, »Frau Jenny Treibel«, »Der Richter und sein Henker«, alles ältere Taschenbuchausgaben, außerdem juristische Fachliteratur und mehrere Bildbände.

Onishi hatte ihr gesagt, sie dürfe auf keinen Fall ohne ihn vor die Tür gehen, es sei sehr gefährlich, auch wenn im Augenblick außer Friedemann und Masumi niemand wisse, dass er sie hier untergebracht habe. Er müsse ein paar Dinge klären. Welche genau, hatte er nicht gesagt, doch sein Ton war düster gewesen – sie hatte gar nicht erst versucht, mit ihm zu diskutieren.

Immerhin hatte er ihr ein japanisches Telefon dagelassen, auf das er in unregelmäßigen Abständen Textnachrichten schickte: »Tut mir leid, ich habe den, den ich sprechen muss, nicht angetroffen«; »Keine Sorge, es dauert nicht mehr lange«; »Harada Sensei hat gesagt, dass er es sich überlegt.«

Gerne hätte sie ab und zu einen Satz gelesen, in dem das Wort »Liebe« oder etwas in der Art vorkam, doch das war wohl zu viel verlangt von einem Japaner, der normalerweise Nutten als Freundinnen hatte.

Sie war froh, dass sie hier wenigstens ein Telefon benutzen durfte. In Berlin hatte Onishi ihr, drei Tage nachdem er zum ersten Mal in ihrer Wohnung aufgetaucht war, verboten, bei ihm anzurufen, und in Amsterdam hatte er darauf bestanden, dass sie ihr iPhone in eine Gracht warf, nachts von einer kleinen Brücke, als weit und breit kein Mensch zu sehen war, SIM-Karte und Gehäuse getrennt.

Im Rahmen seiner Möglichkeiten bemühte er sich, ihr das Gefühl zu geben, nicht vollkommen verlassen in einer fremden Riesenstadt zu sein. Neben den Nachrichten zum Stand der Dinge kam zwei Mal täglich eine SMS: »Ich habe dir Essen bestellt«. Wenig später klingelte ein Mann, der ihr nicht ins Gesicht sah und unter eckigen Verbeugungen eine Bentō-Box überreichte. Das Essen schmeckte fast immer gut, auch wenn sie oft nicht wusste, was sie eigentlich aß.

Sie schaute auf die Uhr – es war Viertel nach zehn –, drückte die Kippe in den Aschenbecher auf dem Klapptisch, konnte sich aber nicht dazu durchringen, in die Wohnung zurückzukehren. Im ununterbrochenen Surren der Klimaanlage wurde die Leere laut. Sie beugte sich über das Geländer, sah unten auf der Straße Autos und Fußgänger, ab und zu ein Fahrrad, von allem deutlich weniger, als sie es sich vorgestellt hatte.

Jahrelang hatte sie davon geträumt, nach Japan zu reisen, wegen der alten Tempel, vor allem aber wegen des pulsierenden Lebens in Tokio: gewaltige Lichtexplosionen, wohin man auch schaute, die ganze Stadt ein einziger wummernder Rhythmus, dem sie sich übergeben – in dem sie sich aufgelöst hätte. Sie wollte sich tätowieren lassen und endlich lernen, wie man ein Katana zieht. Jetzt war sie hier, und es passierte nichts. Offenbar gab es in Tokio Bezirke, die langweiliger waren als die Fußgängerzone von Koblenz.

Sie dachte an ihre Mutter, der sie noch immer keine Nachricht geschickt hatte. Vermutlich war inzwischen die Polizei bei ihr aufgetaucht und hatte behauptet, ihre Tochter Nikola sei in eine Reihe von Morden an Berliner Vietnamesen verwickelt und habe sich ins Ausland abgesetzt. Sobald sie dort anriefe, würde ihr neues Telefon mittels einer Fangschaltung registriert werden, wenig später hätte man ihren gegenwärtigen Aufenthaltsort ausfindig gemacht, die deutschen Ermittler würden bei den japanischen Kollegen Amtshilfe anfordern, kurz darauf säße sie in Auslieferungshaft. Eine E-Mail von Friedemanns Computer sei erst recht zu riskant, hatte Onishi gesagt.

Sowieso hätte sie nicht gewusst, wie anfangen. Sie liebte ihre Mutter und hatte ihr immer alles erzählt, was in ihrem Leben wichtig gewesen war. Dann war Yuki im Fitnessstudio aufgetaucht, irgendwann hatte sie ihn mit nach Hause genommen, sich schließlich ernsthaft in ihn verliebt. Lange Zeit war ihr nicht klar gewesen, womit er sein Geld verdiente. Weil er ein paar deutsche Gedichte auswendig kannte, hatte sie ihrer Mutter erzählt, er sei Germanist, habe ein Promotionsstipendium und reiche Eltern. Später war es ihr zu peinlich gewesen, all das richtigzustellen, abgesehen davon, dass Yuki ihr verboten hatte, mit jemandem über seine Arbeit zu reden. Die ständigen Flüge nach Marokko hatte sie ebenso verschwiegen wie die Tatsache, dass sie nicht mehr als Fitnesstrainerin arbeitete. Mehrmals waren sie auch zu dritt unterwegs gewesen, in Berlin und zu Hause am Rhein. So hatten sich einzelne Notlügen allmählich zu einem riesigen Lügengebäude zusammengesetzt. Bestimmt fand ihre Mutter den Vertrauensbruch schlimmer als die Tatsache, dass Nikola einen japanischen Gangster geliebt und sich jetzt mit dessen bestem Freund nach Tokio abgesetzt hatte.

In einigen Fenstern des Hochhauses schräg gegenüber flimmerten Fernseher. Gelegentlich bewegte sich jemand durch ein Zimmer. Alle waren so weit entfernt, dass Nikola meist nicht einmal Frauen von Männern unterscheiden konnte.

Sie ging in die Wohnung zurück, schloss die gläserne Schiebetür zum Balkon und ließ sich aufs Bett fallen. Es war ein richtiges Bett – kein Futon – mit einer weichen Matratze und vielen Kissen, drei davon in Form von Emojis oder Mangafiguren, die sie nicht kannte. In der Nische dem Fußende gegenüber hing ein sonderbares Gebilde, wahrscheinlich ein Kunstobjekt, das aus einer hellbeigen, zweifach geknickten Fläche bestand. Wenn sie es länger anschaute, schien es ihr, als ginge sie entlang einer endlosen Wand geradewegs ins Nichts. Links davon stand ein mittelgroßer Ficus, wie man ihn in jeder deutschen WG hätte finden können.

Sie warf sich auf den Rücken und starrte die makellos weiße Decke an, in deren Mitte eine runde Lampe aus Mattglas fahlgelbes Licht absonderte. Japanische Leuchtstoffröhren hatten ein besonders unangenehmes Spektrum. Jedenfalls kam es ihr so vor. Sie spielte mit dem Gedanken, ihre Sachen zu packen, hinunter auf die Straße zu gehen, ein Taxi heranzuwinken und sich zum Flughafen bringen zu lassen. Irgendein Fahrer würde das Wort »Airport« schon verstehen, und dort reichte Englisch, um ein Ticket zu kaufen. Mehr als tausendfünfhundert Euro würde es nicht kosten. Allerdings bestand die Gefahr, dass sie bei der Einreise in mehr oder weniger jedes Land, das mit den Computern von Interpol verbunden war, festgenommen wurde.

Eine Welle Selbstmitleid schnürte ihr den Hals zu. Sie war achtundzwanzig und nichts in ihrem Leben hatte geklappt. Demnächst würde vielleicht jemand versuchen, sie umzubringen, und nicht einmal das würde ihr persönlich gelten, sondern ihr Tod sollte vor allem Onishi treffen. Am liebsten hätte sie geheult, weil das manchmal befreiend wirkte, doch ganz gleich, wie fest sie die Augen zusammenkniff – es wollten keine Tränen kommen. Nicht einmal ein richtiges Schluchzen brachte sie zustande. Sie drehte sich auf den Bauch, grub den Kopf in die Kissen, bis die Luft knapp wurde, wandte das Gesicht zur Seite, wo die tiefhängende Wolkendecke hinter dem Fenster in einem kränklichen Grün erschien, sah sich selbst von außen, wie sie dalag und sich bedauerte, als hätte jemand anderes ihre Situation zu verantworten.

Es dauerte einen Moment, bis sie begriff, dass das metallische Geräusch im Eingangsbereich von einem Schlüssel herrührte. Augenblicklich verflog ihre Weinerlichkeit, sie rutschte fast lautlos vom Bett auf den Boden, atmete flach und versuchte mit dem Fuß die Balkontür aufzuschieben.

»Ich bin's«, rief Onishi.

Nikola setzte sich auf, holte tief Luft und schüttelte den Kopf.

Er stand im Türrahmen, die Arme vor der Brust verschränkt, lachte, als er sie neben dem Bett hocken sah.

»Sehr witzig.«

»Du hast Angst gehabt.«

»Wieso schickst du mir keinen Text, dass du kommst, verdammt?«

»Es war spontan. Ich hatte in der Gegend zu tun.«

»Kann ich jetzt endlich mit, dass ich mal was anderes sehe als dieses Loch?«

Er trug weder einen schwarzen Anzug noch Trainingskleidung, sondern Jeans und seine braune Lederjacke. Niemand auf der Straße sollte ihn als Yakuza identifizieren.

»Das ist eine sehr schöne Wohnung. Sogar ziemlich groß für eine Einzelperson in Tokio.«

Das Wort »Einzelperson« hatte sie zum letzten Mal aus dem Mund ihrer Großmutter gehört, die seit über zehn Jahren tot war. Schon damals hatte es sonderbar geklungen.

»Kann ja sein, aber ich werde hier irre.«

»Das glaube ich nicht.«

Sie verdrehte die Augen.

»Hast du geregelt, was du regeln musstest?«

»Bald.«

»Was machst du eigentlich den ganzen Tag? – Musst du erst deine Liebhaberinnen hier beruhigen, dass sie kein Theater veranstalten?«

»Keine Liebhaberinnen.«

Sie stand auf, um entschlossener zu wirken, und wusste dann nicht, wohin.

»Ich erkläre es dir später.«

»Das ist Scheiße. Selbst wenn du mir nicht vertraust – wem sollte ich es denn bitte schön weitersagen? Ich kann mir ja nicht mal Pizza auf Japanisch bestellen.«

Sie fragte sich, ob ihre Stimme wirklich so schrill klang oder ob es ihr nur so vorkam, weil sie sich seit Tagen nicht richtig hatte sprechen hören.

»Wenn ich dir nicht vertrauen würde, hätte ich dich in Berlin gelassen.«

»Also?«

»Ich wollte sehen, ob es dir gut geht. Obwohl es vielleicht klüger gewesen wäre, nicht zu kommen.«

»Nein.«

»Was bedeutet ›nein‹?«

»›Nein‹ bedeutet, dass es mir nicht gut geht.«

Onishi sah sich hilfesuchend um. Er war es nicht gewohnt, von einer Frau Antworten zu bekommen, die ihm nicht gefielen.

»Wir können uns an den Tisch setzen«, sagte er.

Sie schlug sich mit der flachen Hand an die Stirn, was wie eine Ohrfeige klang.

»Die Stühle sind unbequem.«

»Das kann sein, aber es sind keine anderen da.«

Er ist völlig gestört, dachte sie, noch gestörter als Yuki: Fast vier Tage hatten sie sich nicht gesehen, nicht angefasst, doch er war weder imstande zu sagen noch zu zeigen, dass er sie wollte, jetzt, hier, als Frau, als Nikola. Wenigstens zur Begrüßung oder als er gemerkt hatte, wie erschrocken sie war, hätte er ihr seine Lippen auf den Mund drücken können. Das war allgemeiner Standard, wahrscheinlich sogar in Japan. Doch Onishi setzte sich an den Tisch und deutete auf den leeren Stuhl gegenüber.

Vielleicht wollte er es nicht – vielleicht wollte er sie überhaupt nicht mehr, jetzt, wo er zu Hause war, sondern hatte sich während der letzten Tage mit irgendeiner Ex beschäftigt oder sich durch die Clubs der Nekodoshi-gumi gefickt – wäre sie in seiner Situation gewesen, hätte sie es wahrscheinlich auch nicht zugegeben.

Sie sah, dass er eine Waffe unter der Jacke trug.

»Ok, und jetzt?«

Onishi schaute auf seine Hände, die flach vor ihm auf der Tischplatte lagen, schnaubte durch die Nase, räusperte sich: »Ich bin gekommen, weil ich dir sagen wollte … Um zu sagen, dass ich mich sehr freue, mit dir hier in Tokio zu sein, und dass ich alles tun werde, damit du nicht in Gefahr kommst und selber zufrieden bist.«

»Danke, das ist nett.«

»Aber du musst auch dabei helfen.«

2.

Überhaupt ist es nicht einfach für eine junge Frau aus Deutschland, in Tokio zu leben, besonders mit einem japanischen Freund, der eine sehr traditionelle Einstellung hat. Man muss auch berücksichtigen, dass eine Tätigkeit, wie Onishi sie ausübt, viele Belastungen im Privaten mit sich bringt. Deshalb habe ich den jungen Männern immer gesagt, wenn sie zu mir gekommen sind, dass es einfacher ist, sie verzichten auf eine enge Bindung zu einem bestimmten Mädchen, bis sich ihre Stellung gefestigt hat, sowohl in ihrem Inneren als auch äußerlich. Ich meine damit nicht Enthaltsamkeit. Von Enthaltsamkeit bin ich wenig überzeugt, vor allem nicht für die, die anspruchsvollere Aufgaben zu erledigen haben. Wenn sie ganz ohne Frauen sind, baut sich eine Spannung auf, die dazu führt, dass sie unberechenbar werden in ihren Handlungen, für sich selber genauso wie für die anderen. Und das hat nichts mit der Art Unberechenbarkeit zu tun, die wir in jahrelanger Übung zu erreichen versuchen, damit der Gegner sich niemals auf unsere nächste Bewegung einstellen kann.

Der Paarungstrieb bringt eine Menge Durcheinander hervor. Obwohl sie eigentlich erwachsen sind, machen die Leute sich zum Affen oder sie gefährden sogar ihre Gruppe. Insofern ist es nicht falsch, dass sie mit Frauen schlafen, aber besser mit solchen, die ein sachliches Verhältnis dazu haben.

Dann findet eine Entlastung statt, ohne dass ihr Herz zu sehr beteiligt ist. Eine solche Beziehung muss nicht schlechter sein als andere. Gerade wenn die Frau Erfahrung im Umgang mit dem Temperament der Männer hat und weiß, wie man sie zufriedenstellt, ohne dass sie den Kopf verlieren, erfüllt es denselben Zweck wie eine Ehe, nur dass man sich nicht um Kinder kümmern muss.

Wir werden sehen, von welcher Art dieses Mädchen aus Deutschland ist – Nikola. Fest steht, dass sie keine Woche gebraucht hat, um sich von Ozawa Yuki auf Onishi Fumio umzustellen. In früherer Zeit war so etwas normal bei denen, die mit Yakuza zusammen gewesen sind: Sobald einer gestorben ist, hat der Nächste sich um die Frau gekümmert. Wenn sie diese Anpassungsfähigkeit hat, lässt es auf einen funktionierenden Verstand schließen, der sich den Gegebenheiten entsprechend verhält. Trotzdem wird die Eingewöhnung schwer werden. Selbst Japanerinnen finden es heutzutage nicht mehr erstrebenswert, mit einem Yakuza zusammenzuleben, obwohl sie doch, anders als die Frauen im Westen, ihre ganze Kindheit dahingehend erzogen wurden, nicht zuerst auf sich selber zu achten. Natürlich ist es möglich, dass ein Mann wie Onishi über Monate, vielleicht sogar Jahre verschwindet, ohne dass sie etwas von ihm hört, weil er einen Auftrag zu erledigen hat oder weil er sich besser für eine Weile im Hintergrund hält. Abgesehen davon, geht er immer ein hohes Risiko ein bei dem, was er tut. Aber selbst wenn er viel Geld verdient und teure Geschenke kauft, reicht es den Frauen mittlerweile nicht mehr, um zufrieden zu sein. Durch die Köpfe der jungen Generation schwirren diese Ideen von romantischen Gefühlen, die sie aus amerikanischen Filmen kennen. Aber das ist auch nur die halbe Wahrheit: Wenn der Liebhaber nicht genug verdient, tauschen sie ihn schnell gegen einen anderen aus, der sich mehr lohnt, ganz gleich, wie groß die Liebe vorher angeblich gewesen ist.

Ich weiß nicht, wie deutsche Frauen in dieser Hinsicht denken. Geld dürfte jedenfalls nicht Onishis Problem sein. Er wird sehr gut bezahlt. Und er hat einen zuverlässigen Charakter. Ich kann mir kaum vorstellen, dass er seine Freundinnen schlägt, wie Ozawa Yuki das getan hat. Im Gegenteil: Wenn es um sein Privatleben geht, ist er großzügig und lässt den Frauen den Freiraum, den sie wollen. Aber natürlich braucht er für seinen Beruf auch Härte, die sich möglicherweise insgesamt auf seine Persönlichkeit auswirkt oder von Anfang an schon darin verankert war.

Bevor wir irgendetwas in die Wege leiten, müssen wir abwarten, wie sich der Oyabun Takeda zu Onishis Vorgehen in Berlin stellt. Bis jetzt hat sich niemand deswegen bei mir gemeldet. Das kann ein gutes Zeichen sein oder ein schlechtes, für Onishi genauso wie für mich.

Wenn man eine bestimmte Verpflichtung eingegangen ist, bleibt sie lange erhalten. Der Lehrer muss vielleicht sein ganzes Leben für das einstehen, was der Schüler tut. Zumindest kann man so denken, und ich zähle nicht zu denen, die meinen, dass sich darin eine falsche Auffassung spiegelt. Alle Menschen sind untereinander verbunden, sie bilden einen Organismus, umso mehr Meister und Schüler. In anderer Hinsicht sind sie natürlich getrennt, das ist auch wahr. Es handelt sich um verschiedene Ebenen, die man nicht verwechseln soll, sonst gerät alles in Verwirrung.

Allerdings bin ich seit einiger Zeit nicht mehr derjenige, mit dem die Führung der Nekodoshi-gumi sich berät, wenn wichtige Entscheidungen getroffen werden. Ich weiß nicht, in welche Zukunft der Oyabun Takeda die Gruppe führen will, doch ich glaube, dass er den traditionellen Weg verlassen wird oder schon verlassen hat.

Man kann natürlich zu dem Ergebnis gelangen, dass Onishis Handlungsweise in Berlin eigenmächtig gewesen ist. Es scheint, als würde sich Takedas Einschätzung mehr und mehr dorthin neigen. Demzufolge hätte Onishi seine Verpflichtungen vergessen und sich nur für sich selber und seinen Zorn interessiert. Wenn dem so wäre, frage ich mich, was ihn dazu gebracht hat, sich dermaßen gehen zu lassen? Eigentlich entspricht es ihm nicht. Verglichen mit den meisten Yakuza ist er zurückhaltend in allem. Wutausbrüche habe ich bei ihm nie gesehen. Er stammt aus einer alten Familie, die es insgesamt schwer hat, wegen des Karmas, das einer seiner Ahnherren, Onishi Naruhiko, angesammelt haben soll. Solche Geschichten können einen großen Einfluss ausüben. Ähnlich wie der Meister seinen Schüler auf den Weg bringt, bestimmen die Taten der Vorfahren die Geschicke der Lebenden. Doch das ist nur eine Weise, die Dinge zu verstehen.

Vielleicht haben die letzten beiden Wochen ihn aus der Ruhe gebracht, weil er vor lauter Unvorhergesehenem das tägliche Zazen vernachlässigt hat. Das Zazen ist unverzichtbar, um sich die Klarheit des Geistes zu bewahren, ganz gleich, was um einen herum passiert. Bestimmt wollte er das Mädchen beeindrucken, damit sie nicht länger Ozawa Yuki hinterherweint, und sei es bloß in ihrem Innern. Wenn der Schwanz nach vorne zeigt, läuft der Mann hinterher. So ist es nun einmal.

Natürlich kann der Oyabun Takeda nicht einfach zur Tagesordnung übergehen. Drei tote deutsche Polizisten und acht tote Vietnamesen innerhalb einer Woche, darunter eine hochrangige Führungspersönlichkeit, werden den reibungslosen

Verlauf der geschäftlichen Aktivitäten auf internationaler Ebene empfindlich stören, egal wer zuerst Gewalt angewendet hat. Man kann die Konsequenzen noch gar nicht abschätzen. Die Vietnamesen werden einen Ausgleich fordern und vielleicht Krieg anfangen. Selbst wenn es für sie hier nichts zu gewinnen gibt, können sie in Amsterdam oder Bangkok, wo wir in der Unterzahl sind, großen Schaden anrichten. Einige sind mit chinesischen oder koreanischen Gruppen verbündet, die Heroin und synthetische Drogen auf dem Festland von vietnamesischen Kurieren übernehmen und hierher bringen. Insofern haben sie doch Möglichkeiten, den Konflikt zu uns zu tragen. Sicherlich werden die Polizeikräfte der verschiedenen Länder ihre Zusammenarbeit verstärken, und wie das Sprichwort sagt: »Wer einen Misthaufen umgräbt, fördert eine Menge alter Scheiße zutage.«

Er hätte wenigstens die Polizisten heraushalten müssen, ganz gleich, wie berechtigt es war, den Vietnamesen ihre Grenzen zu zeigen. Sie verstehen ja nur diese Sprache. Aber die Erfahrung lehrt, dass es besser ist, den Staat nicht als Gegner zu haben, weder bei uns und erst recht nicht im Ausland. Das hat immer Vorrang vor allem anderen. Zumindest war es so, bis die Regierung das Einvernehmen, das bei uns viele hundert Jahre herrschte, mit dem *Gesetz über die Verhinderung von Straftaten durch Mitglieder gewalttätiger Gruppen* aufgekündigt hat.

Man sagt, es sind die Amerikaner gewesen, die so lange Druck auf unser Parlament ausgeübt haben, bis es eingeknickt ist. In Amerika wissen sie nicht, wie man die schlechten Aspekte einer Gesellschaft in die Ordnung einbindet. Dort haben sie Abertausende von Kriminellen, die niemand unter Kontrolle hält. Sogar die Polizisten sind ohne Disziplin.

Manche schießen unkontrolliert um sich, andere laufen zum Staatsanwalt, weil sie meinen, etwas gesehen zu haben – Korruption, unangemessene Gewalt bei Festnahmen … Dann zeigen sie ihre eigenen Kollegen an, ohne vorher mit den Vorgesetzten gesprochen zu haben. So wurde es mir von Leuten erzählt, die dort gewesen sind. Auf diese Weise erzeugt man immer nur neue Probleme, statt Lösungen zu schaffen. Die Amerikaner begreifen nicht, dass ein Körper verschiedene Organe benötigt, um gesund zu bleiben. Sie klemmen sich das Gedärm ab und wundern sich dann, wenn sie kotzen. Weil sie außerdem meinen, dass außer ihnen niemand auf der Welt den richtigen Weg kennt, können sie nicht akzeptieren, dass wir diese Dinge auf unsere Art regeln. Es gibt viele Japaner, die Geschäfte in San Francisco oder Los Angeles machen, wo es um eine Menge Geld geht. Trotzdem habe ich nie von einem gehört, der dort in der Todeszelle sitzt. Das liegt daran, dass ein Japaner, der eine gute Ausbildung durchlaufen hat, weiß, wie man sich den Gegebenheiten entsprechend verhält, und nicht glaubt, dass sein Kopf härter ist als eine Wand, und wäre sie nur aus Papier. Aber wahrscheinlich wird es auch bei uns nicht mehr lange auf diese Weise ablaufen.

Die Traditionen lösen sich auf, nicht nur in Japan. Die Werte des Bushidō, mit denen wir dieses Land lange davor bewahrt haben, unter fremde Herrschaft zu geraten, gelten nicht mehr. Nach dem Krieg, und obwohl Tennō Hirohito abgedankt hatte, sah es eine Zeitlang so aus, als könnten wir uns aus der Vergangenheit heraus erneuern und den Westen mit seinen eigenen Waffen schlagen. Aber am Ende war es zu viel Anpassung, und wir haben es nicht geschafft, sie nur im Äußeren zu belassen. Sie ist bis in unser Mark vorgedrungen, ohne dass wir es gemerkt haben. Dann kam die Wirtschaftskrise, und es hat sich gezeigt, dass wir im Ganzen zu schwach sind. Man kann nicht erwarten, dass einem Angestellte oder Untergebene ihr Leben schenken, wenn sie gleichzeitig wissen, dass sie vor die Tür gesetzt werden, sobald Schwierigkeiten am Horizont auftauchen.

Heute steht der Profit an erster Stelle. Daneben breiten sich Träume und Schwärmereien aus. Die Kälte des Geldes soll mit der Hitze des Gefühls ausgeglichen werden. Das ist so, als würde man glauben, dass glühende Kohlen einem nicht die rechte Hand verbrennen, solange man Eiswürfel in der Linken hält. Erstaunlicherweise sind solche Ansichten weit verbreitet.

Wenn man die Veränderungen in Japan sieht, kann man natürlich der Meinung sein, es wäre besser gewesen, der Shōgun Tokugawa Iesada hätte damals nicht mit Admiral Perry verhandelt, sondern den Samurai befohlen, zu kämpfen und zu sterben – wenn das eben der Ausgang des Kampfes gewesen wäre. Oder Tennō Hirohito hätte den Obersten Kriegsrat angewiesen, niemals zu kapitulieren, egal wie viele Atombomben die Amerikaner über uns abwerfen. Allerdings hat die Idee, dass andere Ereignisse denen, die eingetreten sind, vorzuziehen gewesen wären, nichts mit der Buddha-Lehre zu tun, wie wir sie verstehen. Wir nehmen die Gegebenheiten an und handeln doch mit äußerster Entschlossenheit, denn es gibt nichts anderes. Sobald man auf den Zweifel hört, ist man verloren, dann hat man selbst beim Kartenspiel keine Chance.

Obwohl es wegen der tausend Hindernisse, die nach der Einführung der Gesetze gegen die Yakuza aufgebaut worden sind, sehr schwierig geworden ist, in den traditionellen Bereichen mit Erfolg zu arbeiten, geben sich die meisten Vereinigungen immer noch Mühe, Konfrontationen mit der Polizei und den Behörden zu vermeiden. Manche Aktivitäten wurden in den legalen Sektor verlagert, Börse, Immobilien, Filmindustrie. Aber gerade dort verlangen die Leute nach Drogen und Nutten, und irgendjemand muss sich darum kümmern, dass derlei zur Verfügung steht, sonst fallen Organisation und Verdienst an ausländische Banden, die sich nicht an unsere Regeln gebunden fühlen. Das passiert ja schon.

Wenn die Entwicklung in diese Richtung weitergeht, werden unsere Politiker den Yakuza der früheren Zeit bald nachweinen, denn sie standen niemals in Gegnerschaft zum Staat – eher war es andersherum: Sie haben dafür gesorgt, dass die Ordnung in den schmutzigen Bereichen aufrechterhalten wurde.

Jeder Ermittler, auch wenn es sich im Prinzip um einen guten Menschen handelt, ist dort, wo Frauen oder Drogen angeboten werden, vielfältigen Gefahren ausgesetzt. Vor allem sind es natürlich Gefahren, die in ihm selber lauern, aber das ändert nichts. Wenn ans Licht kommt, dass er Schwäche gezeigt hat, beschädigt es das Ansehen des gesamten Staates bei den normalen Bürgern. Was zur Folge hat, dass diese schließlich glauben, auch sie müssten sich nicht mehr an die Gesetze halten, egal ob sie nun aufgeschrieben sind oder von alters her überliefert. Das schaukelt sich gegenseitig hoch. Am Ende wächst die Gewalt in alle Richtungen und bedroht die Ordnung der gesamten Gesellschaft.

Für die meisten Menschen bringt Chaos großen Schaden und wenig Nutzen. Bei einigen ist es umgekehrt, aber dass sie besser sind als die anderen und deshalb größere Ansprüche auf ein zufriedenes Leben haben, wird kaum einer behaupten. Niemand kann vorhersagen, welche Folgen es hat, wenn die Leute nicht mehr darauf vertrauen, dass die Regierung ihre Sicherheit gewährleistet. Vielleicht tun sich am

Ende Geschäftsmänner, Ladenbesitzer und Privatpersonen in ihren Vierteln zusammen, sammeln Geld und wenden sich doch wieder an Yakuza, die traditionellen Prinzipien folgen, damit sie die Straßen von den gewöhnlichen Kriminellen säubern. Wenn die Verhältnisse sich stark verschlechtert haben, erinnern sich viele daran, wie es gewesen ist, als es besser war. Es wird eine Menge Blut fließen, und wer in die Konflikte verwickelt ist, kann sich nirgends sicher fühlen.

Auch deswegen weiß ich nicht, was wir mit Onishis deutscher Freundin anfangen sollen. Nicht nur, weil sie eine Ausländerin ist, die nicht versteht, wie die Gegebenheiten in Japan sind. Frauen haben ja insgesamt ein anderes Verhältnis zum Tod. Sie tragen das Leben in sich, bringen die Kinder auf die Welt, dann geben sie ihnen Milch, päppeln sie hoch – all diese Dinge. Deshalb wollen sie es beschützen und können schwer ertragen, wenn es weggenommen wird.

Onishi sagt, Nikola sei eine Frau, wie ich noch keine getroffen habe, und dass es sich lohnt, sie zu unterrichten. Allerdings hatte ich überhaupt noch nie mit einer Frau aus dem Westen zu tun. Ich muss mir ein eigenes Bild machen, auch wenn die Lage im Grunde zu angespannt ist, um mit so etwas zu beginnen. Da kann er mir hundertmal versichern, dass sie keine Anfängerin ist, weil Ozawa Yuki ihr bereits vieles beigebracht hat. Anderseits hat Onishi einen guten Blick. Er sieht, wer das richtige Herz mitbringt. Aber es liegt ein harter Weg vor ihr. Drei Mal härter, als wenn sie ein Mann wäre. Auch für Onishi wird es mit ihr schwerer als ohne sie. Selbst wenn er jetzt für viele in der Nekodoshi-gumi wie ein Held dasteht, weil er den Vietnamesen den Arsch aufgerissen hat.

Hoffen wir, dass der Oyabun eine Entscheidung zu seinen Gunsten trifft. Was noch lange nicht heißt, dass eine Frau akzeptiert wird. In der Yakuza hat es keine kämpfenden Frauen gegeben. Es kann natürlich sein, dass sich diese Dinge jetzt ändern, ganz gleich, ob es mir gefällt oder nicht. Vielleicht gefällt es mir sogar. Wir haben ja heutzutage große Probleme mit jungen Männern, die ihre Kraft schon verloren haben, bevor ihnen überhaupt Haare am Sack wachsen. Statt etwas zu tun, das Stärke und Entschlossenheit fordert, schließen sie sich in ihre Zimmer ein und machen Computerspiele. Einige Wissenschaftler behaupten, es liegt an den Plastikweichmachern oder an den Hormonen im Wasser und im Essen, dass sie keine Männlichkeit mehr ausbilden. Im Westen sind die Frauen schon länger dabei, die Männer zu überflügeln, heißt es. Insofern kann es interessant sein, jemanden wie diese Nikola als Schülerin anzunehmen.

Sowieso sollte man, wenn man den Weg des Schwertes geht, ohne allzu feste Meinungen über dies und jenes sein. Im Kampf verhält sich niemand so, wie es die Regeln verlangen. Wenn dein Gegner die Chance hat, dir mit einem schmutzigen Hieb die Eier zu spalten, wird er es tun. Wer etwas anderes behauptet, lügt, und wer es seinen Schülern beibringt, schickt sie in den sicheren Tod: Der Schwertmeister Suzuki Kenji traf im Alter von siebenundvierzig Jahren auf eine junge Frau, die sehr schön war und ihr langes schwarzes Haar offen über der Schulter trug. Sie grüßte ihn, lächelte unter ihrem hübschen Seidenschirmchen, machte eine schmeichelhafte Bemerkung, dass sie sagenhafte Dinge über seine Manneskraft gehört habe, die sich auch gleich zu regen begann, und nachdem Suzuki Kenji in mehr als fünfzig Kämpfen unbesiegt geblieben war, sah er im nächsten Augenblick, während sein abgetrennter Kopf in den Sand fiel, den Himmel über sich und wie sie ihre Klinge zurück in den Schirm schob.

Ich werde sie mir anschauen in den nächsten Tagen: Nikola. Hauptsächlich wegen Onishi. Weil er ein sehr guter Schüler war. Und weil er wahrscheinlich demnächst eine Menge Ärger am Hals hat, wo es am Ende vielleicht auf jeden ankommt, der den Umgang mit einer Waffe beherrscht.

Je nachdem, wie der Oyabun entscheidet, können sich auch für mich Schwierigkeiten ergeben, wenn sie erfahren, dass ich Onishi und seine Freundin unterstütze. Vielleicht müssen wir uns für eine Weile ins Hinterland zurückziehen. Nicht wegen mir. Ich bin alt. Seit über vierzig Jahren habe ich mich an keinem Kampf mehr beteiligt.

Andererseits liegen gerade darin Möglichkeiten. Wenn man alt ist, sollte man erst recht darüber nachdenken, etwas Neues anzufangen. Im Grunde gibt es keinen besseren Zeitpunkt dafür. Alle Illusionen, dass man etwas zu verlieren hätte, sind weg. Die jungen Leute sollen ja immer an die Zukunft denken. Man sagt ihnen, morgen und in zwanzig oder dreißig Jahren hätten sie Großes zu erwarten, deshalb müssten sie sehr vorsichtig sein und alle ihre Entscheidungen genau abwägen, besonders in Sachen Geld und Gesundheit. Dann kommt ein Tsunami oder der Lungenkrebs, und die ganze Warterei war umsonst. Abgesehen davon ist nichts erbärmlicher als ein Großvater, der sein Leben lang Wege mit Herz gegangen ist und dann zu Hause vor der Glotze hockt und den Enkeln mit seinem jämmerlichen Gerede von den alten Zeiten auf die Nerven geht. Es wäre besser, so jemand hätte mit zwanzig aufrecht und bei klarem Verstand eine Kugel in den Kopf bekommen. Wenn man die Siebzig hinter sich hat, spielt es keine Rolle mehr, wann man draufgeht. Dann wird alles so einfach, wie es von Anfang an gewesen wäre, wenn man es mit den richtigen Augen betrachtet hätte.

3.

Nikola hockte in einem Becken, das zu hoch für eine Dusche und zu kurz für eine Badewanne war. Es gab keinen Vorhang, so dass sie sich im Sitzen abbrauste, um nicht den winzigen Raum samt angrenzender Toilette zu überfluten.

Onishi telefonierte im Nebenzimmer. Sie hörte alles und verstand kein Wort. Offenbar führte er mehrere Gespräche hintereinander. Anfangs klang er unterwürfig, dann wurde sein Ton lockerer, er lachte kindisch. Nach einer längeren Stille bekam seine Stimme eine Härte, die selbst durch die Wand beängstigend wirkte, unabhängig davon, wem die Drohung galt.

Sie war anderthalb Jahre mit Yuki zusammen gewesen, hatte das Leben jenseits der Legalität als eine Art Strategiespiel betrachtet, mit dem sich ziemlich einfach viel Geld verdienen ließ, und das eine Menge Spaß machte. Wenn Yuki von Risiken gesprochen hatte, vor allem, nachdem er auf die Idee gekommen war, sich auf eigene Faust neue Einnahmequellen zu erschließen, hatte sie es immer nur halb ernst genommen, sich manchmal sogar eingeredet, dass er lediglich die Spannung erhöhen wollte. Doch dann hatten ihn die Vietnamesen erschossen, seine Leiche in einen Teich geworfen, und das Spiel war vorbei gewesen. Fünf Tage später hatte Onishi vor ihrer Wohnung gestanden. Ihr war nichts anderes übrig geblieben, als ihm bei der Suche nach Yukis Mördern zu helfen. Sie wusste nicht genau, wie viele Leute er während dieser Woche in Berlin getötet hatte, sei es, weil sie tatsächlich an Yukis Hinrichtung beteiligt gewesen waren, sei es, weil es sich nicht hatte vermeiden lassen. Im Grunde spielte es auch keine Rolle. Die Toten waren Leute gewesen, für die Gewalt zum Beruf gehört hatte, einschließlich der Möglichkeit, dabei auf der Strecke zu bleiben.

Ihr floss Shampoo ins Auge. Es brannte. Sie begann zu reiben, obwohl es dadurch schlimmer wurde, nahm eine Handvoll Wasser, versuchte es herauszuwaschen, noch eine und noch eine, kniff die Augen zusammen, warf den Kopf in den Nacken, um Reste vom Schaum auszuspülen. Es spritzte nach allen Seiten. Sie drehte den Hahn zu, fluchte auf Sitzbadewannen, hockte eine Weile einfach nur da.

Onishi hatte den Fernseher eingeschaltet. Eine japanische Frauenstimme sprach in entschiedenem Ton, ein Mann entgegnete etwas mit dem abgehackten Pathos zorniger Samurai. Die Frau klang auch danach nicht, als ob sie ihm recht geben würde. Pferde wieherten, jemand rannte durch trockenes Laub.

Nikola schaute an sich hinunter, knibbelte einen Pickel oberhalb ihrer linken Brust auf, bis Blut kam, überlegte, ob die Falten, die ihr Bauch in dieser Haltung warf, normal waren oder schon Fett, streckte den Rücken durch, spannte die Muskeln an. Sie fand sich nicht schön, hatte aber auch nichts an sich auszusetzen. Ihre Oberschenkel zeigten keine Cellulite, was nicht selbstverständlich war.

Sie griff nach dem kleineren Handtuch, das einen Schwall Wasser abbekommen hatte, trocknete ihre Haare, so gut es ging, schlug sich einen Turban um den Kopf, nahm das große

Laken mit dem aufgestickten Yves-Saint-Laurent-Logo und wickelte sich darin ein.

Draußen schien die Sonne. Einen Moment hatte sie Lust, Onishi zurück ins Bett zu ziehen, gleichzeitig knurrte ihr der Magen vor Hunger, vor allem wollte sie raus aus dieser Wohnung, bevor der nächste Regen kam.

Sie nahm einen Lappen aus dem Regalfach unter dem Waschbecken und beseitigte die Überschwemmung, trat in die Wohnküche, öffnete noch einmal das Handtuch, stand einen Moment nackt da, damit Onishi sie sah, doch er hielt seinen Blick auf den Bildschirm gerichtet, wo heftig gekämpft wurde.

Also ging sie allein ins Schlafzimmer, um sich anzuziehen.

Das blaue Manga-Männchen mit den rosafarbenen Ohrmuscheln, das an einen bösartigen Teletubby erinnerte, starrte zu ihr herüber. Sie spürte Wut – am liebsten hätte sie das Kissen vom Balkon geworfen – und ging zurück in die Wohnküche.

»Können wir etwas essen? Ich meine draußen?«

»Schlecht.«

»Weil du das gucken willst oder warum?«

»Die Gegend ist ungünstig.«

»Dann lass uns woanders hinfahren.«

»Ich muss überlegen.«

»Von mir aus einfach Nudelsuppe oder Sushi. Irgendetwas wird es hier doch wohl geben. Als wir neulich abends gekommen sind, habe ich alle möglichen Läden gesehen.«

Noch immer tönte Schlachtenlärm aus dem Fernseher, berstendes Holz, Geschrei, unterlegt mit dramatischer Musik: Shamisen über großem Orchester.

Nikola zog den zweiten Stuhl an Onishis Seite, setzte sich, legte ihre Beine quer über seine Oberschenkel.

»Worum geht's da?«

»Japanische Geschichte. Hōjō Tokimune, der Japan gegen die Mongolen verteidigt.«

»Haben die Mongolen Japan erobert?«

»Sie haben es versucht, aber wir konnten sie mit Hilfe des Himmels zurückschlagen.«

»Wir?«

»Wer sonst?«

»Klar.«

Die Kamera schwenkte vom Meer, wo einzelne Schiffe Richtung Horizont trieben, zurück auf den Strand. Tote und Verwundete lagen verkrümmt in Wasserlachen, zuckten oder stöhnten. Kurze Trommelwirbel, eine klagende Bambusflöte. Möwen kreisten über dem Schlachtfeld, von der Landseite her näherte sich ein Krähenschwarm. Einige ließen sich auf den Leichen nieder, begannen, ihnen die Augen auszuhacken.

Nikola nahm ihre Beine von Onishi: »Bisschen hart ohne Frühstück.«

Ein Mann in lederner Rüstung, dem rasierten Schädel nach ein Samurai, richtete sich auf, fiel dann mit dem Gesicht in den blutdurchtränkten Sand. Aus seinem Rücken ragte eine abgebrochene Lanze.

»Normal.«

»Lass uns rausgehen.«

Sie griff nach der Fernbedienung, drückte auf »POWER«. Der Bildschirm wurde schwarz.

Onishi zog seine Zigaretten aus der Brusttasche, stieß sich die Packung auf den Handrücken und hielt sie ihr hin.

»Ich muss erst was essen.«

Er zuckte mit den Schultern, zündete sich dann selber eine Zigarette an.

»Wieso ist das so schwierig? Du hast mir erzählt, hier ist ein ruhiges Viertel, und dass du es genau deshalb ausgesucht hast.«

Er nickte, blies Rauch auf die Tischplatte, der sich über das braune Holz bewegte wie eine auslaufende Welle über den Strand.

»Das stimmt auch.«

»Aber?«

»Du bist eine deutsche Frau.«

»Das weißt du schon länger.«

»Es sind kaum Leute aus dem Westen auf der Straße, und selbst wenn du das Gefühl hast, alle schauen an dir vorbei, sieht dich doch jeder.«

»Ja und?«

»Dann erzählt vielleicht jemand einem anderen, dass er in Itabashi einen großen Japaner mit einer Blondine …«

»Ich bin keine Blondine!«

»Du hast blonde Haare, also bist du eine Blondine.«

Er lachte.

Sie wollte ihm mit der Faust auf den Oberschenkel schlagen, doch seine Hand war schneller und fing ihre ab, ehe sie ihn auch nur berührte.

»Dann lass uns rausfahren aus der Stadt, ans Meer, was weiß ich, es wird ja wohl einen Ort geben, wo sich niemand für dich interessiert.«

Onishi schüttelte den Kopf.

»Wir können erst einmal Tee trinken.«

»Von mir aus auch in ein Teehaus – dann esse ich halt was Süßes.«

»Hier.«

»Von Tee auf leeren Magen wird mir schlecht.«

»Ich habe dich nach Japan gebracht, also ist es meine Verpflichtung, dich zu schützen.«

Sie verdrehte die Augen: »Pass auf: Ich bin achtundzwanzig. Ich habe allein entschieden, dass ich mit dir mitkomme, und ich wusste, als ich das entschieden habe, welche Art Leben du führst. Zumindest ungefähr. Dass es gefährlich werden kann. Wenn ich darauf keine Lust mehr habe, setze ich mich ins nächste Flugzeug und fliege zurück nach Hause.«

»Sie werden dich ins Gefängnis stecken.«

»Yuki hat niemanden umgebracht, und mit dir hat mich niemand gesehen.«

»Als wir in dem Supermarkt bei dir um die Ecke waren.«

»Und?«

»Dort sind kurze Zeit später ein paar Leute gestorben.«

»Du warst ein Bekannter meines ermordeten Freundes und hast so getan, als wolltest du mir helfen. Woher hätte ich wissen sollen, dass du ein Massaker planst. Wusste ich ja auch nicht.«

»Ich diskutiere nicht mit dir, was getan wird.«

»Dann gehe ich eben allein raus.«

Sie stand auf, trat ans Fenster, schob die Gardine zur Seite, um ihrer Drohung Nachdruck zu verleihen, ließ den Blick über die Dächer schweifen, war Zuschauerin ihrer eigenen Inszenierung, wunderte sich einmal mehr, wie improvisiert und billig die Stadt von oben wirkte. Wellblech und Kabel. Futons hingen zum Auslüften über Brüstungen und Balkongittern. In der Ferne ragten ältere Baukräne in den Himmel, von denen sich lediglich einer bewegte, darüber staffelten sich Wolkenbänder. Immerhin sah es so aus, als würde der nächste Regen auf sich warten lassen.

Onishi zeigte keine Reaktion.

Nikola lächelte. Sie war ihm gegenüber im Vorteil, weil sie ähnliche Situationen bereits mit Yuki erlebt hatte, wohingegen Onishi nie näher mit einer deutschen Frau zu tun gehabt hatte. Andererseits wusste sie nicht, was in Yukis Verhaltensmustern dessen persönliche Eigenart und was typisch für japanische Männer im Allgemeinen oder speziell für Yakuza gewesen war.

Welche Möglichkeiten blieben ihr, wenn Onishi sie jetzt festhielt, schlug, das ganze Zuhälterprogramm abrief: Erst hatte er Sex mit ihr gehabt, als wären sie ein frisch verliebtes Paar, dann begannen die Demütigungen, am Ende fände sie sich in einem der als Stripclubs getarnten Bordelle der Nekodoshi-gumi wieder und müsste die kindischen Fantasien in ihrer sexuellen Entwicklung zurückgebliebener Angestellter befriedigen.

So oder so hatte sie, wenn sie noch länger zögerte, den richtigen Zeitpunkt für eine entschlossene Handlung verpasst. In ihrer Brust dehnte sich Schrecken aus. Sie sah ein Bild von Yukis toten Augen, das Loch in seinem Kopf, spürte wieder den Kloß im Hals, riss sich zusammen, drehte sich um und ging Richtung Tür: »Ich schaue mal, was ich finde. McDonald's gibt es hier bestimmt auch, und ich kann ja auf die Sachen zeigen, dann wissen sie schon, was ich will.«

Onishi schüttelte den Kopf, drückte die halb gerauchte Zigarette in den Aschenbecher. Sie sah, dass er sie nicht mit Gewalt daran hindern würde, die Wohnung zu verlassen, gab ihrem Gesicht trotzdem einen zornigen Ausdruck, fuhr sich mit beiden Daumen durch die Augenwinkel, als wollte sie Reste von Schlaf herausreiben.

»Es ist wahrscheinlich ein Fehler, dass ich deinem Willen nachgebe«, sagte er.

Draußen schlug ihnen feuchtwarme Luft entgegen. Die Gebäude erinnerten im Stil an deutsche Nachkriegsstädte, der Hauptunterschied waren die japanischen Schriftzeichen und unzählige kleine Strommasten, wie es sie selbst in Boppard schon lange nicht mehr gab. Alles wurde von einem Kabelnetz überzogen. Direkt hinter dem Haus, in dem sich die Wohnung befand, führte die Hochtrasse einer Schnellstraße vorbei, die für Nikola vom Balkon aus nicht zu sehen gewesen war. Als Onishi sie in die Wohnung gebracht hatte, war es dunkel gewesen, alles hatte fremd und aufregend gewirkt. Jetzt war sie zum ersten Mal bei Tag hier unten und erkannte die Gegend kaum wieder, auch wenn ihr bereits von oben alles wahnsinnig provinziell und spießig erschienen war.

Eine niedrige Hecke trennte den Gehweg von der Fahrbahn, zwei Fahrräder, die an Hollandmodelle erinnerten, und ein grauer Roller standen vor dem Eingang eines Büros.

»Rechts«, sagte Onishi, und dann »Spazieren« mit einem betont langen »a« und einem noch längeren »i«.

»Was essen!«

Sie gingen an einem Laden namens *Century 21* vorbei, dessen Fassade im gleichen Gelb-Schwarz leuchtete wie die Filialen der Deutschen Post – offenbar ein Maklerbüro: In den Fenstern hingen DIN-A4-Blätter mit Fotos von Häusern und Apartments. Drei Frauen hinter weißem Mundschutz kamen ihnen entgegen. Auch wenn Nikola wusste, dass es in Japan üblich war, beim geringsten Gefühl des Unwohlseins diese Masken anzulegen, fühlte sie sich einen Moment bedroht.

»Es ist nichts im Umlauf zur Zeit, SARS, Schweinegrippe oder so was?«, fragte sie.

»Ich habe dir gesagt, dass wir am besten in der Wohnung bleiben.«

»Sehr witzig.«

»Sollen wir umdrehen, bevor es zu spät ist?«

»Jetzt sag ernsthaft.«

Onishi zog sie zur Seite: »Du solltest nicht auf der Fahrradspur gehen, auch wenn dir bestimmt alle ausweichen. Das Wichtigste ist es, den reibungslosen Ablauf nicht zu stören und kein Aufsehen zu erregen. Soweit das in deinem Fall möglich ist.«

Neben dem Maklerbüro befand sich ein Restaurant, wo es, den Bildern im Schaufenster zufolge, Suppen oder Eintöpfe gab. Über dem nächsten Geschäft stand in lateinischen Buchstaben Weiß auf Blau *Suntory Coffee Boss*, dazu das stilisierte Gesicht eines Mannes mit Pfeife im Mund, der an Tommy Lee Jones erinnerte. Auch wenn sie feststellte, dass es sich nicht um einen amerikanischen Coffeeshop, sondern um einen winzigen Laden handelte, in dem aromatisierte Koffeinmixturen in Dosen verkauft wurden, beruhigte es sie, einen Schriftzug lesen zu können.

»So etwas zum Sitzen und mit heißem Kaffee aus Tassen oder Bechern würde mir völlig reichen. Von mir aus *Starbucks*, wenn es nichts Japanisches in der Art gibt.«

Onishi nickte.

Nikola kannte diese Art Nervosität, die sich eher in Überkontrolliertheit als in Hektik zeigte, von Yuki und fragte sich, ob Onishis Unruhe ausschließlich mit ihr zu tun hatte oder ob er ihr Dinge verschwieg, damit sie sich keine Sorgen machte.

»Wollten deine deutsch-japanischen Freunde mich eigentlich nicht kennenlernen beziehungsweise nicht wissen, was es mit mir auf sich hat?«

»Nein.«

»Aber dieser Friedemann ahnt doch sicher, dass du zur Yakuza gehörst.«

Onishi zuckte mit den Schultern und steckte sich die nächste Zigarette an.

»Trotzdem interessiert er sich nicht dafür, wie es kommt, dass du eine Deutsche bei dir hast, die du dann auch noch verstecken musst?«

»Er kennt sich gut aus in Japan und deshalb will er nichts wissen, was ich ihm nicht von mir aus sage. Diese Unsitte, jedem Löcher in den Bauch zu fragen, selbst wenn man sich erst vor zehn Minuten vorgestellt wurde: ›Womit verdienst du dein Geld?‹ – ›Wie stehst du zur japanischen Atomindustrie?‹ – ›Findest du nicht, dass die Japaner ihre Kriegsschuld aufarbeiten müssen …‹ – Er hat sich das abgewöhnt.«

»Denselben Scheiß hat mir Yuki auch erzählt. Wörtlich. Euer Meister Harada scheint das mit der Gleichschaltung seiner Schüler perfekt rauszuhaben.«

»Was soll das heißen: *Gleichschaltung*?«

»Das ist so ein Naziding: Am Ende hat keiner mehr eine eigene Meinung, alle quatschen nach, was ihnen von den Oberen diktiert wird. Und falls doch mal einer selbständig denkt, darf es auf keinen Fall jemand merken.«

»Weil sonst das passiert, was mit Yuki passiert ist.«

Ihr blieb kurz die Luft weg, doch es gelang ihr, sich nichts anmerken zu lassen.

Ein älterer Mann mit Krawatte und Anzug, der entweder betrunken war oder einen Schlaganfall gehabt hatte, griff nach dem Aufsteller eines Kosmetikgeschäfts, um Halt zu finden. Der Aufsteller kippte gefährlich zur Seite, doch der Mann fiel nicht um, sondern verlagerte sein Gewicht im letzten Moment so, dass er zur anderen Seite herüberwankte, blieb stehen, nahm Haltung an, zupfte mit spitzen Fingern das Revers seines Sakkos zurecht und schaute interessiert in die Ansammlung von Blumenkübeln neben dem Eingang, als wollte er prüfen, ob sie frisches Wasser benötigten.

Nikola warf einen kurzen Blick zu Onishi, der einem imaginären Punkt zwei Meter vor seinen Füßen folgte, die Kippe auf den Boden warf und austrat, beides mit einer Schärfe in den Bewegungen, als wollte er jemanden töten.

Vor nahezu allen Geschäften standen schmale Fahnen mit Schriftzeichen und Emblemen, die an die Banner in den Samurai-Filmen erinnerten.

Sie überquerten eine Kreuzung. Wieder kamen ihnen Leute mit Mundschutz entgegen, die an Nikola vorbeischauten, als wäre sie nicht vorhanden.

»Japaner scheinen ziemlich krankheitsanfällig zu sein.«

»Sie nehmen Rücksicht.«

Onishi war nicht nur nervös, sondern auch schlecht gelaunt. Sie hatte die Erfahrung gemacht, dass man Stimmungsschwankungen bei japanischen Männern am besten ignorierte oder ihnen, im Gegenteil, plötzlich etwas sehr schroff an den Kopf knallte.

»Schau mal, da steht ›Lunch House‹, und die Sachen auf den Fotos machen einen leckeren Eindruck. Sollen wir das nehmen?«

»Ich weiß nicht, ob es etwas taugt.«

»Wir können es versuchen. Oder ist es dir zu billig? – Teuer wirkt es nicht.«

»Weder noch.«

»Hör zu: Ich bin neu hier und ich kenne mich kein bisschen aus. Ich würde diesen Laden ausprobieren, schlimmer, als dass es nicht schmeckt, kann es nicht werden. Wenn von dir aus etwas dagegenspricht oder wenn du etwas Besseres in der Nähe weißt, sag es einfach, aber mach hier keinen auf beleidigter kleiner Junge, bloß weil ich nach vier Tagen allein in Tokio endlich mal diese Wohnung verlassen musste – das nervt!«

»Es sieht eigentlich gut aus.«

»Aber?«

»Das ist nicht unsere Gegend.«

»Nicht unsere Gegend?«

»Es ist die Gegend einer Chinesengruppe.«

Onishis Telefon klingelte. Er blieb stehen, sagte zwei Worte, hielt sich gleichzeitig den Zeigefinger an die Lippen, damit sie still war, hörte zu, erwiderte etwas, nickte. Weder stellte er Forderungen noch wirkte er wie ein Befehlsempfänger. Nikola schaute sich die Bilder mit den Mittagsangeboten genauer an: knusprig Frittiertes mit Kartoffelsalat – vielleicht Tonkatsu; gebratenes Fleisch mit verschiedenen Gemüsen. Aus der offenen Tür roch es vielversprechend.

»Hai«, sagte Onishi und noch einen Satz, dann legte er auf und schob das Telefon in die Hosentasche.

»Du musst dich gedulden mit Essen«, sagte er, ohne ihr ins Gesicht zu sehen. »Wir fahren woandershin. Es dauert ungefähr anderthalb Stunden, vielleicht auch zwei.«

»Ich steige in kein Auto, bevor ich nicht einen Burger oder wenigstens ein Mochi gegessen habe.«

Onishi seufzte.

4.

Alles ist eine Frage der Entscheidung, aber wenn der Geist klar ist, spielt es keine Rolle, was man entscheidet, denn es gibt keine Alternativen, denen man nachtrauern kann. Allerdings machen sich die meisten Leute ihre eigenen Gedanken, wie das Leben abläuft. Sie meinen, dass sie ihre Angelegenheiten selbst in der Hand haben, und wundern sich, dass nichts so passiert, wie sie es sich in ihren Wunschträumen ausmalen. Dann jammern sie, dies und das soll anders sein, aber statt einen Weg zu gehen, kaufen sie neue Kleider oder einen größeren Fernseher und abends trinken sie, bis sie sich stark genug fühlen, um irgendeinen Unsinn anzustellen. Am nächsten Morgen liegen sie mit vollgepisster Hose und dröhnendem Kopf vor der Haustür. In diesem Moment wissen sie mit jeder Zelle, so klar, als hätte Meister Ōbaku selbst ihnen seinen Stock über den Schädel gezogen, was gefordert ist, doch sie verpassen auch diese Gelegenheit, haben lediglich Angst vor den Blicken der Nachbarn oder zerfließen in Selbstmitleid.

Seit vierzig Jahren sage ich den jungen Männern, die zu mir kommen, solche Sachen, aber natürlich ändert es nichts. Sowieso soll man nicht glauben, man könnte das Leben von jemand anderem beeinflussen. Jeder hat sein eigenes Schicksal und sein eigenes Karma, beides wirkt zusammen, es ist ein Wechselspiel, das keiner mit seinen Gedanken durchdringt. Aber wenn man die Augen unscharf stellt und alles, was man je gesehen hat, unvoreingenommen betrachtet, gewinnt man vielleicht einen Eindruck von der Ordnung der Dinge. In Wirklichkeit spreche ich nur zu mir selbst. Meine Ohren sind die Ohren, die meinem Mund am nächsten sind. Es sei denn, ich bin mit einer Frau zusammen und flüstere ihr süße Worte zu. Das kommt allerdings nicht mehr häufig vor. Mein jüngster Sohn, Nobu, wird bald acht. Natsuko, seine Mutter, hält ihn ein bisschen von mir fern. Sie glaubt, dass ich ein schlechter Einfluss für ihn bin. Das ist von einem gefühlsmäßigen Standpunkt aus traurig, andererseits muss ich mich nicht dauernd über die Dummheiten eines Kindes ärgern und mich auch nicht mit der Mutter herumstreiten, wie es richtig erzogen wird. Wenn es nach Natsuko geht, soll Nobu eines Tages ein großes deutsches Auto fahren und sich eine teure Wohnung in einer besseren Gegend leisten können. Er soll ein Mädchen aus einer angesehenen Familie heiraten, am besten die Tochter eines Medizinprofessors oder eines Firmenpräsidenten. So hat jeder seine Ideen von der Zukunft. Ob sie wahr werden, muss sich zeigen, wobei man sagen kann, dass das, was Eltern sich für ihre Kinder ausdenken, so gut wie nie eintritt.

Natürlich bin ich nicht arm, sonst hätte Natsuko sich kaum zu mir gelegt. Ich weiß nicht mehr, wie alt sie war, als wir Nobu gemacht haben, fünfundzwanzig oder sechsundzwanzig. Ich war fünfundsechzig. Sie sah wirklich gut aus. Eine Schönheit, dass einem das Herz stehen geblieben ist. Sie ist immer noch sehr hübsch. Einmal im Monat kommt sie, um sich Geld abzuholen. Ohne den Jungen hätte sie sich bestimmt einen der Bosse geangelt, zumindest als Geliebte mit eigenem Hausstand und guter Versorgung. Doch sie hat entschieden, dass sie nichts mehr mit der Nekodoshi-gumi zu tun haben will.

Ich denke aber nicht, dass es ihr nur um das Materielle ging, als sie mit mir zusammen war. Ich habe einige Eigenschaften, die Frauen jeden Alters anziehend finden. Zum Beispiel mögen sie es, wenn ein Mann keine Furcht hat. Durch das tägliche Training ist mein Körper immer noch fest und geschmeidig. Es beruhigt sie, dass ich notfalls jedem mit einem Schwerthieb den Kopf abschlagen kann. Doch aufs Ganze gesehen, war meine Art Leben wohl zu langweilig für sie. Tag für Tag sitze ich Zazen, oft vor Sonnenaufgang, übe die Formen mit und ohne Schwert, gebe sie den Schülern weiter. Die meiste Zeit verbringe ich im Dōjō, esse nur Reis, Misosuppe und Tsukemono. Sicher, gelegentlich gehe ich in teure Restaurants, aber eigentlich nur, wenn man mich einlädt, und das ist selten geworden in den letzten zwei, drei Jahren.

Früher wollten die Bosse mich immer mit an ihrem Tisch haben und meine Meinung hören. Heutzutage holt mich vielleicht alle sechs oder acht Wochen eine Limousine ab. Der Oyabun Takeda behandelt mich mit Respekt, wie es sich dem Meister gegenüber gehört. Er lässt mir gegrilltes Kobebeef oder Kama-Toro-Sashimi bringen, dazu bestellt er erstklassigen Sake, auch wenn er selbst meistens Tee trinkt, seit der Arzt ihm den Alkohol verboten hat. Es wird viel erzählt, meistens aus der Vergangenheit, so können sie sicher sein, dass ich nicht etwas über die gegenwärtigen Entwicklungen sage, was ihnen nicht passt. Natürlich bin ich am Ende so eines Abends betrunken, das passiert automatisch, wenn viele Toasts ausgebracht werden. Man soll bei diesen Sachen nicht kleinlich sein. Nach Bodhidharma und Eisai war Ikkyū Sojun von denen, die uns die Buddha-Lehre übermittelt haben, der größte Meister. Ikkyū ist oft in Sakekneipen und Bordellen gewesen, die Spelunken konnten ihm gar nicht düster genug sein. Viele seiner Gedichte handeln davon. Im Alter von siebenundsiebzig hat er eine Tochter mit der blinden Sängerin Mori gezeugt. Da bleiben mir noch gut vier Jahre Zeit. Dieser Lebenswandel hat natürlich damals vielen in den Klöstern nicht gefallen, weil er nach ihrer Meinung der Würde eines Mönchs widersprach, aber Ikkyū hat sich nie um irgendwelches Gerede geschert. Daran soll man sich ein Beispiel nehmen. Wenn man sich sklavisch an Gebote hält, und seien sie noch so nutzbringend, ist die Gefahr groß, dass man das Richtige auf die falsche Weise oder sogar etwas ganz Falsches tut, denn jede Situation hat das Recht auf ihre eigene Antwort. Es kann aber sein, dass Schüler, die in ihrem Inneren stark verbogen sind oder eine Menge Belastungen mitbringen, diese Art zu reden falsch verstehen und meinen, sie könnten jetzt tun, was ihnen gerade einfällt. Das bedeutet meistens nur, sie knüpfen sich den Hosenstall auf und schauen, wohin sie ihr Ding stecken können.

Bis man weiß, was es heißt, frei und angemessen zu handeln, egal ob man sich an die Regeln hält oder dagegen verstößt, muss man lange lernen und viele Fehler machen. Trotzdem soll man sich nicht einbilden, dass Fehler besonders nutzbringend sind. Fehler sind Fehler. Manchmal haben sie gute Folgen, die nicht beabsichtigt waren, aber das beweist nur, dass Ursachen weite Umwege nehmen können, bis sie ihre Wirkung entfalten.

Onishi fehlt das Wissen um diese Zusammenhänge, auch wenn er in der Kampfkunst sehr weit fortgeschritten ist. Deshalb entscheidet er manchmal voreingenommen oder verbeißt sich in seine eigenen Pläne, statt auf das zu achten, was die Situation erfordert. Aber ich kann mir doch kaum vorstellen, dass er wegen einer Frau Unsinn macht. Auch in dieser Hinsicht war er immer anders als die anderen, denen oft schon mit dreißig mehrere Fingerglieder fehlen, weil sie sich in verworrene Liebesgeschichten gestürzt haben.

Natürlich hat Onishi Probleme. Ohne Probleme wäre er nicht bei mir gelandet. Es gibt einiges in seiner Persönlichkeit, mit dem er sich selbst ein Hindernis ist. Als sie ihn damals zu mir gebracht haben, war er am ganzen Körper grün und blau, weil er sich auf Streitigkeiten mit den falschen Leuten eingelassen hatte. Dann hat er akzeptiert, dass es Wege gibt, die man gehen kann, gerade wenn man Probleme mitbringt. Das sind die alten Wege. Auf ihnen kümmert sich niemand darum, wenn du dich bemitleiden willst, weil die Welt es dir immer schon so schwer gemacht hat. Keiner schickt dich zum Psychologen, der sagt, ›heul ein bisschen, du kannst nichts dafür – deine Mutter ist schuld, sie hat dich nicht lieb gehabt, und überhaupt die ganze Gesellschaft mit ihren Zwängen‹.

Ich habe ihn gefragt: »Hast du Kopfschmerzen? Musstest du kotzen? – Ja? – Das nennt man Gehirnerschütterung. Aber du lebst noch, oder? Dann sei froh, es hätte leicht anders ausgehen können.«

Danach habe ich ihn auf ein Kissen vor die weiße Wand gesetzt und gesagt: »Wenn du aufstehst, bevor ich es dir erlaube, breche ich dir die Hand.«

Nach einer Dreiviertelstunde waren ihm die Füße dermaßen eingeschlafen, dass er seine Kopfschmerzen nicht mehr gespürt hat.

»Stell dich hin«, habe ich gesagt.

»Das geht nicht«, hat er geantwortet, aber dann hat er trotzdem gehorcht, weil er wusste, dass ich keinen Spaß mache, und ist im nächsten Moment der Länge nach auf die Tatami geknallt. Ich habe ihn eine Weile dort hocken lassen, bis er seine Zehen wieder spürte, dann durfte er zehn Minuten mit ruhigen Schritten um die Trainingsmatte herumgehen, anschließend musste er wieder sitzen. Es war schwer für ihn, aber er hat schon etwas verstanden an diesem ersten Tag, und für seine Gehirnerschütterung gab es sowieso nichts Besseres.

Die meisten, die zu mir kommen, üben Zazen nur, weil sie glauben, dass sie damit leichter eine Schlägerei gewinnen. Das stimmt auch, aber es geschieht nicht so, wie sie es sich vorstellen. Lange Zeit merken sie die Wirkung gar nicht, deshalb praktizieren sie halbherzig, und wenn keiner dasteht, der aufpasst, kratzen sie sich an den Eiern oder bohren in der Nase. Am liebsten hätten sie es, dass ich ihnen schnell irgendwelche geheimen Schläge beibringe, die den Gegner sofort töten, oder sie wenigstens mit scharfen Schwertern herumfuchteln lasse, wie sie es in den Filmen gesehen haben. Das sagt natürlich keiner, aber ich merke es daran, wie sie sitzen, und an der Art, wie sie sich bewegen. Der Körper verrät alles, ganz gleich, was man anstellt, um dieses oder jenes vorzutäuschen. Statt sich auf den Schritt zu konzentrieren, den sie gerade tun, wirbeln sie in Gedanken irgendwo durch die Luft und zertrümmern jemandem die Nase. Ich schicke sie dann zum Kloputzen oder sage ihnen, sie sollen zu meinem Friseur, Herrn Shimabuku, gehen, der ist in der Lage, ihnen die Haare um exakt drei Millimeter zu kürzen, und dafür braucht er eine ganze Stunde, es sieht aber so aus, als würde er mit Hochgeschwindigkeit arbeiten. Was diese Dinge betrifft, lässt der Oyabun Takeda mir freie Hand. Den Gehorsam, den seine Leute bei mir lernen, muss er ihnen dann schon nicht beibringen.

Obwohl er sich mir gegenüber nach wie vor tadellos verhält, traue ich ihm nicht mehr. Früher waren die alten Daimyōs seine Vorbilder, Takeda Shingen vor allem – das lag schon an der Namensgleichheit. Jetzt will er wie ein amerikanischer Gangster sein, der in heruntergerutschten Trainingshosen herumläuft und einen goldenen Panther an einer dicken Kette auf der Brust trägt. Das ist nach meiner Ansicht ganz lächerlich für einen Japaner jenseits der fünfzig. Ich muss dazu gar nichts sagen, er weiß, was ich denke, wenn ich ihn in diesem Aufzug sehe, und es missfällt ihm.

Gestern am frühen Abend kam sein persönlicher Sekretär, Komatsu Ken, ins Dōjō, um zu trainieren. Jedenfalls sagte er, dass er trainieren wolle. Ich wusste aber sofort, dass sein Auftauchen mit Onishi in Zusammenhang stand. Komatsu ist mindestens seit einem Jahr nicht hier gewesen, vielleicht sogar länger. Schon an seinem Gang habe ich gesehen, dass er in der Zwischenzeit nichts getan hat, um in Übung zu bleiben. Sowieso hatte er nie den Ehrgeiz, ein Kämpfer zu werden. Er ist mit den anderen gekommen, einfach weil das Training zu den Gruppenaktivitäten gehörte. Wäre er weggeblieben, hätte es den Eindruck vermittelt, dass er sich abkapseln will.

Von seiner ganzen Art her ist er ein aufrichtiger Mensch. Wenn eine Organisation erfolgreich sein soll, braucht sie Männer wie ihn, die keinen Wert darauf legen, dass man sie für gefährlich hält, und die sich nicht wichtigmachen, sondern tun, was man ihnen sagt, selbst wenn damit kein Ansehen zu gewinnen ist. Ich weiß nicht, ob er überhaupt schon einmal in Gewalttätigkeiten verwickelt war. Die Bosse haben ja kein Interesse daran, dass ihre Leute zusammengeschlagen oder abgestochen werden, deshalb schicken sie zu den Handgreiflichkeiten Mitglieder, die wissen, wie man eine Auseinandersetzung gewinnt.

Komatsu hätte genauso gut in einer Behörde oder in der Personalabteilung eines Kaufhauses Karriere machen können. Er erwartet kein Lob und ist nicht gekränkt, wenn man ihn wegen eines Fehlers bestraft, selbst wenn er ihn gar nicht begangen hat. Immer verbeugt er sich und stimmt zu. Mit Männern dieser Art hat das Tokugawa-Shogunat zweihundert Jahre lang seine Macht aufrechterhalten. Dass sie am Ende untergegangen sind, lag dann auch an ihnen, denn vor lauter Anpassung an das Gestern hatten sie verlernt, sich so zu verhalten, wie es die Gegenwart erfordert.

Leute wie Komatsu können mit etwas Glück die größten Umbrüche überstehen. Egal wer regiert, er braucht jemanden, der bei der Verwaltung den Durchblick hat. Außerdem weiß jeder Boss es zu schätzen, wenn in der Bar seiner Limousine vom ersten Tag an nicht irgendein Whisky steht, sondern seine Lieblingsmarke, und zwar ohne dass ihm vorher ein Dummkopf mit lästigen Fragen auf die Nerven gegangen ist. So jemand macht sich schnell unersetzlich, ohne dass es auffällt, und deshalb zieht er auch kaum Neider an. Beides ist wichtig, wenn man überleben will.

Komatsu stand vor mir in seinem frisch gewaschenen Dōgi und tat so, als würde er die Atmung kontrollieren, aber schon an seinen Fäusten konnte ich sehen, dass er gar nicht mehr weiß, wie man die nötige Spannung aufbaut.

»Was soll das werden?«, habe ich ihn gefragt, als er die ersten Schritte der Kata Heian Shodan gegangen ist. »Ein Butoh-Tänzchen für deine verstorbene Großmutter? – Dafür bist du zu schwabbelig.«

Er hat sich noch tiefer verbeugt und schuldbewusst auf seine Zehenspitzen gestarrt. Auch wenn er bestimmt nicht davon ausgegangen ist, dass ich auf sein Theater hereinfalle, sollte es doch zumindest so aussehen, als wären wir in einer regulären Trainingseinheit.

»Wenn du wegen etwas anderem hier bist, warum ziehst du dich dann um und stiehlst mir die Zeit?«

Anders als Ozawa Yuki und Onishi oder Ishikawa Tomo, der sich aus der Nekodoshi-gumi verabschiedet hat und Zen-Priester geworden ist, hat Komatsu nie ein Interesse an der Kampfkunst gehabt. Er ist aber auch keiner von denen, die einem ständig dumme Fragen stellen, um davon abzulenken, oder nachts beim Sake erzählen, wie sie ihrer Freundin in den dicken Hintern kneifen.

Er nuschelte Entschuldigungen und machte noch mehr Verbeugungen.

»Du musst die Zähne auseinandernehmen, damit so etwas wie Wörter aus deinem Mund kommen, sonst weiß ich nicht, was du von mir willst.«

Wenn er seinen Oberkörper in jedem Gespräch so oft auf und ab bewegt wie gestern bei mir, müssten seine Rückenmuskeln aus Stahl sein.

»Es geht um Onishi.«

»Mmh.«

»Bestimmt haben Sie gehört, dass nicht alles glattgelaufen ist in Deutschland.«

Ich war nicht sicher, ob er mich aushorchen sollte, oder ob er hier war, weil er sich seine eigenen Gedanken gemacht hatte. Mit eigenen Gedanken rechnet man bei ihm normalerweise nicht. Auf jeden Fall hatte er Angst. Wahrscheinlich hat er keine Ahnung, wie mein Verhältnis zu dem Oyabun

Takeda zurzeit ist. Vielleicht hat er sogar befürchtet, dass ich zum Telefon greifen würde, sobald er aus der Tür wäre, um gleich weiterzugeben, was er mir gesagt hat.

Leute wie Komatsu Ken sind schwer einzuschätzen, weil sie von vorneherein mit einer schwach ausgeprägten Persönlichkeit auf die Welt gekommen sind, und wenn sie dann den Weg des Dienens einschlagen, sieht man in ihnen schließlich nur noch die eigenen Bewegungen wie in einem Spiegel. Ich habe mir gesagt, wenn ich wissen will, was seine wahre Absicht ist, muss ich ihn überraschen, so dass er sich nicht auf sein eingeübtes Verhalten verlassen kann, sondern neu überlegen muss, was er tut.

»Zieh dich um und komm in die Küche, ich mache uns Tee.«

Er war verwirrt, denn für die Situation, dass der Meister ihn in seine Küche bittet und bedient, hatte er kein Handlungsmuster, außer dass er sich verneigt und noch mehr unverständliches Zeug gemurmelt hat.

»Seit wann redest du so viel? Ist das der neue Stil bei euch, hauptsächlich die Kiefermuskulatur zu trainieren?«

In der nächsten Verbeugung habe ich ihn stehen lassen und bin in die Küche gegangen, um Wasser aufzusetzen.

Früher hatte ich den ganzen Tag einen oder zwei Schüler um mich, die immer sofort losgelaufen sind, um mir solche Arbeiten abzunehmen. Doch wenn dreißig Jahre lang junge Leute um einen herumturnen, die keine Fehler machen wollen, aber nicht wissen, wie sie das bewerkstelligen sollen, reicht es einem irgendwann. Gewöhnliche Menschen denken immer, ein Meister müsste man sein, dann bräuchte man sich nicht mehr um all die lästigen Dinge des Alltags zu kümmern. Das ist Unsinn. Solange ein Schüler da ist, ist der Meister der

Meister. Es ist eine Aufgabe, die kein Ende nimmt, und sei es nur, weil man manchmal wochenlang Tee bekommt, der zu bitter ist oder zu dünn, oder weil der Trottel einem Knicke in den Dōgi gebügelt hat. Auch wenn es mir egal ist, darf ich es nicht durchgehen lassen, denn der Schüler muss lernen, alles richtig zu machen. Erst wenn er selbst der Meister ist, kann es ihm egal sein. Dann ist es sogar natürlich, dass es ihm egal ist, nur sobald er seine eigenen Schüler hat, darf er es sich nicht anmerken lassen. Deshalb schicke ich in letzter Zeit junge Leute immer weg, die Schüler auf die alte Weise werden wollen. Wenn einer, nachdem ich ihn dreißig Mal weggeschickt habe, zum einunddreißigsten Mal an die Tür klopft, überlege ich es mir vielleicht, weil das zeigen würde, dass er genug Durchhaltewillen hat und nicht gleich davonläuft, sobald ich ihm einen Monat lang verbiete, sich mit den anderen Deppen zu betrinken.

»Setz dich«, habe ich zu Komatsu gesagt, als er den Kopf zur Tür hereinsteckte, damit er nicht wieder anfing, sich zu entschuldigen.

»Nimm dir eine Zigarette.«

Ich wusste, dass er als Einziger aus der Gruppe nicht raucht, und wollte wissen, wie er reagiert: Ob er sich trotzdem eine Zigarette ansteckt und einen Hustenanfall riskiert, weil der Meister es gesagt hat, oder eben nicht. Er nahm dann auch die Packung vom Tisch, drehte sie zwischen den Fingern, als würde er sie von allen Seiten betrachten, aber dann sagte er mit einer Verbeugung: »Ich rauche nicht.«

Wenn er nicht sehr viel verstehen würde, ohne dass es ausgesprochen wird, wäre er kein perfekter Sekretär. Insofern hat er bestimmt gemerkt, dass meine Aufforderung zum Rauchen ein Test war.

»Hat Takeda dich geschickt?«

»Wie ich es gesagt habe: Ich bin wegen des Trainings zu Ihnen gekommen. Leider war ich sehr schlecht vorbereitet, so dass Sie es vorzeitig abbrechen mussten, aber Sie waren so freundlich, mir einen Becher Tee anzubieten und mir einige Ratschläge zu erteilen, wie ich auf dem Karate-Weg künftig wieder Fortschritte machen kann.«

Auch wegen dieser Art Gerede ist es mühsam, der Meister zu sein. Trotzdem kann ich einem Schüler nicht einfach sagen, er soll ohne Umschweife sprechen, denn dann wird er es sich angewöhnen und überall, wo er es mit Höhergestellten zu tun hat, eine Menge Ärger bekommen.

»Mmh.«

»Natürlich bin ich mir bewusst, dass mein Talent bei weitem nicht an das von Onishi Fumio heranreicht und ich deswegen auch schwerlich ein Grund zur Freude für Sie sein werde, selbst wenn ich mich nach Kräften bemühe. Aber dafür bringe ich die Bereitschaft mit, den eingeschlagenen Pfad niemals ohne Erlaubnis zu verlassen. Wie Sie wissen, war der Oyabun mit meiner Arbeit bisher zufrieden, und ich genieße sein Vertrauen. Auch Onishi Fumio hat sich wegen seiner besonderen Fähigkeiten großer Wertschätzung seitens des Oyabun erfreut. Allerdings wurde uns gestern von Herrn Yamada aus Deutschland übermittelt, dass das Restaurant *Haguruma*, das unser Freund Noda Hiro in Berlin besonders für japanische Gäste betrieben hat und für das es eine Schutzvereinbarung mit den vietnamesischen Geschäftspartnern gab, ausgebrannt ist. Außerdem wurde Noda Hiro in derselben Nacht, als er auf dem Weg in seine Wohnung war, überfallen. Man hat ihm beide Hände mit einem Hammer zertrümmert und die Zunge aus dem Mund geschnitten. Er lebt aber.«

5.

Die blauen Lücken in der Wolkendecke zogen sich zu.

»Gut, du willst mir nicht sagen, wo wir hinfahren, das hab ich verstanden.«

»Was nützt es, wenn ich dir Ortsnamen nenne?«

»Es beruhigt mich vielleicht.«

»Sinnloses Wissen lähmt.«

»Sonst erzählst du mir immer, dass jede Information wichtig sein kann.«

Onishi schüttelte den Kopf.

»Du musst dich schon entscheiden, wenn ich dein Gerede ernst nehmen soll.«

»Zu einem Schrein.«

»Und was machen wir da?«

»Wir treffen jemanden, den du nicht kennst.«

Sie bogen in eine schmale Straße, die eher einem Feldweg glich, passierten ein Gatter mit Schildern, deren Symbole Nikola nicht deuten konnte. Sie fragte sich, ob Autos hier überhaupt fahren durften. Auf der rechten Seite reichten Äcker bis zum Horizont, unterbrochen von Büschen und Waldstücken. Links zog sich ein Golfplatz kilometerweit hin: akkurat gemähte Rasenflächen, künstlich angelegte Kuppen, Tümpel, in größeren Abständen Sandgruben. Unmittelbar neben der Straße war eine Reihe verkrüppelter Bäume gepflanzt, die aussahen, als würden sie vom Wind geschüttelt. Auf den zweiten Blick sah man, dass sie beschnitten und zurechtgebogen waren, damit sie dramatisch wirkten, selbst wenn die Luft stillstand.

Nicht ein einziger Golfer war unterwegs.

Nikola fühlte sich vollkommen fremd, obwohl die Landschaft sich kaum von der rund um Berlin unterschied. Nur Rinder und Pferde fehlten.

Sie dachte sich ihre Hand auf Onishis Oberschenkel, wie sie die Innenseite hinaufstrich, den Reißverschluss öffnete, hineinglitt, sich in seinen Slip schob, bis er es nicht mehr aushielt, an die Seite fuhr, sie auf seinen Schoß zog.

Wahrscheinlich würde es ihm nicht gefallen. Neulich hatte er gesagt: ›Ich mag es nicht, wenn Liebe mit einer Frau wie ein Pornofilm ist.‹

Eine ältere Dame in grauem Camouflage-Pulli und unter breitkrempigem Baumwollhut kam ihnen entgegen, schlug sich die Hand vor den Mund, als wäre sie erschrocken.

Nikola sah zu Onishi hinüber: »Bist du öfter hier in der Gegend?«

»Manchmal muss ich Leute treffen, die Golf spielen.«

»Aber es spielt niemand.«

»Die Wettervorhersage ist schlecht.«

Er ließ das Fenster herunter, warf die Kippe auf die Straße. Nikola drehte sich um, sah, wie sie ein Stück über den Asphalt kullerte, dann am Grünstreifen liegen blieb. Für Buschfeuer, die alles verwüsteten, war es zu nass.

»Kennt man dich hier?«

»Wer?«

»Die Frau gerade eben.«

»Nein.«

Der Golfplatz endete an einem gepflügten Acker. Dahinter begann eine Ebene aus Reisfeldern und Gemüsegärten. Die Wolken jagten mit hoher Geschwindigkeit über sie hinweg, vereinzelt schlugen Tropfen auf die Windschutzscheibe. Ein blauer Traktor wühlte sich durch Schlamm.

Nikola hatte gedacht, dass in Japan alles wohlgeordnet und sorgsam gepflegt wäre, doch die Gegend hier wirkte regelrecht schäbig. Zerrissene Netze hingen über halb abgeernteten Kohlpflanzungen. Statt traditioneller Bauernhäuser mit heruntergezogenen Strohdächern standen einzelne Bungalows neben Wellblechhallen. Weiter vorn erhoben sich Industrieklötze, die an Fukushima erinnerten.

»Sind das Atomkraftwerke.«

»Keine Ahnung.«

»Interessiert dich nicht?«

»… wenn, sind sie sowieso abgeschaltet.«

»Aber du isst das Zeug, das sie hier anbauen?«

»Ich esse immer in guten Restaurants.«

»Und da kochen sie mit Geigerzähler, oder was? Wie naiv bist du eigentlich?«

Der BMW ruckelte, obwohl Onishi eher langsam als schnell fuhr. Hinter dem Golfplatz war die Straße noch schmaler geworden, der Asphalt voller Unebenheiten und Schlaglöcher. Wenn ihnen ein anderer Wagen entgegenkäme, müsste einer von beiden auf den Acker ausweichen, und vermutlich wäre es nicht Onishi. Sie ärgerte sich vorsorglich über die Selbstverständlichkeit, mit der er die Fahrbahn für sich beanspruchte.

»Wie weit ist es von hier nach Fukushima?«

»Dreihundert Kilometer.«

»Bei uns sind die Pilze immer noch radioaktiv, obwohl es bis Tschernobyl über tausend Kilometer sind.«

Er schwieg.

»Weißt du, wie viele zusätzliche Krebstote es danach in Russland gegeben hat?«

Auch auf diese Frage antwortete er nicht.

»Ist dir genauso egal.«

Sie schlug ihn mit der flachen Hand auf den Oberschenkel: »Kannst du mal zur Kenntnis nehmen, dass ich mit dir rede, und zwar über verdammt wichtige Sachen.«

Onishi räusperte sich und sagte: »Wie willst du kämpfen, wenn du schon Angst hast, am Essen zu sterben?«

Jemand stand an der Straße und telefonierte in aller Ruhe, trotz des nahenden Regens.

»Das ist ja wohl ganz was anderes.«

»Es ist immer etwas anderes.«

»… sagt Meister Harada.«

Onishi hielt unmittelbar neben einer rechteckigen Wasserfläche, aus der wie in einem Quadratraster dünne Halme ragten: »Hör zu, Nikola, wir sind unterwegs zu einer Besprechung, die uns vielleicht viele Probleme bringt. Richtige Probleme, verstehst du. Wenn du dir Gedanken machen willst, wie Japan funktioniert, oder Zweifel hast, ob es dir gefällt, mit mir hier unterwegs zu sein, kannst du aussteigen und zum nächsten Bauern gehen. Sicher wird er dir ein Dach geben, bis es aufgehört hat zu regnen, wahrscheinlich bieten sie dir sogar Tee an, den du dann mit oder ohne Radioaktivität trinkst oder nicht trinkst. So einfach ist das.«

Nikola spürte Panik, die im selben Moment von Wut abgelöst wurde, öffnete die Wagentür und trat ins nasse Gras neben der Fahrbahn: »Kein Problem, ich komme klar. Fühl dich völlig frei.«

Sie knallte die Tür zu, schaute sich nicht um und ging zurück Richtung Golfplatz, ohne die Spur einer Idee, was sie tun würde, wenn Onishi tatsächlich wegfuhr. Das Motorgeräusch verstummte. Rechts und links Reisfelder. Weder rief er sie noch näherten sich Schritte von hinten. Sie schnellte mit dem Kopf zur Seite, als wollte sie sich die Haare aus dem Gesichtsfeld werfen, aber für einen Blick zurück reichte die Drehung nicht. Inzwischen war sie so weit entfernt, dass er wegfahren konnte, ohne dass sie es hörte. Sie blieb stehen, stemmte die Hände in die Hüften, drehte sich langsam im Kreis, damit er nicht dachte, sie würde nach ihm schauen. Es sollte aussehen, als versuchte sie, sich zu orientieren. Onishi stand mit dem Rücken an seinen BMW gelehnt, hatte den Kopf leicht geneigt und betrachtete seine Füße. Jetzt sah er zu ihr herüber, hob die Hand zu einem kurzen Gruß.

Sie verschränkte die Arme vor der Brust. Wer sich zuerst auf den anderen zubewegte, hatte verloren. Er zog eine Zigarette aus der Packung, zündete sie an und warf ihr eine Kusshand zu, was die allerletzte Geste war, die sie von ihm erwartet hatte.

»Arschloch«, murmelte sie und musste lachen, halb aus Erleichterung, halb über sich und ihn in diesem Niemandsland.

Onishi startete den Wagen und setzte zurück, hielt unmittelbar neben ihr, lehnte sich über den Beifahrersitz und stieß ihr die Tür auf.

Während sie einstieg, starrte er stur geradeaus und sagte kein Wort. Die Kippe hing so lässig in seinem Mundwinkel, dass es albern wirkte.

In einer einzigen Bewegung schnappte sie sich die brennende Zigarette, warf sie aus dem Wagen, zog die Tür zu, rollte halb zu ihm hinüber, schob ihr Knie über seinen Oberschenkel, griff ihm in den Nacken, drückte ihre Lippen auf seine, schob sie mit der Zunge auseinander, bis sie spürte, dass die Spannung in seinem Körper sich veränderte, er begann seinerseits, mit ihrer Zunge zu spielen. Zögernd, als würde er eine Frage stellen.

Ebenso unerwartet, wie sie ihn überwältigt hatte, stieß sie ihn wieder von sich und ließ sich zurück in ihren Sitz fallen.

»Man kann hier wahrscheinlich eh nichts machen, am helllichten Tag auf offener Straße?«

Onishi sah sie verständnislos an.

»Oder können wir dahinten in das Wäldchen fahren und Sex haben? Zum Beispiel.«

Er schaute auf die Uhr, sagte, »Nein«, schob den Automatikhebel auf D und fuhr los.

Sie schwiegen. Die Straße war noch immer nicht mehr als ein notdürftig asphaltierter Feldweg.

Nach einer Weile erreichten sie eine Art Dorf, das als ein einziges zusammenhängendes Gebäude angelegt schien, rundherum wie in alter Zeit von einem Wall gegen Feinde geschützt: Über einem Sockel aus eingemauerten Feldsteinen waren Betongussplatten montiert, darüber die Außengeräte der Klimaanlagen. Dunkle Fenster hinter Lamellen, ein gigantisches Wellblechdach. Vor der Siedlung befanden sich ausgedehnte Parkplätze. Die Autos waren ebenso grau wie die Gebäude und der Himmel. Sie fuhren unter einer Stahlbrücke hindurch, dahinter begann rechts ein großer Garten, der von einem hohen Zaun aus rechtwinklig zusammengefügten Stämmen und Ästen umschlossen wurde. Links war eine Ansammlung halb antiker, offensichtlich noch in Betrieb befindlicher Feuerwehrfahrzeuge zwischen den Bäumen abgestellt.

»Was machen die ganzen Feuerwehrwagen da«, fragte Nikola.

»Sie warten, dass es irgendwo brennt.«

»Sehr witzig.«

»Ja.«

»Ich meine: Sie stehen quasi im Wald.«

»Die Leute stellen alles Mögliche überallhin.«

»Aber normalerweise haben sie einen Grund.«

»Die meisten Gründe sind vorgeschoben.«

Nikola verdrehte die Augen. Noch immer wusste sie nicht, wann Onishi das, was er sagte, ernst meinte, und wann es ein Witz sein sollte.

Sie näherten sich einer Kreuzung. Er setzte den Blinker, um abzubiegen. Vor der taubenblauen Holzfassade des Eckhauses standen Bonsai und weiß-grüne Schilfpflanzen in Kübeln. Der schmale Riegel Fenster war von Bambusrollos verdeckt, daneben wiederum Außenkästen von Klimaanlagen.

In den Kommentaren nach Fukushima hatte sie gelesen, dass der Strom in Japan wegen der vielen Atomkraftwerke außerordentlich billig gewesen sei, weshalb nahezu jedes Zimmer eine eigene Klimaanlage habe. Schon Yuki hatte anfangs nicht verstanden, weshalb ein vernünftiger Mensch gegen Atomkraft sein musste, und sich über die Deutschen lustig gemacht, weil sie ihre Reaktoren abschalteten, obwohl es bei ihnen weder Erdbeben noch Tsunamis gab.

»Und der Bekannte von dir, den wir gleich treffen – auf wessen Seite steht der?«

»Noch ist nicht sicher, ob es überhaupt Seiten gibt.«

»Was heißt das jetzt?«

»Er ist der Sekretär des Oyabun Takeda, und er hat eine Nachricht für mich.«

»Aber du kennst ihn schon lange?«

»Zehn Jahre.«

»Ist er nett?«

»Das bedeutet nichts.«

»Du meinst, es kann sein, dass er dich abknallt, obwohl er dein Freund ist.«

»Uns.«

»Klar.«

»Wenn der Oyabun etwas befiehlt, wird der Befehl ausgeführt. Das ist die Grundlage von allem.«

»… ich weiß: Und früher haben sich die Gefolgsleute eines Fürsten den Bauch aufgeschlitzt, wenn ihr Herr gestorben ist.«

Nikola hatte unzählige solcher Sätze aus Yukis Mund gehört und versuchte, den Gedanken beiseitezuschieben, dass Onishi und auch sie selbst innerhalb der nächsten halben Stunde liquidiert werden könnten, zumal er angesichts dieser Möglichkeit völlig entspannt zu sein schien.

Vor einem mit riesigen Bäumen bestandenen Areal, das von einer alten Steinmauer umgeben war, fuhr er in eine Parkbucht, schaltete den Wagen ab und schaute auf die Uhr.

»Es dürfte noch niemand da sein«, sagte er, entsicherte trotzdem seine Pistole, schob sie ins Halfter zurück und stieg aus.

Nikola folgte mit etwas Abstand.

Rechts und links des Eingangs befanden sich Stelen voller Schriftzeichen, dazu eine Wand, auf der das gleiche Plakat fünfmal aufgebracht war: ineinander montierte Fotos einer Gruppe junger Männer mit nackten Oberköpern in schlammgetränkter Unterwäsche, die inmitten dichtgedrängter Zuschauer an einer massiven, aufwendig verschnürten Holzlade hantierten, sie schließlich auf den Schultern trugen. Dazu eine Frau, die hinter einer gruseligen Holzmaske spastische

Verrenkungen vollführte. In der Hand hielt sie einen weißen Fächer mit der roten Sonne Japans.

Onishi ging durch das hohe Tor aus freistehenden Steinbalken, zwischen denen ein Tau mit fünf Quasten gespannt war, außerdem hatte man geometrisch gefaltete Papierbänder hineingeflochten.

»Geh seitlich durch, nicht in der Mitte«, rief er, ohne sich nach ihr umzudrehen, und trat rechterhand an einen überdachten Brunnen. Er nahm eine Bambuskelle aus dem Becken, übergoss seine Hände, spülte sich den Mund aus, spuckte das Wasser in die Rinne zu seinen Füßen.

Nikola tat es ihm nach.

Um die Stämme der beiden größten Bäume waren ebenfalls Papierbänder mit Faltknoten befestigt. Links davon befand sich der Hauptschrein, ein dunkler Holzbau mit ausladendem Ziegeldach, geschützt von zwei grimmig dreinblickenden Löwenhunden, die auf mächtigen Sockeln thronten. Weitere Stelen, kleinere und größere Häuser für Geister waren über das gesamte Gelände verteilt.

Onishi ließ seine Schuhe vor der Treppe zum Hauptschrein stehen, stieg dann merkwürdig steif hinauf. Er zog an einem armdicken Strick, der aus dem Dachstuhl herabhing und die höheren mit den niederen Sphären zu verbinden schien, woraufhin eine scheppernde Glocke ertönte. Dann zupfte er seine Jacke zurecht, griff sich in die Hosentasche und warf eine Münze in eine Art Tischkasten. Er holte tief Luft, verneigte sich zweimal, klatschte zweimal in die Hände. Es folgte eine weitere Verbeugung. In dieser Position verharrte er einige Sekunden, ehe er sich aufrichtete und abermals klatschte. Nachdem er sich ein letztes Mal verbeugt hatte, kam er die Treppe wieder herunter.

»Soll ich auch was machen?«, fragte sie.

Er schüttelte den Kopf.

Nikola dachte an die Severus-Kirche, in die sie als Kind von ihrer Großmutter manchmal mitgenommen worden war. Beim Eintreten hatte sie ihre Finger in ein Weihwasserbecken tauchen, ein Kreuzzeichen über Stirn, Brust und Schultern schlagen müssen, dann waren sie zu einer alten Madonnenfigur gegangen, hatten Münzen in einen eisernen Kasten geworfen und Kerzen angesteckt. Die Großmutter hatte »Gegrüßet seist du, Maria« und etwas von »versöhne uns mit deinem Sohne, empfiehl uns deinem Sohne, stelle uns vor deinem Sohne« gemurmelt. Allerdings wäre Nikola nie auf die Idee gekommen, als Erwachsene weiterhin derartige Rituale zu praktizieren, ganz gleich, vor welchen Problemen sie stünde.

»Warum treffen wir deinen Freund eigentlich hier?«

»Komatsu hat den Ort vorgeschlagen.«

»Einfach nur so?«

»Freu dich doch: Solange wir auf dem Schreingelände sind, besteht keine Gefahr, dass etwas passiert.«

»Wegen der Macht der Geister, oder was?«

»Nenn es, wie du willst.«

»Wieso hast du dann deine Knarre entsichert?«

Sie hörte, dass jenseits der Mauer ein Wagen hielt, Türen geöffnet und zugeschlagen wurden.

»Er ist nicht allein, dein Freund.«

Onishi führte seinen gestreckten Zeigefinger an die Lippen, um ihr zu signalisieren, dass sie leise sein sollte, zog sie weiter nach rechts, so dass die Bäume ihnen vorübergehend Sichtschutz boten.

»Ist das ein gutes Zeichen?«, flüsterte Nikola.

Zwei Männer um die dreißig kamen durchs Tor. Auch sie blieben an der Seite, statt breitbeinig durch die Mitte zu marschieren. Einer wirkte weich wie ein Muttersöhnchen, hielt seine Augen auf den Boden gerichtet, während der andere, dessen Nase aussah, als wäre sie mehrfach gebrochen gewesen, mit ausladenden Gesten an das Wasserbecken trat. Beide vollführten die gleichen Riten wie zuvor Onishi.

Nikola merkte, dass ihr Herzschlag sich beschleunigte, als die beiden Männer auf sie zutraten. Der mit der gebrochenen Nase schaute extra finster, begann dann aber, wilde Fratzen zu schneiden, rief etwas, auf das Onishi lachend antwortete. Links fehlten ihm zwei oder drei Fingerglieder. Zumindest auf den ersten Blick wirkte die Begrüßung geradezu amerikanisch locker, jedenfalls nicht so, als wären sie in feindlicher Absicht hier. Sie schlugen Handflächen und Fäuste gegeneinander wie Jugendliche auf dem Schulhof. Nikola hörte, dass Onishi ihren Namen sagte, woraufhin sie von beiden taxiert wurde. Er wechselte ins Englische: »This is Nikola, my girlfriend from Germany.«

Das Muttersöhnchen sagte: »Good afternoon, I am Komatsu Kentaru. You can call me Ken.«

Sie war überrascht – einen Moment lang fast glücklich, dass Onishi sie tatsächlich »my girlfriend« genannt hatte.

Der andere knurrte: »Hi, I'm Taku. Nice meeting you.«

Beide sprachen mit starkem Akzent, erklärten, dass sie Deutschland mochten und eines Tages Berlin besuchen wollten.

»I am curious, seeing the wall.«

»Löwenbräu.«

»I love Japan, too«, sagte Nikola. »I had the dream to come here since many years.«

Hoch oben prasselte jetzt Regen auf das Blätterdach, doch es würde eine Weile dauern, ehe die Tropfen unten ankämen.

»Bad weather«, sagte Ken und lächelte entschuldigend.

»In Germany we have also often bad weather in the summer.«

»But Germany very cold: You get ill.«

Onishi warf etwas Japanisches ein, woraufhin beide sich wieder ihm zuwandten.

Nikola stand in einigem Abstand daneben, unschlüssig, ob sie bleiben oder ein Stück durch den Garten gehen sollte. Immer wieder trafen sie Blicke von der Seite, skeptisch, abschätzend – schwer zu sagen, ob sie ihrer Vertrauenswürdigkeit galten oder ihren Brüsten, ihrem Hintern.

Taku bellte mehr, als dass er redete. Sie hatte viele japanische Gespräche im Fernsehen gehört, fast immer mit Untertiteln, und sich dabei oft gefragt, wie die Modulation der Stimme mit der Bedeutung des Gesagten zusammenpasste.

Plötzlich deutete Onishi mit ausgestrecktem Arm an ihr vorbei. Die beiden anderen drehten sich um. Einen Moment herrschte eine eigenartige Stille vor dem sanften Klang des Regens in den Blättern. Nikola meinte Entsetzen in Onishis Zügen zu erkennen, doch dann lachte er. Auch Ken lachte, eine Spur zu laut. Sie wandte sich gleichfalls um und sah eine schwarz-weiß-orange gefleckte Katze, die auf die Mauer gesprungen war und sich ebenso vor den drei Männern erschrocken hatte wie umgekehrt. Unschlüssig, was sie tun sollte, kratzte sie sich mit dem Hinterlauf am Ohr. Nikola schoss das Wort »Übersprungshandlung« durch den Kopf, das zu dem Wenigen gehörte, was vom Bio-Leistungskurswissen übrig geblieben war. Die Katze machte einen Satz auf den Boden, lief das kurze Stück zum Brunnenhäuschen, landete mit einem weiteren Satz am Rand des Wasserbeckens und begann zu trinken, ohne die Männer aus den Augen zu lassen.

Nikola nutzte die Gelegenheit, ging ebenfalls zum Brunnen, verlangsamte ihre Schritte und begann, ruhig mit dem Tier zu reden. »Du bist ja eine schöne Katze, so eine schöne Katze. Du musst keine Angst haben, ich tu dir nichts.«

Die Katze streckte sich, machte einen Buckel. Nikola schob sich vorsichtig näher heran, hätte sie berühren, nach ihr greifen können, bewegte ihre Hand jedoch nur millimeterweise vorwärts, um sie auf keinen Fall zu erschrecken. »Eine ganz besonders hübsche Katze«, sagte sie in der einschmeichelndsten Tonlage, die ihr zur Verfügung stand, und bot ihr den Handrücken an. Die Katze miaute und warf sich nach einem letzten Zögern mit ihrem ganzen kleinen Körper dagegen, schmiegte sich in die geöffnete Innenfläche, ließ sich den Rücken und den Hals kraulen, als wäre sie ausgehungert nach menschlicher Zuwendung.

»Wie süß sie ist«, rief Nikola den Männern zu, die sie verständnislos anstarrten.

»Lass uns gehen«, sagte Onishi und wandte sich dem Ausgang zu. Die beiden anderen trotteten hinterher, drehten sich immer wieder nach ihr um.

»Was ist das jetzt für eine Maßnahme?«

»It's witch cat!«, erklärte Taku und lachte.

»Japanese animals have a lot of mysteries.«

»Ihr spinnt komplett.«

Die Katze folgte ihr, überholte sie, stellte sich ihr in den Weg, drängte sich gegen ihre Wade, wollte weiter gestreichelt werden. Erst unmittelbar vor dem Tor blieb sie stehen, drehte sich um und lief in Richtung des Hauptschreins zurück.

6.

»Noda Hiro wird nie wieder Fisch filetieren.«

Nach dem, was Komatsu gestern erzählt hatte, wusste ich das schon. Als er dann heute Morgen anrief und die ganze Geschichte noch einmal von vorn anfing, um mir schließlich zu sagen, dass Takeda am frühen Nachmittag einen Wagen schicken würde, um mich für eine Besprechung in sein Büro bringen zu lassen, war mir klar, dass er mich auf eigene Rechnung besucht hatte.

Natürlich hört man ungern, dass jemand, der mit diesen Auseinandersetzungen eigentlich nichts zu tun hat, so schwerwiegend zu Schaden gekommen ist. Andererseits sollte Noda Hiro sich nicht zu sehr beklagen. In dem Gewirr aus Ursachen und Wirkungen, das niemand durchschaut, gibt es am Ende kein Unrecht: Vor vier Jahren ist er aus freien Stücken an Ishikawa Tomo herangetreten, weil die Nekodoshi-gumi ihm bei den Vietnamesen Schutzgarantien für sein Restaurant aushandeln sollte. Alle anderen Japaner im Berliner Osten haben ihre Läden aufgegeben, da die hiesigen Organisationen nicht in der Lage sind, in Europa eine Auseinandersetzung zu führen. Nach Ishikawa Tomos Ausscheiden hat Onishi sich um die Pflege dieser Absprachen gekümmert und beträchtliche Summen weitergeleitet, die zum größten Teil gar nicht im *Haguruma* verdient wurden. Man sagt, dass es unmöglich ist, in Deutschland ein Sushi-Restaurant auf japanischem Niveau mit Gewinn zu betreiben. Aber die Bosse wollten im Ostteil der Stadt an einem angemessenen Ort Flagge zeigen und haben Noda Hiro großzügig unterstützt, wohl auch, weil Berlin den Ruf hat, ein interessantes Nachtleben zu bieten.

Takeda war schlecht gelaunt und angetrunken, als ich in sein Büro kam. Das ist eine unangenehme Kombination, die Leute schon mit Knochenbrüchen bezahlt haben, als er körperlich noch in besserer Verfassung war. Komatsu hatte bereits angedeutet, dass er wieder trinkt, obwohl der Arzt es ihm verboten hat.

Er saß an seinem riesigen Schreibtisch aus schwarzem chinesischem Marmor und versuchte, so etwas wie eine entschlossene Haltung zu zeigen, indem er noch finsterer schaute als der ausgestopfte Tiger, der hoch aufgerichtet neben dem Schwertständer steht und seine gläsernen Augen auf den Platz für die Gäste richtet. Statt einfach zu sagen, was er sagen wollte, knurrte er und knautschte sein Gesicht zusammen wie Mifune Toshirō in den alten Filmen.

Von meiner Seite aus gab es keinen Grund, das Wort zu ergreifen. Wenn Takeda in dieser Verfassung ist, fühlt er sich durch jede Nichtigkeit gekränkt oder provoziert, und unter Umständen hätte ich Komatsu in Erklärungsnot gebracht, weil es von seiner Seite aus ganz und gar ungehörig gewesen ist, dass er mit mir über diese Dinge gesprochen hat, ohne seinen Oyabun vorher um Erlaubnis zu bitten.

Plötzlich hatte Takeda eine Art Eingebung, wie sie bei Betrunkenen häufiger vorkommt, holte einen weißen Bogen Papier aus der Schublade, griff nach seinem goldenen Taschenpinsel, zog die Kappe ab und kalligraphierte mit großer Geste ein Gedicht, das er mir auch gleich unter die Nase hielt: »Wer aus Übermut/ die scheue Beute verschreckt/ und sich im Recht wähnt/ wird vom Tiger zerrissen/ mag er auch noch ein Kind sein.«

Er wirkte sehr zufrieden mit sich.

»Ich weiß nicht, wer schon mit Ihnen geredet hat, Meister Harada. Es gibt ja viele in der Nekodoshi-gumi, von denen Sie ins Vertrauen gezogen werden.«

Seine Artikulation war verwaschen, und was er mir von den Vorfällen in Berlin erzählte, klang wirr. Ich habe keinerlei Reaktion gezeigt, sondern meinen Blick auf einen Punkt zwischen meinen Händen gerichtet, die flach auf der Tischplatte lagen. Das macht einen ebenso würdevollen wie ehrerbietigen Eindruck.

Als er auf die Gerüchte zu sprechen kam, dass Ozawa Yuki sich hätte absetzen wollen, packte ihn erneut der Zorn. Er schlug mit der Faust auf den Tisch, schrie in die Gegensprechanlage: »Haru, du Wichser, bring mir Bier.«

Erst danach fiel ihm wieder ein, dass ich auch dasaß: »Trinken Sie Bier mit mir, Meister?«

»Tee wäre gut.«

Meine Antwort gefiel ihm nicht, aber was hätte er tun sollen. Anders als seinen Leuten, kann er mir keine Befehle erteilen.

»Und Gyokuro für den Meister«, brummte er ins Mikrophon. »*Yamashita Gyokuro*!«

Als Haru mit dem Bier kam, herrschte er ihn an: »Es ist zu kalt für meinen Magen! Wie oft habe ich dir schon gesagt, dass mein Bier kühl, aber nicht kalt zu sein hat!«, und ließ ihn eine andere Dose holen.

Er hatte Mühe, in seiner weiß-blauen Adidas-Jacke Haltung zu bewahren, goss das Bier mit zu viel Schwung in den

Keramikbecher, so dass eine Menge Schaum über den Rand lief: »Die nachfolgende Generation hat alle traditionellen Werte verloren – darin werden Sie mir zustimmen. Offenbar ist unter den Jungen die Vorstellung verbreitet, unsere Arbeit würde nach demselben Muster ablaufen wie die Serien, die sie sich den ganzen Tag anschauen. Es wird Zeit, dass ich zu alter Strenge zurückkehre, damit nicht mehr jeder macht, was er will.«

Ich weiß nicht, was es für einen Sinn haben soll, wenn jemand wie er in diesem Aufzug von »traditionellen Werten« spricht. So wie ich es sehe, achtet er kaum noch darauf, dass seine Leute bei mir zum Training erscheinen, stattdessen will er jetzt Frauen-Sumo in den Wettbüros durchsetzen, und er erlaubt Chinesen in seinem Gebiet gegen entsprechende Zahlungen Heroin zu verkaufen, statt dafür zu sorgen, dass dieses Zeug erst gar nicht ins Land kommt, wie es früher gehandhabt wurde.

Er zündete sich eine Zigarette an, blies den Rauch schnaubend durch die Nase: »Wenn Onishi bei Ihnen auftaucht, richten Sie ihm aus, dass ich eine angemessene Entschuldigung für seine Eigenmächtigkeiten erwarte. Das ist aber nur eine Sache, über die ich mit Ihnen reden wollte.«

Ich hatte befürchtet, dass er etwas in dieser Art verlangen würde. Zwar ist es die übliche Bestrafung, nur hat der Verlust eines Fingerglieds für jemanden, der das Schwert auf eine Weise beherrscht wie Onishi, eben ein anderes Gewicht: Er wird die Klinge nie wieder mit vollkommener Genauigkeit führen können. Das war der Grund für die Alten, diese Strafe zu verhängen. Der kurze Schmerz, wenn das Tantō den Finger durchtrennt, hätte für die Samurai der früheren Zeit kaum Schrecken gehabt.

»Es geht um die Frage, wie wir in der Sache mit Noda Hiro und seinem Restaurant reagieren. Das Handeln der Vietnamesen ist eine Kriegserklärung an das gesamte japanische Volk, wie wir sie seit … seit … Sie wissen, was ich meine – damals, als die Amerikaner uns überfallen haben: So lange hat es das nicht gegeben.«

Er wischte ärgerlich mit der Handkante über die Lache, die der heruntergelaufene Schaum auf der Marmorplatte gebildet hatte, brüllte dann wieder nach Haru, der auf der Stelle mit Lappen und Eimer hereingerannt kam.

»Das Schlimmste ist: Wir können nicht auf die Unverfrorenheit dieser Affenbrut reagieren, weil es keine Leute vor Ort … Also dort in Europa gibt es niemanden, der jetzt noch Vergeltung üben kann. Das verdanken wir auch Ihrem Onishi.«

Wenn er betrunken ist, will Takeda mir manchmal demonstrieren, dass ich zwar seinethalben der Meister sein kann, er aber der Boss ist, und dass der Boss über dem Meister steht, selbst wenn er in seinem Inneren weiß, dass das nicht stimmt.

»Was wir brauchen, sind zehn, besser zwanzig Mann, die zu jedem Einsatz bereit sind und sich einen Dreck um ihr Leben scheren. Wie schnell können Sie eine solche Truppe aufstellen?«

Er wusste so gut wie ich, dass es diese Leute nicht gibt, und auch, dass er zumindest teilweise selbst die Schuld daran trägt.

»Junge Männer, die nicht an ihrem Leben hängen, finden sich wohl viele im heutigen Japan, aber sie begehen eher Selbstmord mit Starkstrom im Haus ihrer Eltern, als dass sie in den Krieg ziehen, um zu sterben.«

»Das ist unwürdig. Erbärmlich. Die verdammten Araber haben Tausende von Leuten, die bereit sind, sich zu opfern, selbstlos und mit einer Todesverachtung, wie die Welt sie seit den Kamikaze-Piloten nicht gesehen hat: Eigentlich sollte das die Haltung eines japanischen Kriegers sein. Haben Sie diese Serie gesehen, *Hōjō Tokimune*: Sogar die Mongolen haben wir zurückgeschlagen. Und jetzt finden Sie keine Leute, die imstande sind, diesen vietnamesischen Buschratten die Eier abzureißen.«

Offensichtlich war er von einem größenwahnsinnigen Flaschengeist besessen, weshalb ich mich entschuldigte und versicherte, ihm geeignete Männer zu suchen.

Beim Abschied sagte er noch einmal: »Richten Sie Onishi aus, dass ich eine unmissverständliche Entschuldigung erwarte. Andernfalls muss er die Konsequenzen tragen.«

Leider hat eine Reihe von seinen Leuten diese Drohung gehört, so dass er nicht dahinter zurückkann, selbst wenn es ihm nüchtern leidtut.

Je länger ich über das nachdenke, was in Deutschland passiert ist, desto weniger bin ich allerdings der Meinung, dass Onishi sich etwas hat zuschulden kommen lassen. Außer in der Hinsicht, dass er das Abdriften von Ozawa Yuki in eigene Pläne nicht rechtzeitig bemerkt hat. Vielleicht hatte ich mich in meiner Beurteilung anfangs zu sehr auf die Einschätzung von Takedas Leuten verlassen. Letztlich hat er die Arbeit, die ihm aufgetragen wurde, sauber und gründlich erledigt. Komatsu sagt, dass weder der Informant bei der Berliner Polizei noch die Nachrichten im Internet bislang von Ermittlungsergebnissen berichten, die in Richtung Japan weisen. Selbst wenn man findet, dass er zu weit gegangen ist, muss man ihm doch zugutehalten, dass er unserem Ansehen insgesamt einen großen Dienst erwiesen hat, denn ohne Zweifel wissen die, die es wissen sollen, auf wessen Konto die Vergeltungsmaßnamen in Berlin gehen, und ganz gleich, was Takeda denkt: Sie stehen da wie ein Zeichen des Neuanfangs.

Bis vor zwanzig Jahren wurden wir auf der ganzen Welt bewundert und gefürchtet, weil wir in der Wirtschaft eine beherrschende Stellung erobert hatten. Es gab Bosse, die Schlösser in Frankreich besaßen, bei einigen lagen Bilder von diesen berühmten europäischen Malern im Safe, Monet oder van Gogh, sogar eines dieser dicken nackten Mädchen von Renoir. Aber auch wegen unserer eigenen Kultur und der Kampfkunst hat man uns Respekt entgegengebracht. Das ist lange vorbei. Mittlerweile müssen wir uns von Holländern über den Geist des Karate belehren lassen. Bei der letzten Olympiade hat kein einziger Japaner die Goldmedaille im Judo gewonnen. Oben auf dem Podest standen Koreaner und Russen. Manche glauben, dass wir bald in allen Belangen hinter die Chinesen zurückfallen werden, nicht nur wegen der Verwüstungen nach der großen Welle und dem Atomunfall, sondern weil wir als ganzes Volk unsere Entschlossenheit verloren haben.

Allerdings sind Takedas Wutausbrüche das glatte Gegenteil von wiedererwachender Stärke: Wenn er getrunken hat, redet er sich in Rage und träumt von irgendetwas Großartigem, mit sich selbst als Führer, doch sobald er ausgenüchtert ist, überfällt ihn Verzagtheit, und er ist froh um jeden Kompromiss, den er schließen kann, ohne sein Gesicht zu verlieren. Fest steht, dass jemand, der sich auf die Tradition beruft, es keinesfalls hinnehmen darf, wenn der eigene Repräsentant in einer ausländischen Hauptstadt von einer anderen Gruppierung gefoltert und hingerichtet wird. Es sei denn, er will der Welt mitteilen, dass er keinen Stolz mehr zu verteidigen hat. Als er Onishi den Auftrag in Berlin gab, wusste er, dass es eine große Strafaktion werden würde, und er hat ihm freie Hand gelassen, damit die Sache von Grund auf in Ordnung gebracht wird. Gut, die toten Polizisten sind ein Problem, aber so wie Onishi es mir geschildert hat, hatten sie ihm eine Falle gestellt, und es blieb ihm keine andere Wahl. So oder so opfert man weder aus Furcht noch aus Selbstherrlichkeit einen Mann, der solche Fähigkeiten hat.

Onishi wird mich fragen, wie er sich verhalten soll, und es ist nicht leicht, die richtige Antwort zu finden. Man muss verschiedene Güter gegeneinander abwägen: Einerseits gehört er zur Nekodoshi-gumi und schuldet dem Oyabun Takeda Gehorsam, andererseits hätte Onishi diesen Rang ohne meine Führung niemals erreicht, sondern würde noch immer aufmüpfigen Besitzern von Nudelsuppenrestaurants und Sakekneipen die Zähne einschlagen. Und sowieso hat Takeda ihn vor drei Jahren freigestellt, damit man ihn selbst und die Nekodoshi-gumi nicht zur Verantwortung ziehen kann für das, was Onishi tut. Wenn ich ihm sage, dass es keinen Grund für eine Entschuldigung gibt, hat es das gleiche Gewicht wie der Befehl des Oyabuns, vielleicht sogar größeres. Aus den früheren Zeiten gibt es solche und solche Beispiele, wie man sich unter Umständen wie diesen verhält. Natürlich sind auch damals unfähige Daimyō von Untergebenen getötet oder von Rivalen abgesetzt worden, so wie ein schwacher Löwe von stärkeren aus seinem Reich vertrieben wird. Wenn Onishi charakterlich von anderer Art wäre, könnte er sich mit einer Gruppe tüchtiger Männer ganz von der Nekodoshi-gumi lossagen und einen Neuanfang versuchen. Doch ihm fehlt die Befähigung, andere zu führen. Er ist ein Spezialist und ein Eigenbrötler, den Macht und Geld kaum interessieren, höchstens, wenn er sich davon ein besseres Schwert kaufen kann.

In jedem Fall sollte er einige Tage warten, ehe er dem Oyabun Takeda seine Entschuldigung mit einem Stück Finger überbringt – wenn er sich überhaupt zu diesem Schritt entschließt. Falls er sich anders entscheiden sollte, würde ich eine Weile so tun, als wäre er untergetaucht, so dass ich ihm nicht ausrichten konnte, was von ihm erwartet wird. Wie lange Takeda dieses Spiel mitspielt, lässt sich schwer vorhersagen. Mit etwas Glück trinkt er noch ein paar Tage weiter und ist erst einmal nicht in der Lage, Maßnahmen zu ergreifen. Vielleicht bleibt er an der Flasche hängen, dann wird er sich schnell selbst zugrunde richten oder für die wirklich wichtigen Leute, wie Herrn Okabe, untragbar werden. Fest steht auch, dass sich niemand darum reißen wird, Onishi zur Strecke zu bringen. Die meisten seiner Männer sind keine Krieger, sondern Großmäuler, die ihre Chancen genau abwägen. Wenn es sein muss, gehen sie für ein paar Jahre anstelle ihres Bosses in den Knast, das schon. Aber die Bereitschaft, das eigene Leben zu opfern, ist bei ihnen nur schwach ausgeprägt. In den letzten Jahren waren es meist unglückliche Verkettungen verschiedener Umstände, die zu Todesfällen geführt haben. Allgemein hat man sich bemüht, Konflikte nicht eskalieren zu lassen, damit die Regierung keine weitere Verschärfung der Gesetze auf den Weg bringt. Aber das Hauptproblem liegt sowieso in Onishis Charakter begründet. Er wird es sich vielleicht nicht erlauben, den Anweisungen des Oyabun zuwiderzuhandeln. Andererseits weiß man nicht, welche Rolle das deutsche Mädchen spielt. Die Tatsache, dass er sie mitgebracht hat, spricht dafür, dass sich in seinem Denken Dinge verschoben haben. Ob zum Besseren oder zum Schlechteren, ist noch nicht ausgemacht.

Es wäre an mir, die Bewegungen, die sich in seinem Inneren abspielen, zu erkennen und mit ruhiger Hand in die richtige

Bahn zu lenken, damit sie ihre Kraft entsprechend den Erfordernissen von Situation zu Situation entfalten und sich nicht in Widersinn verkanten.

Aber wer weiß heutzutage schon, was eine wirkliche Situation ist? Die Welt selbst ist ganz und gar unwirklich geworden. Natürlich beruht sie vom Standpunkt der Buddha-Lehre her gesehen auf Illusion, aber früher war es eine wirkliche Illusion, in der alles stattfand, jetzt werden immerfort Wörter und Bilder, die keinen Zusammenhang haben, durch Luft und Äther geschickt. Der Geist ist abgeschnitten vom Körper. Er bewegt sich außerhalb von Raum und Zeit, doch trotzdem ist er nicht frei. Wie soll man auf diese unablässigen Nachrichten reagieren, die in Apparate hineingeschrieben oder -gesprochen und irgendwann irgendwo von irgendwem gelesen oder gehört werden? Das Zucken im Auge, das die ganze Wahrheit enthüllt, kann Stunden vorher in weiter Ferne stattgefunden haben und ist längst mit Lichtgeschwindigkeit auf dem Weg zum Rand des Alls, ohne dass es jemand gesehen hätte.

Wenn früher einer auf der Straße von hier nach dort unterwegs gewesen ist, war es jederzeit möglich, dass ein anderer aus dem Gebüsch sprang, sich vor ihm aufbaute und ihn töten wollte, sei es, um ihn auszurauben oder weil es ein Gefolgsmann des Feindes war oder weil er einfach wissen wollte, wer von ihnen sein Schwert besser beherrschte. Manchmal ging alles ganz schnell, zwei Bewegungen, die sich binnen Sekundenbruchteilen wie gegenläufige Strömungen zu einem Strudel ineinanderschraubten, und doch gab es zu keinem Zeitpunkt den geringsten Zweifel über Sieg und Niederlage. Manchmal standen sich die Gegner auch eine Weile gegenüber, ehe einer seine Waffe zog. Dann hat der andere den Schlag pariert und den Angreifer getötet. Oder umgekehrt:

Der, der überfallen wurde, sah seinen eigenen Arm abgetrennt vom Rumpf im Dreck liegen. So ähnlich ist es bis vor zehn oder fünfzehn Jahren auch bei den Yakuza gewesen. Welche Waffen verwendet werden, spielt dabei im Grunde keine Rolle: Schwerter, Pistolen, bloße Hände.

Musashi hat seinen letzten und schwersten Gegner, Sasaki Kojirō, mit einem Holzschwert erschlagen, das er im Boot, während der Überfahrt zum vereinbarten Treffpunkt, aus einem zerbrochenen Riemen geschnitzt hatte. Selbst der Fährmann hatte auf Kojirō gesetzt, dessen Geist so eins mit den Rhythmen der Erscheinungen war, dass er mit seiner überlangen Klinge Schwalben im Flug zerteilen konnte. Er passte den Moment ab, in dem sie beim Wechsel der Richtung still in der Luft standen, und hackte sie entzwei. Tag für Tag hat er diese Technik geübt und vervollkommnet. Man sagt, wer ihn habe finden wollen, habe nur der Spur aus Federn und zerfetzten Schwalben folgen müssen. Doch was er nicht bedacht hatte, war, dass gemäß den Gesetzen des Himmels niemand das Recht hat, das Leben eines anderen Wesens zu verschwenden. Seine Geschicklichkeit hatte ihn hochmütig werden lassen, während unzählige Schwalben ihren Todesschatten auf sein Karma warfen. An dem Morgen, für den der Kampf angesetzt war, ließ Musashi ihn stundenlang auf der Insel Funashima warten. Kojirō wurde darüber so wütend, dass er sich in sich selbst verbiss, statt auf den Wind und das Wasser zu achten, die ihm vieles hätten verraten können. Als Musashi schließlich vor ihm stand, führte er seinen Schlag den Bruchteil einer Sekunde zu früh, gleichzeitig geriet ihm die Bewegung ein wenig zu heftig. Er verlor die Kontrolle, ehe Musashi ihn seinerseits mit dem Riemen am Kopf traf. Kojirōs zweiter Hieb verfehlte Musashis Knie, und einen Augenblick später zerschmetterte ihm das Holzschwert den Brustkorb. Die Rippenknochen drangen tief in seine Lunge, und er starb.

Wenn man die Geschichte unvoreingenommen an seinem inneren Auge vorbeiziehen lässt, sieht man klar und deutlich die Ordnung, gemäß derer sich alles vollzieht.

Wer sich entschieden hat, das Leben eines Kriegers zu führen, ganz gleich, welcher Gruppierung er angehört, darf in seiner Aufmerksamkeit nie nachlassen. Er muss jederzeit für den Angriff eines Feindes bereit sein. Es gibt ehrgeizige Aufsteiger, die versuchen, ihr Territorium zu erweitern, Wichtigtuer, die ihre Kräfte messen wollen, oder man bekommt den Befehl, ein anderes Gebiet zu erobern. Ganz gleich, ob man die Flugbahn der Schwalbe vorhersieht oder Fliegen mit Essstäbchen fangen kann – es hilft nichts, wenn man in seinem Geist fahrig ist oder sich von Gefühlsaufwallungen mitreißen lässt.

Weil er äußerste Wachsamkeit bis in den Schlaf verlangte, hat der Oyabun Nakamura sich damals entschieden, unsere Hilfe für eine umfängliche geistige Schulung seiner Leute in Anspruch zu nehmen. Im Gegenzug gab er uns die Möglichkeit, das Dōjō auf eine schöne und angemessene Art einzurichten. Nachdem Nakamura während eines Restaurantbesuchs in Deutschland an einem Wespenstich erstickt war, hat sein Nachfolger, der Oyabun Takeda, den wir selbst mehrere Jahre in allem, was er wissen und können musste, unterrichtet haben, diese Zusammenarbeit fortgesetzt. Aber jetzt ist er schwach. Sehr schwach. So dass man sich von ihm trennen sollte, wenn man nicht in den Sog dieser Schwäche geraten will.

7.

»Das ist ja wohl der Hammer.«

Nikola trat in einen lichtdurchfluteten Raum, der mit rötlichem Tropenholzparkett ausgelegt war, und fragte sich, ob man sie in eine Realityshow verfrachtet hatte. Die Vorderfront sowie ein Großteil der linken Seite bestand vollständig aus Fenstern. Zwischen einer grün schimmernden Glasfassade und Plattenbauten, die an DDR-Architektur erinnerten, hatte sie freie Sicht auf die Tokio Bay. Hochhäuser, Parks, Brücken, Hafenanlagen so weit sie schauen konnte. Fünfunddreißig Millionen Menschen lebten hier, zusammengepfercht wie Schlachttiere, doch die offene Wasserfläche, in der sich lockere Wolkenbänder vor blauem Himmel spiegelten, gab ihr einen Moment lang das Gefühl vollkommener Freiheit in einer grenzenlosen Welt. Rechts entdeckte sie einen Pfeiler der *Rainbow Bridge*, während ganz links, im Fenster hinter dem breiten Bett, die rot-weiße Spitze des *Tokio Towers* alle anderen Gebäude überragte. Sie trat vorn an die Scheibe. Gleich vor dem Haus, einige Stockwerke tiefer, wurde die Hochtrasse zu einer langgezogenen Kurve, die schließlich auf die Brücke mündete. Trotz des dichten Verkehrs herrschte hier oben Stille. Beim Blick hinunter spürte sie ein leichtes Kribbeln – ohne das Glas wäre es nur ein Schritt in den Abgrund.

Ein Fährschiff fuhr vorbei.

»Ist das deine Wohnung? Also ich meine, sie gehört dir? Du hast sie gekauft?«

»Ja.«

Er ließ sich auf ein Chesterfield-Sofa aus schwarzem Leder fallen und schaltete den Fernseher ein. Nikola fragte sich, wieso er diese Wahnsinnsaussicht mit einem riesigen Flachbildschirm zustellte. Düstere Melodielinien über elektronischen Klangfeldern, in denen ein akustischer Bass gegenläufige Akzente setzte, dröhnten aus mannshohen Lautsprechersäulen. Ein Japaner mit gegeltem Haar und breiten Koteletten bewegte sich durch eine grün-schwarze Ruinenlandschaft. Seine Stimme klang nach Rauch und starkem Alkohol.

»Die hat doch bestimmt Millionen gekostet.«

»Ich musste nicht den vollen Preis zahlen.«

»Weil du für die Leute, die das Haus hier bauen wollten, jemanden beseitigt hast, der im Weg stand?«

Er antwortete nicht, schlug sich die Zigarettenpackung auf den Oberschenkel, so dass zwei Filterstücke herausrutschten, hielt sie ihr hin.

»Danke, im Moment nicht.«

Sie wandte sich um, ging zwischen Sofa, Sessel und einer freistehenden Luxusküchenzeile auf ein Rollbild zu, das Bodhidharma zeigte, den Patriarchen des Zen, Begründer des Kung Fu und Schöpfer der Teepflanze. Er hatte seinen kahlen Kopf mit den langgezogenen Ohren auf die Unterarme gelegt und sah Nikola aus riesigen Glubschaugen vollkommen ratlos an. Fast hätte sie laut gelacht.

Die Rückwand des Zimmers bestand aus nacktem Beton. Speziell ausgewählte Schalbretter hatten den Abdruck ihrer Maserung in der Mauer hinterlassen. Das flache Relief endete rechts an einem Rahmen aus hellen Balken, der eine vierteilige, mit tanzenden Kranichen bemalte Schiebetür einfasste.

»Ich hab das richtig verstanden: Dein Boss findet, dass du zu brutal gewesen bist, und jetzt will er ein Stück von deinem kleinen Finger?«

»Er ist nicht mein Boss.«

»Ich dachte ›Oyabun‹ heißt ›Boss‹.«

»Er ist der Oyabun und … Ja, das heißt ›Boss‹: Er ist der Boss der Nekodoshi-gumi.«

»Dann versteh ich es nicht.«

»Der Oyabun Takeda bezahlt mich Auftrag für Auftrag. Aber nicht nur er. Ich habe auch andere Kunden.«

»Für mich klang es immer so, als würdet ihr zur Nekodoshi-gumi gehören, Yuki und du.«

»Yuki hat dazugehört, ich früher auch, dann hat sich mein Status geändert. Das ist einer der Gründe für die Probleme, die wir gerade haben. Der Oyabun Takeda geht davon aus, dass er über mich bestimmt, wenn es ihm passt. Aber wenn es ihm anders besser gefällt, sagt er, dass ich auf eigene Rechnung arbeite.«

»In Japan ist doch immer alles klar geregelt. Feste Rangordnungen, jeder kennt seinen Platz.«

»*Outsourcing.*«

Er grinste.

»Im Ernst jetzt?«

»Seit der Verschärfung der Gesetze ist es besser, wenn ich nicht direkt einer bestimmten Organisation zugeordnet bin. Die Polizei überprüft genau, was in den Gruppen passiert. Meine Arbeit wird hier auch nicht so oft benötigt. Manchmal habe ich wochenlang in Amerika oder Europa zu tun. Deshalb ist es für mich und für die Nekodoshi-gumi von Vorteil, wenn ich selbständig bin.«

»Aber er will trotzdem ein Stück Finger?«

»Ja.«

»Und? Gibst du es ihm?«

Onishi zog an seiner Zigarette, saugte den Rauch tief ein und blies ihn sehr langsam wieder aus.

»Ken sagt, dass Takeda seit zwei Wochen wieder trinkt.«

»Was heißt das?«

»Ich muss darüber nachdenken.«

Sie schob die Schiebetür ein Stück weiter auf und schaute in den hinteren Raum, der zur Hälfte als Trainingsfläche diente. Der Kampfplatz war mit Parkett, das anschließende Teezimmer mit Tatami-Matten ausgelegt. Ein Sandsack hing von der Decke, weiter vorn war ein schmales, mit Stoff umwickeltes Brett im Boden verankert, an dem man Schlagkraft und Schmerzunempfindlichkeit trainierte. Yuki hatte auch so ein Ding in der Wohnung gehabt und sich manchmal die Fingerknöchel daran blutig geschlagen. Es hieß Marikawa, Makiwara oder so ähnlich. Vor einem Wappenbanner ruhte ein Paar Schwerter in einem schwarzen Lackgestell. Auf dem Mittelteil des Gestells lieferten sich goldene Löwenhunde zwischen rötlichen Wolken eine Verfolgungsjagd. In der Tokonoma, die von einem speckigen, in sich verdrehten Ast begrenzt wurde, hing ein altes Landschaftsbild: zwei Berge, getrennt von einem Abgrund aus Nebel. Auf der Kuppe des einen lag ein armseliges Dorf, von der anderen stürzte ein schmales Rinnsal herab.

Nikola spürte eine bodenlose Niedergeschlagenheit in sich aufsteigen. Sämtliche Sachen, die Onishi besaß, hatten Stil. Nichts Billiges, nirgends Kitsch oder Nippes. Yuki hingegen war genauso stolz gewesen, wenn er ein blinkendes Plastikmodell des Fernsehturms vom Alexanderplatz erstanden hatte oder einen lebensgroßen Pitbull aus Porzellan.

All die kostbaren Dinge um sie herum bekamen plötzlich etwas Bedrohliches, als hätten sich vor Urzeiten dunkle Mächte in ihnen eingenistet. Sie wagte es nicht, den Nebenraum zu betreten, hatte zugleich Angst, Onishi zu fragen, spürte körperlich, wie mehrere Gedanken sich ineinander verkeilten. Die geflügelten Löwenhunde tobten sabbernd und kläffend um sie herum. Es schien, als würden sie nicht länger Dämonen verjagen, wie es ihre Aufgabe war, sondern hätten sich selbst in böse Geister verwandelt, die jetzt sie vertreiben sollten: Sie war ein Eindringling, und ganz gleich, wo sie sich aufhielt, was sie tat, es würde unangemessen, falsch, beschämend sein – für sie selbst und für jeden, in dessen Begleitung sie sich befände.

Aus den Boxen donnerte japanischer Heavy Metal. Der Sänger trug wasserstoffblonde Haare, die in alle Richtungen vom Kopf abstanden, als hätte er seine Finger in einer Steckdose. Im ersten Moment erschien ihr die Musik wie eine Befreiung, dann steigerte sie das Gefühl der Bedrohung nur noch weiter.

Yuki war ein Kindskopf gewesen. In der Straßenbahn hatte er ohne erkennbaren Grund Grimassen geschnitten, war minutenlang in albernen Posen erstarrt, bis selbst die schmallippigen DDR-Rentnerinnen vergessen hatten, dass sie eigentlich verbittert waren. Am Strand von Essaouria hatte er für die Fischerkinder den tätowierten Kraken auf Rücken und Schultern zum Leben erweckt, indem er verschiedene Muskelpartien in gegenläufigen Rhythmen angespannt hatte, und war dann auf den Händen in die Brandung gelaufen.

Sie drehte sich um, ging einige Schritte Richtung Fenster. Draußen wurde ein Kreuzfahrtschiff von einem Lotsenboot zu seinem Anleger geleitet. Onishi saß noch immer auf seinem monumentalen Sofa, wandte ihr den Rücken zu und wischte mit beiden Daumen in einer unglaublichen Geschwindigkeit über das Display seines iPhones.

»Was machst du?«

»Ich spiele.«

»Was für ein Spiel?«

»*Fruit ninja.*«

»Und? Gewinnst du?«

»Ich war schon besser.«

»Weil du über deine Finger nachdenkst, statt sie einfach zu benutzen.«

Er schaute sie fragend an.

»*Meister Harada*«, sagte sie. »Kann ich auch.«

Onishi schüttelte den Kopf und wandte sich wieder seinem Telefon zu.

»Du bist nicht dumm«, sagte er. »Aber wenn man zu schlau ist, verursacht es auch Schwierigkeiten.«

In einem düsteren Wald vor einem Schrein, ähnlich dem, wo sie Ken und Taku getroffen hatten, standen drei Männer in dunklen Hakamas und spielten irrwitzige Gitarrenläufe. Die Sängerin in ihrer Mitte trug einen schwarz-weißen Kimono und sang mit großen Gesten etwas Pathetisches. Feuerkörbe warfen goldenes Licht auf das Laub unter ihren Füßen. Ein Samurai in voller Rüstung hockte auf einem Schemel und stützte sich auf sein blankes Schwert.

»Kannst du das ausmachen?«

»Wieso?«

»Weiß nicht.«

Er drückte auf die Fernbedienung, und das Flammenmeer über den Dächern des Schreins erlosch.

»Warum setzt du dich nicht und entspannst?«

»Ich schaue mich um.«

»Gefällt dir die Wohnung.«

»Schon.«

»Aber?«

»Ich frage mich, wieso ich vier Tage in diesem Loch von deinen deutschen Freunden hocken musste.«

»Das habe ich dir erklärt: Weil ich unterwegs war zu Gesprächen, bei denen ich dich nicht mitnehmen konnte. Und es wissen einige Leute, dass ich hier wohne.«

»Ich hätte niemandem aufgemacht.«

»Unter diesen Leuten sind auch welche, für die es völlig egal ist, ob du ihnen die Tür öffnest oder nicht.«

»Sie hätten gar nicht gewusst, dass ich hier bin.«

»Wenn man unten auf der Straße steht, sieht man, dass Licht brennt. Es geht mal an und mal aus. Da weiß jeder Idiot, dass sich jemand in der Wohnung aufhält.«

»Das ist jetzt genauso. Es sei denn, wir verschwinden gleich wieder.«

»Jetzt bin ich mit dir hier und kann dich schützen.«

»Ich will schießen lernen.«

Er sah aus dem Fenster.

»Das braucht Zeit.«

»Aber wann fangen wir an?«

»Der Besitz einer Pistole ist in Japan streng verboten. Fast noch strenger als in Deutschland. Und wir sind in einer sehr dicht besiedelten Gegend. Wir müssten dazu weit rausfahren.«

»Können wir doch.«

»Wenn der Meister es für gut befindet.«

»Er kennt mich nicht einmal.«

»Du wirst ihn kennenlernen.«

»Kannst du eigentlich auch irgendetwas selber entscheiden – ich meine, ganz allein, so, wie du es für richtig hältst, ohne dass es jemand absegnet?«

»Was soll das für eine Frage sein?«

Sie trat an den Kücheneinbau, ging in die Hocke, öffnete eine Schranktür. Verschiedene Teller, Schüsseln und Schalen in blau-weißem Netzdekor standen dort, außerdem alte Holzkisten, die mit Tusche beschriftet waren.

»Gibt es auch normale Gläser oder Becher?«

»Rechts.«

Er stand auf, ging zu dem breiten, in die Wand eingelassenen Kühlschrank: »Willst du Champagner?«

Er lächelte, ohne sie anzusehen, doch Nikola nahm an, dass die Mischung aus Entschuldigung und etwas wie Verliebtheit in seinem Gesicht ihr persönlich galt, obwohl sein Blick de facto die Sessellehne hinter ihr traf.

Sie schaute auf die Uhr: halb sechs.

»Warum nicht Champagner. Trinkst du mit?«

»Ich glaube nicht.«

»Was trinkst du?«

»Vielleicht Tee.«

»Vielleicht?«

Ihr lag der Satz auf der Zunge: ›Willst du Meister Harada anrufen und fragen, was er meint?‹, doch sie schluckte ihn hinunter.

»Vielleicht war der Oyabun Takeda nicht zufrieden mit dem, was Komatsu Ken ihm übermittelt hat. Wenn er trinkt, ist er manchmal sehr aufbrausend und befiehlt Dinge, die jemand ausführen muss, der nicht getrunken hat, und dann ist es besser, wenn ich auch nicht getrunken habe.«

»Hast du Angst?«

»Nein.«

»Allein zu trinken macht keinen Spaß.«

Er lehnte mit dem Rücken an der Kühlschranktür, zuckte mit den Achseln. Sein Gesicht war klar und schön. Die Kraft, die er ausstrahlte, ähnelte der eines Wildtiers – eines hochgradig gestörten Wildtiers allerdings, mit stupiden Manien, wie man sie oft in Zoos sah.

Nikola trat auf Onishi zu, legte ihm beide Hände flach auf die Brust, begann die Warzen unter dem weißen T-Shirt zu umkreisen. Er stand da, ließ es geschehen, rührte sich nicht. Sie sah ihn an – ob er irgendeine Reaktion zeigte. Onishi blickte aufs Wasser der Bucht hinaus, seine Pupillen waren wie erstarrt. Sie drängte sich gegen ihn, spürte die Verhärtung unter dem schwarzen Stoff der Trainingshose, doch in seinem Gesicht zeigte sich keine Spur von Erregung. Er atmete ruhig, als würde er Nachrichten schauen, die ihn nichts angingen. Sie griff an sein Kinn, drehte seinen Kopf so, dass ihre Blicke sich einen Moment trafen, ehe seine Augen erneut verloren gingen, irgendwo in den Räumen innen oder außen, weder schweiften sie umher noch fixierten sie etwas Bestimmtes.

»Willst du mich?«, fragte sie, und es klang unsicherer, als sie es beabsichtigt hatte.

Er nickte. Immerhin drückte er jetzt seinen Unterleib gegen ihren. Ihre Hände glitten unter sein T-Shirt, fuhren die Muskeln entlang, ihre Finger krallten sich in seinen Rücken, so fest, dass es ihm eigentlich wehtun musste.

»Lass uns duschen«, sagte er.

»Duschen?«

»Ich bin verschwitzt.«

»Ja, und?«

»Ist mir lieber.«

Er legte ihr eine Hand auf den Mund, bevor sie ihm etwas an den Kopf knallen konnte, schnappte ihre andere und zog sie durch den Flur in ein geräumiges, holzvertäfeltes Bad. Sandelduft füllte den Raum. In der Mitte befand sich ein rechteckiger Zuber, in dem bequem zwei oder drei Leute Platz hatten. Gegenüber ragte ein tellergroßer Duschkopf aus der Wand, ein Stück weiter rechts war ein breiter Waschtisch, dahinter ein Spiegel, der bis zur Decke reichte.

Er drehte den Wasserhahn auf, satter Regen ging auf den schwarzen Granitboden nieder. Nikola überlegte kurz, ob sie ausrasten sollte, doch Onishi streifte seine Hose ab, zog sich das T-Shirt über den Kopf. Sie betrachtete das tätowierte Blütenfeld auf seinem Oberkörper. Sein lilafarbener Schwanz stand fest da und zeigte auf sie. Zumindest in der Hinsicht hatte sie keinen Grund, beleidigt oder gekränkt zu sein. Er nahm eine Handvoll Wasser und wusch sich die seidig glänzende Eichel, schaute Nikola an, wieder diese Abwesenheit im Blick, die ihr Angst einflößte, aber nicht nur. Sowieso hatte die Angst nichts mit der Angst vor Schlangen oder vor einer tödlichen Krankheit zu tun. Nikola merkte, wie Feuchtigkeit zwischen ihre Schenkel sickerte, fühlte Glück, das sich vom Rücken her ausbreitete. Er trat auf sie zu, öffnete Knopf und Reißverschluss ihrer Jeans, glitt mit der Rechten zwischen ihre Beine, zog sie wieder heraus, roch an seinen Fingerspitzen, versonnen, mit geschlossenen Augen. Ging vor ihr auf die Knie, zog ihr Hose und Slip herunter. Sie stieg seitlich aus dem Stoffhaufen, knöpfte ihre ärmellose Bluse auf, öffnete den Haken des BHs, ließ beides mehr fallen, als dass sie es wegwarf. Heißer Dampf füllte den Raum. Seine Lippen waren sehr warm. Er saugte ihren Geruch ein, seine Zunge war behutsam und flink wie eine Eidechse. Sie schloss die Augen, ihr wurde schwindlig. Das satte Geräusch des Wassers auf dem blanken Stein. Sie griff nach seinen Schultern, hielt sich fest, ein Schauer ließ sie kurz einknicken. Er sollte weitermachen. In der feuchtwarmen Luft verschwamm die Grenze zwischen der inneren und der äußeren Welt. Sie schlug sich die Hand vor den Mund, schluckte einen halben Schrei hinunter.

Er löste sich, stand jetzt vor ihr. Statt seiner Zunge spürte sie seinen Schwanz, der sich in ihr bewegte. Entschlossen und sanft drehte er sie um, drang von hinten in sie, füllte sie, glitt wieder heraus. Seine Abwesenheit war wie Schmerz. Er hielt einen Moment unmittelbar vor ihr inne, ehe er zurückkehrte. Sie stützte sich auf die Holzfassung des Waschbeckens, um nicht zu fallen. Um ihm etwas entgegenzustellen. Es war jetzt sein Rhythmus, in den sie hineingeriet, dem sie sich übergab, der ihr eigener Rhythmus wurde. Seine Hände hielten ihre Hüften, griffen um sie herum, schoben sich hinunter bis zu ihren Leisten, umschlangen ihren Bauch, schlossen sich um die Brüste, packten sie bei den Schultern, fassten zu, als wäre es Kampf. Sie öffnete die Augen, hinter ihnen lag dichter Nebel, sie sah seine Entschlossenheit im Spiegel, ließ los.

8.

Ein schönes Mädchen, wenn einem der nordeuropäische Typ liegt. Die Nase markant, aber doch nicht zu mächtig, und das goldene Blond scheint ihre natürliche Haarfarbe zu sein. Vielleicht hat sie es nachgetönt, um den Ausdruck zu verstärken. Handliche Brüste, soweit man es durch die Kleidung beurteilen kann, gerade, kraftvolle Beine. Im Verhältnis zur Größe scheinen sie länger zu sein als bei unseren Frauen. Sowieso füllt sie den Raum auf andere Weise aus. Jede Geste zeigt, dass sie die Wirkung kennt, die ihr Körper verursacht, und damit Einfluss auf die Situation nehmen will. Wäre ich jünger, würde es mich reizen, sie zu probieren. Wahrscheinlich benimmt sie sich im Bett anders als Japanerinnen. Vielleicht auch nicht. Ich habe viele versucht. Die Nächte in der Zeit des Oyabun Nakamura waren sehr freizügig – noch freizügiger als unter Takeda, und meine Stärke gefiel den Mädchen. Auf jeden Fall wäre es interessant herauszufinden, wie sie sich gibt.

Ihre Lippen könnten ein bisschen voller sein, wenn man darüber nachdenkt.

Natürlich habe ich weiße Ausländerinnen auf der Straße gesehen, aber im persönlichen Kontakt stellt es sich doch anders dar. Sobald eine Frau wie Nikola das Dōjō betritt, wo sich sonst nur Japaner und hauptsächlich Männer bewegen, merkt man, wie groß der Unterschied ist, schon auf der normalen

Ebene. Sie benimmt sich auf eine fast naive Art ungebärdig. Kommt herein, sagt »Hallo«, streckt einem die Hand entgegen, fängt an, sich umzuschauen, als wäre sie zu Hause. Dann fasst sie alles an, will wissen, wie es heißt, wozu es benutzt wird. Selbst nach fünf Stunden Training, wenn sie eigentlich erschöpft sein müsste, finden ihre Augen keine Ruhe. So ähnlich hat man sich früher die Wilden auf dem westlichen Festland vorgestellt, die mit ihren schweren Hunden durch endlose Wälder streiften und sich von halb verwestem Fleisch ernährten.

Im Prinzip weiß man ja, dass Ausländer regelrecht unzivilisiertes Verhalten an den Tag legen, ganz gleich, was sie tun. Deshalb werden für sie von vorneherein Ausnahmen gemacht, sonst könnte man es vor lauter Scham gar nicht aushalten, mit ihnen zusammen zu sein, und müsste sie ganz aus dem Land treiben, wie es vor der Ankunft Admiral Perrys gewesen ist.

Vermutlich hat Nikola keine Vorstellung davon, was die Stellung eines Meisters bedeutet, weder auf der inneren noch auf der äußeren Ebene. Ebenso wenig scheint ihr bewusst zu sein, dass ich sie mit einem Schlag töten könnte. Sonst würde sie mir nicht dauernd widersprechen. Wobei Onishi versichert, ihr einiges von mir erzählt zu haben, damit sie wenigstens die Grundlagen unserer Sicht der Dinge kennt.

Wenn man nicht in sich ruht, kann diese westliche Art einen leicht in Zorn versetzen, einfach, weil man sie nicht gewohnt ist und schließlich unsicher wird, wie man angemessen reagieren soll. Die meisten Fehler entstehen ja nicht aus Bosheit, sondern aus Verwirrung. Ich habe gehört – ich weiß nicht mehr, wer es erzählt hat –, dass es in Europa ein Hauptziel der Erziehung ist, die Schüler dazu zu bringen, das, was der Lehrer sagt, immerfort in Frage zu stellen. Es wird damit begründet, dass man die Grausamkeiten der Nazis verhindert hätte, wenn bei den Deutschen damals der Wille zum Gehorsam nicht so ausgeprägt gewesen wäre. Deshalb soll jetzt jeder auf seinen eigenen Verstand vertrauen. Bei den meisten Menschen, die ich kenne, wäre das allerdings keine gute Idee, und ich glaube nicht, dass die Japaner dümmer sind als andere Völker.

Sobald Nikola etwas nicht versteht, fängt sie an zu argumentieren, statt zu tun, was man ihr sagt. Sie glaubt, man würde Dinge, die auf Übung und Praxis beruhen, schneller beherrschen, wenn man darüber redet. Wahrscheinlich meint sie sogar, dass Formen, die sich über Generationen herausgebildet haben und deren Sinn sich einem vielleicht erst nach Jahrzehnten erschließt, einfach mal eben verändert werden könnten, nur weil ihr englischer Satz geschliffener daherkommt als meiner. Wörter sind Zeitverschwendung, wenn es um Bewegungsabläufe geht, schlimmer noch: Sie schieben sich wie eine Wand zwischen den durchlässigen Geist und das Hervorschnellen des Fußes oder der Hand. Wenn der gegnerische Unterarm schon längst an einem unverrückbaren Block gebrochen sein sollte, steckt jemand wie Nikola noch immer im Streit mit sich selbst, und plötzlich hat die fremde Faust ihr das Kinn zertrümmert. Was bedauerlich wäre, denn es ist ein hübsches Kinn.

Ich weiß nicht, ob Ozawa Yuki sich in Berlin ganz von der Methode, wie sie hier gelehrt wird, abgewandt hatte, um Nikola entgegenzukommen, oder ob sie denkt, Meister sein heißt, ständig Erklärungen abzugeben, wie das vielleicht deutsche Professoren tun. Jedenfalls scheint der Gedanke, dass es mehr nützt, wenn man etwas einfach tut, weil es einem gesagt wird, als wenn man damit aus persönlichen Gründen ein bestimmtes Ziel erreichen will, für sie ganz und gar unverständlich zu sein. So gesehen war es ein Fehler, dass ich gleich Englisch mit ihr geredet habe. Wäre ich beim Japanischen geblieben, hätte Onishi jeden ihrer Einfälle und auch meine Antworten übersetzen müssen. Das wäre ihnen beiden schnell auf die Nerven gegangen.

Auf der anderen Seite bringt sie große Entschlusskraft mit. Bei Japanerinnen geht eine solche Kraft oft mit einer bestimmten Verkniffenheit einher, die mir nie besonders gefallen hat. Wobei man unter den Jüngeren gelegentlich welche trifft, die sich nicht um die alten Regeln für weibliches Verhalten kümmern, und es gibt zunehmend weniger Väter und Ehemänner, die diesen Eigensinn brechen. Bestimmt werden auch die japanischen Frauen bald ganz anders sein als heute oder vor hundert Jahren.

Obwohl Nikola immer streiten will, hat sie doch eine Bereitschaft, sich zu quälen, wie ich sie einer Europäerin kaum zugetraut hätte. Man denkt ja, dass sie dort einerseits herrisch und andererseits wehleidig sind – eine Mischung, die einem zunächst widersprüchlich erscheint, aber in keiner Weltgegend folgen die Menschen dem klaren Bauplan eines japanischen Schranks, nicht einmal hier bei uns. Leider ist Nikolas Entschlossenheit bislang kaum gefordert worden. Schon beim Blick auf ihre Hände fiel mir auf, dass die Fingerknöchel ganz weich sind von teuren Seifen und Pflegecremes. Offenbar hat Ozawa Yuki sie keine ernsthaften Schläge trainieren lassen.

»Nicht schlecht für eine Frau, die von ihrem Liebhaber unterrichtet wurde«, habe ich zu ihr gesagt, nachdem sie mir ihre Katas gezeigt hatte.

Das war ein bisschen ruppig, aber Onishi hat sie nicht zu mir gebracht, damit wir sentimental werden, sondern weil sie lernen soll, wie man auf Leben und Tod kämpft. Das ist eine andere Sache als dieses Fitnesszeug, mit dem sie sich in Deutschland beschäftigt hat. Ohnehin wird nicht viel Zeit sein, sie so zu trainieren, wie es nötig wäre, um sie in die Art Auseinandersetzung zu schicken, die Takeda vermutlich in Kürze vom Zaun brechen wird. Sicher sieht Onishi ihre technischen Schwächen genauso deutlich wie ich, ganz gleich, wie vernarrt er in sie ist. Allein deshalb musste ich testen, wie leicht sie sich von Gefühlsduseleien aus der Fassung bringen lässt.

Inzwischen weiß jeder in der Nekodoshi-gumi, dass sie vorher Ozawa Yukis Freundin gewesen ist. Wenn sie angefangen hätte zu heulen, sobald sie an ihn erinnert wird, wäre es besser, Onishi würde sie gleich mit dem nächsten Flugzeug zurück nach Deutschland schicken. Aber binnen dreier Atemzüge hatte sie die Kontrolle über sich zurückgewonnen. Das ist zu lang, wenn es darauf ankommt, aber besser, als ich erwartet hatte: »Ich schätze, keiner deiner Freunde hat dich am Makiwara trainieren lassen – um deine seidige Haut nicht zu verunstalten«, habe ich zu ihr gesagt. »Männer mögen es, wenn Frauenhände zart und weich sind. Vor Muskeln und Schwielen bekommen sie Angst. – Weißt du, was das Makiwara ist?«

Sie hat mich fragend angeschaut, wobei ich mir nicht sicher bin, ob sie die Bedeutung meiner Worte grundsätzlich nicht begriffen hat oder ob es an meiner Aussprache lag. Ich bin etwas aus der Übung mit dem Englischen. John Viaggi, der sieben Jahre lang hier Schüler war, ist 2001 nach Los Angeles zurückgekehrt, seitdem habe ich so gut wie kein Englisch gesprochen.

»Verstehst du, was ich sage?«

Sie hat genickt und dann gleich ausgiebig mein hervorragendes Englisch gelobt, doch das kann ebenso gut ein ungelenker Versuch gewesen sein, dem, was sie sich vielleicht unter *Respekt vor dem Meister* vorstellt, gerecht zu werden.

»Ist es anders für Sie, wenn Sie eine Ausländerin trainieren?«

»Ja«, habe ich gesagt, und für eine Japanerin wäre das Gespräch damit beendet gewesen.

»Worin genau besteht der Unterschied?«

»Wenn du es weißt, ändert sich nichts für dich.«

»Es würde mich einfach interessieren.«

»Ich sage dir alles, was du wissen musst.«

»Aber wenn mir die Unterschiede klar sind, kann ich mich leichter umstellen und mich wie eine Japanerin verhalten.«

»Nein.«

Was einen außerdem irritiert, ist die Art, wie sie einen immerfort anstarrt. Sie ist mit ihren Pupillen geradezu in meine hineingekrochen, als wollte sie herausfinden, welche Regungen ich ganz hinten in meinem Gehirn verberge. Auch wenn man es aus amerikanischen Filmen kennt oder aus dieser deutschen Krimiserie mit dem älteren Kommissar, Derrick, der die Verdächtigen mit seinen Augen aufgesogen hat wie ein Schwamm, bleibt es ungewohnt. Nicht einmal eine Nutte würde einen so anschauen. Wahrscheinlich ist es aber eine wirkungsvolle Methode, um etwas über sein Gegenüber herauszufinden und sich selbst eine bessere Ausgangsposition zu verschaffen. Vom Benehmen her gehört es sich nicht, doch im Kampf kann es hilfreich sein.

Ich habe sie angebrüllt: »Hör auf, mich anzuglotzen wie eine Kuh, oder willst du, dass ich dir ins Gesicht schlage, bis dir die Augen zugeschwollen sind?«

Obwohl es auf Englisch war, kamen die Worte herausgeschossen wie eine Faust. Nikola wirkte im ersten Moment erschrocken. Dann kniff sie die Brauen zusammen, sah mich noch unverhohlener an und sagte: »Es nützt nichts, wenn Sie schreien, Meister. Im Gegenteil.«

Kein Japaner, der jemals hier Schüler gewesen ist, hätte es gewagt, mir eine solche Antwort zu geben. Onishi stand dabei und sagte nichts, aber er war zu Tode erschrocken. Nikola ist die erste seiner Freundinnen, die er zu mir ins Dōjō gebracht hat, und auch wenn sie vorher von Ozawa Yuki trainiert und gefickt wurde, ist schließlich er es gewesen, der behauptet hat, sie sei talentiert und von ihrer Persönlichkeit her ein besonderer Mensch. Er rechnete damit, dass ich etwas Furchtbares tun würde, und es wäre aus seiner Sicht angemessen gewesen, selbst wenn er sie danach in ein Krankenhaus hätte bringen müssen oder ihr schönes Gesicht für immer entstellt gewesen wäre.

Tatsächlich war ihre Antwort respektlos, aber doch auch gut. Sie hat mich so unvorbereitet erwischt, dass Nikola mich anschließend mit einem tödlichen Schlag hätte treffen können, wenn wir in einer Situation auf Leben und Tod gewesen wären und ihr Geist die Klarheit gehabt hätte, eine solche Gelegenheit zu nutzen – was nicht der Fall ist. Ich habe gelacht, auf eine uneindeutige Weise, und Onishi hat ausgesehen wie eine Katze im Regen.

»Komm mit«, habe ich zu ihr gesagt und bin dann mit ihr in die Ecke gegangen, wo das Makiwara montiert ist.

»Kennst du das?«

Sie hat genickt und ihre Hand geschüttelt, als hätte sie Schmerzen.

»Makiwara.«

»Ich weiß.«

»Hast du so schon einmal damit trainiert?«

»Yuki hat mich Holzbretter durchschlagen lassen, damit ich lerne, meine Kraft auf einen bestimmten Punkt zu fokussieren.«

»Also nein.«

Das Zerschlagen von Brettern soll sehr beliebt sein bei den Leuten im Westen, habe ich mir sagen lassen. Aber natürlich hat es nichts mit dem Training am Makiwara zu tun. Vor einem Brett ist jeder Schlag voller Hoffnung, selbst wenn man sich ein bisschen fürchtet. Nach zwei, drei Versuchen bricht es, der Schmerz hört auf, und man fühlt sich wie ein Sieger. Das Makiwara hingegen hält stand. Je fester man zuschlägt, desto größer wird der Schmerz, und es ist kein Ende in Sicht. Erst wenn ich sage, dass es reicht, löst sich die Spannung. Aber damit stellt sich keine Zufriedenheit ein, nichts und niemand ist besiegt worden – nur Leere.

Es dauert lange, bis die Leute begreifen, dass Leere gut und Zufriedenheit schlecht ist.

Ich habe Nikola gezeigt, wie sie die Schlagfläche treffen muss, damit das Pendel dahinter gerade gegen die Wand geschleudert wird. Offensichtlich hatte sie Angst. Ihr war klar, dass ich sehen wollte, wo ihre Schmerzgrenze ist und wie sie reagiert, wenn sie den Bereich dahinter betritt. Aber in dem Fall hat sie nicht angefangen zu diskutieren. Sie ist nicht dumm, da hat Onishi recht. Sicher ahnte sie, dass man einen Knochen nur dann mit der bloßen Faust zertrümmern kann, wenn Dinge wie Hoffnung oder Angst einen gleichgültig lassen.

Onishi hatte natürlich längst bemerkt, dass sie mir gefällt, unabhängig davon, wie gut ihr Karate ist. Eifersucht dem

Meister gegenüber ist eine Herausforderung, an der sich viele Männer früher oder später erproben müssen, unabhängig davon, ob es einen Grund dafür gibt oder nicht. Doch vor allem war zu spüren, dass er sich Sorgen um sie gemacht hat. Ich habe nie zuvor erlebt, dass ihn wirklich interessiert hätte, was mit einem anderen Menschen geschieht. Normalerweise nimmt er es hin, so wie er sich selbst hinnimmt: aufmerksam, aber völlig unbeteiligt. Sein Vater hat ihn fünfzehn Jahre lang mit allem, was man dazu verwenden kann, grün und blau geschlagen. Dadurch ist er immun gegen Schmerz geworden. Er hat sich sogar den Hass abgewöhnt. Beides sind gute Voraussetzungen, wenn man im Kampf erfolgreich sein will. Was nicht heißt, dass diese Art Erziehung zwangsläufig Nutzen bringt. Es hängt davon ab, auf welche Persönlichkeit Ohrfeigen, Stockschläge, Peitschenhiebe treffen, ob sich aus ihnen am Ende gute Eigenschaften bilden oder ob eine amorphe Masse zurückbleibt, die nicht einmal mehr die Kraft zum Selbstmord hat. Onishis Vater hat vielleicht gespürt, dass das Wesen seines Sohnes bei der Geburt von Stolz und Aufsässigkeit bestimmt war, die ihn leicht auf einen schlechten Weg hätten führen können. Also hat er auf ihn eingedroschen. Aber selbst wenn es nutzbringend war, ändert es nichts an der Erbärmlichkeit des Vaters. Er ist nur seiner Schwäche und Unbeherrschtheit gefolgt und hat sich damit immer weiter ins Abseits manövriert. Inzwischen ist ihm sogar seine Frau davongelaufen.

Die ganze Familie ist seit vielen Generationen ganz heruntergewirtschaftet. Früher hatte sie einen hohen Rang. Onishi hat mir einmal erzählt, spät in der Nacht nach einem sehr langen Training, dass der Ahnherr seines Hauses, Onishi Naruhiko, ein Mitglied der Leibgarde des Fürsten Toyotomi

Hideyoshi gewesen ist. Dieser Ahnherr war es auch, der dem Teemeister Yamanoue Sōji auf Befehl Hideyoshis erst Nase und Ohren abgeschnitten und ihn dann enthauptet hat.

Natürlich kann niemand genau sagen, wie sich die Handlungen der Vorfahren auf die Geschicke der Lebenden auswirken, und es ist töricht, darüber Spekulationen anzustellen. Gleichwohl haben die Alten angenommen, dass solche Zusammenhänge bestehen. Außerdem kann die Betrachtung derartiger Geschichten für das allgemeine Verständnis der menschlichen Natur hilfreich sein, denn letztlich ändert sich nichts, auch wenn sich nichts wiederholt.

Ich weiß wenig über Yamanoue Sōji. Er muss ein undurchsichtiger Charakter gewesen sein. Aufbrausend und ohne Bereitschaft zum Kompromiss. Wenn man von seinem Fürsten auf diese Weise erniedrigt wird, fällt zwangsläufig etwas wie ein Schatten auf die eigene Persönlichkeit, denn nichts geschieht ohne Gründe, und seien sie noch so tief verborgen. Yamanoue Sōji war neben Furuta Oribe der zweite Gast, der an der geheimnisumwitterten nächtlichen Zusammenkunft mit Meister Sen no Rikyū im Teehaus des Myōkian-Tempels teilgenommen hat. Und dann war er der Erste von ihnen, der eines gewaltsamen Todes starb, in einer besonders erniedrigenden Form. Es gibt zwar Leute, die behaupten, er habe einem der Soldaten, die ihn verstümmelten, das Schwert entrissen und sich damit eigenhändig den Bauch aufgeschnitten, um einen ehrenvollen Tod zu sterben, aber Onishi versichert, dass diese Version falsch ist. Niemand weiß, was sich während der ominösen Teezeremonie im Myōkian-Tempel zugetragen hat. Es ist nicht einmal sicher, ob sie überhaupt stattgefunden hat. Aber da sie seit vierhundert Jahren immer wieder erwähnt wird, kann man annehmen, dass es sich nicht um eine bloße Erfindung handelt, mit der sich jemand interessant machen wollte. Meister Rikyū soll in dieser Nacht eigenmächtig eine äußerst kostbare Kalligrafie aus dem Besitz Hideyoshis gegen dessen ausdrückliches Verbot im Teeraum aufgehängt haben. In dieser Kalligraphie sei es um die letzte Freiheit gegangen, die der Tod eröffnet. Offenbar hatten sich die drei Männer gemeinsam und jeder für sich zu einer Form des Widerstands entschlossen, ja vielleicht haben sie in dieser Nacht erkannt, dass für den, der den Teeweg aufrichtig gehen will, Widerstand gegen jedwede Herrschaft früher oder später unausweichlich wird. Dabei spielt es keine Rolle, ob sich dieser Widerstand ungestüm und respektlos äußert, wie es Yamanoue Sōjis Art gewesen ist, oder verhalten eigensinnig wie bei Sen no Rikyū oder als erhabenes Schweigen, wie Furuta Oribe es an den Tag gelegt hat. Onishi jedenfalls behauptet, dass der Ahnherr seines Hauses Yamanoue Sōji verstümmelt und getötet hat, obwohl er es für falsch hielt, und er denkt, dass Naruhiko anders gehandelt hätte, wenn er diesen Vers über die Freiheit des Todes gekannt hätte. Wenig später ist er selbst über eine Intrige in den Reihen der Leibwache gestürzt und hat seine ganze Familie mit in den Abgrund gerissen. Hideyoshi war sogar seinen engsten Vertrauten gegenüber von Argwohn zerfressen, deshalb hat er die Männer, die an der Bestrafung Yamanoue Sōjis beteiligt gewesen waren, dazu gebracht, sich gegenseitig zu bespitzeln. Bei einem Trinkgelage soll Naruhiko sich dahingehend geäußert haben, dass Yamanoue Sōji in seinem Temperament zwar ohne Beherrschung und in seiner Ausdrucksweise ungehobelt gewesen sei, er habe aber doch mehr Mut zur Wahrheit gehabt als Furcht um sein Leben, und so ein Mann sei hundert Speichelleckern vorzuziehen. Demnach hätte Naruhiko bewusst gegen seine

Überzeugung gehandelt, als er Yamanoue Sōji verstümmelt und getötet hat. Andererseits wäre er, hätte er den Befehl des Fürsten missachtet, zu einem Beispiel für Ungehorsam und Auflehnung geworden, und damit wären die Grundlagen der gesamten Gesellschaft in Frage gestellt worden.

Die Situation war von Anfang an ohne Ausweg für ihn. So hat sich dieser dunkle Schatten auf die Familie gelegt.

Offenbar glaubt Onishi seit einiger Zeit, es sei an ihm, diese Sache jetzt, nach über vierhundert Jahren, zu einem Ende zu bringen, auf welche Weise auch immer.

Ich würde nicht ausschließen, dass Nikola ihm diese Ideen in den Kopf gesetzt hat. Im Westen betreiben sie ja einen regelrechten Kult um den Widerstand, ohne zu sehen, dass damit dem Chaos Tür und Tor geöffnet wird. Nikola hat schon Ozawa Yuki dazu gebracht, seine eigenen Wünsche über das Wohl der Gruppe zu stellen. Andererseits ist nicht auszuschließen, dass Onishi wirklich einen Ausgang entdeckt hat. Es ist schwer zu unterscheiden, ob jemand über eine sichere Intuition für die Strömungen unterhalb der sichtbaren Wirklichkeit verfügt oder ob er schlichtem Aberglauben, vielleicht sogar Wahnvorstellungen, aufsitzt.

»Hast du dich entschieden?«, habe ich Onishi gefragt, woraufhin er ein kleines Schweizer Messer aus der Hosentasche zog und die Nagelfeile herausklappte. Erst als er die Feile schon angesetzt hatte, erinnerte er sich, dass er nicht in Deutschland war, und dass ich nicht einer seiner arabischen Freunde bin, für die so etwas vielleicht normal ist, und klappte sie wieder ein.

»Ich werde alle Finger behalten.«

Nikola stand am Makiwara und schlug mit der Faust auf das Holz unter dem dünnen Schutzbezug ein, als wollte sie mir beweisen, dass kein Schmerz der Welt ihr irgendetwas anhaben kann.

»Es reicht«, habe ich zu ihr gesagt. »Eine geschwollene Hand hilft nicht weiter, wenn gekämpft werden muss.«

9.

Nachdem Friedemanns Anruf gekommen war, hatte Onishi Nikola versichert, dass sie auf keinen Fall wieder in dessen Wohnung ziehen müsse. Warum sie trotzdem hierherfuhren, war nicht aus ihm herauszubekommen gewesen.

Als sie jetzt aus der Aufzugtür trat, schlug ihr ein solcher Gestank entgegen, dass sie Mühe hatte, sich nicht zu übergeben. Onishi stieß einen knarrenden Kehllaut aus. Ein Deutscher Anfang vierzig und eine geringfügig jüngere Japanerin erhoben sich vom Boden.

»Das ist nicht dein Ernst«, sagte der Mann, dessen Gesichtsausdruck trotz allem nicht ärgerlich oder wütend, sondern fast belustigt wirkte.

»Ich meine, du hast mir versichert, kein Mensch in ganz Japan weiß, dass du deine Freundin bei uns unterbringst, und sowieso hätte das alles nicht das Geringste mit irgendetwas zu tun, das zum Problem werden könnte, ich bräuchte mir überhaupt keine Gedanken zu machen …«

Er lachte. Sein Lachen klang weder höhnisch noch verzweifelt, obwohl es für beides angesichts des bestialischen Gestanks, der durch die geschlossene Tür aus seiner Wohnung drang, Gründe genug gegeben hätte.

Onishi verneigte sich tiefer, als Nikola es bis jetzt von ihm gesehen hatte. Er stieß zusammengepressten Atem mit Bruchstücken deutsch-japanischer Entschuldigungsfloskeln aus, während der Mann sich abrupt von ihm wegdrehte und sich ihr zuwandte: »Entschuldige, dass ich gleich auf Fumio losgehe, ohne mich vorzustellen – ich bin Friedemann Weinzierl, Friedemann reicht, und du bist wahrscheinlich Nikola, freut mich, dich kennenzulernen, wobei die Umstände mir lieber angenehmer gewesen … nein: angenehm lieber … – Obwohl es mir lieber gewesen wäre, wenn wir uns unter angenehmeren Umständen getroffen hätten. So. Genau.«

»Klar«, sagte Nikola.

»Das ist Masumi, meine Frau. Die Wohnung kennst du ja schon, beziehungsweise … Ich schätze, du wirst sie leider nicht wiedererkennen.«

»Darf ich reingehen«, fragte Onishi unter weiteren Verbeugungen.

»Natürlich, oder, na ja … Gut, irgendwie müssen wir wohl wieder rein. Ich hoffe, du hast genug Leute, die sich darum kümmern, denn der Zustand, in dem sie jetzt ist …«

»Es wird nichts nützen«, unterbrach ihn Masumi. »Ganz gleich, wie viele Helfer er anschleppt – der Gestank wird in der Wohnung bleiben.«

»Jetzt warten wir erst mal ab, so schnell …«

»Glaub mir.«

»Entschuldigung«, sagte Nikola, »ich weiß, das nützt euch gar nichts, aber ich muss es trotzdem loswerden: Es tut mir wirklich wahnsinnig leid, dass ihr jetzt wegen mir diese Schwierigkeiten habt.«

»Ist ja nicht deine Schuld – du bist schließlich erst eine Woche hier und überhaupt zum ersten Mal in Tokio, wenn ich es richtig verstanden habe.«

Onishi öffnete die Wohnungstür, und eine Welle des widerwärtigsten Gestanks, den Nikola je in ihrer Nase gehabt hatte, stieß sie zurück.

»Die Tür war übrigens unbeschädigt, falls ich das noch nicht gesagt hatte. Sie müssen einen Schlüssel gehabt haben.«

»Wir werden mit dem Hausmeister reden«, sagte Onishi.

»Das ist ein sehr netter Herr, Kanegawa-san, ausgesprochen hilfsbereit, ganz gleich, was los ist, man kann immer zu ihm kommen, insofern wäre ich froh, wenn du ihn nicht zu sehr …«

»Hast du ihn angerufen?«

»Es ging niemand ans Telefon.«

»Aber seine Wohnungstür war ebenfalls ganz?«

»Alles sah normal aus, soweit man es von außen beurteilen kann. Vielleicht haben sie sich auch gleich an die Verwaltung gewandt – also die Leute, die das hier gemacht haben –, du kennst dich da besser aus, welche Möglichkeiten es gibt, solche Sachen zu organisieren.«

»Ich habe dich gewarnt«, zischte Masumi.

Onishi trat in den kleinen Vorraum. Nikola folgte ihm, ging an Friedemann und Masumi vorbei, kniff die Nasenflügel zusammen, hielt mitten im Schritt inne, als wäre sie in einem Film und jemand hätte die Stopp-Taste gedrückt: Unmittelbar vor ihren Füßen lag ein toter Fisch, silbergrau gestreift, von der Größe eines Herings oder einer Sardine. Um ihn herum verliefen dunkelbraune Schmierspuren auf dem Boden. Sein offenes Maul stieß an ein weiteres Exemplar, das halb von einem dritten, vierten und fünften zugedeckt wurde. Dahinter begann eine Halde aus Fischkadavern und Abfällen, die ihr an der höchsten Stelle bis über die Knie gereicht hätte und beinahe den kompletten Wohn- und Küchenbereich ausfüllte. Ein gestrecktes, unterarmlanges Tier fiel ihr auf, daneben etwas, das wie ein plattgedrückter Aal aussah, dann wieder kleinere Exemplare, alle von derselben Art wie das zu ihren Füßen. Offenbar war ein ganzer Schwarm ins Netz gegangen. Die meisten streckten ihre weißlichen Bäuche nach oben und spreizten rote Flossen ab. Tausende mattschimmernde Leiber mit doppelt so vielen toten Augen, grünen, blauen, grauen, trüben, blutunterlaufenen, die nirgends mehr hinsahen. Die Leiber schwappten gegen den Herd, waren in das Fernsehregal gerutscht, steckten zwischen DVD-Spieler, Büchern und CDs. Einzelne hatten es sogar bis in den Schlafraum geschafft. In der Mitte ragten die beiden Stühle und der Tisch aus einem Berg von Fischen. Obwohl sie, dem bestialischen Gestank nach zu urteilen, seit Tagen tot waren, schien es, als befänden sie sich in einer gespenstischen, unterschwelligen Bewegung, gurgelnd und schwappend wie ein müder Geysir, der jeden Moment zu neuer Kraft erwachen und eine Fischfontäne in den Himmel speien konnte. An manchen Stellen hatten sich schwarzgrüne Algenbüschel mit den Tieren vermengt. Blattartige Ranken mit Schoten, die an Dicke Bohnen erinnerten, schlangen sich um bräunliche Krebse und spirrelige, kalkbleiche Krabbenbeine. Nikola sah einen Seestern, dessen Arme sich unnatürlich ineinandergedreht hatten. Die Augen eines Kugelfischs quollen vor, als würden sie platzen. Glasige Garnelen mit verkrümmten Füßen, abgeknickten Antennen ragten hier und da zwischen den Fischkörpern heraus. Unterhalb der Kuppe waberte etwas wie Darmschlingen über einen leeren Seespinnenpanzer, der von hellen Pocken oder Warzen besiedelt war. Erst auf den zweiten Blick sah sie die Fliegen. Tatsächlich schienen sie das Einzige zu sein, was lebte – fette, smaragdgrün glänzende Exemplare. Hin und wieder flog eine auf und ließ sich an anderer Stelle nieder. Nikola dachte, dass angesichts des Zustands der Fische erstaunlich wenig Fliegen im Raum waren. Eigentlich hätten Millionen von ihnen herumschwirren müssen, um sich vollzufressen, zu paaren, ihre Eier abzulegen – besser wurden die Startbedingungen für die Larven nicht.

Wie durch eine Glasglocke hörte sie Friedemanns Stimme: »Gut, wenn ich jetzt Meereskundler oder Ichthyologe wäre, könnte dieser ganze Haufen für mich aufschlussreich sein, ein repräsentativer Querschnitt durch das, was ein japanischer Trawler so einsammelt …«

Obwohl der Anblick kaum weniger widerwärtig war als der Gestank, hatte Nikola Mühe, ihren Blick loszureißen.

»… es wäre auch interessant zu erfahren, was ein Koch dazu sagen würde, warum diese Tiere nicht gegessen oder zumindest weiterverarbeitet wurden, aber wahrscheinlich ist es besser, sich nicht detaillierter mit der Fischereiindustrie zu beschäftigen.«

Je genauer sie hinsah, desto bunter schienen die kleinen Körper in ihrem bleichen Silbergrau zu schillern. Streifenmuster, Punktmuster, Reste vormals leuchtender Farben zeigten an, dass viele verschiedene Arten darunter waren.

»Leider glaube ich nicht, dass irgendeine Versicherung dafür aufkommt, ich meine, also normalerweise, zumindest in Deutschland, wird in solchen Verträgen Vandalismus immer ausdrücklich vom Schadensersatz ausgenommen.«

»Sie werden nicht zahlen«, sagte Masumi.

»Das weißt du, oder?«

»Wir sind schlecht versichert.«

Onishi war damit beschäftigt, mit Hilfe seines iPhones irgendwelche Dinge in Erfahrung zu bringen. Vielleicht simulierte er auch nur Geschäftigkeit, um Zeit zu gewinnen.

Es war das Unvorstellbare der ganzen Situation, das ihre Augen an den Anblick kettete: Es konnte einfach nicht sein, dass in einem hoch entwickelten, von Bürokraten, Angestellten, Ordnungskräften durch und durch strukturierten Land wie Japan etwas Derartiges geschah. Und weil es nicht sein konnte, musste sie es sehen, um es zu glauben.

»Erst mal brauchen wir frische Luft«, sagte Onishi, streifte Socken und Turnschuhe ab, krempelte die Hosenbeine hoch und schob seine Füße langsam, aber ohne zu zögern in den Fischberg.

»Respekt«, sagte Friedemann, während Masumi etwas auf Japanisch murmelte, ohne dass für Nikola ersichtlich war, ob sie mit Onishi oder zu sich selbst sprach.

Unter schmatzenden Lauten bewegte sich die Masse aus toten Tieren wie in zähen Strudeln um Onishis Unterschenkel. Nikola sah einen kleinen Rochen, der an die Oberfläche befördert wurde, ein Stück Muräne oder Seeschlange. Neue Wolken von Gestank stiegen auf, breiteten sich aus. Schließlich hatte Onishi die Zimmerwand erreicht und öffnete das Fenster. Von draußen drang feuchtheiße Luft herein, die jedoch nur im ersten Moment Erleichterung brachte, denn zugleich intensivierte die Wärme den Gestank. Die zwanzig Grad, die von der Klimaanlage gehalten worden waren, hatten die Aktivität der Mikroorganismen wohl trotz allem ein wenig gedämpft.

Onishi stand da, bis zu den Waden in angefaultem Meeresgetier, und Nikola hatte zum ersten Mal den Eindruck, dass er nicht wusste, was er als Nächstes tun sollte.

»Vielleicht kannst du jemanden anrufen, der …«, sagte Friedemann. »Ich meine, also entschuldige, wenn ich mich da jetzt zu weit vorwage … Zumindest in Amerika, aber hier soll es ja in dieser Hinsicht nicht wesentlich anders sein, haben die – mir fällt das richtige Wort nicht ein, sagen wir die *gewalttätigen Gruppen*, wie es auf Deutsch so schön heißt, enge Verbindungen zum Reinigungsgewerbe und auch zur Abfallwirtschaft.«

»Soll ich das Fenster auflassen oder doch besser wieder zumachen?«, fragte Onishi.

»Lass auf«, sagte Friedemann.

»Zu«, sagte Masumi.

»Egal, man weiß nicht, was besser ist.«

Onishi schloss das Fenster, drehte sich um und watete durch den Fischberg zurück zum Eingang. Ein ganzer Schwung Kadaver und Algen rutschte noch weiter herab auf die Tür zu. Nikola sprang reflexhaft einen Schritt zurück.

»Ich muss telefonieren.«

Sie starrte auf seine Füße, die von einer mit Schuppen durchsetzten, schwärzlichen Schmiere überzogen waren, öffnete den Reißverschluss ihrer Handtasche und hielt ihm ein Paket Papiertaschentücher hin.

Onishi wischte sich Füße und Unterschenkel ab, so gut es eben ging, ehe er in seine Schuhe stieg und auf den Flur hinaustrat.

»Es ist klar, dass wir für den Schaden aufkommen«, sagte Nikola zu Masumi und Friedemann. »Das nützt euch jetzt zwar erst mal wenig, schon klar, aber nur, dass ihr Bescheid wisst.«

Onishi sagte nichts. Er stand da, lehnte plötzlich seine Stirn gegen die Wand. Im ersten Moment erschrak Nikola über diese Geste der Hilflosigkeit, die sie nicht für möglich gehalten hätte. Gleichzeitig spürte sie Wut: Wenn hier jemand Grund hatte, zu resignieren oder in Selbstmitleid zu verfallen, dann waren es Masumi und Friedemann, aber bestimmt nicht Onishi.

»Diese Leute machen alles kaputt«, sagte er leise.

»Was soll das jetzt heißen?«

»Sie zerstören unsere Werte.«

»Welche Werte?«

»Es ist ein unverrückbares Gesetz, dass Unbeteiligte durch unsere Konflikte nicht zu Schaden kommen.«

»Spinnst du?«, fuhr Nikola ihn an.

»Sonst werden wir den Respekt der Menschen verlieren und keine Zukunft haben.«

Sie sah ihn fassungslos an: »Du jagst …«, sie biss sich auf die Zunge, weil sie nicht wusste, inwieweit Masumi und Friedemann über seine Aktivitäten tatsächlich im Bilde waren: »Du machst deine Spezialeinsätze in Lagerhallen und Supermärkten und erzählst mir einen von wegen, Unschuldige müssen geschont werden – das ist doch wohl ein Witz, oder?«

»Das war in Berlin. Hier ist Japan. Hier gelten japanische Regeln.«

»Weil der Wert eines Japaners natürlich viel höher ist als der eines Deutschen oder eines vietnamesischen Untermenschen.«

Er fauchte: »Wir diskutieren das hier nicht.«

»Und du bestimmst, wann diskutiert wird, oder was?«

»Hör auf jetzt.«

»Jetzt, genau jetzt ist der Zeitpunkt, wo wir das besprechen, weil deine Freunde, die so nett waren, mich bei sich aufzunehmen, gerade ziemlichen Ärger an der Backe haben, für den du verantwortlich bist.«

Friedemann wollte vermeiden, dass der Konflikt weiter eskalierte, und sagte: »Entschuldige, Nikola, du hast sicher gute Gründe, nur im Moment hilft es uns nicht weiter, wenn ihr euch streitet, wir müssen eine Lösung beziehungsweise mehrere Lösungen für eine ganze Reihe von Problemen finden, insofern wäre es mir lieb …«

»Entschuldige, tut mir leid.«

Onishi wischte erneut über sein iPhone, schüttelte den Kopf, murmelte etwas, das wie ein japanischer Fluch klang.

Friedemann schaute von Onishi zu Masumi zu dem Fischberg, konnte sich offenbar noch nicht dazu durchringen, die Tür hinter sich zu schließen: »Wir werden die nächsten Tage auf keinen Fall hier sein können, aber wir kommen auch nicht an unsere Sachen, ohne durch diesen Berg zu steigen.«

»Vergiss unsere Sachen«, sagte Masumi. »Der Geruch steckt in jeder Faser. Wir müssen alles, was wir haben, wegwerfen und neu kaufen.«

»Ihr könnt bei mir wohnen, das ist auch …«

Masumi erwiderte etwas auf Japanisch. Offenbar gefiel ihr die Idee nicht.

»Natürlich kann ich euch auch ein Hotel bezahlen. Aber es ist sicherer, wenn ihr zu mir kommt. Offenbar will sich jemand profilieren. Ich muss noch herausfinden, wer. Dann kann ich genauer einschätzen, wie gefährlich es ist.«

Er sprach Japanisch weiter.

»Verstehst du sie eigentlich?«, wollte Nikola von Friedemann wissen.

»Nicht sehr gut … Eigentlich viel zu wenig, dafür, dass ich schon so lange hier bin. – Also, Schatz, wenn du mich fragst: Ich bin dafür, dass wir Fumios freundliches Angebot annehmen, zumindest bis wir klarer sehen.«

»Es wird uns nur weiter in die Sache hineinziehen.«

»So, wie ich Fumio einschätze, hat er gute Gründe, uns das vorzuschlagen, und …«

»Glaub mir, wenn man sich auf sie einlässt, lassen sie einen nicht wieder los. Sie sind wie ein Krake. Sie saugen sich an dir fest und ziehen dich in die Tiefe, bis du erstickst.«

Onishi sprach wieder Japanisch, er klang jetzt ungewohnt weich, beinahe unterwürfig. Dann wechselte er zurück ins Deutsche: »Glaub mir, Friedemann. Und du auch, Masumi: Ich bin hier nicht als Yakuza, sondern als Freund. So wie ihr mir eure Wohnung nicht gegeben habt, weil ein Yakuza gefragt hat, dem man nichts abschlagen kann, sondern aus Freundschaft. Deshalb biete ich euch Hilfe an. Und Schutz. Ihr braucht Schutz. Zumindest, bis einige Sachen geklärt sind.«

Er tippte eine Nummer in sein Telefon, hielt es ans Ohr, entfernte sich ein Stück Richtung Aufzug.

»Ich weiß nicht, was du glaubst, mit wem du es bei ihm zu tun hast, Nikola«, sagte Masumi.

»Ich kenne ihn schon über zwei Jahre, und ich habe in Berlin auch andere Leute aus seiner Gruppe getroffen.«

»Er ist nicht einfach nur ein Karatelehrer, wollte ich sagen.«

»Ich weiß.«

»Also dir ist klar, dass er ein Krimineller ist.«

»Na ja«, warf Friedemann ein, »so genau wissen wir gar nicht, welche Funktion er hat. Unkelbach macht immer kryptische Andeutungen, aber was genau Sache ist, damit rückt er nicht raus, insofern würde ich erst mal annehmen, dass Fumio sich zwar in diesem Milieu bewegt – nur da gibt es eben auch solche und solche.«

»Wenn er nur ein kleiner Mitläufer wäre, hätte sich niemand die Mühe gemacht, unbeteiligten Freunden von ihm eine Tonne Fischabfall in die Wohnung zu kippen.«

»Er ist nicht irgendwer«, sagte Nikola. »Lassen wir es vielleicht dabei.«

Onishi stand neben der Aufzugtür vor dem Fenster und sprach so leise in sein Telefon, dass auch Masumi ihn sicher nicht verstand.

Nikola überlegte, was sie sagen durfte, ohne etwas zu verraten, das in dem Fall, dass Friedemann oder Masumi diesen Leuten in die Hände fielen, Informationswert hätte und unter entsprechender Gewaltanwendung aus ihnen herausgepresst werden könnte.

»Wie lange lebst du schon in Japan?«

»Also endgültig seit acht Jahren. Aber vorher haben wir auch schon drei Jahre hier gewohnt, nur da stand immer noch die Überlegung im Raum, zusammen nach Deutschland zu gehen, also nach Berlin, doch irgendwie fand ich es angenehm, hier zu sein …«

»Bis heute.«

»Na ja, ich gehe trotz allem davon aus, dass diese … Wie nennt man das? Sagen wir, dass dieses Missgeschick letztlich eher ein Versehen war und nichts mit unserem Leben hier zu tun hat.«

Nikola wunderte sich, dass weder Masumi noch Friedemann bis jetzt von der Polizei gesprochen hatten. Offenbar waren sich beide trotz allem der Tatsache bewusst, dass sie sich in einer Nebenwelt bewegten, die mit der, in der sie eigentlich lebten, normalerweise keine Berührungspunkte hatte.

Onishi beendete sein Telefongespräch, lächelte kurz – es wirkte eher wie eine Entschuldigung – und sagte: »Es ist schwierig im Moment. Ein Freund will uns helfen. Er sagt, dass er ein paar Leute hat, die ihm noch Gefallen schulden. Die werden hier aufräumen. Es kann aber dauern.«

»Bis wann?«, fragte Masumi kühl.

»Heute Nacht, morgen früh.«

»Wir werden hier sowieso nie wieder wohnen können«, sagte Friedemann, als hätte er erst in diesem Moment wirklich begriffen, was passiert war. »Alle Nachbarn denken spätestens jetzt, dass wir zu den – also eine Japanerin, die einen Ausländer geheiratet hat, den man nie so richtig einschätzen konnte, und dann stellt sich auch noch heraus, dass er zu den … Entschuldige, ich nehme das Wort jetzt einfach mal, du hast es ja vorhin selbst benutzt – also dass wir mit der Yakuza zu tun haben.«

Onishi ignorierte Friedemanns Einwurf und sagte: »Ich muss mit dem Hausmeister sprechen«, ging zurück Richtung Aufzug und drückte den Knopf.

Nikola und Masumi folgten ihm. Friedemann schloss die Wohnungstür.

»Aber wir sollten trotzdem darauf achten, dass Herr Kanegawa nicht auch noch mit hineingezogen wird.«

»Danach können wir erst einmal einkaufen gehen. Alles, was ihr braucht.«

»Würdest du ihm vielleicht mal antworten«, fuhr Nikola Onishi an. »Es ist schließlich sein beziehungsweise ihr Leben, das wir hier total durcheinanderbringen. Und wenn er möchte, dass der Hausmeister da nicht behelligt wird …«

»Er möchte das, was ich tue.«

10.

Natsuko war mit Nobu hier, um sich die Unterstützung abzuholen, die ich ihr für ihn zahle, und auch, damit er mich mal wieder sieht. So hat sie es jedenfalls gesagt. Ich war überrascht, weil es sonst immer den Anschein hatte, als wäre es ihr lieber, wenn er mehr oder weniger ohne mich aufwächst. Wir haben keinen festen Termin für diese Sachen. Anfang des Monats, meistens zum ersten Wochenende hin, ruft sie an und fragt, wann ich Zeit habe. Wenn sie ihr eigenes Geld zu schnell aufgebraucht hat, meldet sie sich in der zweiten Monatshälfte wieder und sagt, dass Nobu mich besuchen will, aber in Wirklichkeit braucht er etwas zum Anziehen oder für die Schule.

Ich finde sie immer noch anziehend und überlege, wie es wäre, mal wieder eine Nacht mit ihr zu verbringen. Natürlich könnte ich mir eins von Takedas Mädchen schicken lassen, wenn ich Lust auf eine Frau habe, aber ich bin nicht mehr so scharf darauf, den wilden Eroberer zu geben. Eine gewisse Vertrautheit hat auch ihren Reiz. Es ist noch nicht so lange her, dass wir zusammen waren. Sowieso fand ich es übertrieben, dass sie unser Verhältnis aus Angst, Nobu würde eines Tages bei der Yakuza landen, beendet hat. Auch wenn der Altersunterschied etwas größer ist, bin ich doch der Vater ihres Kindes, und das schafft eine gewisse Verbundenheit. Früher hat mich so etwas nicht interessiert. Vielleicht merkt man daran, dass die Lebenszeit voranschreitet. Vom Aufwachsen meiner anderen Kinder habe ich noch viel weniger mitbekommen als jetzt bei Nobu: Soweit ich weiß, habe ich zwei weitere Söhne und drei Töchter. Sie sind erwachsen und gehen ihre eigenen Wege. Haruki und Emi haben selber Kinder, ich bin also wohl mindestens vierfacher Großvater. Meine jüngste Tochter, Naomi, ist anderthalb Jahre älter als Natsuko. Vielleicht sind da noch andere, ausschließen kann man es nie. Früher sind die Mädchen aus der Provinz, die ihr Glück in Tokio machen wollten, oft einfach verschwunden, wenn sie schwanger waren und der Mann sie nicht behalten wollte. Man hat dann nie wieder etwas von ihnen gehört. Diese Hormontabletten, die von den Frauen im Westen eimerweise geschluckt werden, waren hier nicht sehr verbreitet, außer bei den Professionellen. Sie sollen auch viele Nebenwirkungen haben, Herzinfarkte, seelische Verstimmung, sogar Lustlosigkeit, was wie ein schlechter Witz klingt, wenn man darüber nachdenkt. Am Ende landen die ganzen Stoffe im Trinkwasser, machen die Männer impotent und weich im Kopf. Impotente Männer liegen bei lustlosen Frauen, darauf läuft es hinaus.

Schon weil ich sie gern ansehe, habe ich Natsuko immer einen Tee angeboten, wenn sie kam, aber meistens war sie in Eile oder musste dringend jemand anderen treffen, hat das Geld genommen und ist gegangen. Heute tat sie so, als würde sie sich freuen, hierzusitzen und mit mir zu reden: Darüber, wie es in ihrem Leben vorangeht oder besser: dass sie auf der Stelle tritt, sowohl beruflich als auch privat. Seit drei oder vier Jahren arbeitet sie als Verkäuferin in dieser schicken Boutique, doch das Geld reicht nie, obwohl sie mit Nobu bei ihren Eltern wohnt. Anscheinend hat sie keinen neuen Liebhaber. Es ist nicht einfach mit Kind, sagt sie. Das kann ich mir schon vorstellen. Warum sollte sich ein Mann die Last eines fremden Kindes an den Hals holen, das ihm die ersten Wochen verdirbt, wenn die Liebe ungestüm ist, und auch später nur Belastungen mit sich bringt. Kinder werden dauernd krank, sie kotzen oder fiebern und verlangen der Mutter alle Aufmerksamkeit ab. Die Größeren benehmen sich absichtlich schlecht, um den neuen Mann so schnell wie möglich loszuwerden. Wenn man nicht selbst der Vater ist, hat man kaum eine Handhabe, um ihnen Respekt beizubringen, sonst verdirbt man es sich gleich wieder mit der neuen Freundin.

Tatsächlich hatte ich den Eindruck, dass Natsuko heute nicht nur gern hier war, sondern dass sie vielleicht sogar mit dem Gedanken spielt, es könnte praktischer für sie sein, mit Nobu bei mir zu wohnen als bei ihren Eltern, selbst wenn sie dann mit mir schlafen müsste, was wahrscheinlich sogar aus ihrer Sicht besser ist, als ganz darauf zu verzichten. Es gäbe schon Platz bei mir. Bestimmt geht sie auch davon aus, dass sie dann wieder mehr Geld zur Verfügung hätte.

Erst mal hat sie sich nur vorsichtig herangetastet: »Es wäre vielleicht gut, wenn Nobu Karate lernen würde«, hat sie gesagt. »Du könntest ihn zwei- oder dreimal in der Woche von der Nachmittagsschule abholen, und ich würde abends zu dir kommen, wenn ich mit der Arbeit fertig bin.«

Wie es weitergeht, wenn sie dann sowieso schon da ist, hat sie offengelassen, jedenfalls hat sie nicht gesagt, dass sie gleich wieder mit ihm verschwindet. Aber vielleicht deute ich zu viel hinein.

Nobu saß neben ihr und drückte die ganze Zeit auf seine Computerspielbox: bunte Monster, die durch Schluchten rasen und dabei andere bunte Monster kaputtmachen. Es piepte und dudelte ununterbrochen. Sonderbare Geräusche, wenn man es nicht gewohnt ist. Ich habe ihm gesagt, er soll das Ding leise stellen, woraufhin er Ohrstöpsel aus seiner Umhängetasche gekramt hat und ganz abgetaucht ist.

Sicher wäre es besser, wenn er statt dieses Unsinns hier im Dōjō etwas lernen würde, das seinem Körper Stärke und seinem Geist Klarheit gibt.

Allerdings ist der Zeitpunkt nicht günstig. Je nachdem, wie ich mich in der Sache mit Onishi verhalte, könnte einiger Ärger ins Haus stehen. Nicht nur, dass Takeda wieder trinkt, er hat sich auch Leute herangezogen, die keinen Wert auf die alten Regeln legen, und hinter seinem Rücken haben bereits die Auseinandersetzungen um seine Nachfolge begonnen. Jeder, der sich Chancen ausrechnet, will die anderen durch Härte beeindrucken, ganz abgesehen von den Chinesen, die er sich an den Hals geholt hat. Wenn ich mich gegen Takeda stelle, wäre Nobu hier nicht sicher. Das habe ich Natsuko natürlich nicht gesagt, denn es hätte sie gleich wieder verschreckt.

»Es wäre bestimmt von Vorteil, wenn er Karate lernt.«

»Er wird auch oft von den Klassenkameraden ausgelacht. Sie sagen, dass er keinen richtigen Vater hat, und manchmal verprügeln sie ihn.«

»Karate ist nicht dazu da, Schulhofschlägereien zu gewinnen.«

»Natürlich nicht. Aber vielleicht stärkt es ihn von innen, so dass sie ihm mit mehr Achtung begegnen.«

Auch wenn Nobu sicher nicht ohne Grund von den anderen verdroschen wird und bestimmt etwas dabei lernt, gefällt es mir nicht, einen Schwächling als Sohn zu haben.

»Nimm die Stecker aus den Ohren, du Trottel«, habe ich gesagt. Er war so vertieft in seinen Spielkasten, dass er nicht einmal aufgeschaut hat.

Ich habe ihn sehr fest bei den Handgelenken gepackt, seine Arme auseinandergerissen, so dass der Spielkasten ihm zwischen den Füßen auf die Tatami gefallen ist. Er hat mich angesehen, weder erschrocken noch wütend, und einfach nur »Was ist?« gefragt.

Das war eine gute Reaktion.

»Wirst du verprügelt in der Schule?«

»Manchmal.«

»Und? Gefällt dir das?«

»Nein.«

»Hast du schon mal überlegt, etwas zu tun, damit das nicht mehr passiert?«

»Ja.«

»Ist dir etwas eingefallen, was du tun könntest?«

Kopfschütteln.

»Streng dein Hirn ein bisschen an.«

Keine Reaktion.

»Weißt du, was das hier ist?«

»Ein Dōjō.«

»Gut. Was machen die Leute hier?«

»Sie lernen kämpfen.«

»Willst du kämpfen lernen?«

»Ich weiß nicht.«

Ich habe ihm rechts und links eine Ohrfeige gegeben – nicht fest, nur so, dass er wach wird.

»Komm mit.«

»Was hast du vor mit ihm?«

»Er ist ein schlauer Junge. Wie soll er die Frage beantworten, ob er kämpfen lernen will, wenn er nicht weiß, was es damit auf sich hat.«

Im Schrank war noch ein alter Dōgi, der ihm halbwegs gepasst hat. Natsuko kam hinter uns hergetrippelt. Ich konnte spüren, dass sie Angst hatte, ich würde von dem Jungen Dinge verlangen, die ihm wehtun. Mütter mögen es nicht, wenn ihre Kinder Schmerzen haben. Dabei ist es viel schlimmer, wenn sie ohne Schmerz groß werden.

Als ich mein T-Shirt ausgezogen habe, stand ich so, dass sie sehen konnte, wie fest meine Muskeln sind, habe einige Dehnübungen mit nacktem Oberkörper gemacht, danach die Jacke angezogen und den Gürtel gebunden.

»Fürchtest du dich, Nobu?«, habe ich ihn gefragt, als wir auf der Trainingsfläche standen.

»Nein.«

»Kein bisschen?«

Achselzucken.

»Antworte!«

»Nein.«

»Sagst du das, weil du meinst, dass mir die Antwort gefällt?«

Wieder Achselzucken.

»Keine Furcht zu haben ist dumm. Wiederhol, was ich gerade gesagt habe.«

»Keine Furcht zu haben, ist dumm.«

»Aber Furcht zu haben ist auch dumm. Hast du das verstanden?«

Er schüttelte den Kopf.

»Gut. Jetzt schau mir zu.«

Natsuko hatte sich am Rand der Matte auf den Boden gesetzt und blickte gezielt an mir vorbei, während ich die Kata

Heian Shodan gegangen bin und meinerseits so tat, als hätte ich ihre Anwesenheit mit dem ersten Schritt vergessen. Aber natürlich habe ich darauf geachtet, dass jede Bewegung klar, hart und stark wirkte. Der Anzugstoff knallte bei den Blocks und Schlägen, als fielen Schüsse – ganz so, wie es sein soll. Beim ersten Mal ist Nobu vor Schreck zusammengezuckt. Ich weiß gar nicht, wann er mich das letzte Mal beim Training gesehen hat. Es liegt sicher drei Jahre zurück, und damals hatte er vermutlich noch gar kein Bewusstsein für das, was ich tue.

»Willst du das lernen?«

Nobu schaute zu Natsuko, die den Blick noch immer auf einen nicht definierten Punkt am Rand der Trainingsmatte gerichtet hatte.

»Du musst die Frage beantworten, nicht deine Mama.«

Viele japanische Jungs sind heutzutage Muttersöhnchen.

»Ja.«

»Hast du das ganz allein für dich entschieden?«

»Ja.«

»Und du wirst nicht gleich aufgeben, wenn du mal keine Lust hast?«

»Nein.«

»Denk noch einmal nach, sonst gilt dein Wort.«

»Ich will Karate lernen.«

»Gut. Dann fangen wir an. Stell dich neben mich und mach mir jede Bewegung nach.«

Wir haben mit Aufwärmübungen angefangen, damit er gleich merkt, dass der Weg, den er gewählt hat, anstrengend ist, sehr anstrengend. Und erst einmal sieht nichts von dem, was wir üben, so aus, als könnte man damit dem Obertrottel vom Schulhof eine Abreibung verpassen. Er sollte sich nicht gleich irgendwelchen Illusionen hingeben. Ich kenne das von den Schwachköpfen, die Takeda manchmal schickt. Die sind zwar zehn Jahre älter als Nobu, glauben aber auch, sie würden nächste Woche die Schläger der Inagawa-kai mit links wegputzen, wenn ihnen einer dumm kommt. Doch nach ein paar Tagen können sie sich vor Muskelkater erst einmal gar nicht mehr bewegen, wenn das Training etwas getaugt hat.

Wobei ich sagen muss, dafür, dass es das erste Mal war, hat der Junge sich gar nicht schlecht angestellt. Jedenfalls ist er weder in Tränen ausgebrochen noch hat er gejammert, obwohl es ihm bestimmt mächtig in Armen und Oberschenkeln gezwickt hat.

Ich wollte gerade anfangen, ihm die ersten Schritte der Kata zu zeigen, als ich draußen Takeda meinen Namen brüllen hörte.

Auch wenn ich keine Angst vor ihm habe, geschweige denn um mein Leben, war es doch überraschend, dass er hier auftauchte, ohne sich vorher anzukündigen. Es hätte ja genauso gut sein können, dass ich nicht zu Hause bin.

»Ich kenne die Stimme«, sagte Natsuko. »Er ist betrunken.«

»Ihr könnt hinten rausgehen, dann trefft ihr ihn nicht.«

Natsuko nahm Nobu bei der Hand, packte hastig seine Sachen zusammen und verschwand im Innenhof, während ich zur Tür gegangen bin.

Ich hoffe, dass sie sich nicht zu sehr erschrocken hat. Sie kennt seine Ausfälle von früher und hat sich immer sehr vor ihm gefürchtet. Insofern wäre es besser gewesen, sie hätte nichts von seinen neuerlichen Abstürzen mitbekommen.

Takeda stand im Eingang, wobei stehen es eigentlich nicht richtig trifft: Er schwankte wie eine Kiefer im Wind, nur dass die Kiefer von ihren Wurzeln gehalten wird, wohingegen er sich abwechselnd auf einen seiner Leibwächter und Komatsu Ken stützen musste, um nicht der Länge nach hinzufallen.

»Oyabun Takeda, welche Ehre, herzlich willkommen in meinem bescheidenen Haus. Alles steht Ihnen zu Diensten. Was kann ich Ihnen anbieten?«

Er knurrte, machte eine wegwerfende Handbewegung und sagte: »Nescafé. Doppelt stark. Oder noch besser dreifach.«

Ich hörte, wie die Hoftür zu Straße geschlossen wurde. Natsuko und Nobu waren weg.

Er streifte die Schuhe ab, stolperte herein. Seine beiden Hanseln verbeugten sich unablässig, um mir Ehre zu erweisen, aber hauptsächlich, damit er sich besonders groß und mächtig fühlte.

Er setzte sich unsicher, aber mit ausladender Geste auf eines der Kissen. Es sollte aussehen, wie es die Schauspieler machen, wenn sie einen der alten Heerführer mimen. Dann stützte er sich mit durchgestreckten Armen auf die eigenen Knie und pumpte lauthals Luft in die Lungen. Auch das sollte wie ein machtvoller Auftritt wirken, aber man konnte merken, dass er nicht etwa Kraft in seinem Körper sammelte, sondern schlicht außer Atem war vom Trinken und Rauchen und von den paar Schritten, die er vom Wagen bis in meine Wohnräume gegangen war.

»Sie müssen entschuldigen, Oyabun Takeda, die Witwe Kuraki, die mir den Haushalt führt, ist schon gegangen, da ich nicht mit Ihrem Besuch gerechnet habe. Deshalb werde ich selbst Ihnen einen Nescafé zubereiten.«

Für einen Moment war er verwirrt und wusste nicht, in welchem Verhältnis er jetzt, in dieser Situation, zu mir stand: War ich der Meister, von dem er einmal fast alles gelernt hatte, oder war er der Oyabun, der zu jeder Tages- und Nachtzeit jeden Dienst von mir verlangen konnte, oder war er einfach nur ein Haufen besoffener Dreck.

Ich warf einen kurzen Blick zu Komatsu Ken, der die Lage vollständig erfasst, aber keine Möglichkeit hatte, einzugreifen – er durfte nicht einmal wissend lächeln.

Takeda verneigte sich und nuschelte etwas von »Entschuldigung« und »Verbundenheit«, fuhr dann plötzlich mit dem ganzen Oberkörper hoch und zerhackte die Luft mit einem waagerechten Handkantenschlag, der kurz vor Itōs Schläfe stoppte.

Für den Zustand, in dem er sich befand, war die Bewegung erstaunlich präzise – allerdings vollkommen sinnlos.

»Ihr Onishi, Meister Harada, er hat sich nicht bei mir gemeldet.«

»Ich habe auch seit Längerem nichts von ihm gehört, so dass ich ihm Ihre Nachricht noch nicht ausrichten konnte.«

Er verschluckte sich an seiner eigenen Spucke und wurde von einem Hustenanfall geschüttelt.

»Entschuldigen Sie vielmals, Oyabun Takeda, ich werde mich erst um Ihren Nescafé kümmern.«

Ich ging in die Küche, schaltete den Wasserkocher ein, gab drei Löffel Pulver in einen Porzellanbecher.

Nachdem er seine Lunge freigehustet hatte, fluchte er, anschließend konnte ich durch die Papierwände hören, wie er vor sich hin räsonierte: »Ihr Hohlköpfe habt keine Ahnung, was ich alles für diesen Mann getan habe im Laufe der letzten zwanzig Jahre, meint ihr, er könnte sich diesen Platz leisten, mit ein paar talentlosen Vorstadtbengeln und ein bisschen Unterricht in irgendwelchen Schulen? Karate ist längst nicht mehr, was es einmal war, die jungen Leute interessieren sich kaum dafür – ihr seid doch das beste Beispiel. Ganz egal, wie ich persönlich dazu stehe, kann ja sein, dass ich es bedaure, doch, ja, wahrscheinlich bedauere ich es sogar – wenn ich darüber nachdenke, tut es mir leid, er ist ein alter Mann, und es ist immer unerfreulich, wenn am Ende des Lebens nichts mehr so ist, wie man es kennt, andererseits ist das der Lauf der Dinge, sie kommen und gehen, auf und ab, hin und her …«

Komatsu und Itō sagten nichts. Ich konnte sie förmlich nicken hören bei jedem Furz, den Takeda von sich gab, goss kochendes Wasser in die Tasse, rührte gründlich um, damit er keine Klümpchen im Mund hatte, die er mir auf die Tatami spucken würde, und dann röche es eine Woche nach Instantkaffee.

Ich stellte den Kaffee und ein Tellerchen Biskuits auf einem Tablett vor ihn hin.

Er nahm den Becher zwischen Daumen und Zeigefinger, schlürfte und schüttelte sich kurz, was bedeutete, dass das Zeug bitter genug war.

»Wissen Sie was, Meister Harada, ich habe auch gehört, dass Onishi überhaupt nicht die Absicht hat, etwas in der Art zu tun, wie ich es von ihm erwarte.«

»Das wäre natürlich eine sehr schwerwiegende Entscheidung, wenn er sich denn tatsächlich entschlossen hätte, diesen Weg zu gehen.«

»Wenn, wenn, wenn! – Was glaubt er eigentlich, wer er ist, Onishi Fumio?«

Takeda brüllte so, dass es die Nachbarn noch drei Häuser weiter hören konnten. »Ein Nichts ist er, ein Nichts und ein Niemand, ganz egal, welche Fähigkeiten er hat, nicht einen Tag überlebt er in dieser Stadt, wenn ich beschlossen habe, dass er zur Strecke gebracht werden soll. Es gibt Dutzende Leute, die froh wären, diese Aufgabe für mich zu übernehmen, die es als eine Ehre ansehen würden, ihm die Eier abzuschneiden. Es ist immer jemand an ihm dran, keine Sekunde ist er unbeobachtet, wir kennen jeden seiner Schritte!«

Komatsu und Itō stimmten beflissen jedem seiner Sätze einzeln zu, aber plötzlich kippte Takedas Stimmung, und er schien den Diensteifer seiner eigenen Leute sattzuhaben: »Ihr Idioten, und wenn ich jetzt sagen würde, ich habe beschlossen, dass Onishi ab morgen, ach was, jetzt sofort, mein Nachfolger werden soll, würdet ihr mir mit derselben Stumpfsinnigkeit zustimmen, nicht wahr? Was soll ich damit anfangen: ›Ja, Oyabun, natürlich, Oyabun, selbstverständlich, Oyabun …‹? Verschwindet, wartet im Wagen, ich muss mit jemandem reden, der aufrecht steht, haut ab, ein bisschen plötzlich!«

Er zuckte in den Knien hoch, als würde er aufspringen und sie verprügeln, so dass sie tatsächlich hinausliefen, wie Kinder, die ein Shōji mit einem Fußball durchschossen hatten.

Takeda räusperte sich, steckte sich eine Zigarette zwischen die Lippen, wartete, dass ihm jemand Feuer gab, bis er merkte, dass er seine Lakaien soeben zur Tür hinausgejagt hatte. Er friemelte sein Feuerzeug aus der Hosentasche. Eine hohe Flamme schoss heraus und versengte ihm die Augenbraue, die Zigarette glühte rot auf.

Im nächsten Moment sank er in sich zusammen und sagte: »Sie werden ihn fertigmachen, Ihren Onishi, meine Leute. Daran sollten Sie keinen Zweifel haben. Es sind Maßnahmen im Gange, starke Maßnahmen, die ganze Stadt wird davon erzählen. Aber es nützt nichts. Der Nekodoshi-gumi nützt es nichts, Ihnen nützt es nichts, und mir nützt es nichts. Trotzdem muss es gemacht werden. Es gibt kein Zurück, keinen Ausweg. Für keinen von uns. Es läuft alles so ab, wie es immer abläuft. Ein Stein ist ins Rollen geraten. Er stößt gegen den nächsten, den übernächsten, es werden immer mehr Steine, die mit immer größerer Geschwindigkeit ins Tal rollen und das Dorf zerstören. Ich bin am Arsch, Meister. Aber Sie sind auch am Arsch. Und Ihr Onishi ist erst recht am Arsch. Wir sind die Steine, und wir sind das Dorf. Niemand kann uns aufhalten, niemand kann uns retten.«

Er machte eine lange Pause.

»Aber es wäre mir lieber, wenn es anders ginge. Das wollte ich Ihnen sagen. Damit Sie es wissen.«

11.

Die Schiebetür zum Wohnraum war geschlossen. Aus zwei schmalen, papierbespannten Lampenpfeilern, die zu beiden Seiten an der Grenze von Parkett und Tatami standen, fiel gedämpftes Licht. Friedemann lag halb auf seinem Sitzkissen, den Kopf seitlich in die Hand gestützt, stopfte sich abwechselnd Reiscracker und Erdnüsse in den Mund, nippte an seinem Bier. Prall gefüllte Tüten verschiedener Kaufhäuser lehnten an der Wand, darin befanden sich Ersatzkleider, außerdem Kosmetika, Waschzeug, elektrische Zahnbürsten, ein Nassrasierer.

»Gut, die Lage ist, wie sie ist, zwei, drei Nächte geht das schon, aber hast du irgendeine Idee, wohin wir umziehen können, also in ein paar Tagen, wo es auch sicher ist, und dass keine Kosten auf uns zukommen, weil so viel, dass wir uns zwei Wohnungen leisten können, verdienen wir dann doch nicht.«

»Ihr müsst euch keine Sorgen machen«, sagte Onishi.

Nachdem er den halben Nachmittag telefoniert hatte, wirkte er ernst, aber nicht nervös. Er hatte entschieden, dass sie die Nacht nicht im Wohnraum, sondern im Tee- und Trainingsbereich verbringen würden. Wenn einer von ihnen in die Küche oder zur Toilette wollte, musste das Licht gelöscht werden, bevor die Schiebetür geöffnet werden durfte, damit niemand von draußen sah, dass sich Leute hier aufhielten.

Masumi schwieg, die Lippen zusammengepresst, warf nur manchmal gallige Bemerkungen ein, meist auf Japanisch.

»Na ja, keine Sorgen machen ist vielleicht ein bisschen schwierig, nach allem, was passiert ist«, sagte Nikola.

Sie fühlte sich schuldig und spürte zugleich eine merkwürdige Ruhe. Während der Zeit mit Yuki hatte sie sich daran gewöhnt, dass das Leben von einem Moment zum nächsten eine unerwartete Wendung nehmen konnte, und das war allemal besser, als in einer fremden Wohnung eingesperrt zu sein.

»Ich habe ja schon lange nicht mehr so kampiert«, sagte Friedemann, »im Prinzip fände ich es sogar lustig. Mit zwölf oder dreizehn bin ich Pfadfinder gewesen, da hatten wir immer Nachtlager in Scheunen oder Waldhütten, wobei solche Aktionen freiwillig einfach mehr Spaß machen.«

»Du lebst seit acht Jahren in Japan und hast keine Ahnung«, zischte Masumi.

»Das stimmt natürlich, im Prinzip, aber dass die Yakuza – klar, die sind schlimm und unberechenbar, bloß es nützt ja nichts, wenn ich mich jetzt aufrege, ich meine, Fumio hat seinen Freunden sicher erklärt, dass wir neutral sind und dass es eine Menge Ärger für sie bedeutet, wenn sie uns irgendwie … Das wissen sie wahrscheinlich selber. Es würde einfach zu viel Wirbel verursachen, wenn sie einen unbeteiligten Deutschen und seine Frau umbringen. Bei den Behörden käme das sicher auch ganz schlecht an.«

Nikola dachte an den *Meyer's Markt* in Berlin, die Explosion mit all den Toten, an die Fumio keinen Gedanken verschwendet hatte, weder vorher noch nachher. Sicher fände der Oyabun Takeda Mittel und Wege, einen tödlichen Unfall zu inszenieren oder Friedemann und Masumi spurlos verschwinden zu lassen, abgesehen davon, dass er ein kaputter Alkoholiker war, also völlig unberechenbar. Yuki hatte erzählt, dass Takeda einmal eigenhändig und besoffen einem Provokateur der Matsuba-kai das letzte Glied von beiden kleinen Fingern mit einer Zange abgetrennt hatte, nachdem es ihm nicht gelungen war, die Nägel aus ihrem Bett herauszuziehen. Ein anderes Mal hatte er einer Nutte mit dem Messer ein Kreuz in jede Wange geschnitten und anschließend Sand hineingerieben, um wirklich sicher zu sein, dass sie nie wieder jemand nehmen würde. Angeblich hatte er sich, solange er trocken gewesen war, ganz gut im Griff gehabt, so gut, dass sein Ruf als Oyabun schließlich zu leiden begonnen hatte, aber jetzt trank er wieder.

Onishi saß sehr gerade auf seinem Kissen, zündete sich eine Zigarette an, blies achtlos den Rauch aus, hielt Nikola die Packung hin.

»Später. Wir rauchen sowieso zu viel – also ich.«

Masumi stand unvermittelt auf, ging zur Trainingsfläche, starrte die leere Wand an, drehte einige Runden in einem sonderbar eckigen Schritt, hielt vor dem Makiwara inne, als wollte sie die Kraft für einen Faustschlag bündeln, wandte sich zur Tür und verschwand ins Wohnzimmer, ohne vorher das Licht auszuschalten.

»Du musst noch mal mit ihr reden«, sagte Nikola.

Onishi knurrte etwas Unverständliches. Friedemann zuckte. Vielleicht wollte er ihr nachgehen, entschied sich aber dagegen, runzelte die Stirn, als hätte sich eine Reihe einander widersprechender Gedanken dahinter verhakt.

»Ich gehe mal davon aus, sie wollten dich treffen oder dir eine Botschaft übermitteln«, sagte Friedemann. »Nur wenn wir, also Masumi und ich, dann zufällig auch gerade hier sind, werden sie uns vermutlich nicht erst höflich zur Tür hinausbitten, bevor sie alles kurz und klein schlagen. Realistischerweise könnten wir schon als Kollateralschäden enden, oder?«

»Im Moment sind sie damit beschäftigt herauszufinden, wer auf welcher Seite steht. Es kann sein, dass es einen kurzen Krieg gibt. Oder einen langen. Vielleicht aber auch nicht. Es ist keine gute Zeit für Kriege, seit die Regierung sich gegen uns gewandt hat.«

»Ich dachte immer, dass bei euch absoluter Gehorsam herrscht, also Befehl ist Befehl, und der wird ausgeführt, ganz egal, ob jemand es sinnvoll findet oder nicht.«

»Manchmal ändert sich plötzlich etwas, niemand weiß, warum, und die Ordnung zerbricht. Es ist wie in der Natur: Aus heiterem Himmel kommt ein Erdbeben oder eine Flut, und es ist nichts mehr, wie es vorher war.«

»Und dann? Wie verhält man sich dann?«

»So, wie die Situation es erfordert.«

»Gut, das sollte man immer tun, löst das konkrete Problem ja aber nicht. Weißt du denn, wer sich wie mit wem neu verbündet hat oder von wem trennt, oder wenigstens, wer auf deiner, also auf unserer Seite ist … Auf wen du dich verlassen kannst?«

»Es ist besser, wenn ihr keine Namen kennt.«

»Das klingt ja alles wahnsinnig beruhigend. Also, wenn ich jetzt an Friedemanns Stelle wäre, würde ich sagen: Du tickst doch nicht richtig!«

»Lass mal, Nikola. Ich bin Ausländer, und wenn Fumio denkt, dass ich besser nicht alles, also am besten so wenig wie möglich weiß, dann respektiere ich das.«

»Sehr nett von dir, aber ich finde, es wäre eine Frage des Respekts, dass er euch informiert, nach der ganzen Scheiße, die er euch eingebrockt hat.«

Onishi drückte seine Kippe aus: »Masumi ist nach nebenan gegangen, Nikola. Du kannst auch nach nebenan gehen, wenn du eine Diskussion führen möchtest.«

Sie stand auf, doch statt den Raum zu verlassen, trat sie an den Stand mit den Schwertern. Im dämmrigen Licht wirkten die goldenen Löwenhunde weniger bedrohlich, eher verspielt, als würden sie durch einen Weltallhimmel tollen, ausgelassen und bereit, irgendwelchen Unsinn mit den dummen Menschen hier unten zu veranstalten. Sie sah sich selbst, wie sie das Katana zog und die Nachtluft in Stücke hackte, als wären da Köpfe, niemand Bestimmtes, vielleicht von Geistern oder Schattenwesen, legte ihre Hand auf den Griff, strich mit dem Zeigefinger bis zum Stichblatt, fuhr über das flache, in Form eines dreifachen Strudels durchbrochene Eisenrelief. Jemanden mit einem Schwert töten. Sie hatte das in Filmen gesehen und sich immer gefragt, was es für ein Gefühl war, wenn die Klinge durch Fleisch fuhr, welchen Widerstand die Haut leistete oder ein Knochen, ob man tatsächlich alles überdeutlich und wie in Zeitlupe wahrnahm?

Nebenan lief der Wasserhahn. Onishi stand auf, löschte die Lampen und ging hinüber in den Wohnraum.

Mit einem Mal war es stockfinster.

»Was soll das«, rief Nikola ihm nach, schob sich dann vorsichtig Schritt für Schritt in Richtung der Lampe, tastete sich die Wand entlang, bis ihre Fußspitze gegen den Sockel stieß, rutschte auf die Knie, fand endlich das Kabel und schaltete das Licht wieder ein. Friedemann seufzte dramatisch, fuhr sich mit beiden Händen durchs Haar, so dass es wild in alle Richtungen stand: »Was will man machen? Nützt ja nichts.«

Aus der Wohnküche klang erst Masumis Stimme herüber, Onishi antwortete, dann wieder Masumi. Beide sprachen gedämpft, trotzdem wirkte es, als wären sie in einen Kampf verwickelt.

»Verstehst du, worüber sie reden?«, fragte Nikola.

»Leider nicht oder vielleicht auch zum Glück. Ich bin manchmal froh, dass mein Japanisch immer noch schlecht ist, weil ich mir dann sagen kann, dass ich einfach keine Ahnung habe, worum es geht, sonst würde ich wahrscheinlich feststellen, dass ich zwar Wörter verstehe, aber trotzdem nicht weiß, was sie gerade verhandeln. Man kapiert nie, was in japanischen Köpfen vor sich geht, auch nach zehn Jahren nicht. Masumi setzt mich über das in Kenntnis, was sie für wichtig hält, sie formuliert es so, dass ich den ganzen Irrsinn für normal halte, höchstens dieses und jenes ein bisschen sonderbar finde, und das ist ganz gut. Zumal die Japaner, also zum Beispiel auch Masumis Verwandte und Freunde, solange ich nichts verstehe, auch nicht verärgert sind, wenn ich mich danebenbenehme. Und als Europäer oder Europäerin benimmst du dich zwangsläufig daneben. Sie rechnen damit. Solange es im Rahmen bleibt, sehen sie es dir nach, mehr noch, sie wären wahrscheinlich völlig verwirrt, und ihr gesamtes Weltbild würde zusammenbrechen, wenn du alles richtig machen würdest, weil das ihre Sonderstellung auf dem Planeten in Frage stellen würde.«

»Also, ich weiß nicht …«

»Wenn du vorhast, länger zu bleiben, finde dich am besten damit ab, dass du auf dich gestellt bist, allein, aber trotzdem so gut wie keinen Handlungsspielraum hast. Als Frau erst recht nicht. Er, also Onishi, er wird machen, was er will. Er wird dich weder um Rat bitten noch um Erlaubnis fragen, und wenn er der Meinung ist, dass du störst, was häufiger der Fall sein dürfte bei seinem … Beruf – dann wird er dich irgendwo parken oder einsperren, bis ihm wieder etwas anderes einfällt, und meistens wirst du nicht wissen, warum er jetzt dies und danach das Gegenteil tut.«

»Du kennst mich doch gar nicht.«

»So sind die Verhältnisse. Du hast keinerlei Nutzen für ihn: Du verdienst kein Geld, du hast von nichts einen Plan, weder verstehst du die Sprache noch die Regeln, und glaub mir: Es gibt Regeln für alles. Abgesehen davon, wird es von seinen Leuten niemand toll finden, dass Onishi jetzt eine Frau mit sich herumschleppt. Eine aus dem Westen noch dazu. Klar, du siehst ziemlich gut aus, in der Hinsicht hast du für einige einen gewissen Exotenbonus. Du könntest als Hostess arbeiten, wenn er dich irgendwann nicht mehr will, was schnell passieren kann – das machen manche Europäerinnen. Aber abgesehen von erotischen Sonderinteressen ist Japan ziemlich rassistisch, und die Yakuza meinen, dass sie die letzten Exemplare des wahren, reinblütigen Japan sind … Also pass auf, dass du nicht schwanger wirst, denn das ist dann so etwas wie Rassenschande. Eine Bekannte von uns, Naruko, ist vor zwei Jahren mit ihren beiden halbdeutschen Kindern aus Hannover nach Tokio gezogen, aber nachdem sie ein Jahr lang hier gelebt hatten, sind sie wieder zurück nach Deutschland, weil die Kinder in der Schule komplett geschnitten wurden. Keiner wollte was mit ihnen zu tun haben. Und Naruko fand sich nach zehn Jahren im Ausland hier auch nicht mehr zurecht.«

»Ich hatte in Berlin zwei Jahre lang einen japanischen Freund. Vor Fumio. Es war nicht besonders kompliziert mit ihm. Zumindest auf der menschlichen Ebene. Wir waren uns nicht fremder als die meisten rein deutschen Paare, die ich kenne.«

Friedemann lachte: »Wie du vielleicht bemerkt hast, bin ich selbst mit einer Japanerin verheiratet. Aber es ist viel einfacher für einen Japaner in Deutschland als umgekehrt.«

Nikola spürte, wie sich kleine Wellen aus Ärger und Mutlosigkeit abwechselten. Eigentlich fand sie Friedemann sympathisch, wenn auch etwas schrullig, aber sie hatte nicht die geringste Lust, sich von ihm Japan erklären zu lassen.

»Ich mag solche Verallgemeinerungen nicht«, sagte sie.

Onishi kehrte aus dem Wohnraum zurück. Masumi folgte, den Blick gesenkt. Er schob die Tür zu und schaltete die Neonröhren über der Trainingsfläche ein. Aus einem der Wandschränke zog er zwei altmodische Aluminiumkoffer, aus einem anderen ein weiteres Sitzkissen. Anschließend klappte er ein Holzpaneel aus der Vertäfelung, so dass es zu einem niedrigen Tisch wurde. Aus dem obersten Fach nahm er eine Rolle Küchenkrepp und ein Holzkästchen, in dem sich ein dünner Filzlappen, ein Packen kleiner weicher Vliesbögen, eine Spraydose Öl, längliche Bürstchen und schraubenzieherartige Werkzeuge befanden, arrangierte alles auf der Tischplatte. Jede seiner Bewegungen war ruhig und genau, als hätte er sie ebenso oft geübt wie die rituelle Reinigung des Bambuslöffels bei der Teezeremonie. Nikola setzte sich ihm gegenüber auf den blanken Holzboden, während Masumi und Friedemann flüsterten. Onishi öffnete einen der beiden Koffer, in dem sich, eingelassen in eine exakt ausgeschnittene graue Schaumstoffpolsterung, zwei identische Pistolen sowie vier Magazine befanden.

»Was hast du vor?«, fragte sie.

»Reinigen.«

»Schon klar, aber wozu?«

»Man soll gut vorbereitet zu sein.«

»Auf was?«

»Auf das, was kommt.«

»Und was kommt?«

Onishi nahm eine der Pistolen in die Hand und wischte sie mit dem Tuch gründlich ab.

»Niemand weiß, was kommt.«

»Du hast den halben Tag mit irgendwelchen Leuten telefoniert, da wirst du doch zumindest die eine oder andere Idee haben.«

»Ideen sind nicht nur sinnlos, sondern regelrecht gefährlich, wenn man erfolgreich sein will.«

Er zog den Verschluss der Waffe ein Stück nach hinten, schob mit Daumen und Zeigefinger die Verriegelung zurück, legte das Griffstück zur Seite.

»Du kannst mir die Zigaretten und den Aschenbecher holen, wenn du dich nützlich machen willst«, sagte er.

»Bin ich dein Dienstmädchen, oder was?«

»*Bitte.* So heißt das Zauberwort, oder?«

Onishi grinste, während er erst die Feder, dann den Lauf aus dem Griffstück nahm.

»Wo hast du den Spruch denn her?«

»Sagt man das nicht so in Deutschland – zu den Kindern, damit sie lernen, sich zu benehmen?«

Nikola schüttelte den Kopf, ging zum Teeraum, wo Zigaretten und Aschenbecher auf einem leuchtend roten Lacktischchen standen: »Ich hoffe, unsere Raucherei stört euch nicht zu sehr.«

»Das ist das geringste Problem«, sagte Masumi.

Onishi steckte sich eine Zigarette an, faltete eines der Vliesblättchen, schob es, während die Kippe ihm im Mundwinkel hing, durch die Öse an der Spitze einer langen, schmalen

Bürste. Er sprühte das Papier mit Öl ein und zog die Bürste durch den Lauf. Als es wieder zum Vorschein kam, war es grau verfärbt.

»Ok«, sagte sie leise, »mir leuchtet ein, dass du ihnen nichts erzählen willst. Wenn sie den falschen Leuten in die Hände fallen, werden sie unter entsprechendem Druck irgendetwas verraten, aber bei mir ist das anders. Ich gehöre dazu, und ich weiß sowieso ziemlich viel. Yuki hat mir alles erzählt. Wir waren Partner, falls du das noch immer nicht kapiert hast. Und jetzt bilden wir beide ein Team, du und ich. Also vertrau mir gefälligst. Sogar dein Meister Harada vertraut mir, ich habe es genau gesehen.«

»Du gefällst ihm. Wenn er die Gelegenheit hätte, würde er dich –wie sagt man? – flachlegen.«

Onishi zog mehrmals eine etwas dickere Messingbürste durch den Lauf. Die Bewegung wirkte obszön.

»Du bist bloß eifersüchtig.«

Er nahm einen tiefen Zug: »Viele Frauen finden den Meister anziehend, obwohl er alt ist.«

»Ich steh nicht auf alte Männer.«

»Sehr viele Frauen.«

Er schob ein weiteres gefaltetes Vlies durch die Öse und sprühte es ein.

Nikola schüttelte den Kopf: »Yuki war auch immer eifersüchtig auf alle.«

»Westliche Frauen sind freigebig mit ihrem Körper. Man kann sie leicht haben.«

»Genau wie japanische Männer.«

Wiederum war das Papier grau, als es aus dem Lauf kam.

»Sie kennen keine Loyalität.«

»Hörst du dir eigentlich manchmal selber zu?«

»Das ist die Erfahrung, die ich gemacht habe.«

»Glaubst du, dass es nützlich ist, wenn du über solchen Schwachsinn nachdenkst, während gerade ein paar Leute sich überlegen, wie sie uns umbringen können?«

Er antwortete nicht, sprühte jetzt stattdessen ein Blatt Küchenkrepp mit Öl ein, rieb den Lauf von außen gründlich damit ab, dann nahm er sich das Verschlussstück vor.

»Wer weiß eigentlich, dass du hier wohnst?«

»Nicht viele.«

»Und sind es die richtigen?«

»Das werden wir sehen.«

»Also du rechnest damit, dass irgendwelche Leute kommen?«

»Man muss immer mit allem rechnen.«

Nikola verdrehte die Augen: »Das ist doch alles nur Masche, reine Phrasendrescherei, was du von dir gibst. Es soll total abgeklärt klingen: Hier spricht der Samurai persönlich, aber eigentlich ist es banaler Quatsch, und in Wirklichkeit hast du keinen Plan von gar nichts.«

Onishi wandte sich dem Griffstück zu und rieb Dreckspuren von den Führschienen ab.

»Wenn es dir nicht gefällt, was ich sage, musst du einfach nur aufhören, sinnlose Fragen zu stellen.«

»Unabhängig davon, ob du meine Fragen sinnlos findest oder nicht, sollten wir uns überlegen, was wir mit ihnen machen«, flüsterte Nikola. »Oder willst du dich ab jetzt um sie kümmern? Wir können sie ja schlecht umbringen.«

»Natürlich können wir das, aber es wäre nicht klug.«

»Immerhin sagst du schon mal: wir. Aber sich selbst überlassen können wir sie auch nicht.«

»Sie müssen weg.«

Er begann, die Waffe wieder zusammenzubauen.

»Und? Wohin?«

»Masumi kennt Leute in der Botschaft. Sie soll sich mit denen verständigen, dass sie sich erst einmal dort in Sicherheit bringen, und dann muss man sie nach Deutschland ausfliegen.«

»Super Idee, und wovon werden sie leben?«

»Sie bekommen Geld für einen Neuanfang.«

»Von wem?«

»Von uns.«

Er setzte das Magazin ein und nahm die zweite Waffe aus dem Koffer.

»Ich habe es Masumi erklärt, und sie bezweifelt nicht, dass ich recht habe.«

»Ist das nicht ein bisschen übertrieben? Ich meine, es weiß doch jeder, dass sie mit dem, worum es eigentlich geht, überhaupt nichts zu tun haben.«

»Ich habe mit ihnen zu tun, ich bin für sie verantwortlich. Das reicht als Grund.«

»… sie umzubringen?«

Er zuckte mit den Achseln.

»Und wie viel Geld gibst du ihnen?«

»Genug.«

Friedemann stand auf und kam zu ihnen herüber: »Also ich weiß dein großzügiges Angebot natürlich zu schätzen, allerdings hatte ich eigentlich vorgehabt, in Japan zu bleiben – ich hatte mich schon als Rentner auf Okinawa gesehen –, insofern wäre es mir lieb, wenn du noch mal überlegen könntest, ob wir nicht doch eine andere Lösung finden.«

Onishi legte den Lauf, den er herausgenommen hatte, auf den Tisch, dazu das benutzte Küchenpapier, nahm die frisch gereinigte Waffe aus dem Kasten und entsicherte sie. Das Geräusch stand lange im Raum.

»Gut, wenn es natürlich absolut keine Alternative gibt, werden wir es so machen. Ich kann morgen früh Jürgen Ebeling anrufen und hören, was der sagt.«

»Jetzt.«

»Jetzt ist es vielleicht ein bisschen spät.« Er schaute auf die Uhr. »Halb eins, ich meine …«

»Du hast seine Mobilnummer.«

»Schon.«

Onishis Blick blieb auf die Glock in seiner Rechten gerichtet: »Dann ruf ihn an.«

12.

Dieser Amerikaner, der eine Zeitlang bei mir war, John Viaggi, fragte mich einmal, nachdem ich ihm gesagt hatte, er solle mit der Faust auf eine Betonwand schlagen: »Meister, haben Sie den dritten Feind schon besiegt oder kämpfen Sie noch?«

Ich mochte ihn, deshalb konnte er sich solche Fragen erlauben, abgesehen davon, dass es sowieso aussichtslos ist, einem Amerikaner Manieren beizubringen.

»Meinst du den dritten von oben oder den dritten von unten?«

Er schaute mich verständnislos an und erzählte von einem Buch mit den Sprüchen eines alten Indianers, das er gelesen hatte. Es handelte vom Weg des Kriegers, der ein Weg des Wissens ist, genau wie der Weg der Samurai, und auf diesem Weg des Wissens gibt es vier Feinde: Die Furcht, die Klarheit, die Macht und das Alter. In dieser Reihenfolge. Der dritte Feind ist die Macht.

Ich halte nicht viel von Weisheiten, die aus Büchern kommen, was nicht bedeutet, dass nicht trotzdem manchmal ein Satz, der in einem bestimmten Moment irgendwo auf der Welt geäußert worden ist und seine Wirkung entfaltet hat, Jahre oder Jahrhunderte später auf dem Umweg über ein Buch an einem anderen, weit entfernten Ort wieder in die Wirklichkeit treten kann wie ein Astronaut aus einer Raumkapsel, und dort erneut eine Wirkung entfaltet, die natürlich nichts mit der Absicht dessen zu tun hat, dem der Satz einmal eingefallen ist.

Mein Meister, Takuyama Hideo, war zu der Zeit schon einige Jahre tot, und so hörte ich nur noch selten Dinge, über die ich ernsthaft nachdenken musste. Das meiste, was einem die Leute erzählen, kann man ja im nächsten Moment getrost wieder vergessen.

Auf den ersten Blick besteht zwischen diesen vier Feinden keinerlei Zusammenhang. Sie sind wie die Elemente eines Koans. Angeblich besiegt man auch Furcht, Klarheit und Macht auf einen Schlag, so wie man ein Koan ein für alle Mal löst und dann zum nächsten übergeht.

Dass man die Furcht überwinden muss, liegt auf der Hand, aber die Klarheit – was soll das für ein Feind sein? Es gibt doch nichts Besseres als Klarheit, habe ich gedacht: Die Verhältnisse liegen offen vor einem, und man weiß ohne Zweifel, was zu tun ist, ganz gleich, ob es sich später als richtig oder falsch, nützlich oder töricht herausstellt. Ohnehin sind das Kategorien für Dummköpfe, und sie haben keinen anderen Sinn, als die Furcht in ein ansehnlicheres Gewand zu stecken. Mir fiel der Einsiedler vom Lotusblumenhorn wieder ein, wie er den Eschenstab nahm, der seine Erleuchtung bezeugte, ihn vor den versammelten Mönchen hochhielt und sagte: »Bis dahin haben es die Alten gebracht. Warum waren sie nicht bereit, dabei stehen zu bleiben?« Niemand sagte etwas, also antwortete er selbst: »Weil das keine Kraft für den Weg hat.« Dann fragte er noch einmal: »Wie steht es nun damit?« Erneut betretenes Schweigen, und wieder gab er selbst die Antwort: »Sie legten sich ihren Stab über die Schulter, und ohne sich nach irgendjemandem umzudrehen, gingen sie geradewegs hinein in das Gebirge mit den tausend und zehntausend Gipfeln.«

Als John Viaggi bei mir auftauchte, war ich Mitte fünfzig, und das Alter beschäftigte mich nicht. Ohnehin ist es ein unwürdiger Gegner, dachte ich, jeder Depp bekommt es damit zu tun, ganz gleich, wie viele Kämpfe er geführt und ob er sie gewonnen oder verloren hat.

Die Bosse respektierten mich, ich hatte Schüler, die etwas lernen wollten, und bei den Frauen kam ich gut an, so dass mein Leben insgesamt sehr abwechslungsreich war. Tatsächlich hatte ich Macht über Menschen und Situationen, doch ich muss zugeben, dass ich erst durch John Viaggis Frage begriffen habe, was für ein gefährlicher Feind die Macht ist.

Trotzdem lag er falsch: Als ich ihm gesagt habe, er solle auf eine Betonwand schlagen, mit aller Kraft, wollte ich ihm lediglich helfen, seine Furcht zu besiegen. Er war intelligent und konnte scharf argumentieren, doch beides hilft in Wirklichkeit nicht, im Gegenteil: Wenn einer einen wendigen Geist hat, kann er sich alles so zurechtbiegen, dass er nichts ändern muss und sein Leben lang auf der Stelle tritt.

Das beste Mittel, jemandem die Furcht auszutreiben, ist, ihn durch die Hölle zu jagen, bis er über die eigene Schmerzgrenze springt. Das ist natürlich kein Spaß. Heutzutage laufen die Leute gleich weg, wenn es ein bisschen wehtut. Meister Takuyama wurde während seiner Lehrjahre von seinem Lehrer, Meister Ishino, mehr oder weniger täglich verprügelt, ohne jeden Anlass und mit allem, was gerade zur Hand war. Seine Eltern hatten ihn mit acht oder neun bei Meister Ishino in die Ausbildung gegeben, damit er Zen-Priester würde und ein gutes Auskommen hätte. Manchmal bekam er wochenlang verschimmelten Reis zu essen, der so faul war, dass sich beim

Umrühren Schleimfäden bildeten. Wenn er ihn ausgekotzt hatte, musste er ihn wieder und wieder in sich hineinlöffeln, bis der Reis drinblieb. Soweit ich weiß, ist es immer noch so, dass man beim Eintritt in ein Rinzai-Kloster vorher ein Papier unterschreibt, in dem man jede Härte des Abts und der anderen Mönche akzeptiert, selbst wenn sie zum Tod führt. Ich weiß nicht, wie ein Gericht heutzutage in so einem Fall entscheiden würde. Man hört kaum noch Geschichten dieser Art, was vielleicht einfach daran liegt, dass jetzt diskreter damit umgegangen wird, da sich sonst gleich wieder jemand von der Presse daraufstürzt.

Meister Takuyama ist bei seinen eigenen Schülern allerdings längst nicht so weit gegangen, und auch mir liegt es nicht, allein schon deshalb, weil ich nicht dauernd den Geruch von verfaultem Essen und Erbrochenem im Haus haben will. Vielleicht ist das einer der Gründe, weshalb wir nie die Stufe der Alten erreicht haben.

Trotzdem hat John Viaggi die Furcht am Ende besiegt. Als ich mit ihm und drei Nekodoshi-gumi-Jungs zu einer Übungswoche in den Bergen war, habe ich sie jeden Morgen vor Sonnenaufgang mit nüchternem Magen Zazen sitzen lassen, vier Stunden lang. Am vorletzten Tag fielen im Hof Schüsse, Leute schrien herum – Stimmen, die sie nicht kannten. Sie wollten aufspringen, doch ich habe sie angeherrscht: »Bleibt sitzen, ihr Trottel, eure Füße sind eingeschlafen, und es ist besser, ihr sterbt in aufrechter Haltung, statt dass ihr herumtorkelt wie betrunkene Affen und nicht einmal mehr ein brauchbares Ziel abgebt.« Dann bin ich gegangen. Als ich zurückkam, hatte einer ins Zafu gepisst, der Nächste schluchzte krampfartig, während der Dritte, als er hörte, wie die Tür aufgeschoben wurde, kopfüber durch eine Papierwand sprang und mit blutigen Schrammen auf Stirn und Nase im Nebenraum landete. Nur John Viaggi rührte sich nicht. Er atmete ruhig und gleichmäßig, genau so, wie es sein soll.

Bis vor einigen Jahren hat er mir gelegentlich Briefe geschrieben, oft auch Bilder dazugelegt. Wie die meisten Amerikaner musste er immer allen zeigen, dass er es zu etwas gebracht hatte. Wenn ich es mir recht überlege, sollte zwischen der Klarheit und der Macht noch ein fünfter Feind eingefügt werden, und zwar der Stolz auf den eigenen Furz. John Viaggi besaß ein großes Anwesen irgendwo am Rand von Los Angeles mit Palmen und eigenem Pool, er fuhr einen schwarzen Hummer, wie sie auch hier zunehmend beliebt sind. Seine Frau sah sehr gut aus und brachte hübsche Kinder zur Welt. Wenn man die Furcht erst einmal besiegt hat und auch sonst nicht dumm ist, reicht das für eine ordentliche Karriere, ganz gleich, in welcher Branche man sich versucht, weil die anderen schnell spüren, dass man ihnen überlegen ist. Diese verhätschelten Großmäuler, die jetzt bei der Nekodoshi-gumi anheuern, kriegen Panik oder Depressionen, sobald eine Situation ein bisschen außer Kontrolle gerät. Wenn sie nicht saufen oder sonst irgendwelche Drogen nehmen, schlucken sie Prozac. Deshalb richten sie oft eine Menge Schaden an. Das ist ja der Grund hinter den strengen Rangordnungen und dem unbedingten Gehorsam: dass die entscheiden, die halbwegs klar im Kopf sind. Aber natürlich ist auch das keine Garantie, wie man an Takeda sieht.

Takeda hätte das Talent zu einem großen Boss gehabt. Aber wenn die Möglichkeiten offen vor einem liegen und man nach Belieben über sie verfügen kann, ist die Gefahr groß, dass man sich in dieser oder jener Richtung gehen lässt. Bei Takeda ist es der Alkohol, und diesmal hat er verloren – sein Kampf ist vorbei. Ich weiß es, und er weiß es. Ich werde mich seinem Ende nicht noch einmal entgegenstellen. Sowieso muss er aus meinem Leben verschwinden, wenn Natsuko wieder bei mir einziehen soll. Sie hat furchtbare Angst vor ihm, das habe ich in ihren Augen gesehen. Natsuko hatte nie den Ehrgeiz, die Furcht zu besiegen. Manche Menschen bleiben ihr Leben lang auf der Stufe, auf der sie geboren wurden, und tief in ihrem Inneren wissen sie von Anfang an, dass es so bestimmt ist. Allerdings geht es nicht in erster Linie um Natsuko, obwohl ich sie wirklich gernhabe – und selbst wenn: Ein Grund ist so gut wie der andere. Nobu kommt jetzt in ein Alter, wo er eine starke Führung braucht. Als sie mit ihm hier war, habe ich gespürt, dass er etwas lernen will. Es liegt auf der Hand, dass ich dafür verantwortlich bin, ob es mir nun gefällt oder nicht.

Natürlich ist es nicht angenehm, wenn man einen ehemaligen Schüler, für den man die Verantwortung trägt, aus dem Spiel werfen muss. Allerdings ist es auch sinnlos, sich dagegen aufzulehnen.

Als ich Herrn Okabe angerufen und ihn um ein Treffen gebeten habe, knurrte er, noch bevor ich angedeutet hatte, worum es ging, ich solle ins Nezu-Museum gehen und mir die Abteilung mit Stellschirmen und Rollbildern anschauen, er werde einen Wagen schicken.

Herr Okabe ist ein außerordentlich gebildeter Mann, seine Familie lässt sich bis in die Zeit der Streitenden Reiche zurückverfolgen, aber Genaueres weiß ich darüber nicht. Ohne ihn wäre die Nekodoshi-gumi vermutlich längst aufgelöst. Er ist derjenige, bei dem die Fäden zusammenlaufen – der über die notwendigen Kontakte in die Politik verfügt. Schon während der Shōwa-Zeit, als die Verhältnisse noch einfacher waren, handelte er stets mit großem Weitblick. Bislang ist nie ein Foto aufgetaucht, das ihn mit einem der Bosse zeigt, obwohl es damals durchaus üblich war, dass Parlamentarier und Wirtschaftsführer bei den privaten Feierlichkeiten bedeutender Yakuza ihre Aufwartung machten. Sogar vom gegenwärtigen Premierminister kursieren solche Bilder. Wenn das Land nicht in so einem verwüsteten Zustand wäre, hätten sie ihm wahrscheinlich längst das Genick gebrochen.

Heutzutage muss man sehr vorsichtig sein. Herr Okabe hält sich auch deshalb schon so lange an der Spitze, weil er in der Öffentlichkeit kein Gesicht hat. Ihm stehen nahezu unbegrenzte Mittel zur Verfügung. Sie stammen aus zahlreichen, miteinander verflochtenen Unternehmen, deren Zentrum ursprünglich das Baugewerbe war. Dazu kommen chemische Industrie, Energiewirtschaft, Logistik und vieles mehr. Seit Längerem ist er auch in der Unterhaltungsbranche tätig und finanziert Filmproduktionen, doch selbst dort hält er sich im Hintergrund. Man sieht ihn weder mit irgendwelchen Stars noch auf dem roten Teppich.

Nicht einmal Takeda weiß von meiner Verbindung zu Herrn Okabe. Seit fast fünfundzwanzig Jahren treffen wir uns gelegentlich, um Dinge zu besprechen oder in die Wege zu leiten, wobei es normalerweise Herr Okabe ist, der mich zu sich bestellt, und nicht umgekehrt. Er weiß aber auch, dass ich ihn niemals wegen einer Nichtigkeit behelligen würde.

Den Sekretär, der mich abgeholt hat – ein unscheinbarer Mann Anfang dreißig namens Isobe –, kannte ich nicht. Man hatte ihm ein paar Sätze für ein kurzes Gespräch vom Museum zum Wagen mit auf den Weg gegeben, vielleicht, um sicherzustellen, dass ein Passant, der irgendeine Bemerkung aufschnappte, keinerlei Anhaltspunkt für Schlussfolgerungen hatte. Er führte mich auch nicht zu einer großen ausländischen Limousine, wie Takeda sie immer schickt, sondern zu einem weißen Toyota Mittelklassemodell. Nicht einmal die Scheiben waren getönt. Herrn Okabes Wohnsitz befindet sich eine gute Autostunde vom Zentrum entfernt, doch wir fuhren zunächst in die entgegengesetzte Richtung, ohne dass Isobe etwas zur Begründung gesagt hätte. Von dem Moment an, wo wir im Wagen saßen, schwieg er. Ich fragte mich, ob ich vielleicht in eine Falle gegangen war, ob jemand mein Gespräch mit Herrn Okabe abgehört hatte. Inzwischen gibt es ja Spezialisten, die nahezu alle Informationen beschaffen können, die über einen Computer ausgetauscht werden, und wenn ich Komatsu Ken richtig verstanden habe, bedient sich Takeda seit Neuestem eines solchen Mannes, um sich abzusichern oder möglichen Angriffen zuvorzukommen. Andererseits konnte ich mir kaum vorstellen, dass jemand einen untrainierten Niemand geschickt hätte, um mich aus dem Weg zu räumen, es sei denn, dass der Niemand selbst hätte beseitigt werden sollen, und anschließend wäre ich der Tat bezichtigt worden. Als wir am Bahnhof vorbeifuhren, fragte ich: »Ist Herr Okabe umgezogen?«

»Wir fahren erst zur Galerie Yakimono und holen einen Sake-Becher ab, auf den er lange gewartet hat.«

Das klang nicht nach einem glaubwürdigen Grund. Herr Okabe bekäme von jedem Händler in Tokio was immer er wolle auf der Stelle nach Hause geliefert. Deshalb nahm ich an, dass der Umweg ebenfalls dazu diente, mögliche Verfolger zu verwirren, und machte mich im Übrigen auf alles gefasst. Es geschah aber nichts weiter.

Die Villa von Herrn Okabe ist nicht einfach eine Villa, sondern eine Ansammlung verschiedener Gebäude in einer Art Park. Hinter der Grundstücksmauer beginnen die bewaldeten

Hügel von Kita Kamakura, ringsum liegen zahlreiche Tempel. Zur Straße hin hat er einen kleinen Vorgarten aus mächtigen Steinblöcken, kunstvoll gestutzten Büschen und Moosflächen anlegen lassen, so dass man nur das Dach des Hauses und hier und da ein wenig weiße Wand sieht, von den übrigen Gebäuden und den Anlagen hingegen gar nichts. Alles macht einen äußerst anmutigen und beinahe bescheidenen Eindruck. Auf den ersten Blick ahnt man nicht, dass hier eine bedeutende Persönlichkeit wohnt – schon, dass der Besitzer wohlhabend ist, aber auf eine Weise, die keinerlei Verdächtigungen nach sich zieht. Natürlich beschäftigt auch Herr Okabe schwer bewaffnete Leibwächter, doch anders als bei den gewöhnlichen Bossen, bekommt man sie nie zu Gesicht, und wenn, würde man sie nicht als solche erkennen.

Der Sekretär Isobe führte mich auf einem schmalen Pfad durch ein Bambuswäldchen um das Haus herum auf die Veranda, wo vor einem mit poliertem Schiefer ausgekleideten Pool bequeme Sessel aus Palisander unter einem weit ausgreifenden Vordach standen, damit man auch bei einem Schauer nicht ins Innere des Hauses flüchten musste. Rings herum hatte er Volieren mit exotischen Vögeln aufstellen lassen und eine große Käfiganlage, in der eine Horde winziger Affen lebte. Es war schwülwarm, was den Uringeruch, der durch das Gitter zog, noch verstärkte.

»Es sind Weißbüscheläffchen«, sagte Herr Okabe, als er auf die Veranda trat.

Die beiden größten wirkten mit ihren scharf ausgeschnittenen Gesichtsmasken, den weißen, zu beiden Seiten abstehenden Haarbüscheln wie Karikaturen von Samurai-Generälen.

»Wie ich sehe, ist Ihr Interesse an der Tierwelt ungebrochen.«

»Sie sind lange nicht hier gewesen, Meister Harada. Ich habe sie seit vier Jahren. Der Oyabun Takemitsu züchtet sie, und er hat mir gesagt, dass er vieles besser versteht, seit er sich regelmäßig die Affen anschaut. Auf den ersten Blick wirken sie possierlich, und in der Tat benehmen sie sich den eigenen Familienmitgliedern gegenüber sehr fürsorglich, geradezu liebevoll. Wenn ich aber einen fremden Artgenossen in den Käfig setze, wird er nicht überleben.«

Das große Männchen musterte mich aufmerksam, legte den Kopf schief, wobei seine Augen unablässig hin und her sprangen und die gesamte Umgebung auf Gefahren hin absuchten. Plötzlich riss es sein Maul weit auf und sonderte einen lang anhaltenden, sehr hohen Schrei ab.

Ich fragte mich, warum ein gebildeter Mann wie Herr Okabe sich eine Horde Affen hielt, die noch dazu bestialisch stanken. Er schien meine Gedanken gelesen zu haben und sagte: »Es ist, als schaute man in einen Spiegel, der die Wirklichkeit ein wenig verzerrt, so dass manches zwar leicht vergrößert, dafür aber umso deutlicher sichtbar wird.«

Im nächsten Käfig befanden sich sechs Graupapageien. Fünf von ihnen saßen da und dösten, während einer unter Zuhilfenahme des Schnabels äußerst mühsam das Gitter hinaufkletterte. Vom anderen Ende des Gartens her, hinter dem Birkenwäldchen verborgen, bellten die Hunde in ihren Zwingern. Nachts liefen sie frei herum und bewachten das Gelände.

»Setzen wir uns«, sagte Herr Okabe. »Trinken Sie einen Tee?«

»Sehr gern.«

»Soeben bekam ich die Nachricht, dass das Olympische Komitee die Sommerspiele 2020 tatsächlich an uns vergeben hat. Das ist ein großer Erfolg für den neuen Gouverneur, Hirose

Hideo, der sich mit beträchtlichem Engagement dafür eingesetzt hat.«

Er hob die Hand, woraufhin eine Frau, fast noch ein Mädchen, in weißem, mit wenigen Pfirsichzweigen bestickten Kimono aus dem Haus trat und seine Anweisung entgegennahm. Sie bewegte sich sehr elegant auf ihren hohen Holzgetas. Er bemerkte meinen bewundernden Blick und sagte: »Es ist viel einfacher als vor zehn oder fünfzehn Jahren, Personal zu finden, das die traditionelle Kleidung gern trägt. Ich habe den Eindruck, dass in der jungen Generation unsere japanischen Werte wieder mehr geschätzt werden. Man sieht es auch an den Wahlergebnissen. Unter dem neuen Premierminister wird die Arbeit einfacher, wenngleich es eine Illusion ist zu glauben, dass die guten Zeiten zurückkehren. Und womöglich wird Olympia die Verhältnisse in der Stadt ganz und gar durcheinanderwirbeln.«

»Die Tradition – das ist einer der Gründe, weshalb ich gekommen bin …«

»Takeda.«

»Er ist nicht in der Lage, den Leuten eine gute Orientierung zu geben, und es sieht so aus, als wäre er bald auch nicht mehr fähig, die Geschäfte der Nekodoshi-gumi zu leiten.«

Plötzlich knurrte ein wütender Hund unmittelbar hinter mir, und ich benötigte eine Sekunde, bis ich begriff, dass das Geräusch von einem der Papageien stammte. Herr Okabe lachte.

»Ich wusste nicht, dass Sie Angst vor Hunden haben, Meister Harada.«

»Ich gebe zu, dass ich einen Augenblick lang verwirrt war und dachte, Sie haben sich vielleicht einen Geisterhund angeschafft.«

»Ein Geisterhund, der unsichtbar und lautlos zuschlägt, wäre nützlich«, nahm Herr Okabe meine Bemerkung auf. »Wie ich gehört habe, hat Takeda sein Haus gerade erst mit der neuesten Überwachungs- und Sicherheitstechnik ausstatten lassen. Es dürfte schwierig sein, ihn zu überraschen.«

Ich entnahm der Formulierung, dass er einen Informanten im Quartier von Takeda beschäftigte, aber auch, dass er mit mir darin übereinstimmte, ihn unschädlich zu machen.

»Der Hund ist zwar nicht unsichtbar, doch nahezu lautlos«, sagte ich.

»Das Getöse seines letzten Einsatzes war über 10 000 Kilometer weit zu hören.«

»So wie die Lage sich mir darstellt, ließ sich ein gewisser Lärm in diesem Fall nicht vermeiden, wenngleich ich sehe, dass er womöglich Schaden angerichtet hat. Aber wie Sie wissen, ist die internationale Politik nicht mein Gebiet.«

»Es war allerhöchste Zeit, den Vietnamesen deutlich vor Augen zu führen, dass ein gut ausgebildeter Japaner ihnen in allen Belangen überlegen ist.«

»Im Hinblick auf die jungen Leute, die zu mir kommen, bin ich nicht sicher, dass die Phase der Schwäche bereits der Vergangenheit angehört, selbst wenn einige jetzt vielleicht wieder im Hakama auf die Straße gehen.«

»Möglicherweise beginnt der Weg zurück als Mode, so wie der Abstieg damit begonnen hat, dass die westliche Lebensweise, die Geschmacklosigkeit der Amerikaner, von der Jugend nachgeahmt wurde, bis wir beinahe unsere Identität verloren hatten. Jetzt ist es unsere Aufgabe, die neue Entwicklung aufzugreifen und mit allen Mitteln zu stärken, dann wird über die alten Formen auch der japanische Geist zurückkehren.«

Ich hatte meine Zweifel an Herrn Okabes Optimismus, doch sicherlich hat er einen weitaus größeren Einblick in die gesellschaftlichen Entwicklungen als ich.

»Japan wird in jeder Hinsicht schon bald die Zurückhaltung ablegen, zu der es infolge der unglückseligen Kapitulation seit 1945 gezwungen war«, fuhr er fort. »Die Kräfte, die den alten Geist bewahrt haben, müssen die Speerspitze der Bewegung bilden. So wie der Premierminister das Andenken an die Helden des Krieges nun endlich wieder in Ehren hält und dafür sorgt, dass unseren Kindern in der Schule die großartige Geschichte Japans angemessen vermittelt wird, wird bald auch die Armee wieder imstande sein, jeden Feind in die Schranken zu weisen, der uns respektlos begegnet, insbesondere die Kommunisten, ganz gleich, welches Gewand sie sich übergestreift haben. In unserem Bereich genügt es fürs Erste, den koreanischen, chinesischen oder eben vietnamesischen Kriminellen unsere Überlegenheit deutlich zu machen. Im Bewusstsein der meisten Nachbarvölker ist dieses Wissen ohnehin tief verankert, man muss ihnen nur helfen, sich daran zu erinnern. Wenn sich bei den Weißbüschelaffen ein jüngeres Tier danebenbenimmt, kehrt ihm das ranghöhere Männchen lediglich den Rücken zu, hebt den Schwanz und zeigt ihm seine Eier – das reicht meist schon, um die Verhältnisse zu klären.«

Herr Okabe lachte laut.

»Meinen Sie, dass die Vietnamesen ähnlich reagieren?«

»Zumindest wissen sie jetzt, dass sie sich nicht mehr alles erlauben können. Es hat bereits eine Kontaktaufnahme stattgefunden, in der man sich höflich nach unseren weiteren Plänen in Europa erkundigt hat. Ich habe versichert, dass es unsererseits nicht die Absicht gibt, dort in größerem Stil aktiv zu werden, dass wir es aber keineswegs hinnehmen, wenn Absprachen gebrochen und Japaner ohne jeden Grund gedemütigt werden. Allerdings ist der gewaltsame Tod von Frau Tran Mai Hoang, auch wenn ich persönlich der Meinung bin, dass er uns mehr nützt als schadet, für die andere Seite derart schwerwiegend, dass ich zugesichert habe, den Verantwortlichen zur Rechenschaft zu ziehen. Wir werden also gewissermaßen zwei Probleme auf einmal lösen, und ich bin der Ansicht, dass es dazu eines Hundes bedarf, der noch all seine Zähne hat.«

13.

Der Fluss war beinahe vollständig von Pflanzen überwuchert. Ihre tellergroßen Blätter ragten bis zu einem Meter über die Wasseroberfläche. Hier und da streckten sich rosafarbene Blüten auf viel zu langen, viel zu dünnen Stängeln dem Himmel entgegen. An den wenigen Stellen, die nicht zugewachsen waren, trieb ein hellgrüner Teppich aus Wasserlinsen. Kleinere Baumgruppen markierten das gegenüberliegende Ufer, dahinter Mietshäuser, neun oder zehn Stockwerke hoch, waschbetonverkleidet, mit unförmig gerundeten Balkonen. Wolken wechselten sich mit Feldern von fahlem Blau ab, darin die aufgeblähten Kondensstreifen Dutzender Flugzeuge.

»Ich dachte, wir fahren zum Fluss«, sagte Nikola.

Onishi sah sie an, hob die linke Braue.

»Das ist ein Fluss. Mit Lotos«, sagte Friedemann.

Sie zuckte mit den Schultern.

»Sieht doch schön aus.« –

Nachdem die Botschaft es abgelehnt hatte, Friedemann und Masumi auf ihrem Gelände unterzubringen, war Masumi allein zu ihren Eltern gefahren, die irgendwo außerhalb wohnten. Sie hatte darauf bestanden, die U-Bahn zu nehmen, wollte mehrmals umsteigen, obwohl es nicht nötig gewesen wäre, außerdem bei einer Freundin und in verschiedenen Geschäften Zwischenhalte einlegen, um sicherzugehen, dass ihr auch wirklich niemand folgte. Friedemann könne nicht mitkommen, hatte sie entschieden, er sei zu auffällig, und sie wolle auf keinen Fall ihre Familie in diese Geschichte mit hineinziehen, die ganz allein er zu verantworten habe. In einiger Entfernung von der Station Shin-Itabashi war sie aus dem Wagen gestiegen und hatte sich so kühl verabschiedet, dass Nikola überzeugt war, sie würde sich bei nächster Gelegenheit von ihm trennen. Anschließend hatte Onishi Friedemann gefragt, wo er ihn absetzen solle, doch Friedemann war weder ein Freund noch ein brauchbarer Ort eingefallen. Bevor Onishi etwas vorschlagen konnte, hatte Nikola ihn angeherrscht, wenn sie das japanische System richtig verstanden habe, stünden sie beide tief in Friedemanns Schuld und es sei ihre Verpflichtung, ihn zu schützen. Sie war so wütend gewesen, dass Onishi schließlich einwilligt hatte, ihn mitzunehmen, bis eine andere Lösung gefunden wäre. Allerdings, fügte er hinzu, sei es erst recht riskant für Friedemann, zusammen mit ihm unterwegs zu sein – für Nikola übrigens auch.

Erstaunlicherweise waren kaum Menschen hier draußen. Vielleicht lag es an der Uhrzeit: Es ging auf zwei zu. Die meisten Leute arbeiteten, und die, die keine Arbeit hatten, schämten sich, nichtstuend in der Öffentlichkeit gesehen zu werden. Wenn man die hässlichen Kästen am anderen Ufer ausblendete, kam man sich vor, als wäre man irgendwo in der Wildnis.

Sie bogen in einen schmalen Pfad, der direkt am Wasser entlangführte. Onishi ging voraus, Friedemann in der Mitte, Nikola zum Schluss. Trotz der Wärme hatte Onishi seine Lederjacke zu Drei Vierteln geschlossen, damit niemand sah, dass er rechts und links unter den Armen jeweils eine Pistole trug.

Ein weißer Reiher stieg torkelnd auf und flog flussabwärts davon. Nach einer Weile passierten sie eine ältere Frau, die auf einem Klappstuhl unter einem roten Schirm saß, auf das Lotosfeld starrte und ihnen keine Beachtung schenkte.

»Haben wir eigentlich etwas Bestimmtes vor?«, fragte Friedemann. »Also nicht, dass ich grundsätzlich gegen Ausflüge wäre, eigentlich finde ich Ausflüge sogar ziemlich nett, und hier bin ich tatsächlich noch nie gewesen. Es ist ja wirklich eine Oase, aber trotzdem, ich meine, müssten wir nicht eigentlich einen Plan haben, wie es weitergehen soll?«

Weder drehte Onishi sich um noch machte er Anstalten zu antworten.

Nikola sagte: »Ich schätze, wir folgen einer supergeheimen Samurai-Strategie: Unbeirrbar voranschreiten, ganz gleich, wo der Gegner lauert, dabei sind wir auf alles gefasst und fürchten uns nicht vor dem Tod.«

»Zumindest Letzteres würde ich nicht unbedingt unterschreiben«, erwiderte Friedemann.

Die Lotospflanzen wurden von Feldern aus mannshohem Schilf abgelöst, in denen sich kleinere Wasserflächen öffneten. Das Wasser war torfbraun, doch gleichzeitig klar, so dass man bis auf den Grund sehen konnte. Weiter vorn hatte ein Rentner mit pinkfarbener Basecap seine Angel ausgeworfen.

Onishi blieb stehen, als nähme er Witterung auf.

Rechterhand, hinter einem Streifen aus Pappeln und Unterholz, lag eine Wiese, auf der schnurgerade Reihen knorriger Obstbäume gepflanzt waren. Zwischen den Ästen, keine fünfzig Meter entfernt, tauchten die Wellblechdächer mehrerer flacher Gebäude auf.

»Kannst du uns mal informieren?«, sagte Nikola.

»Es gibt keine Information.«

»Rechnest du damit, dass uns jemand auflauert?«

»Du hast es sehr gut formuliert: Wir rechnen mit allem. Aber eigentlich sind wir hier, um zu entspannen.«

»Soll das ein Witz sein?«

Er bog rechts ab. Sie gingen vom Wasser weg durch kniehohes Gras, erreichten einen asphaltierten Weg, der unmittelbar an den Häusern vorbeiführte. Offenbar handelte es sich um eine Gärtnerei. Ein kleiner Traktor stand in der Einfahrt, rechts davon drei breite, mit Rollläden verschlossene Tore. Hinter dem Zaun war ein Komposthügel aufgeschüttet.

Onishis Telefon klingelte. »Moshi moshi«, sagte er und blieb stehen. Dann folgten nur noch kurze Laute, die mal Zustimmung, mal verhaltene Skepsis signalisierten, begleitet von reflexartigen Verneigungen. Er wirkte nicht, als wären die Nachrichten schlecht.

»Ich kenne Onishi ja schon länger«, sagte Friedemann. »Sein Freund – also dein Freund –, dein früherer Freund, Yuki Ozawa … Entschuldige – tut mir leid.«

»Du musst dich nicht entschuldigen.«

»Willst du, dass ich darüber rede, oder lieber nicht?«

Nikola sah sich selbst von außen, wie sie mit diesem sonderbaren Deutschen, der von ihrem ermordeten Freund sprach, in einem Tokioer Park stand, und stellte fest, dass sie rein gar nichts empfand.

»Klar.«

»Yuki hat ja ein paar Semester Germanistik studiert und ist manchmal zu Veranstaltungen ins deutsche Kulturinstitut gekommen. Als Onishi dann nach Berlin geschickt wurde, hat Yuki ihn zu einem Vortrag mitgebracht, den ich gehalten habe, zum Thema *20 Jahre Mauerfall* oder so was. Er kannte mich aber schon vom Sehen, weil ich eine Zeitlang eine regelmäßige Rubrik über die Berliner Szene in einem beliebten Kulturmagazin hatte.«

»Du warst im japanischen Fernsehen?«

»Na ja, es war nicht alles immer ganz aktuell, was ich da präsentiert habe. Ich lebe ja seit über zehn Jahren hier, und wenn ich in Berlin bin, hänge ich natürlich nicht dauernd in angesagten Clubs rum. Also habe ich das eher boulevardmäßig aufgezogen, zwischen Philharmonie und Museumsinsel, ein paar nette Bars, Bouletten und Döner, es sollte hauptsächlich unterhaltsam sein.«

»Deshalb hatte Masumi Sorge, dich mitzunehmen – du bist hier ein Promi.«

»Vergiss es. Außerdem ist das inzwischen fünf oder sechs Jahre her. – Jedenfalls kam Onishi nach dieser Veranstaltung auf mich zu und fragte, ob ich ihm helfe, seine Sprachkenntnisse zu verbessern, und ihm vielleicht außerdem so etwas wie einen Grundkurs in Landeskunde gebe, damit er weiß, wie man sich in Deutschland benimmt.«

Onishi hatte sich ein Stück entfernt, stand in leicht vornübergebeugter Haltung und hielt sich das linke Ohr mit dem Zeigefinger zu.

»Wusstest du, was er macht?«

Friedemann lachte: »Sie hatten beide noch alle Finger, und von den Tätowierungen sah man nichts. Außerdem sind die Yakuza in Tokio weniger klischeemäßig angezogen als in anderen Städten. Als er mir dann einen, sagen wir mal, ungewöhnlich hohen Stundenlohn anbot, unter der Voraussetzung, dass ich niemandem von unseren Treffen erzähle, habe ich mir allerdings gedacht, dass er nicht einfach bloß als

Geschäftsmann in Sachen Fischerzeugnisse unterwegs ist. Masumi hat gleich auf den ersten Blick gesehen, dass er zur Yakuza gehört, deshalb wollte sie eigentlich nicht, dass ich das Angebot annehme, aber wir brauchten Geld, Tokio ist ja wahnsinnig teuer, wie du vielleicht schon gemerkt hast.«

»Für dich war es kein Problem, dass er Yakuza ist?«

»Hier funktioniert fast nichts nach denselben Regeln wie in Deutschland, weder praktisch noch moralisch. Die Hälfte der Leute, die du triffst, denkt fast so wie die Neonazis bei uns, aber sie sind trotzdem nett. Oder du kannst in der U-Bahn sitzen und neben dir guckt jemand Pornos auf dem iPad. Ich bin aber auch nicht der Typ, der dauernd alles bewertet. Die Yakuza kann man kaum mit normalen Gangstern wie zum Beispiel der italienischen Mafia vergleichen. Sie gehört dazu. Viele Probleme, für die du in Deutschland einen Anwalt nehmen würdest, werden hier von der Yakuza geregelt. Sachen wie Schadenersatzforderungen, oder wenn es um Autounfälle geht, Mietschulden. Ganz normale Leute wenden sich in solchen Fällen an die Yakuza, weil es einerseits sowieso viel zu wenige Anwälte gibt, und man andererseits Dinge lieber diskret regelt, ohne Öffentlichkeit. Abgesehen davon mag ich Onishi. Irgendwie ist er ein guter Typ.«

Onishi hatte das Gespräch beendet und steckte sein Telefon in die Hosentasche.

»Wer war das?«, fragte Nikola.

»Harada Sensei.«

»Neue Erkenntnisse?«

Er nickte leicht, was Nikola als »ja« deutete.

»Und?«

Onishi zündete sich eine Zigarette an.

»Gib mir auch eine.«

Er reichte ihr die Packung.

Linkerhand erstreckte sich eine größere Teichanlage, in der besondere Pflanzen gezogen oder seltene Fische gehalten wurden. Eine Seniorengruppe, mehr Männer als Frauen, spazierte auf schmalen Stegen zwischen den Becken umher. Alle waren nahezu identisch gekleidet: kurzärmelige, hellblaue oder weiße Poloshirts, beigefarbene Trekkinghosen, dazu Baumwollhüte mit weichen Krempen, als wären sie auf einer Expedition. Jeder trug einen Rucksack.

»Lass uns zurück zum Fluss gehen«, sagte Onishi.

»Nur so?«

»Hier sind zu viele Leute.«

»Kennst du jemanden?«

»Wir fallen auf. Nachher erzählen sie, dass sie einen Yakuza mit zwei Ausländern im Mizumoto Park gesehen haben, darunter auch der Deutsche, der im Fernsehen war. Irgendeiner kennt immer irgendjemanden, der jemanden kennt, der auch etwas gesehen hat oder etwas wissen will. Das hilft uns nicht.«

Drei andere Rentner besprachen sich neben einer Schubkarre, in der angespitzte Pfähle, Spaten und ein Vorschlaghammer lagen.

»Was haben sie vor?«

»Sei einfach still.«

Onishi schlug einen Pfad ein, der geradeaus durch ein Wäldchen führte. Beim Ufer stand eine Frau Ende dreißig, ebenfalls in hellem Hemd und beigefarbener Hose. Sie hatte zwei Staffeleien aus Aluminiumrohr vor sich aufgebaut, auf jeder ein bereits fortgeschrittenes Aquarell der Flusslandschaft. Die Mietshäuser im Hintergrund hatte sie weggelassen. Nikola wollte stehen bleiben und in Ruhe schauen, doch Onishi bedeutete ihr, weiterzugehen.

An dieser Stelle des Uferweges war die Vegetation dichter: Hohe Bäume, zwischen denen sich Palmen und wilde Feigen ans Licht drängten, teilweise überwuchert von Dornengestrüpp. Unmittelbar am Wasser verlief ein Holzzaun wie vor Pferdekoppeln. Hinter einer Brücke gelangten sie auf eine Halbinsel, die, rechteckig und mit Pfählen befestigt, in den Fluss hineinragte. In der Mitte standen vier Bänke. Onishi setzte sich und wischte sich mit dem Handrücken Schweiß von der Stirn. Nikola ließ sich neben ihn fallen, während Friedemann an den Zaun trat und über das Lotosfeld schaute.

»Was machen wir jetzt?«, fragte Nikola.

»Nichts.«

»Irgendetwas wird dir der Meister doch gesagt haben. Du hast eine Viertelstunde mit ihm telefoniert, und ich schätze nicht, dass er über das Wetter reden wollte.«

»Ich muss nachdenken.«

»Lass mich verdammt noch mal daran teilhaben. Ich bin deine Partnerin.«

Er schüttelte den Kopf: »Du kannst nicht einmal schießen.«

»Also gibt es Neuigkeiten.«

»Tokio bekommt die olympischen Spiele 2020. Niemand weiß genau, was das bedeutet, aber wie es scheint, verschieben sich gerade die Machtverhältnisse auf der höchsten Ebene, und zwar nicht in unserem Sinne. Am besten wäre es, wenn du dich mit Friedemann ein paar Tage anderswo einquartieren würdest. Ich überlege noch, wo das sein könnte.«

Friedemann tippte Nachrichten in sein Smartphone. Seine Lippen bewegten sich, als würde er mit sich selbst reden.

»Vergiss es«, sagte sie.

»Ich dachte mir, dass du das sagen würdest. Abgesehen davon gefällt es mir auch nicht.«

»Und?«

»Es gibt ein Haus, weiter westlich in den Bergen, wo der Meister sich früher manchmal mit Leuten für spezielle Trainingseinheiten zurückgezogen hat.«

»Das klingt perfekt.«

»Leider nicht so perfekt. Takedas Leute kennen den Ort. Zumindest einige von ihnen. Aber vielleicht fällt er ihnen nicht gleich ein. Der Meister war lange nicht dort.«

»Also steht jetzt fest, dass Takeda unser Feind ist?«

Friedemann trat hinzu und verdrehte die Augen: »Sie ist immer noch nicht bei ihren Eltern, aber wo genau sie sich zurzeit aufhält, verrät sie mir nicht.«

»Sie wirkte ziemlich sauer«, sagte Nikola.

»Kann man so sagen.«

»Eine wütende Frau ist kein Spaß«, sagte Onishi.

»Will sie sich von dir trennen?«

Friedemann legte den Kopf schräg und verzog ironisch die Mundwinkel: »Glaube ich nicht. Masumi ist sehr impulsiv, auch wenn man es normalerweise kaum merkt. Aber meistens beruhigt sie sich schnell wieder. Wobei der Fischberg in unserer Wohnung ihr schon einen ziemlichen Schock versetzt hat.«

»Verständlicherweise«, sagte Nikola und dann, an Onishi gewandt: »Willst du Friedemann vielleicht in deine Planungen einweihen?«

»Es gibt keine Planungen. Ich muss warten, was der Meister vorschlägt.«

»Gerade hast du doch gesagt, wir fahren in diese Berghütte.«

»Wenn du willst, dass ich mit dir rede, musst du als Erstes lernen, Dinge, die ich dir sage, für dich zu behalten.«

»Wollt ihr erst mal alleine sprechen? Ich kann ein Stück spazieren gehen«, sagte Friedemann.

Onishi stand plötzlich auf und sagte: »Die Leute dahinten gefallen mir nicht, lasst uns verschwinden.«

Ungefähr hundert Meter entfernt, bei einem Pavillon am Rand eines großen Schwertlilienfelds, standen drei Männer in Jeans und Bomberjacken und unterhielten sich mit Rentnern aus einer weiteren Gruppe.

»Sie sehen wie Chinesen aus.«

»Kennst du sie?«

»Nein. Aber das heißt nichts, im Gegenteil. Takeda wird niemanden schicken, den ich kenne.«

»Aber wie soll irgendjemand wissen, dass wir hier sind? Wenn uns ein Wagen die ganze Zeit gefolgt wäre, hätten wir das doch gemerkt.«

»Jemand kann einen GPS-Sender an meinem Auto befestigt haben.«

»Das klingt ein bisschen sehr nach James Bond«, sagte Nikola.

»Japaner lieben Technik«, sagte Friedemann, »und diese Dinger gibt es inzwischen sogar für Hundehalsbänder: Meine Schwägerin hat eins für ihren Shiba Inu, weil der sich dauernd selbständig macht.«

Onishi ging nach links. Sobald sie wieder Deckung durch Bäume hatten, beschleunigte er seine Schritte. Sie passierten einige Leute, die neben ihren Fahrrädern im Schatten saßen und picknickten.

»Du kennst dich hier aus, nehme ich an«, sagte Nikola.

Der Weg machte einen leichten Bogen, so dass man nicht sehr weit zurückschauen, aber auch nicht von Weitem gesehen werden konnte. Zahlreiche Abzweigungen führten nach rechts in den Wald oder zu weiteren Teichanlagen.

»Wo gehen wir hin?«, fragte Nikola.

Onishi antwortete nicht.

»Ich schätze, er hat einen Plan«, sagte Friedemann.

»Es kotzt mich an, ich kann dir gar nicht sagen, wie …«

»Es wird Gewitter geben«, sagte Onishi und trat einen Schritt zur Seite: »Geht ihr vor, ich übernehme den Schluss. Immer geradeaus. Zügig. Aber ohne zu rennen.«

Der Hauptweg bog nach rechts, während ein schmalerer Trampelpfad weiter parallel zum Ufer verlief. Trauerweidenzweige schlugen ihnen ins Gesicht. Offenbar ging hier selten jemand spazieren. In der Mitte des Flusses lag eine flache Insel, von hohem Gras und Büschen bewachsen. Am anderen Ufer reihten sich Einfamilienhäuser aneinander, einstöckig und billig gebaut. Friedemann fluchte. Wenige Meter vor ihm endete der Weg an einem grau gestrichenen Holzschuppen, der offenbar noch in Benutzung war. Die Scheibe des kleinen Fensters schien erst vor Kurzem geputzt worden zu sein. Die Tür wurde von einem Vorhängeschloss gesichert.

»Sackgasse«, sagte Friedemann mit einem Anflug von Panik. »Und jetzt?«

»Hier wollte ich hin«, sagte Onishi und schob Nikola zur Seite.

Er holte Luft, im nächsten Moment schnellte sein rechter Fuß waagerecht heraus und setzte einen Tritt so hart und präzise neben das Schloss, dass es mitsamt Riegel, Halterung und einem Stück Brett herausbrach. Die Tür quietschte und sprang auf.

An den Wänden im Inneren hingen Netze, Haken und Rechen. Alles wirkte sehr gepflegt, als würde regelmäßig damit gearbeitet. Zum Fluss hin war der Raum offen. Das Wasser reichte bis zu einem Steg in der Mitte, an dem links ein flacher Arbeitskahn und rechts ein Ruderboot aus hellblauem Plastik lagen. Onishi sprang in das Boot und löste das Tau vom Poller. Nikola folgte, während Friedemann zögerte: »Bist du sicher, dass ... Also bislang habe ich mich in Japan immer an das gehalten, was ...«

»Wir haben nicht viel Zeit. Du kannst hierbleiben oder mitkommen. Jetzt.«

»Klar. Natürlich«, sagte Friedemann und stieg vorsichtig in das schwankende Boot.

»Setzt euch hin.«

Onishi platzierte die Riemen in den Dollen und fing an zu rudern.

Unmittelbar hinter dem Tor begann das Lotosfeld, allerdings war es hier weniger dicht als weiter vorn. Blätter und Blütenstängel knickten vor dem Heck ein, verschwanden unter dem Rumpf und tauchten vor dem Bug wieder auf. Das Boot glitt ruhig durchs Wasser, entfernte sich rasch vom Ufer. Zur Mitte hin öffnete sich eine freie Fahrrinne. Onishi steuerte nach rechts und nutzte die leichte Strömung, um Geschwindigkeit aufzunehmen.

»Dahinten stehen sie«, sagte er. »Aber wir sind nicht in Schussweite. Abgesehen davon, dass dort auch die ganzen Angler sitzen. Es nützt niemandem, Aufsehen zu erregen.«

»Aber wenn sie jetzt losrennen, ich meine, sie werden ja vermutlich genauso gut trainiert sein wie du, dann könnten sie uns einholen, und sobald sie mit uns auf gleicher Höhe sind – das wird schon knapp vom Abstand her.«

»Hinter dem Schuppen ist kein Weg, dort kommen sie nicht vorwärts.«

»Ich weiß nicht, ob mich das jetzt beruhigt, aber gut. Im Zweifel springen wir halt ins Wasser und gehen auf Tauchstation.«

Sie schwiegen eine Weile. Die Insel in der Mitte des Flusses verbreiterte sich zu einem schmalen Streifen Wald. Eine Gruppe Kormorane saß am Ufer.

»Es scheint, als wären wir noch mal mit dem Schrecken davongekommen«, sagte Friedemann, als die Männer außer Sicht waren. »Was hatten wir denn eigentlich dort vor, ich meine, wir sind anderthalb Stunden gefahren, um in einem Park spazieren zu gehen, wo uns dann irgendwelche Chinesen auflauern …«

»Etwas entspannen, in Ruhe nachdenken.«

»Das hat ja nun leider nicht geklappt.«

»Es war anders geplant.«

»Und was ist mit deinem Auto?«, fragte Nikola.

»Vergiss es.«

»Du lässt es einfach stehen? Ich meine, es ist ein ziemlich neuer BMW.«

»Wir werden einen anderen Wagen besorgen. Weiter vorn ist eine Werkstatt. Ich kenne den Besitzer.«

14.

Die Wettervorhersage hat sich seit dem Morgen sehr verschlechtert. Erstaunlich, wie groß die Unsicherheiten in den Rechenmodellen der Wissenschaft sind. Manchmal denke ich, jeder Reisbauer versteht die Wolken am Himmel besser als diese modernen Systeme.

Als Komatsu Ken mich anrief und sagte, dass ein Wagen in der Nähe des Oba-Flusses explodiert ist, habe ich einen Moment gedacht, sie hätten Onishi erwischt. Es scheint aber, als würde er nicht nachlässig in seiner Aufmerksamkeit, obwohl er noch immer mit dem deutschen Mädchen unterwegs ist und sich außerdem um ihren Landsmann kümmern muss.

Natürlich wurde schon früher Sprengstoff benutzt, doch durch die technischen Möglichkeiten, die Takeda sich neuerdings zunutze macht, hat sich die Lage sehr verändert. Wie es aussieht, können seine Leute mit Hilfe ihrer Computer Dinge in Erfahrung bringen, für die man früher rund um die Uhr zehn Mann hätte abstellen müssen, und dann wäre die Chance, dass sie nicht entdeckt worden wären, bei jemandem mit Onishis Wachheit gleich null gewesen. Da lange Zeit Ruhe herrschte, habe ich mir bislang keine Gedanken über die Folgen dieser ganzen technischen Entwicklungen gemacht. Für mich ist das alles ohnehin schwer zu verstehen. Ich muss mir immer wieder vor Augen führen, dass es diese Methoden gibt, wenn ich das weitere Vorgehen plane.

Mit dem Alter bildet sich ja die Neigung aus, alles abzulehnen, was neu ist. Ohne dass man groß darüber nachdenkt, setzt sich im Hinterkopf die Vorstellung fest, dass die Welt zu der Zeit, als man selber jung war, ihre natürliche Ordnung hatte. Auch wenn man erkennt, wie unsinnig dieser Gedanke ist, sagt man sich: Die Neuerungen mögen gut und richtig sein, aber ich muss mich nicht mehr damit beschäftigen, mir reicht das, was ich von früher her kenne. Und ehe man sich's versieht, hat der letzte Feind einen besiegt.

Natsuko hat mir vor Jahren gezeigt, wie man einen Computer bedient, allerdings benutze ich ihn nicht oft. Wenn Frau Kuraki ihre Kinder besucht, kann ich mir Essen von einem Lieferdienst bestellen, das ist sehr praktisch. Manchmal lese ich Nachrichten im Internet. Doch natürlich reicht mein Wissen nicht, um mich gegen Spezialisten zu wehren, geschweige denn, dass ich selbst Vorteile daraus ziehen könnte.

Ich frage mich, warum Komatsu mich über alles auf dem Laufenden hält, was derzeit bei der Nekodoshi-gumi vor sich geht. Weder weiß ich, auf wessen Seite er steht, noch welches Ziel er verfolgt. Er faselt etwas von seiner tiefen Verbundenheit, aber während der vergangenen anderthalb Jahre war davon wenig zu spüren. Seine Informationen verpackt er so, dass ich meine eigenen Schlüsse ziehen kann, ohne dass er sich irgendjemandem gegenüber der Treulosigkeit schuldig macht. Sicher missfällt es ihm, für einen saufenden Oyabun zu arbeiten, der ab dem Nachmittag durch die Gegend torkelt und morgens zu Füßen seines albernen Tigers in der eigenen Kotze liegt. Doch selbst wenn Takeda in einem verheerenden Zustand ist: Es besteht kein Zweifel, dass er sich entschlossen hat, Onishi zu eliminieren, und dass er keine Zeit verschwendet. Er ist sich nicht einmal zu schade, dafür Chinesen anzuheuern. Wahrscheinlich handelt es sich um die Leute, die in seinem Gebiet und mit seiner Duldung den Handel mit Rauschgift betreiben. Im Moment hat es den Anschein, als wäre er uns immer einen Schritt voraus. Wir müssen alles daransetzen, wieder selbst zu handeln, statt hinterherzulaufen. Das ist leichter gesagt als getan. Früher reichte ein gut trainierter Mann, der ohne mit der Wimper zu zucken in das Stammlokal eines Bosses ging oder plötzlich auftauchte, wenn dieser in den Armen seiner Lieblingsnutte lag. Aber Takeda geht kaum mehr auf die Straße. Vom Büro aus fährt er mit dem Aufzug in den Keller zu seinem Wagen, der schusssicher ist und angeblich sogar gegen Sprengfallen gepanzert. Die wenigen Bars und Restaurants, die er noch aufsucht, werden von einem halben Dutzend Leibwächter abgeschirmt.

Meist hält er sich ohnehin im Hauptquartier der Nekodoshi-gumi auf. Komatsu sagt, dass er immer häufiger in absonderliche Gemütszustände abgleitet. Er hängt in seinem Sessel, trinkt und schaut sich auf dem Bildschirm ein russisches Klavierkonzert an, immer dasselbe, gespielt von einer bestimmten Pianistin, Olga Kern. Ich habe sie mir angesehen: Sie sitzt da am Flügel, in einem feuerroten schulterfreien Kleid, das ihren prallen Arsch auf der schwarzen Lederbank schön hervorhebt, wulstige Lippen, sehr weiße Haut, irgendetwas zwischen Nymphchen und Mama, wie die russischen Hostessen, die man hier auch in einigen Clubs findet. Ich gebe zu, das muskulöse, ein bisschen zu weiche Fleisch ihrer nackten Arme bewegt sich sehr hübsch, während sie in die Tasten greift. Wenn sie dann eine Spur verzweifelt die Augen schließt, mit halb geöffnetem Mund ihren Kopf in den Nacken wirft – das ist durchaus anziehend. Komatsu sagt, dass Takeda an einer besonders sentimentalen Stelle jedes Mal in Tränen ausbricht. Statt sich einen runterzuholen, schluchzt er und rauft sich die Haare. Nach einer Weile brüllt er herum, dass alle, die da sind, sofort kommen und diese Musik hören müssen, damit sie verstehen, was das Leben ist: Schmerz, tödlicher Schmerz. Wer das aushält, wird so stark sein, dass er jeden Gegner bezwingt, aber solange sie vor dieser Wahrheit wegrennen, werden sie Schwächlinge bleiben, und Onishi wird ihnen die Kehle durchschneiden, ihnen das Hirn wegpusten, genauso wie den vietnamesischen Ratten samt ihrer Königin in Berlin.

Aus allem, was Komatsu erzählt, schließe ich, dass unter Takedas Leuten große Verwirrung herrscht. Männer, die ohne Führung sind, treffen unsichere Entscheidungen und machen leichtfertige Fehler. Insofern war es aus seiner Sicht klug, Chinesen zu beauftragen, jedenfalls, wenn man seine Selbstachtung als Japaner verloren hat. –

Wie dunkel es plötzlich geworden ist, obwohl es erst auf sechs zugeht. Sturmböen, und es regnet so stark, dass das Prasseln der Tropfen wie Maschinengewehrfeuer klingt. Ich hoffe, dass der Wind nicht wieder das Dach über dem Dōjō losreißt, so dass nachher alles unter Wasser steht. Frau Kuraki ist vor zwei Stunden nach Hause gegangen. Ich sollte Schüsseln und Eimer bereitstellen.

Je länger ich über meine letzten Begegnungen mit Takeda nachdenke, desto mehr habe ich den Eindruck, dass er seinen Tod provozieren will, wie ein Heerführer der alten Zeit, der weiß, dass er den Krieg verloren hat, und sich dann mit allem, was er zur Verfügung hat, in den Kampf stürzt, weil es besser ist, in der Schlacht zu sterben, als die Waffen niederzulegen und dahinzuvegetieren.

Herr Okabe hat sicher eine Vorstellung, wer die Nekodoshi-gumi führen soll, sobald Takeda ausgeschaltet ist. Vielleicht versucht er auch, ihn davon zu überzeugen, sich freiwillig zurückzuziehen, damit Blutvergießen und Aufsehen vermieden werden, die den Behörden neue Gründe liefern, härter vorzugehen. Aber ich kann mir nicht vorstellen, dass Takeda sich darauf einlässt. Ohnehin sind solche Zugeständnisse aus dem Mund eines Trinkers wenig wert: Eine halbe Flasche Brandy später hält er sich wieder für unbesiegbar und nimmt alles zurück.

Es scheppert im Hof, aber nicht so, als hätte der Wind etwas umgeworfen. Irgendjemand macht sich dort zu schaffen. Das Tor ist offen und sowieso kann man leicht darüber hinwegsteigen. Durchs Fenster sieht man nichts. Allerdings gibt es von hier aus einige tote Winkel. Ich werde nachschauen – nein, kein Schwert mitnehmen, das ist Unsinn. Gegen einen gezielten Schuss wäre ich machtlos, und um die Pistole auszupacken, reicht die Zeit nicht. Das Angenehme, wenn man keine Furcht hat, ist, dass einem alles wie ein Spiel vorkommt. Andererseits: Weshalb sollte Takeda einen solchen Aufwand treiben, wenn er mir eine Kugel durch den Kopf jagen will? Heute Morgen waren fünf von seinen Leuten zum Training hier, morgen und übermorgen wird es genauso sein. Es gibt zahlreiche Gelegenheiten für einfache Lösungen.

Jetzt läutet auch noch das Mobiltelefon. »Moon River« – Natsuko hat mir die Melodie neulich als Klingelton zu ihrer Nummer einprogrammiert, damit ich gleich weiß, dass sie es ist, die anruft.

»Hallo?«

»Wir sind im Hof, Nobu und ich. Dürfen wir hereinkommen?«

»Warum klopft ihr nicht?«

»Wir wollten nicht stören.«

Manchmal frage ich mich, was in ihrem Kopf vor sich geht. Sie hat immer ein Telefon dabei, verschickt ununterbrochen Nachrichten an irgendwelche Freundinnen. Wenn sie mit Nobu von zu Hause gekommen ist, war sie mindestens eine Dreiviertelstunde unterwegs – wahrlich Zeit genug, um mich anzurufen.

»Ich komme zur Tür.«

Beide sind nass bis auf die Knochen. Sie hat nicht einmal einen Schirm. Und jeder trägt eine große Tasche über der Schulter, als wollten sie sich hier einquartieren.

»Du hättest vorher Bescheid sagen sollen.«

»Es musste alles sehr schnell gehen.«

Wie viele Frauen, die schon als Kind so schön waren, dass sie nie jemand normal behandelt hat, ist sie unsicher und herrisch zugleich.

»Was musste schnell gehen?«

»Als ich heute Nachmittag die Boutique verlassen habe und zur Schule gegangen bin, um Nobu abzuholen, waren zwei von Takedas Leuten da. Erst sind sie mir, dann uns beiden gefolgt. Sie haben nicht einmal versucht, sich zu verstecken.«

Normalerweise neigt sie nicht zu Hysterie und kann kritische Situationen sehr wohl von ungefährlichen unterscheiden.

»Weißt du, wer es war?«

»Einen kannte ich, aber ich erinnere mich nicht an seinen Namen. Den anderen habe ich noch nie gesehen.«

»Vielleicht waren sie für einen Auftrag in der Gegend.«

»Sie haben dieselbe U-Bahn genommen und sind dann in zehn Metern Abstand bis zum Haus hinter uns hergegangen. Der, den ich kannte, hat mir sogar zugenickt.«

Aus welchem Grund sollte Takeda es auf sie abgesehen haben? Es ist zu lange her, dass sie mit mir zusammen war. Andererseits kann es sein, dass einer von seinen Leuten neulich mitbekommen hat, wie sie heimlich von hier verschwunden ist.

»Was meinst du dazu, Nobu?«

»Sie sahen böse aus.«

»Du musst nicht wiederholen, was deine Mama gesagt hat. Ich will wissen, was dir aufgefallen ist. Du bist jetzt auf dem Weg des Karate, das heißt, du musst immer hellwach sein, denn der Gegner kann überall lauern und jederzeit zuschlagen.«

»Ich glaube, sie wollen uns töten.«

»Ach was, niemand tötet eine Frau und ein Kind.« Das stimmt natürlich nicht. »Zieh dir trockene Sachen an. Aber lass das Licht im Zimmer aus.«

Die Art, wie er mit den Achseln zuckt, ist respektlos, aber irgendwie gefällt sie mir auch.

Natsuko schaut mich beinahe flehend an: »Glaubst du, dass sie hier auftauchen?«

»Woher soll ich das wissen?«

»Du kennst diese Leute, du weißt, wie sie ticken.«

»Nur weil diese beiden Männer da waren, hast du kurz entschlossen deine Sachen zusammengepackt und Hals über Kopf das Haus verlassen?«

»Ja.«

»Wie seid ihr hergekommen?«

»Mit dem Taxi.«

»Hast du geschaut, ob sie euch nachgefahren sind?«

»Es hat angefangen, so stark zu regnen, dass man fast nichts mehr gesehen hat, und ich war damit beschäftigt, Nobu zu beruhigen. Er hat Angst.«

»Weil du Angst hast.«

»Er hat die Bedrohung gespürt.«

»Wie auch immer.«

»Was wollen sie von mir? Ich dachte, Takeda ist dir verbunden.«

»Takedas Geist ist durcheinander. Niemand weiß, was in ihm vorgeht.«

»Er war immer ein Psychopath.«

»Vielleicht glaubt er, dass ich an einer Verschwörung beteiligt bin, oder er denkt, wenn er dir Furcht einjagt, wird er mich einschüchtern – wegen Nobu. Möglicherweise hat er sich im Rausch daran erinnert, dass du dich damals nicht auf seine Annäherungsversuche eingelassen hast.«

»Das liegt Jahre zurück.«

»… und jetzt, wo sein Verhältnis zu mir sich verschlechtert hat, will er dir die Zurückweisung heimzahlen. Aber wahrscheinlich hat er morgen sowieso wieder vergessen, was er heute wollte.«

»Ich wusste nicht, dass euer Verhältnis getrübt ist.«

»Es hat mit Onishi zu tun.«

»Onishi ist genauso krank wie Takeda.«

»Onishi ist ein guter Junge.«

»Er ist nicht einmal in der Lage, ein gewöhnliches Gespräch zu führen.«

»Das liegt an seiner Schüchternheit.«

»Soll das ein Witz sein?«

»Gegenüber Frauen.«

Auch wenn ich die Entwicklung nicht vollständig überblicke: Mir gefällt ganz und gar nicht, was vor sich geht. Weniger wegen mir selbst. Der Tod durch eine Kugel oder das Schwert ist ein seltenes Geschenk heutzutage, das man nicht zurückweisen sollte, wenn es einem angeboten wird. Aber ich will nicht, dass Nobu etwas geschieht. Und falls meine Zeit abgelaufen ist, soll zumindest seine Mutter am Leben bleiben.

»Was ist denn eigentlich passiert, dass alles durcheinandergerät?«

»Wir stehen vor gewalttätigen Auseinandersetzungen zwischen verschiedenen Fraktionen.«

»Weshalb?«

»Wenn ein großer Brocken aus einem abschüssigen Geröllfeld, das nur von der Schwerkraft der Steine zusammengehalten wurde, herausgezogen wird …«

»Ich will wissen, was los ist.«

»Mehrere Parteien mit unterschiedlichen Vorstellungen und Interessen, die zudem in sich weniger harmonisch waren, als es nach außen den Anschein hatte, sind durch eine Reihe von Ereignissen, die ihren Ausgang vor fünf Wochen in Europa, in Berlin, genommen haben, miteinander in Streit geraten. Es scheint, als würde dieser Streit sich jetzt weiter hochschaukeln, weil wir die Olympischen Spiele bekommen haben, das ist ein riesiger Kuchen, der verteilt werden muss. Manches geschieht im Verborgenen, aber das, was offenkundig ist, kann auch eine Täuschung sein, um Verwirrung zu stiften. Fest steht, dass Dinge in Bewegung geraten sind, die mit der ursprünglichen Auseinandersetzung gar nichts zu tun haben. Niemand weiß, was in den nächsten Tagen geschehen wird.«

»Wir können jedenfalls nicht zu Hause bleiben, dort gibt es keinerlei Schutz. – Ich habe meiner Mutter gesagt, dass wir für eine Weile zu dir ziehen, weil du dich in Zukunft stärker um Nobus Erziehung kümmern willst.«

Da ist der Anflug eines Lächelns, das vieles bedeuten kann. Im Prinzip wäre auch denkbar, dass sie sich die ganze Geschichte mit den Verfolgern bloß ausgedacht hat, um nicht fragen zu müssen, ob sie und Nobu wieder bei mir wohnen können. Manchmal geht sie sehr berechnend vor. Andererseits wäre es ein zu großer Zufall, dass zum selben Zeitpunkt, zu dem die Chinesen Onishis Auto in die Luft gejagt haben, Takedas Leute bei Natsuko aufgetaucht sind.

Ich werde nach der Pistole schauen und ein Schwert bereithalten. Takeda hat nicht viele Männer zur Verfügung, die im Töten geübt sind. Während der vergangenen Jahre hat Onishi mehr oder weniger alle derartigen Aufträge übernommen. Taku und Itō Genya sind vielleicht gut genug, aber ihnen fehlt die Erfahrung. Außerdem nimmt Onishi an, dass sie auf seiner Seite stehen.

»Du solltest dich auch umziehen, sonst erkältest du dich.«

»Willst du mein Höschen sehen?«

»Geh ins Hinterzimmer. Wenn etwas passiert, verschwindest du mit Nobu hinten durchs Fenster. Dann ruf Onishi an, auch wenn du ihn nicht magst. Er wird euch in Sicherheit bringen.«

»Wieso hast du schon mit ihm darüber gesprochen, wo du doch gar nicht wusstest, dass wir kommen?«

»Er hat Anweisungen für Notfälle. Zieh dich um.«

Ich habe mich früher nie groß für meine Kinder interessiert. Von den älteren ist keins bei mir aufgewachsen, der Kontakt war lose. Nobu ist der Einzige, der eine Zeitlang bei mir gewohnt hat, und der auch danach regelmäßig zu Besuch kam. Allerdings konnte ich lange wenig mit ihm anfangen. Er hatte schon als Kleinkind etwas Geducktes, das weder einnehmend noch anziehend war. Vermutlich habe ich meine Geringschätzung auch deutlich zum Ausdruck gebracht, und sie war einer der Gründe, weshalb Natsuko mit ihm ausgezogen ist. Aber neulich, als wir begonnen haben zu trainieren, habe ich gemerkt, dass unter der verschreckten Oberfläche eine große Zähigkeit liegt, verbunden mit der Bereitschaft, bis aufs Blut zu kämpfen. Das ist selten heutzutage. Er muss Schmerzen in jedem Muskel gehabt haben, doch er hat sich nichts anmerken lassen. Es war nicht, weil er Angst vor mir hatte, und wenn, würde es nichts ändern. Die, die auf den ersten Blick stark und durchsetzungsfähig sind, denen Sympathie und Erfolg zufliegen, taugen selten zu guten Kämpfern. Erstens sind sie es nicht gewohnt, Widerstand zu überwinden, zweitens haben sie zu viel zu verlieren, um im Kampf frei zu sein. Ein Schultrottel wie Nobu hingegen, der oft gedemütigt wurde und weiß, dass er allein dasteht, nimmt die Härten des Trainings achselzuckend in Kauf. Verglichen mit den Erniedrigungen, die er hinter sich hat, ist das bisschen Schmerz, wenn er auf das Makiwara schlägt, Kinderkram.

Der Sturm hat etwas nachgelassen, aber es regnet noch immer in Strömen. Ein guter Abend, um jemanden zu liquidieren. Niemand ist auf der Straße. Kein Nachbar wird etwas hören, und falls doch, wird er sich die sonderbaren Geräusche mit dem Unwetter erklären. –

»Ja?«

Obwohl ich diese Art Kleidung eigentlich nicht mag, muss ich zugeben, dass Natsuko ausnehmend attraktiv aussieht in ihrem rosafarbenen Trainingsanzug.

»Was hast du jetzt vor?«

»Nichts. Wir warten ab.«

Offenbar war ihr BH auch nass. Sie hat diese langen Brustwarzen, die abstehen wie ein kleines Fingerglied, wenn sie erregt oder kalt sind.

»Was ist mit dir, Nobu?«

»Ich will kämpfen, wenn sie kommen.«

»Du kannst nicht kämpfen.«

»Geh zurück nach hinten.«

»Nein. Wenn ihr sterbt, will ich auch sterben.«

»Niemand hier stirbt. Tu, was deine Mutter sagt.«

Wie dankbar sie mich anschaut.

Ich frage mich, warum sie so sicher ist, dass etwas geschehen wird: »Ist sonst etwas vorgefallen in letzter Zeit? Etwas, das du mir verschweigst?«

»Vor ein paar Tagen ist jemand in der Boutique gewesen, nachdem ich schon weg war, und hat sich nach mir erkundigt – wann ich arbeite, wo ich wohne.«

»Vielleicht ein Mann, der sich für dich interessiert.«

»Nein. Es war ein Yakuza, hat Frau Muraoka gesagt. Sie schien sehr verärgert darüber, dass ich mit solchen Leuten Umgang habe, und meinen Versicherungen, dass ich nicht weiß, wer es gewesen sein könnte, hat sie keinen Glauben geschenkt. ›Wenn noch einmal einer von denen hier auftaucht, brauchst du nicht mehr zu kommen‹, hat sie gesagt.«

»Du hättest mich gleich anrufen sollen. Das war leichtsinnig.«

»Ich habe gedacht, dass es ein Missverständnis ist, dass sie mich verwechseln.«

»Männer, die deinen Namen und die Adresse deines Arbeitsplatzes kennen, verwechseln dich nicht.«

»… dass sich alles von selbst auflöst, wenn ich mich nicht rühre.«

»Du hast geglaubt, Takedas Leute dringen ohne zwingenden Grund in fremdes Territorium ein und stiften Unruhe?«

»Es war dumm von mir. Aber als ich dann hier war und mit dir darüber sprechen wollte, kam er mit seinen Affen herein, bevor ich etwas sagen konnte.«

Ich habe nicht die geringste Ahnung, was sie von ihr wollen könnten. Komatsu hat auch nichts in dieser Richtung erwähnt. Vielleicht ist es aber auch ein abgekartetes Spiel, und er erzählt mir all diese anderen Dinge, um mich in Sicherheit zu wiegen. Ich soll mir einbilden, über das, was heraufzieht, im Bilde zu sein. Dann haben sie das Überraschungsmoment auf ihrer Seite. Und in Wirklichkeit ist Nobu das Ziel – Takeda will Nobu, um mich zu treffen. Aus Rachsucht und Boshaftigkeit. Neulich, als er dieses Gedicht geschrieben und mir so sonderbar feierlich vorgelesen hat – darin ging es auch um ein Kind, das zermalmt wird. Es war eine Warnung. In dieser Hinsicht hat Natsuko recht: Wenn er trinkt, ist er ein Psychopath, der zu sentimentaler russischer Klaviermusik in Tränen ausbricht und dabei jemanden eigenhändig zu Tode foltert – notfalls sogar ein Kind.

»Warte hinten mit Nobu. Erzähl ihm eine Geschichte, etwas, das ihn stark macht. Ich werde Onishi anrufen. Es ist besser, wenn zwei Männer hier sind. Wir müssen ohnehin besprechen, wie es weitergeht. Abgesehen davon brauchen sie einen Schlafplatz.«

15.

Der Regen prasselte so heftig auf die Frontscheibe, dass die Scheibenwischer das Sichtfeld kaum freihalten konnten.

»Idioten!«, sagte Onishi und trat auf das Gaspedal.

Er war mit dem zehn Jahre alten Toyota-Van gerade in die Straße eingebogen, an deren Ende Dōjō und Wohnhaus Meister Haradas standen, als er sah, wie ein unbeleuchteter Lieferwagen beschleunigte, das niedrige Holzgatter durchbrach und dann mit voller Geschwindigkeit in den Eingangsbereich raste.

Es tat einen dumpfen Schlag, der im Lärm der Tropfen auf dem Blech, dem Heulen des Windes, dem Knirschen der Bäume in den umliegenden Gärten beinahe unterging. Rechts und links der Tür platzte Putz auf, Balken splitterten, Ziegelblöcke kippten wie in Zeitlupe aus der Wand. Zwei verwachsene Bonsaikiefern wurden in ihren bauchigen Tontöpfen zur Seite geschleudert und krachten auf die Umfassung des Moosbeets. Die Karosserie des Lasters knickte ein, der Kastenaufbau faltete sich zusammen, so dass die Räder ein Stück in die Luft ragten. Unmittelbar hinter dem Wagen betraten zwei Männer, der rechte in einer weißen Trainingsjacke, der linke in einem olivgrünen Blouson aus Fallschirmseide, mit entschlossenen Schritten das Grundstück. Mindestens einer von ihnen hielt eine Waffe in der Hand.

»Wir sind zu spät«, stellte Nikola fest, während Friedemann mit offenem Mund auf das Geschehen starrte, das sich in einem Gewoge aus verwischten Schlieren vor seinen Augen abspielte.

Ein Blitz durchzuckte den Himmel und ließ für einen Wimpernschlag alles mit überscharfen Konturen erscheinen. Der Donner rollte gemächlich polternd vorbei. Noch war das Zentrum des Gewitters einige Kilometer entfernt. Onishi bremste gut zwanzig Meter vor dem Grundstück, schaltete den Motor aus, entsicherte eine seiner beiden Pistolen und hielt sie Nikola über Friedemanns Schoß hinweg hin.

»Für den Notfall. Ansonsten bleibt ihr hier sitzen«, sagte er und zog die zweite Waffe aus dem anderen Halfter. »In drei Sekunden stellst du auf Fernlicht.«

Er warf die Fahrertür zu und zielte sehr ruhig. Nikola beugte sich nach rechts und legte den Lichthebel um. Die beiden Gestalten vor dem Haus standen plötzlich im Zentrum eines Scheinwerferkegels, schauten geblendet und verwirrt umher, riefen sich etwas zu. Onishi feuerte einen Schuss ab. Der Kleinere, der links gestanden hatte, sackte in sich zusammen, der zweite sprang jedoch, noch ehe das Echo des Knalls verhallt war, mit einer Art Schulterrolle zur Seite. Sekundenbruchteile später war er bereits wieder auf den Beinen und lief am Haus vorbei in den Hof.

Onishi ging hinterher, zügig, ohne zu rennen. Seine braune Lederjacke hatte sich dunkel verfärbt, das Wasser troff an ihm herunter.

»Kannst du damit umgehen?«, fragte Friedemann und deutete auf die Glock in Nikolas Hand.

Sie hob die Pistole leicht an, wie um ihr Gewicht zu prüfen: »Bis jetzt nicht. – Du?«

»Es ist das erste Mal, dass ich überhaupt so ein Ding in echt sehe.«

»Es kann nicht sehr schwierig sein, zumindest nicht auf kurze Distanz. Vielleicht brauchen wir sie auch gar nicht. Zu zweit sollten sie doch wohl mit einem Mann fertigwerden.«

Im Hof des Dōjōs war es dunkel. Ein zerrissener Vorhang Wasser stürzte von der Dachkante herunter und klatschte auf den Boden. Die dünnen Blätter der Bambusstauden raschelten, Wind pfiff durch Ritzen und Gitter. Aus keinem der Fenster des Hauses schien Licht.

Onishi blieb stehen, lauschte, ob irgendwo im Durcheinander der Geräusche ein unerwarteter Laut zu hören war, der ihm etwas darüber verriet, wo sich Fukihara – er hatte keinen Zweifel, dass es sich bei dem zweiten Mann um Fukihara Toshu handelte – aktuell befand. Onishi kannte den Ort besser als das Haus seiner Eltern, doch auch Fukihara war während der vergangenen Jahre mehrmals pro Woche hier gewesen. Ein terrassenförmig getrimmter Busch lag der Länge nach auf dem mit groben Flusskieseln gepflasterten Boden, zwei dickere Äste waren abgebrochen.

Auf der rechten Seite befand sich der Schuppen, seine halb geöffnete Tür quietschte in den Angeln. Normalerweise sägte der Meister dort Bretter zurecht, die von den Schülern später, während bestimmter Übungen, mit Hand, Fuß oder Ellbogen zerschlagen oder zertreten werden mussten. Manchmal schreinerte er auch kleine Möbel oder Gestelle für Bonsais. Hinter den Werkbänken war sein alter dunkelblauer Lexus abgestellt, den er jedoch kaum noch fuhr.

Je nachdem, was Fukihara plante, war es der günstigste Platz, um sich zu verstecken.

Weder wusste Onishi, ob Fukihara ihn ebenfalls erkannt hatte, noch, ob dieser es auf eine Konfrontation ankommen lassen wollte oder gleich nach dem Schuss durch den Hof geflüchtet war. Fukihara beherrschte verschiedene Kampftechniken, hatte aber lediglich Erfahrung in Schlägereien gesammelt, bei denen es nie um Leben und Tod gegangen war. Vermutlich schoss er nicht besonders gut, doch sobald Onishi sich in der Tür zeigen würde, hätte er – falls er tatsächlich in der Werkstatt hockte – ihn als schwarzen Schemen wie eine Riesenzielscheibe vor dem Lauf. Andererseits müsste er früher oder später wieder herauskommen und wäre dann selbst ohne Deckung.

Onishi näherte sich vorsichtig der Tür.

Weiter vorn führte ein schmaler Durchgang, der von hier aus nicht einsehbar war, zwischen den Nachbarhäusern hindurch. Dort konnte Fukihara ebenfalls lauern. Vielleicht war er den besoffenen Versprechungen Takedas auf den Leim gegangen und träumte von seinem unaufhaltsamen Aufstieg in der Nekodoshi-gumi, wenn er den Meister, und am Ende auch Onishi, getötet hätte.

Ein weiterer Blitz zerhackte die Wolkendecke. Der Donner folgte als lauter Knall.

Onishi wischte sich Wasser aus dem Gesicht, hielt die Pistole vor der Brust, stand jetzt fünf, sechs Meter vor dem Schuppen, lief einige Schritte, presste sich unmittelbar neben der Werkstatttür mit dem Rücken gegen die Mauer.

Eine Hand öffnete von innen das Shōji des Seiteneingangs zwischen Wohntrakt und Trainingsbereich. Onishi war sicher, dass es Meister Harada selbst war, der dort in Stellung ging. Er hoffte, dass der Meister ihn erkannt hatte, fragte sich gleichzeitig, wie genau dessen Augen im vom Regen verschwommenen Dunkel noch sahen. Eine Klinge blitzte auf, neigte sich kurz in seine Richtung, tauchte zurück ins Schwarz: Das war ein gutes Zeichen. Ein weiterer Blitz, diesmal in unmittelbarer Nähe, ließ alles in äußerster Klarheit erscheinen, im nächsten Moment krachten die auseinandergehackten Luftmassen erneut aufeinander. Ein Menschenschatten sprang weiter vorn aus dem Dunkel, hatte schon die drei Stufen vor dem Eingang erreicht, nahm sie mit einem Satz.

Onishi schoss nicht. Das Risiko, den Meister zu treffen, wäre zu hoch gewesen. Im nächsten Augenblick kippte der Schatten rücklings in den Hof. Noch im Fallen löste sich der Kopf, nahm seine eigene Flugbahn, schlug einen halben Meter vor dem Körper, zu dem er gehörte, auf den Boden, rollte zwei, drei Mal um die eigene Achse, kam zur Ruhe und lag da mit weit geöffneten Augen, den Mund zu einem stummen Schrei verzerrt. Eine Blutfontäne ergoss sich aus den durchtrennten Adern auf das Pflaster.

Onishi steckte seine Waffe ein.

»Was für ein Dummkopf«, sagte der Meister und trat aus dem Haus, das Schwert noch in der Hand. Er zog die Klinge ab und schob sie in die Scheide zurück.

Onishi verneigte sich, ging dann neben dem abgeschlagenen Kopf in die Hocke, schaute sich das Gesicht an und sagte: »Fukihara. Ich war sicher, dass Sie leicht mit ihm fertigwerden würden.«

»Offenbar hat er nichts von dem verstanden, was er hätte lernen sollen.«

Im Haus wurde das Licht eingeschaltet. Neben der geöffneten Papierwand zeigte sich das Gesicht Nobus, der ein Tantō, so lang wie sein Unterarm, in der Hand hielt. Er sah ernst aus, wirkte aber weder verängstigt noch erleichtert, schob sich an dem enthaupteten Leichnam vorbei, blieb neben Onishi stehen und betrachtete Fukiharas Kopf, neugierig wie ein Wissenschaftler, mit einer Spur Verachtung um den Mund. Hinter ihm erschien Natsuko, zitternd und wütend.

»Er hat sich geweigert, mitzukommen. Als ich ihn gepackt habe, hat er sich losgerissen«, sagte sie und starrte den Jungen an: »Das Tantō hat er sich auch selbst – ich weiß nicht, wo er es gefunden hat: Du hättest dir die Finger damit abschneiden können, Nobu, leg es sofort weg.«

Der Meister strich seinem Sohn über die nassen Haare, nahm ihm vorsichtig den Dolch aus der Hand und sagte: »Du kannst froh sein. Kaum jemand bekommt heutzutage noch Lektionen wie diese. Ich hoffe, du hast genau hingeschaut.«

Nobu verneigte sich: »Ich bin sehr dankbar dafür und werde mich in Zukunft noch mehr anstrengen.«

»Ich will das nicht«, sagte Natsuko.

»Was für einen Wagen hat Herr Yamato dir gegeben?«, fragte der Meister, ohne auf Natsukos Einwand einzugehen.

»Einen Toyota TownAce.«

»Dann hast du genug Platz, um zwei Leichen wegzuschaffen. Es ist lediglich ein Schuss gefallen. Die unmittelbaren Nachbarn sind nicht zu Hause. Die anderen werden den Lärm dem Unwetter zurechnen.«

»Ich kümmere mich darum.«

»Sobald du weg bist, rufe ich die Polizei und erkläre ihnen, dass es einen Unfall gegeben hat und dass der Fahrer des Lieferwagens geflohen ist. Was ist mit deinen Deutschen?«

»Sie sitzen im Auto.«

»Sie sollen dir helfen.«

»Und wir – was ist mit uns? Wo können wir noch hin?«, schrie Natsuko und dann: »Nobu, was machst du da?«

Nobu hatte Fukiharas Kopf bei den Haaren genommen, hielt ihn sich vors Gesicht und schnitt Grimassen.

»Fürst Oda hätte ihn vor dem Tor auf einen Pfahl gespießt, damit jeder Feind sieht, was ihn erwartet.«

Der Meister lachte.

Nobu ließ den Kopf fallen, ging zu dem leblosen Rumpf, versetzte ihm einen Tritt und verschwand im Innern des Hauses.

»Ich hole Nikola«, sagte Onishi.

Bei dem Toten vor dem Eingang, der in einer vom Regen verdünnten Blutlache lag und sich nicht mehr gerührt hatte, hielt er inne, drehte ihn mit dem Fuß auf den Rücken, um das Gesicht zu sehen, murmelte, »Noch ein Chinese«, und ging weiter zum Wagen.

Nikola sprang heraus, die Waffe, die Onishi ihr gegeben hatte, fest umklammert.

»Wir haben Arbeit«, sagte Onishi und streckte ihr die Hand entgegen, damit sie ihm die Pistole gab.

Friedemann zögerte, ob er sitzen bleiben oder ebenfalls aussteigen sollte, streckte den Kopf zur Tür heraus: »Also ich nehme an, wenn da jetzt noch einer wäre, der irgendwie eine Gefahr darstellt …«

»Du kannst auch mitanpacken«, sagte Onishi.

»Ich weiß nicht.«

Wieder blitzte es, weniger hell als zuvor. Der Donner ließ eine Weile auf sich warten und war dann nur mehr ein fernes Wummern.

»Klar, ich meine für dich sind solche Sachen normal, aber für uns, für mich zumindest, ist es doch eine ziemlich ungewohnte Situation, und es wäre mir lieber, wenn ich weder bei der Polizei landen noch in strafbare Handlungen verwickelt würde.«

»Da vorn liegt ein toter Chinese und im Hof Fukihara Toshu. Das ist einer von Takedas Leuten. Der Meister hat ihm den Kopf abgeschlagen.«

Friedemann verzog das Gesicht und wischte sich die nassen Haare aus der Stirn: »Das hört sich nach … Und was, wenn ich fragen darf, wäre jetzt meine Aufgabe bei dem Ganzen?«

»Tragen helfen.«

Onishi drehte sich um, trat an den Lieferwagen heran, dessen zertrümmerte Fahrerkabine tief im Hauseingang steckte. Glassplitter knirschten unter seinen Schuhen: »Bleibt, wo ihr seid«, rief er: »Es kann sein, dass ein Sprengsatz eingebaut ist, der nicht gezündet hat.«

Er schaute vorsichtig in das, was von den Seitenfenstern übrig war, und sagte: »Scheint, dass sie das Gaspedal fixiert haben. Jedenfalls ist niemand drin.«

»Und du bist sicher, dass jetzt nichts mehr explodiert?«, fragte Friedemann.

»Nein.«

»Dann würde ich vielleicht doch lieber ein bisschen Abstand halten.«

Onishi zuckte mit den Schultern und sagte, an Nikola gerichtet: »Du darfst auch gehen, wenn du Angst hast.«

»Wir machen das zusammen.«

»Kann ich in den Hof oder ins Haus«, fragte Friedemann.

»Wenn es knallt, zerreißt es dich da trotzdem.«

»Dann gehe ich einfach ein Stück spazieren.«

Entlang der Straße schalteten sich die Laternen ein. Weiße Kugeln an gebogenen Stangen ließen das Gewirr der Kabel, die kreuz und quer zwischen den Häusern hingen, wie ein riesiges, von Monsterspinnen gezogenes Netz erscheinen. Die

Regentropfen wurden zu weiteren Fäden, die ihren Anfang irgendwo im nächtlichen Dunkel hatten.

Der Meister kam aus dem Hof, eine Rolle mit schwarzen Plastiksäcken und ein Knäuel gelbe Wäscheschnur in der Hand.

Wortlos ging er zu dem toten Chinesen, schaute ihn sich eine Weile an und schüttelte den Kopf. Einen halben Meter neben ihm, halb verdeckt von einem Busch, lag eine weitere Pistole. Der Meister hob sie auf und gab sie Onishi: »Ihr braucht sie dringender als ich.«

Onishi überlegte einen Moment, wandte sich dann Nikola zu, fragte: »Weißt du, wie man sie entsichert?«

Nikola nickte.

»Steck sie ein.«

Ein Schrecken, der in Lächeln überging, flog über ihr Gesicht. Offenbar akzeptierte Onishi allmählich, dass sie nicht nur ein dummes, ausländisches Liebchen, sondern tatsächlich seine Partnerin war.

Meister Harada rollte einen Müllsack ab, schlug ihn mit beiden Händen auf. Onishi hob erst die Beine des leblosen Körpers, dann Hüften und Brustkorb an, bis der Leichnam zur Hälfte in dem Sack verschwunden war. Einen zweiten zogen sie vom Kopf abwärts herunter, dann zurrten sie beide mit mehreren Schnüren fest zusammen.

Nikola wusste nicht, was sie tun, wie sie helfen sollte, spürte, wie das Wasser ihre Haut erreichte und dass sie fror, obwohl der Regen beinahe warm war.

»Was habt ihr jetzt mit ihm vor?«, fragte sie.

»Erst mal schaffen wir ihn ins Auto.«

Onishi ging zum Wagen, ließ den Motor an, wendete und fuhr rückwärts unmittelbar an das nassschwarz glänzende

Schnürpaket heran. Er stieg aus, öffnete die Schiebetür an der Seite. Zu zweit wuchteten sie den Sack hinein und schoben ihn zwischen die Sitzreihen.

»Ein bisschen Blut kann bleiben«, sagte der Meister. »Das meiste wird der Regen wegspülen. Ich werde noch etwas auf der Straße verteilen, damit die Fahrerflucht glaubwürdig erscheint.«

Er verschwand im Hof, kehrte mit Fukiharas abgeschlagenem Kopf zurück und ging, den Kopf an den Haaren schwenkend wie ein Weihrauchfass, ein Stück die Straße hinunter, vorbei an Friedemann, bis zu einem schmalen Pfad, der zu einem kleinen Shintō-Schrein führte, und verschwand im Dunkel.

»Sie werden DNA-Proben nehmen und feststellen, dass das Blut von zwei verschiedenen Leuten stammt«, sagte Nikola.

»Der Polizeichef ist dem Meister verpflichtet. Abgesehen davon, sind sie froh für jeden toten Chinesen.«

Als Meister Harada auf die Straße zurückkehrte, stieß er beinahe mit Friedemann zusammen, der noch immer im Regen spazieren ging, um nicht in die Luft gesprengt zu werden. Der Meister hielt ihm den Kopf vor die Nase, sagte etwas auf Japanisch, das Friedemann nicht verstand, lachte laut.

»Hat er keine Sorge, dass die Nachbarn ihn sehen?«, fragte Nikola.

»Die Nachbarn respektieren ihn. – Im Hof ist noch Fukihara, der muss auch weg.«

Der kopflose Körper lag halb auf den Stufen, halb auf den Pflastersteinen. Onishi schaltete eine Lampe ein. Die Ärmel von Fukiharas weißer Adidas-Jacke waren dunkelrot. Ein glatter Schnitt hatte den Hals in Höhe des Adamsapfels sauber durchtrennt, der oberste Wirbel schob sich ein wenig heraus.

Nikola spürte eine leichte Übelkeit beim Anblick des rohen Fleischs, der Röhren und weißlichen Fetteinschlüsse, schluckte in kurzen Abständen Speichel, um den Brechreiz zu unterdrücken.

»Gib mir noch einen«, sagte Onishi und deutete auf die Rolle, die der Meister seitlich auf dem Geländer abgelegt hatte.

Sie riss sich zusammen, knibbelte die aufeinandergepressten Folien mit dem Fingernagel auseinander und reichte ihm den geöffneten Sack.

Meister Harada kehrte zurück, Friedemann schlurfte hinterher, suchte unter dem seitlichen Vordach Schutz vor dem Regen, obwohl auch er längst völlig durchnässt war.

»Ich überlege, was ich jetzt am besten mache, die Vorstellung, mit zwei Toten durch die Gegend zu fahren, selbst wenn es im Endeffekt Notwehr war, gefällt mir, ehrlich gesagt, nur so mittelgut, aber ein Taxi bekommt man hier wahrscheinlich nicht, beziehungsweise, euch wäre es sicher lieber, wenn erst mal niemand sonst von dem ganzen Chaos hier etwas sehen würde, zumal die Taxifahrer, wie es heißt, ja auch alle irgendwie mit dieser oder jener Gruppe zusammenarbeiten.«

»Genau.«

»… wisst ihr denn schon, was ihr vorhabt mit den Säcken und auch sonst, also nachdem ihr sie entsorgt habt?«

Nobu tauchte hinter der Schiebetür auf und sagte: »Müll«, als der Meister den abgeschlagenen Kopf in einen weiteren Sack gleiten ließ.

»Der Junge scheint überhaupt keine Angst zu haben«, sagte Friedemann.

»Wer weiß, wessen Karma er trägt, und was seine Seele schon gesehen hat«, sagte Onishi und nickte Nobu zu.

Nachdem sie auch diese beiden Säcke verknotet hatten, hob Onishi Fukiharas Rumpf an der Stelle hoch, wo sich die Schultern befanden. Der Meister hielt Nikola den Beutel mit dem Kopf hin und nahm die Füße. Zu zweit trugen sie den durchhängenden Sack zum Wagen. Nikola folgte mit dem Kopf, dahinter Friedemann.

»Wenn ich jetzt an diese ganzen Karma-Sachen glauben würde, wäre das wohl die Strafe für meine Geldgier, als ich mich auf seinen Vorschlag eingelassen und ihm Deutschstunden gegeben habe, aber vermutlich ist das Quatsch, und es gibt überhaupt keine Gründe für irgendetwas von dem Durcheinander hier, was nichts an der Tatsache ändert, dass es eine ziemlich beschissene Situation ist, so oder so, und ich hab keine Ahnung, wie wir hier wieder rauskommen.«

Nikola zuckte wortlos mit den Schultern.

»Es könnte eng werden«, sagte der Meister, nachdem sie den toten Fukihara verladen hatten.

Friedemann, der zwar kaum Japanisch sprach, aber doch vieles verstand, sagte auf Deutsch: »Das scheint mir auch so.«

»Was scheint dir auch so?«, fragte Nikola.

»Er meint – also der Meister –, dass Schwierigkeiten bevorstehen. Was ja nun offensichtlich ist. Vielleicht wollte er sagen, dass es noch schlimmer werden könnte.«

16.

Unmittelbar nachdem Onishi und seine deutschen Freunde mit den beiden Toten von hier weggefahren waren, habe ich die Polizei benachrichtigt. Nach einer Stunde kamen zwei schlecht gelaunte Beamte, die den Schaden ohne Interesse zur Kenntnis nahmen. Jetzt, um diese Zeit, könne man ohnehin nichts tun, sagten sie, Verletzte gebe es offenbar keine, abgesehen von dem flüchtigen Fahrer, den man anhand des Kennzeichens schnell identifizieren werde.

Ich bin mir sicher, sie hatten vorab Anweisungen erhalten.

Gegen elf habe ich zum zweiten Mal innerhalb von drei Tagen bei Herrn Okabe angerufen, diesmal um ihm mitzuteilen, dass Takeda erstens offenbar Informationen habe, die auch für ihn gefährlich werden könnten, und dass er zweitens nicht gewillt sei aufzugeben, sondern sich entschlossen habe, bei seinem Untergang möglichst viele mit in den Abgrund zu ziehen.

An Stelle von Herrn Okabe nahm eine Frau ab, deren Stimme ich nicht kannte. Sie machte den Eindruck, als stünde sie unter Drogen oder würde aus einer Ohnmacht auftauchen, so schwach und abwesend klang sie. Ich wunderte mich, dass Herr Okabe meinen Anruf nicht selbst angenommen hatte, denn bei der Nummer handelte es sich um seine Durchwahl, die nur wenigen bekannt ist, und mit der er sicherstellt, dass

Menschen, denen er bedingungslos vertraut, ihn in dringenden Fällen ohne Umwege erreichen können. Nachdem ich mehrmals meinen Namen genannt habe und am anderen Ende der Leitung nur Wimmern zu hören gewesen war, dämmerte der Frau endlich, wer ich war, und sie flehte mich an: »Kommen Sie, Meister Harada, kommen Sie schnell, ein Unheil, überall Blut, die Affen, die Hunde!«

Auf meine Frage, was denn geschehen sei, reagierte sie nicht, sondern wiederholte nur immer wieder: »Kommen Sie, ich bitte Sie, kommen Sie sofort … die Hunde, die armen Hunde.«

Ich überlegte, Onishi ebenfalls zu Herrn Okabes Haus umzuleiten, entschied mich aber dagegen. Auch wenn ich nicht genau wusste, was geschehen war, deutete doch alles auf einen Überfall hin. Es wäre auf keinen Fall klug gewesen, einen Wagen mit zwei Toten bei einem Anwesen abzustellen, wo gerade ein weiteres Gemetzel stattgefunden hatte. Schließlich konnten dort jeden Moment Ermittler auftauchen, und sicher sind nicht nur die Computerspezialisten der Nekodoshi-gumi, sondern auch Polizisten, die von Takeda entsprechende Daten bekommen haben, in der Lage, Onishi über sein Telefon zu orten.

Ich fragte Natsuko, ob sie die Nummer von Nikola oder von diesem Friedemann wisse, aber sie murmelte bloß: »Woher denn?«

»Schreib Onishi eine Nachricht, er soll dir beide Kontakte schicken und anschließend sein Telefon in die Kanalisation oder sonst wohin werfen, fortan verständigen wir uns nur noch über die Apparate der Deutschen.«

Mir blieb nichts anderes übrig, als darauf zu vertrauen, dass in dem Wagen, den Herr Yamato Onishi gegeben hatte, keine

Überwachungsvorrichtungen eingebaut waren. Herr Yamato verdankt mir viel, und ich glaube, dass er von seinem Charakter her ein anständiger Mensch ist.

Natürlich hatte Natsuko längst gemerkt, dass irgendetwas nicht stimmte. Ich versuchte abzuwiegeln, woraufhin sie einen Wutanfall bekam: »Du sagst mir jetzt sofort, was passiert ist, andernfalls siehst du deinen Sohn nie wieder!«

Obwohl ich Nobu gegenüber in der Vergangenheit immer eher kühl gewesen war, hatte sie mit sicherem Instinkt gespürt, dass sie damit bei mir in diesem Moment eine weiche Stelle traf.

»Es hat einen weiteren Angriff gegeben, auf jemanden, den du nicht kennst, der aber sehr wichtig ist, nicht nur für uns. Es scheint, als wäre es dort weniger glimpflich ausgegangen als hier.«

Ich beschloss, zu Herrn Okabe zu fahren, auch wenn ich auf nasser Fahrbahn und bei Nacht nur noch schlecht sehe.

»Hätte ich mich doch nie auf dich eingelassen«, jammerte Natsuko, aber Nobu, der mir gar nicht mehr von der Seite wich, blaffte sie an: »Sag so etwas nie wieder. Der Meister ist mein Vater. Ich liebe ihn, und ich bin stolz, sein Sohn zu sein.«

Ich kann mich nicht erinnern, jemals aus dem Mund eines meiner Kinder etwas Ähnliches gehört zu haben.

»Ich werde mich auf den Weg machen und schauen, was dort los ist.«

»Ich will mit«, sagte Nobu.

Da Takedas erster Versuch, mich auszuschalten, misslungen war, konnte es gut sein, dass er noch heute Nacht andere Leute schickte.

»Was ist mit dir?«, fragte ich Natsuko.

Normalerweise wäre mir nicht in den Sinn gekommen, Unbeteiligte oder gar Familienmitglieder mitzunehmen, aber aus Gründen, die vielleicht mit einer gewissen Alterssentimentalität zu tun haben, wollte ich auch sie ungern alleine lassen.

Natsuko war darüber so verwirrt, dass sie die Frage erst gar nicht verstand. Ihr Zorn hatte sich wieder gelegt und war einer verhangenen Resignation gewichen: »Welche Möglichkeiten habe ich schon, wenn du beschließt, den Jungen mitzunehmen.«

»Es sind nur zwei Sitze im Wagen. Nobu muss hinten auf die Rückbank. Es sei denn, du willst hierbleiben.«

»Du nimmst mich auch mit?«

»Wir werden vorläufig nicht hierher zurückkehren.«

»Und das Haus?«

»Ich rufe die Witwe Kuraki an, dass sie sich um alles kümmert.«

Als wir gegen halb zwei das Anwesen von Herrn Okabe erreichten, war auf den ersten Blick nichts Ungewöhnliches zu sehen. Es liegt etwas abseits am Ende einer schmalen Straße zu Füßen der Hügel, so dass dort selten jemand vorbeikommt, der nicht zu ihm will. Rechts und links der Eingangstür brannten Steinlampen im Oribe-Stil, die den Vorgarten in gelbes Licht tauchten. Der Regen hatte aufgehört, doch die hübsch arrangierten Felsen glänzten vor Nässe wie lackiert, und auf den Moosteppichen bildeten Tausende winzig kleiner Tropfen glitzernde Punkte.

Offensichtlich hatte die Frau, die am Telefon gewesen war, noch niemanden verständigt.

Ich sagte Natsuko – Nobu war auf der schmalen Rückbank eingeschlafen –, sie solle mit ihm im Wagen warten. Für alle

Fälle gab ich ihr den Schlüssel und wies sie an, unverzüglich wegzufahren, falls sich etwas Unerwartetes ereignete.

Ich stieg aus und schaute mich noch einmal um, ehe ich an der Tür klingelte.

Es dauerte eine Weile, bis jemand öffnete. Dann erschien dieselbe junge Frau, die uns neulich bei meinem Besuch bedient hatte. Diesmal trug sie allerdings keinen Kimono, sondern eine karierte Pyjamahose und ein viel zu großes schwarzes T-Shirt, auf das der Comickopf einer Glückskatze mit rosa Schleifchen und einem stilisierten Einschussloch in der Stirn gedruckt war. »Good night Kitty« stand in weißen Buchstaben darunter. Die Frau sah aus, als wäre sie panisch aus dem Bett gesprungen und hätte sich schnell etwas übergestreift.

Sie schwankte leicht, hielt sich am Türrahmen fest.

»Ist sonst noch jemand hier?«

Sie schüttelte den Kopf. Ihr hübsches Gesicht erinnerte jetzt eher an die Fratze einer Untoten in schlechten Filmen. Offenbar war sie nicht in der Lage, eine Entscheidung zu treffen, geschweige denn, einen Gast zu empfangen. Als ich ihren Arm berührte, um sie zurück ins Haus zu schieben, zuckte sie wie vor Schmerz und begann unverständliches Zeug zu murmeln.

Ich ging an ihr vorbei in den Wohnraum, wo ein abgeschlagener Arm im aufgekrempelten Ärmel eines vormals weißen Hemds auf dem Boden lag und die Tatami mit Blut getränkt hatte. Links oben, auf dem Vitrinenschrank, saßen zwei von Herrn Okabes Affen und fingen an zu zetern. Die Scheiben des Schranks waren zertrümmert, desgleichen die kostbaren Porzellanfiguren, die er beherbergt hatte – galante Paare und nackte Tänzerinnen aus berühmten deutschen Manufakturen. Herr Okabe hat sie im Laufe von vier Jahrzehnten bei internationalen Auktionen ersteigert und war sehr stolz auf seine Sammlung. Zu meinen Füßen lagen Glassplitter, vermischt mit Porzellanscherben, die Faltenwürfe und Mädchenkörper gewesen waren. Rechterhand hing der Mann, zu dem der Arm gehört hatte, über dem beigefarbenen Ledersofa und atmete nicht mehr. Ein weiterer Leibwächter in weißem Hemd lehnte an einem Sessel. Ein Schwerthieb hatte ihm die Schulter bis unterhalb des Schlüsselbeins gespalten. Er hielt noch seine Pistole in der Hand. In der Tür, die hinaus zu den Gartenanlagen führte, lag der dritte. Eine Kugel hatte ihm den halben Schädel weggerissen. Hirn, Blut, Knochen und Haare waren gegen das Glas gespritzt und in breiten Schlieren daran heruntergelaufen.

Die junge Frau, deren Namen ich noch immer nicht kannte, war mir wie in Zeitlupe gefolgt. Sie stand jetzt mitten im Raum und wusste nicht weiter.

Plötzlich schrie sie die Affen auf dem Schrank an: »Seid still, seid endlich still, ihr stinkenden Ungeheuer! Ich hasse euch, ich habe euch vom ersten Tag an gehasst, mit euch ist das Unglück ins Haus gekommen.«

Sie begann hemmungslos zu schluchzen.

»Wo ist Herr Okabe?«, fragte ich leise.

»Machen Sie etwas, bitte. Deshalb sind Sie doch hier. Oder nicht? Warum sind Sie überhaupt gekommen, wenn Sie nichts tun können? Bringen Sie wenigstens die Affen zum Schweigen. Sie sollen endlich still sein.«

Ich nahm nicht an, dass meine Autorität auch die Tierwelt umfasste, und erklärte ihr: »Die Affen beklagen die Toten, junge Frau. Ich bin sicher, der Himmel wird ihr Gedenken annehmen und den Verstorbenen den Weg auf die andere Seite erleichtern.«

Sie nickte stumpfsinnig.

»Wo ist Herr Okabe?«, fragte ich noch einmal.

Mit einer schwachen Geste wies sie hinaus in den Garten: »Ich kann dort nicht noch einmal hin.«

Sie schlug die Hände vors Gesicht, sackte auf den Boden und weinte.

Draußen brannten noch die Laternen.

Ich stieg über den Körper des dritten Leibwächters und trat auf die Terrasse. Im Pool, der unterhalb der Wasseroberfläche von einer Reihe bläulicher Strahler beleuchtet wurde, trieb der Kadaver eines deutschen Schäferhunds. Sein Blut bildete eine große Wolke.

Ich hatte die Hunde bei meinen Besuchen wohl gelegentlich bellen gehört, aber nie gesehen, so dass ich immer davon ausgegangen war, es handele sich um Pitbulls oder Stafford Terrier. Herr Okabe hatte jedoch diese sonderbare Liebe zu allem Deutschen – nicht zu den Deutschen, wie sie heute sind, sondern zu denen, die ohne Rücksicht auf ihr eigenes Leben und in absolutem Gehorsam für Kaiser und Führer gekämpft hatten – und sich deshalb für diese Schäferhunde entschieden.

Auch die Front des Affenkäfigs war zertrümmert worden. Drei weitere Tiere hockten eng aneinandergedrängt in der hintersten Ecke auf dem Boden. Sie sonderten Geräusche ab, die wie ein hohes, künstlich erzeugtes Schmatzen klangen. Ihre Augen bewegten sich noch schneller hin und her als bei meinem Besuch neulich. Jemand hatte die Drahtgitter der Vogelvolieren mit wuchtigen Schwerthieben in Stücke gehauen. Einige waren leer, einen roten Ara hatten sie geköpft.

Auf dem Rasen hinter dem Pool entdeckte ich einen zweiten Schäferhund mit abgehackten Vorderläufen. Er ließ ein schwaches Winseln vernehmen. Ich überlegte, ihn zu erlösen, doch das Echo eines Schusses würde von den Hügeln weit fortgetragen werden und hätte sicherlich Nachbarn geweckt.

Dann sah ich Herrn Okabe. Er lag rücklings im Gras neben seinem dritten Schäferhund und trug nur einen leichten Yukata-Kimono, dessen Obi sich gelöst hatte. Darunter war er nackt. Die Haut schimmerte in der Farbe von hellem Käse, aus dem einzelne Brusthaare sprossen. Er trug tatsächlich keinerlei Tätowierung. Wahrscheinlich hatte er sich mit seiner neuen Gespielin vergnügt, als Takedas Kommando hereingestürmt war, es gerade noch aus dem Schlafzimmer hierher geschafft, während es dem Mädchen gelungen war, sich in einem Schrank zu verstecken.

Man hatte ihm die Nase und beide Ohren abgeschnitten und ihn dann geschächtet wie einen Schafsbock.

Wie er so dalag, fragte ich mich, ob ich ihn gemocht hatte.

Ich beugte mich hinunter, um ihm die Augen zu schließen. Sie schauten mit einem Ausdruck von Überraschung und Unverständnis durch mich hindurch.

Die gleichen Verstümmelungen hatte Onishis Ahnherr, Naruhiko, dem Teemeister Yamanoue Sōji auf Geheiß Toyotomi Hideyoshis beigebracht, wenn man den Geschichten Glauben schenkt. Ich war sicher, Takeda hatte seine Leute angewiesen, Herrn Okabe auf genau diese Art zuzurichten.

Mein Telefon brummte von einer Textnachricht: »Können wir reinkommen?«, schrieb Natsuko.

»Nein!«, schrieb ich zurück.

»So schlimm?«

Aus den Bäumen klang plötzlich das wütende Bellen eines Hundes herüber, gefolgt von einem langgezogenen Pfiff.

Herrn Okabes Mädchen erschien in der Tür. Sie hielt ein Wakizashi umklammert, als wollte sie sich damit umbringen, doch es wirkte eher wie eine hohle Geste, die sie sich in den Fernsehserien abgeschaut hatte.

»Leg die Klinge weg, Kind. Er ist es nicht wert«, sagte ich.

Sie starrte erst mich an, dann das Schwert in ihrer Hand, sah den toten Herrn Okabe im Halbdunkel auf dem Rasen, seinen verschrumpelten Pimmel, der sich blutleer zur Seite geneigt hatte.

»Wie können Sie das sagen, er war doch Ihr Freund?«

Ich zuckte mit den Schultern: »Es ist nur ein Spiel. So schnell vorbei wie eine Go-Partie.«

Offenbar kam ihr ein anderer Gedanke, und sie ließ das Wakizashi, wo sie stand, auf den Boden fallen.

Das Geräusch, mit dem die Klinge auf den Stein schlug, schmerzte, auch wenn das natürlich lächerlich war.

›Das Nichts vernichtet nichts, auslöschen kann nur der Tod‹, soll Yamanoue Sōji bei jener geheimnisvollen Teezusammenkunft gesagt haben, in deren Folge alle drei Teilnehmer – erst er selbst, dann Meister Rikyū und schließlich Furuta Oribe – durch das Schwert starben.

Sie begann erneut zu schluchzen: »Es waren so gute Hunde«, jammerte sie. »Wissen Sie, ich war sehr viel allein hier, und die Hunde haben alles verstanden, was mir durch den Kopf ging: Wenn ich froh war, haben sie mit mir herumgetobt, und wenn ich einsam war, sind sie gekommen, um mich zu trösten.«

Offenbar hielten sich ihre Gefühle für Herrn Okabe letztlich in Grenzen. Ich trat zu ihr hin und hob das Wakizashi vom Boden auf.

»Wie soll ich weiterleben nach dem, was ich gesehen habe?«

»Du musst essen und trinken, der Rest geht von allein.«

Die beiden Äffchen, die auf dem Schrank gesessen hatten, kamen aus dem Wohnraum gerast, schossen kreischend an uns vorbei und verschwanden im Gebüsch. Am Rascheln der Blätter im Dunkeln hörte man, wie sie einen Baum hinaufkletterten. Wenige Augenblicke später sprangen die drei kleineren aus dem zerstörten Käfig und folgten ihnen.

»Ich hasse diese Tiere«, flüsterte sie.

Ihr Hass war in diesem Moment so kraftvoll, dass ich sicher war, damit würde sie gut durchkommen auf ihrem weiteren Weg, sobald sie den Schock ein wenig verdaut hätte.

»Hast du die Leute gesehen, die das hier angerichtet haben?«

Sie schüttelte den Kopf.

»Ich hatte mich im Wäschekorb versteckt. Herr Okabe sagte, ich solle mich nicht rühren, als er unten Schüsse und die splitternden Scheiben hörte.«

»Immerhin.«

»Er war sehr gut zu mir.«

Im Geäst bellte erneut der Papagei.

»… so gute Hunde«, schluchzte sie.

Im Grunde gab es für mich hier nichts mehr zu tun, im Gegenteil, jeden Moment konnte die Polizei auftauchen, und dann würden sie mich mit aufs Revier nehmen und verhören oder zumindest meine Aussage zu Protokoll nehmen. Ich würde weitere Stunden verlieren, und wenn Takeda die politischen Entscheidungsträger gekauft oder zumindest auf seine Seite gezogen hatte, war es ziemlich wahrscheinlich, dass sie mich auf der Liste derer führten, die aus dem Verkehr gezogen werden sollten, solange der Krieg nicht mit dem totalen Sieg für ihre Seite zu Ende gegangen war.

Ich überlegte, was ich mit dem Mädchen anfangen sollte. Die Lage war nicht so, dass ich mir noch eine weitere Person aufhalsen konnte. Abgesehen davon, dass Natsuko bei ihrem Anblick sicher annähme, ich hätte sie nur mitgenommen, weil sie mir gefiele.

»Weißt du irgendetwas, was uns nützen könnte?«

»Herr Okabe hat nie mit mir über geschäftliche Dinge gesprochen.«

»Hast du eine Veränderung an ihm bemerkt in den vergangenen Tagen?«

Sie schüttelte den Kopf.

Ich ging ins Haus, noch immer das Schwert in der Hand, dessen Scheide sie ebenfalls achtlos auf den Boden geworfen hatte. Ich hob sie auf und schob die Klinge hinein.

»Ich werde jetzt gehen«, sagte ich. »Die Polizei wird sich um alles kümmern. Wie du ja weißt, war Herr Okabe eine bedeutende Persönlichkeit.«

»Bitte lassen Sie mich nicht allein.«

»Deine Spuren sind überall. Wenn du jetzt verschwindest, werden sie denken, du hast mit dem Überfall zu tun.«

»Ich kann nicht bleiben, bitte, nehmen Sie mich mit, irgendwohin.«

»... Fingerabdrücke, Haare im Bett und im Bad, überall Kleider von dir, und was eine junge Frau sonst noch an persönlichen Dingen braucht. Sicher wissen auch viele, dass du hier wohnst.«

»Ich kann morgen zur Polizei gehen und alles erklären. Lassen Sie mich nicht allein.«

»In meinem Wagen ist kein Platz.«

»Ich nehme den Kofferraum.«

»Der Kofferraum ist zu klein.«

Was, wenn Takeda sie hier eingeschleust hatte, um Herrn Okabes Gewohnheiten auszukundschaften, und sie mir einfach ein Schmierentheater vorspielte?

»Haben Sie Erbarmen, ich flehe Sie an!«

Ich legte das Schwert in den Ständer zurück. Es war eine sehr kostbare Klinge mit einer vorzüglichen Montierung aus der Muromachi-Zeit und das Einzige, was ich angefasst hatte. Wegen meiner eigenen Fingerabdrücke dachte ich kurz darüber nach, es mitzunehmen, ließ es dann aber, wo es war.

»Vielleicht kannst du dich hinten in den Wagen quetschen, und ich setze dich unterwegs irgendwo ab.«

Sie fing wieder an zu weinen, diesmal vor Erleichterung.

›Die Frauen werden dir eines Tages das Genick brechen, Satoru‹, hat Meister Takuyama einmal zu mir gesagt und dann schallend gelacht.

17.

»Ich hab Hunger«, sagte Nikola.

»Es wird schwierig sein, hier um diese Zeit etwas zu bekommen.«

»Das Letzte, was ich gegessen habe, war die Nudelsuppe gestern Nachmittag. Jetzt ist es halb eins. Also vor über acht Stunden.«

»Ich weiß, ich war dabei.«

»Auf meinem Telefon ist eine App, die Restaurants anzeigt«, sagte Friedemann.

Onishi schüttelte den Kopf.

Von Meister Haradas Anwesen waren sie Richtung Norden gefahren. Nach einer kurzen Unterbrechung hatte es wieder geregnet, mal stärker, mal schwächer. Die Sicht war schlecht, der Asphalt rutschig gewesen. Über weite Strecken verlief der Highway unter Trassen, die auf mächtigen Pfeilern ruhten. Tunnel oder Betonschluchten wechselten sich mit trostlosen Wohnvierteln und zerfaserten Gewerbegebieten ab. Es herrschte wenig Verkehr. Onishi fuhr ruhig, in gleichbleibendem Tempo, passte nur hin und wieder den Takt der Scheibenwischer dem Niederschlag an.

Er hatte telefoniert, erneut telefoniert, ein drittes, ein viertes Mal. Alle Gespräche waren nach dem gleichen Muster abgelaufen, kurze Sätze, sachlicher Informationsaustausch, Pausen, in denen der Mann am anderen Ende der Leitung gesprochen hatte. An Onishis Stimme war nicht erkennbar gewesen, ob sich eine Lösung für irgendetwas abzeichnete. Nikola hatte Friedemann zugeraunt: »Weißt du, worum es geht?«

»Keine Ahnung«, hatte Friedemann gesagt. »Er redet einen Slang, von dem ich fast kein Wort verstehe.«

Nach dem fünften oder sechsten Telefonat hatte Onishi auf einmal erleichtert gewirkt, sich eine Zigarette angezündet und mit dem Daumen einen Rhythmus aufs Lenkrad geklopft, als hätte er einen launigen Popsong im Ohr.

»Und? Wissen wir jetzt mehr?«

»Ja.«

»Darf man Näheres erfahren?«

»Wir besuchen einen Spezialisten.«

»Einen Spezialisten für was?«

»Für Feuer.«

»Ein Bestatter?«

»Nicht direkt.«

Onishi lachte.

Friedemann, der bis dahin teilnahmslos aus dem Fenster gestarrt hatte, wirkte plötzlich aufgekratzt: »Das heißt, wir müssen nicht noch ewig mit diesen beiden Säcken durch die Gegend fahren? Das wäre mir wirklich sehr lieb, gar nicht mal so sehr wegen der Polizei, ich meine, an den Gedanken, dass ich quasi halb im Gefängnis sitze, habe ich mich ja fast schon gewöhnt, erstaunlich, wie schnell das geht, wenn man darüber nachdenkt, aber ich muss doch sagen, dass ich diese beiden – wie sagt man, Kollateralschäden, nein, das trifft es nicht, sie waren ja unmittelbar an der Auseinandersetzung beteiligt, also Opfer im eigentlichen Sinne sind sie auch nicht, gut, Tote halt, der eine in zwei Teilen –, die sind mir schon unangenehm, ich bilde mir auch ein, dass ich die ganze Zeit Blutgeruch in der Nase habe.«

»Tatsache«, sagte Nikola.

»Das ist möglich. Meine Nase ist allerdings nicht gut. Sie war zwei Mal gebrochen.«

Onishis Telefon plingte. Er schüttelte den Kopf und tippte einhändig mit dem Daumen Nachrichten.

»Und der … Feuerspezialist? – Ist es noch weit dorthin?«

»Anderthalb Stunden.«

»Was macht er dann mit den beiden?«

»Das ist seine Sache.«

»Wir liefern sie quasi nur ab?«

Onishi nickte.

»Und danach?«

»Fahren wir weiter.«

Sie erreichten eine Brücke. In der Mitte des Flusses ließ Onishi das Fenster hinunter und warf das Telefon, so weit es ging, übers Geländer in die Dunkelheit.

»Was war das?«, fragte Nikola.

»Eine Vorsichtsmaßnahme.«

»Und wie verständigst du dich jetzt?«

»Der Meister wird dir oder Friedemann Texte schicken, wenn etwas ist.«

Friedemann, der so in seine eigenen Gedanken versunken war, dass er gar nichts davon mitbekommen hatte, fragte: »Schlafen wir auch irgendwo. Ich meine, bis wir dort fertig sind, ist es wahrscheinlich zwei oder drei, und irgendwann wird man ja doch müde …«

»Wir werden uns nicht lange aufhalten.«

»Gut, aber schlafen müssen wir trotzdem.«

»Es ist genug Platz im Wagen.«

Friedemann kniff in einer Mischung aus Schmerz und Ekel die Augen zusammen: »Du meinst, wir können da, wo jetzt Fukihara und der Chinese liegen … Also abgesehen von dem Geruch und den Bildern im Kopf – hast du mal darüber nachgedacht, was mit den Totengeistern ist? Wir haben sie zweieinhalb Stunden durch die Gegend kutschiert, dann laden wir die Körper irgendwo ab, aber vielleicht sind sie erst halb raus aus ihren Hüllen, und dann werden sie mit Sicherheit Terror machen, wenn wir uns zu ihnen legen.«

Onishi gab einen gedehnten Laut von sich: »Möglich, dass auch das ein Problem ist. Vielleicht können wir einen Tee oder ein Bier bei Akiyama Sensei trinken, damit die Totengeister Zeit haben, sich zu orientieren.«

Friedemann war sich sicher gewesen, dass ein abergläubischer Japaner wie Onishi bei der Vorstellung spukender Seelen, von denen er eine persönlich auf den Weg ins Jenseits gebracht hatte, den Wagen zumindest einige Stunden lang auslüften würde. Aber den Versuch, japanische Logik zu begreifen, hatte er ohnehin aufgegeben. Jetzt fiel er wieder in Schweigen, schüttelte lediglich hier und da den Kopf oder setzte zu einem seiner Monologe an, die er meist nach wenigen Worten mit einem resignierten »egal« oder »ist wahrscheinlich Quatsch« abbrach.

»Gib mir eine Zigarette. Mir ist echt schlecht vor Hunger«, sagte Nikola.

Onishi reichte ihr die Packung.

Seit sie den Highway verlassen hatten, wurden die Straßen zunehmend schmaler. Es schien, als nähme Onishi an jeder

Kreuzung gerade die Abzweigung, die weiter aus bewohntem Gebiet heraus in die Wildnis führte. Ab und zu passierten sie kleine Ansiedlungen, in denen kein Geschäft, geschweige denn ein Restaurant geöffnet hatte. Nur vereinzelt leuchteten Laternen oder Fenster in den Hügeln, deren Kuppen und Grate als undurchdringliche schwarze Silhouetten vor dem wolkenverhangenen Nachthimmel standen.

»Bist du sicher, dass wir hier richtig sind?«, fragte Friedemann.

»Ja.«

Er bog in einen Waldweg, einspurig, aber immerhin asphaltiert. In den Kurven spiegelte sich das Scheinwerferlicht auf der bewegten Oberfläche eines Gebirgsbachs, der unweit der Straße über ein breites Bett aus Kieseln plätscherte. Felsbrocken und umgestürzte Bäume tauchten aus dem Dunkel und verschwanden im nächsten Moment. Wenn ihnen jemand entgegengekommen wäre, hätte einer von beiden bis zur nächsten Abzweigung zurücksetzen müssen. Plötzlich leuchteten rechts die phosphorgrünen Augen eines kleinen Tieres auf. Onishi trat so stark auf die Bremse, dass das Heck ausbrach. Sie wurden in die Sicherheitsgurte geschleudert, glücklicherweise öffneten sich die Airbags nicht. Hinter ihnen prallten die beiden Säcke mit einem stumpfen Laut gegen Sitze und Tür. Nikola stieß einen kurzen Schrei aus, doch Onishi steuerte so geschickt gegen, dass die Räder lediglich einige Meter über den Randstreifen ruckelten. Von dem Tier war nichts mehr zu sehen.

»Da wären wir jetzt beinahe im Graben gelandet«, sagte Friedemann, »und dann hätten wir vermutlich einen Trecker gebraucht, der uns wieder herauszieht, was sicher nicht vor Sonnenaufgang passiert wäre.«

»Das war eine Katze. Wir hatten Glück, dass wir sie nicht erwischt haben«, sagte Onishi und lenkte den Wagen um eine scharfe Kurve in einen noch schmaleren Weg, der in Serpentinen steil bergauf führte, so dass die beiden Säcke an ihre ursprünglichen Plätze zurückrutschten.

»Gut, Tiere zu überfahren ist nicht schön, aber ob man unbedingt sein eigenes Leben riskieren muss, um …«

»Halt die Klappe!«

Friedemann zuckte zusammen ob des barschen Tons. »Kein Problem. Entschuldige, ich dachte, dass … Ich habe es nicht böse gemeint. Und sowieso, Respekt, wie du den Wagen auf der Straße gehalten hast.«

»Es war besser zu bremsen.«

»Klar, von einem buddhistischen Standpunkt aus gesehen, auf jeden Fall«, sagte Friedemann und merkte im nächsten Moment, wie absurd der Gedanke mit zwei Leichen im Rücken war.

»Er hat da ein Trauma«, sagte Nikola.

»Verstehe.«

Bäume und Sträucher wuchsen so dicht an der Fahrbahn, dass ihre Zweige gegen die Windschutzscheibe schlugen und die Karosserie entlangschabten. Offenbar fuhr hier nur selten jemand. Die Straße mündete in eine unbefestigte Piste, stieg aber zum Glück nicht weiter an, sonst wären die Räder im aufgeweichten Grund durchgedreht. Die Stoßdämpfer hatten schon bessere Zeiten gesehen.

Der Wald öffnete sich und gab den Blick über ein Tal auf den gegenüberliegenden Bergkamm frei. Die Wolkendecke riss auf. An ihren Rändern schimmerte sie wie silbrige Watte. Weiter vorn im Hang, vielleicht hundert oder hundertfünfzig Meter entfernt und teilweise von den Baumkronen verdeckt, fiel der Schein einer schwachen Lampe auf eine glatte Wandfläche.

»Sind wir da?«, fragte Nikola.

Onishi nickte.

»Glaubst du, dass dieser Feuer-Sensei etwas zu essen für uns hat?«

Er zuckte mit den Schultern.

Hinter einer riesigen Pfütze parkte ein neuer, weißer Land Rover.

Onishi stellte den Motor ab, zog die Handbremse und stieg aus. Nikola und Friedemann folgten ihm.

Starker Höhenwind trieb die Wolken über den Hügeln weiter auseinander, der Mond schob sich aus dem Grau, morgen würde er voll sein. Im fahlen Licht schälten sich sonderbare Formen, bleich wie Knochen, aus Laub, Gras und Unterholz. So weit das Auge reichte, waren Hunderte, wenn nicht Tausende Schalen, Schüsseln, Vasen, Töpfe in jeder erdenklichen Größe über das Gelände verstreut. Nikola kam sich vor, als wäre sie mit einem defekten Raumschiff auf den Resten einer untergegangenen Zivilisation in einem fernen Sonnensystem notgelandet.

»Wo sind wir?«, fragte sie.

»Das ist das Gelände des Töpfers Akiyama Shiro.«

»Ist er … irgendwie durchgeknallt?«

»Ich habe ihn einmal getroffen, da wirkte er eigenwillig, aber nicht verrückt.«

Ein Trampelpfad wand sich zwischen Büschen, kleineren Baumgruppen hindurch. Links stand eine Hütte, rechts ein etwas größeres Häuschen, beide schienen weder Türen noch Fenster zu haben. Plastikboxen voller Kummen und Becher türmten sich zwischen Bambusstauden, Stapel aus Schüsseln waren an Baumstämme gelehnt, dazwischen Kugeln im Durchmesser von Medizinbällen und sonderbar verformte Tonblöcke mit Einkerbungen wie von einer Axt geschlagen. Alles lag wild durcheinander, wobei die meisten Stücke weder zerbrochen noch beschädigt waren.

Nikola hob eine schwarze Teeschale auf und fragte: »Warum schmeißt er das ganze Zeug weg?«

Hinter einem Wäldchen erhob sich ein Steilhang, auf dem ein verschachteltes Gebäude aus Holz und Fachwerk aufragte. Das Mondlicht verlieh den Balken einen mattsilbernen Glanz. Unter dem tief heruntergezogenen Satteldach hingen Eisenpfannen, Kessel und Zwiebelzöpfe.

Onishi blieb stehen.

Im selben Moment wurde eine Reihe Glühbirnen eingeschaltet, die an wackligen Stangen den Weg zum Haus säumten. Ein kräftig gebauter Mann zwischen fünfzig und siebzig mit kurz geschnittenem grauem Bart trat aus der Tür und rief ihnen etwas zu.

»Was sagt er?«, fragte Nikola.

»Ich weiß es nicht«, sagte Friedemann.

Linkerhand, wenige Meter entfernt, unter einem freistehenden Wellblechdach, wölbte sich eine längliche, grob mit Lehm verputzte Kuppe einen Meter aus dem Boden. Die Frontseite bestand aus einer halbrunden gemauerten Öffnung, gerade so hoch, dass ein Erwachsener darin knien konnte.

»Ist es das, was ich denke?«, fragte Friedemann.

»Es ist ein Keramikofen. Akiyama Sensei hat mehrere über das gesamte Gelände verteilt. Alle sind von ihm selbst gebaut. Er ist ein sehr bekannter Töpfer. Seine Werke stehen in den bedeutendsten Museen der Welt, sogar im Metropolitan in New York, ich habe sie selbst dort gesehen.«

Rechts des Ofens waren mehrere Kubikmeter Holzscheite zu Wänden aufgestapelt.

Onishi ging auf Akiyama Sensei zu, hielt anderthalb Meter vor ihm an, stand so steif und gerade da, als hätte er einen Stock verschluckt. Beide verbeugten sich mehrmals voreinander, tauschten Begrüßungs- und Ehrerbietungsformeln aus.

»Warum macht er so was, wenn er ein weltberühmter Künstler ist?«, flüsterte Nikola Friedemann zu.

»Wahrscheinlich aus demselben Grund, weshalb auch alle anderen machen, was irgendwelche Yakuza von ihnen verlangen: Weil er Schulden hat.«

»Dann soll er doch die ganzen Pötte verkaufen, statt sie hier verrotten zu lassen.«

Akiyama Sensei winke ihnen lässig zu und sagte: »Hello, welcome. How are you doing?«

»Well, yes, fine, thank you«, sagte Friedemann.

»You had a strange day, I guess.«

Sein Englisch hatte eine amerikanische Melodie, während seine Bewegungen und Gesten zwischen kalifornischer Lässigkeit und japanischer Formvollendung wechselten, je nachdem, ob er sich an Onishi oder an Nikola und Friedemann wandte.

»Heavy rain«, sagte Friedemann.

Akiyama Sensei war fast genauso groß wie Onishi und wirkte trotz des leichten Bauchansatzes kaum weniger durchtrainiert in seiner Kimonojacke, den verwaschenen Jeans.

»So, you are a potter, who's also a specialist for funerals?«, fragte Nikola.

Onishi warf ihr einen wütenden Blick zu, doch Akiyama Sensei lachte und sagte: »There's life and death, earth, wind, water, fire. And emptyness. One becomes another, everything is merging all the time. If you understand these elementary things, you' ll realize, that it's all the same in the end.«

Onishi sagte etwas auf Japanisch, woraufhin sich Akiyamas Haltung wiederum änderte. Er runzelte die Stirn, antwortete knapp und mit einer Geradlinigkeit, die keinen Zweifel daran ließ, dass er selbst bestimmte, was hier, auf seinem Gelände, gemacht wurde und wie es ablaufen würde.

»Verstehst du, worüber sie reden«, fragte Nikola.

»Irgendwie geht es, glaube ich, um die Frage, wie man jetzt mit den Toten verfährt. Aber sie reden beide um den heißen Brei herum.«

»Inwiefern?«

»Na ja. Sie sind sich zwar irgendwie einig darüber, dass einerseits der Respekt vor den Toten gewahrt werden muss, andererseits soll es möglichst schnell gehen. Offenbar haben sie aber unterschiedliche Prioritäten.«

»Das heißt?«

»Akiyama Sensei besteht darauf, dass alles den Shintō-Traditionen entsprechend korrekt ausgeführt wird, was immer das bedeutet, ich kenne mich da nicht aus.«

Onishi sprach mit fester Stimme, ließ sich aber widerstandslos unterbrechen, verneigte sich ruckartig und versicherte mit knappen »Hai's«, dass er einwilligte, obwohl er offenkundig anderer Ansicht war.

Nikola hatte ihn bislang lediglich Meister Harada gegenüber derart unterwürfig erlebt. Offenbar akzeptierte er Akiyama Sensei als den Höherrangigen, ganz gleich, welcher Art die Schulden waren, die dieser der Nekodoshi-gumi gegenüber zu bedienen hatte.

»Akiyama Sensei sagt, wenn er es nicht ordnungsgemäß

macht, hat er nachher einen Haufen Probleme am Hals. Das kann so weit gehen, dass das komplette Areal unbewohnbar wird.«

»Glaubst du an dieses ganze Zeug mit den Geistern?«

Bevor Friedemann antworten konnte, sagte Onishi: »Komm mit, wir müssen die Säcke holen. Er weigert sich, und ich habe keine Möglichkeit, ihn von etwas anderem zu überzeugen.«

»Kannst du ihn fragen, ob er etwas zu essen hat?«

»Er will, dass wir so schnell wie möglich wieder verschwinden, damit er sich an die Arbeit machen kann.«

Nikola schüttelte den Kopf, »Das ist mir scheißegal«, und wandte sich direkt an Akiyama: »Sumimasen, Akiyama-Sensei: Do you have a slice of bread or a bit rice? I'm starving.«

»Du kannst nicht so mit ihm reden«, zischte Onishi, doch Akiyama reagierte, als wäre die Frage das Selbstverständlichste von der Welt: »You know, Miss … – What's your name?«

»Nikola.«

»As you can see, Nikola, we are in the Japanese countryside, so there's no bread.«

»Sorry, I didn't want to be …«

Nikola brach die Stimme weg.

»No problem. Come upstairs with me, while the men do the work. We'll find something.«

Onishi verbeugte sich hektisch und stieß einen Schwall japanischer Entschuldigungen aus, die Akiyama mit einer kurzen Handbewegung wegwischte: »No need for excuses. I did a lot of workshops with American students in the United States. It's just a different style.«

Er bedeutete Nikola, dass sie mit ihm kommen solle, drehte sich um und ging hinauf zum Haus. Plötzlich spürte sie eine diffuse Angst, gepaart mit einem Gefühl unendlicher Schwäche, schaute hilfesuchend erst zu Onishi, dann zu Friedemann.

»Geh halt«, sagte Onishi. »Soweit ich weiß, ist er verheiratet. Auch wenn seine Frau hauptsächlich in der Stadt lebt.«

Sie folgte Akiyama, der in der Tür verschwand. Oben angelangt, streifte sie ihre Schuhe vor der Schwelle ab und trat ebenfalls ins Haus.

Im Inneren herrschte gedämpftes Licht, lediglich eine kleine Lampe brannte, dazu fiel schwacher Feuerschein aus dem eisernen Herd. An den Herd schloss sich eine Spüle mit Anrichte an, darunter mit dunklen Stoffbahnen verhängte Einbauten für Küchengeschirr.

Die Wände bestanden aus Fachwerk und Lehmputz, in den tiefe Nischen eingelassen waren. Sie beherbergten einzelne Vasen, die Akiyama Sensei besonders am Herzen lagen, dazu Plastiken von Pferden, dicken Glücksgöttern und einen geschnitzten, farbig gefassten Porträtkopf mit gläsernen Augen, der so lebendig wirkte, dass Nikola sich fürchtete, sein Blickfeld zu kreuzen. Mächtige schwarze Balken mit gesplitterten Rissen trugen die schwere Holzdecke. Es gab nur wenige Möbel: Einen grob gezimmerten Schreibtisch und einen mit Leder bespannten Stahlrohrstuhl, einen alten Schrank, dunkelrot lackiert mit einem runden, schildartigen Messingschloss in der Mitte und Messinggriffen an den unteren Schubladen, außerdem Bücherregale. Eine Diode, die in ruhigem Rhythmus heller und dunkler wurde, zeigte an, dass der Laptop auf dem Schreibtisch eingeschaltet war.

»Please have a seat«, sagte Akiyama und wies auf die Sitzkissen, die neben einem in den Boden eingelassenen Feuerbecken auf den blankpolierten Dielen lagen. Die Glut im

Becken war erloschen, die zerklüfteten Ascheformationen wirkten wie das Profil einer Wüstenlandschaft aus der Luft.

Akiyama öffnete einen rustikalen Tontopf, nahm eine Schale vom Bord über dem Herd und füllte sie mit Reis. In eine zweite gab er etwas, das wie gekochtes Gemüse aussah. Dann holte er eine durchsichtige Plastikbox mit einer hellblauen Deckelpresse aus dem Kühlschrank, in der Karotten- und Gurkenscheibchen schwammen, löffelte ein wenig davon auf einen kleinen Teller.

»You want some tea?«, fragte er.

Nikola wurde rot und war froh, dass er es im Halbdunkel vermutlich nicht sah: »Oh, sorry, yes. Tea would be great.«

Sie fühlte sich wie in einem dieser stillen Samurai-Filme, in denen selbst das Blut nur eine traurige Farbe war. Alles hier oben in diesem abgelegenen Haus am Ende der Welt atmete Klarheit und Wärme. Am liebsten wäre sie einfach sitzen geblieben, wenn nicht für immer, so doch zumindest bis der ganze Alptraum, in dem sie sich befand, vorbei war.

Akiyama Sensei goss Wasser aus einem Krug in einen Eisenkessel, stellte ihn auf den Herd, öffnete die Feuerklappe und schob Holz nach.

»Are you happy in Japan?«

Er zog Essstäbchen aus einem schlanken Gefäß und legte sie auf ein kleines Tablett, stellte die beiden Schalen, den Teller dazu, und brachte es ihr. Einen kurzen Moment kniete er regungslos neben ihr, und Nikola stockte der Atem. Dann verneigte er sich. Sie spürte, wie ein Kloß ihr den Hals zuschnürte, und dass sie kein Wort herausbrachte, räusperte sich, nickte wie ein dummes Mädchen.

Ohne auf eine Antwort zu warten oder eine weitere Frage zu stellen, stand Akiyama Sensei auf, ging zur Anrichte zurück, schüttete etwas Tee aus einer matt schimmernden Kupferdose in seine flache Hand und ließ ihn in eine Kanne rieseln.

Nikola wandte sich ab, wischte sich Tränen aus dem Gesicht. Was immer der Grund dafür sein mochte, dass Akiyama Sensei zwei Leichen für die Nekodoshi-gumi verschwinden ließ – er war bestimmt kein böser Mensch.

Sie hustete, zog die Nase hoch, eher für sich selber, als weil sie sich einbildete, Akiyama damit zu täuschen, hob dann vorsichtig die Stäbchen auf, aß etwas Reis, obwohl ihr Hunger verschwunden war, nahm von den geschmorten Auberginen, die sich in der zweiten Schale befanden, schließlich die süßsauren Karotten und Gurken. Alles schmeckte sehr gut.

Akiyama goss Wasser über den Tee, schwenkte die Kanne in einer ruhigen runden Bewegung und schenkte aus.

»Arigato gozaimasu«, sagte Nikola, als er ihr den Becher gab.

»You speak Japanese?«

»No.«

»You should learn it if you want to stay.«

»Ich …« – Sie nickte.

Er setzte sich auf das Kissen ihr schräg gegenüber, ebenfalls einen Teebecher in der Hand.

Zum ersten Mal, seit sie in Japan war, hatte sie nicht das Gefühl, alles falsch zu machen, und obwohl sie nicht wusste, worüber sie mit diesem angeblich weltberühmten Töpfer, der im Nebenerwerb Leichen einäscherte, reden sollte, stand kein peinliches Schweigen im Raum.

Sie lächelte Akiyama dankbar zu, und Akiyama lächelte zurück.

18.

Ich weiß nicht, was hinter den Kulissen gespielt wird, aber wenn ich länger darüber nachdenke, kann ich mir kaum vorstellen, dass Takeda all diese Dinge auf eigene Faust in die Wege geleitet hat. Meines Wissens war ihm die Schlüsselstellung, die Herr Okabe bei der Umwandlung von Yakuza-Geldern in saubere Anlagen und legales Vermögen innehatte, gar nicht bekannt. Herr Okabe hat sich nie mit Bossen der mittleren Führungsriege getroffen. Olympische Spiele sind für den Bausektor ein gewaltiges Geschäft, und sicherlich wussten die wichtigen Leute schon vor der Entscheidungsverkündung, dass wir gewinnen würden. Es muss auf der höchsten Ebene zu Machtverschiebungen gekommen sein. Vielleicht hatte dort jemand die Idee, einen abgewirtschafteten Säufer wie Takeda zu nutzen, um die Drecksarbeit zu erledigen. Das würde bedeuten, Onishis Vorgehen in Berlin war für das, was zurzeit hier passiert, gar nicht ausschlaggebend, und wir sind nur zufällig zwischen die Fronten einer Auseinandersetzung geraten, bei der etwas ganz anderes im Hintergrund steht. Unabhängig davon scheint Takeda die veränderte Lage zu nutzen, um ein paar alte Rechnungen zu begleichen. Vielleicht sind ihm aber auch einfach die Sicherungen durchgebrannt – irgendwann hat der Alkohol das Hirn derart zerrüttet, dass es Amok läuft, bevor es endgültig kollabiert. Jedenfalls waren alle Pläne, die wir in den vergangenen Tagen gemacht haben, vollkommen unsinnig, da wir weder den eigentlichen Gegner noch seine Absichten kennen.

Ich kann mich an keine vergleichbare Situation erinnern. Die gewalttätigen Auseinandersetzungen der Achtziger- und Neunzigerjahre hatten bei aller Härte nachvollziehbare Gründe und klare Ziele: Kämpfe um die Nachfolge eines bedeutenden Bosses, die Übernahme von Territorien, Marktbereinigung, Machtkonzentration. Natürlich kamen auch damals persönliche Animositäten hinzu, doch sie lagen meist ebenfalls offen da.

Möglicherweise bin ich dann auch gar nicht wegen meiner zögernden Haltung hinsichtlich der Bestrafung Onishis auf die Liste gekommen, sondern aufgrund meiner Verbindung zu Herrn Okabe. Irgendjemand von höherer Stelle hat Takeda einen Tipp gegeben, und Takeda hat gespürt, dass es für ihn brenzlig wird, wenn er nicht schnell genug eingreift. Manche glauben ja ohnehin, dass sich die traditionelle Verbindung von Yakuza und Karate überlebt hat, seit Polizei und Justiz streng einschreiten, wenn es zu Gewalt in der Öffentlichkeit kommt. Einige von den Jüngeren bilden sich ein, dass sie mit Hilfe von Computern viel effektiver und zugleich diskreter Druck aufbauen können als mit den alten Methoden. Das könnte auch der Grund dafür sein, dass sie so halbherzig trainieren. Aus Respekt vor meinen Verdiensten in der Vergangenheit hat man mich nicht einfach rausgeworfen, sondern Schritt für Schritt aufs Abstellgleis geschoben.

Und dann schickt er mir zwei Anfänger, die nicht einmal die Grundregeln des Kampfes begriffen haben.

Wahrscheinlich wäre es das Beste, wenn Onishi für eine Weile ins Ausland verschwindet, bis die Verhältnisse hier geklärt sind. Er sollte genug Geld verdient haben, um zwei, drei Jahre zu überbrücken, abgesehen davon, dass es für jemanden wie ihn immer Arbeit gibt. Er hat Kontakte in Europa, Amerika und Nordafrika. Jeder weiß, wie zuverlässig er bei der Erledigung seiner Aufträge ist. Früher oder später wird man seine Fähigkeiten brauchen. In den aktuellen Auseinandersetzungen ist für ihn nichts zu gewinnen. Es sei denn, er würde Takeda als Zeichen der Loyalität neben seinem kleinen Finger auch meinen Kopf liefern. Das kann ich mir zwar nicht vorstellen, aber denkbar ist es natürlich. Zumal er jetzt ein Mädchen hat, das ihm etwas bedeutet. Andererseits: Das Mädchen macht einen aufrichtigen Eindruck. Sie ist respektlos, aber nicht falsch, und sie würde ihm den Arsch aufreißen, wenn er sich als Verräter entpuppt, da bin ich sicher.

Ich spekuliere vor mich hin und taste doch bloß im Dunkeln nach einer Katze, die vielleicht gar nicht da ist.

Bis vor Kurzem habe ich gedacht, dass ich während der Jahrzehnte des Trainings durch Disziplin, Schmerz und Scheitern genügend Einblick in das Gesetz von Himmel und Erde gewonnen habe, um jederzeit klar und ohne Zweifel zu wissen, was zu tun ist. All diese Übungen wurden von Männern entwickelt, die den Weg bis zu Ende und darüber hinaus gegangen sind, ohne jemals zurückzuschauen. Wenn Zazen und Karate nicht diese unwiderstehliche Kraft innewohnen würde, hätten die Menschen nicht über Jahrhunderte solche Anstrengungen auf sich genommen, um darin die höchsten Stufen zu erreichen. Ganz gleich, ob man still auf dem Zafu sitzt oder die schwierigsten Katas übt: Früher oder später steigt alles, was im Dunkeln liegt, an die Oberfläche, die starken Impulse ebenso wie die überflüssigen Wunschbilder,

der Wille zu siegen, die Furcht zu verlieren, der Ehrgeiz, die Gefallsucht und die eigene Lächerlichkeit. Schließlich liegen die Bewegungen, die eigenen wie die der anderen, offen vor einem und verlieren ihre Bedeutung. Letztlich ist der Mensch vorhersehbar wie ein dressierter Affe, solange er nach etwas verlangt oder das festhalten will, was er hat – ganz gleich, um was es sich handelt. Erst wenn er ohne jede Absicht handelt, wird er frei. Dann dringt der Geist mühelos ins Herz des Gegners ein und weiß die passende Antwort auf jeden Schlag oder Tritt, noch ehe dessen Hand oder Fuß auch nur gezuckt haben, denn in Wirklichkeit gibt es keine Gegner, weder Angriff noch Abwehr, für einen Moment stoßen verschiedene Kräfte aufeinander und bilden eine Bewegung, wie zwei Kometen, deren Bahnen sich kreuzen, nachdem sie Jahrmillionen durch die endlose Dunkelheit des Alls geflogen sind, einer zertrümmert den anderen und setzt seinen Weg mit veränderter Geschwindigkeit und in neuer Richtung fort. Vielleicht streifen sie einander auch nur, eine kurze, scharfe Berührung, und reisen dann weiter auf leicht verändertem Kurs.

Natsuko hat erstaunlich gelassen reagiert, als ich mit Misaki am Auto auftauchte. Ich habe ihr in wenigen Sätzen erklärt, was passiert ist, soweit es sich aus dem, was ich in Herrn Okabes Haus vorgefunden hatte, rekonstruieren ließ. Vielleicht dachte Natsuko, dass sie selbst nur knapp einer ähnlichen Lage entkommen ist, jedenfalls wurde sie nicht zickig, wie sonst, wenn eine andere Frau auftaucht.

Nobu lächelte Misaki schlaftrunken an, als sie sich neben ihn auf die schmale Rückbank quetschte. Es war offensichtlich, dass sie ihm gefiel. Ein Junge von acht oder neun hat ja in Bezug auf Frauen schon die gleichen Reflexe wie ein erwachsener Mann, auch wenn er noch nicht recht weiß, worauf das Ganze hinausläuft.

Sobald wir die Straße von Herrn Okabes Haus hinter uns gelassen hatten, wirkte Misaki schon wieder erstaunlich gefasst, trotz all dessen, was vor ihren Augen passiert war. Im Rückspiegel sah ich, wie sie Nobu, der halb auf ihrem Schoß lag, über den Kopf strich. Erst in diesem Moment wurde mir bewusst, *wie* jung sie tatsächlich war.

Nobu fragte schlaftrunken: »Bleibst du bei uns?«

»Ich glaube nicht«, antwortete Misaki.

»Vielleicht können wir dich zu deinen Eltern bringen«, sagte ich.

»Meine Eltern sind tot.«

Sie stammte von der Küste, aus der Gegend um Sendai. Ihr Vater war früh gestorben und die Mutter angeblich bei dem Tsunami ums Leben gekommen. Sie hatte ein paar Monate lang Wirtschaft studiert, dann war sie die Geliebte von Herrn Okabe geworden. Zu ihren früheren Kommilitoninnen hatte sie keinen Kontakt mehr, jedenfalls nicht in der Art, dass sie dort nachts klingeln und um einen Schlafplatz hätte bitten können. Vermutlich stimmte das alles nur zur Hälfte, und sie hatte einfach als Hostess oder Escort-Girl gearbeitet, bevor Herr Okabe auf sie aufmerksam geworden war.

»Sie kann doch mit uns kommen«, sagte Nobu.

»Wir werden auf eine längere Reise gehen.«

»Aber wenn sie doch niemanden hat!«

»Du hast gesehen, zu was unsere Gegner in der Lage sind. Wir dürfen Misaki nicht einer solchen Gefahr aussetzen. Das sind unsere Angelegenheiten, sie hat nichts damit zu tun.«

»Du bist der Meister, du kannst uns alle beschützen. Und wenn dann noch Onishi …«

»Kein Wort mehr.«

Misaki schwieg die ganze Zeit. Ich sah im Spiegel, wie sie ihren Blick gerade auf die Knie gerichtet hielt, und dass sie Angst hatte. Schließlich blieb mir nichts anderes übrig, als sie bei einem kleinen Ryokan abzusetzen. Ihr Geld hatte sie in der Aufregung vergessen. Ich stieg aus, klappte den Sitz nach vorn und drückte ihr zwanzigtausend Yen in die Hand. Damit sollte sie zwei, drei Nächte über die Runden kommen.

»Es wäre besser, wenn du der Polizei nichts von meinem Aufenthalt in Herrn Okabes Haus erzählst«, sagte ich.

»Ich werde schweigen, und natürlich werde ich Ihnen das Geld schnellstmöglich zurückgeben.«

Inzwischen war es nach eins. Die Fahrt zum Berg-Dōjō dauerte noch einmal fast zwei Stunden.

Zum Glück haben wir das Berg-Dōjō in den vergangenen Jahren selten genutzt, da bei den Schülern kaum mehr die Bereitschaft vorhanden ist, sich ein oder zwei Wochen lang vollständig von der Außenwelt abzuschotten. Insofern weiß ich gar nicht, wer von Takedas Leuten den Weg noch kennt. Die letzte Gruppe bestand aus Miura Taku und Itō Genya, von denen Onishi glaubt, dass sie auf unserer Seite stehen. Außerdem waren Onishi selbst und Saito Issai dabei, der kurze Zeit später bei einem Motorradunfall starb. Takeda ist seit mindestens fünfzehn Jahren nicht mehr hier gewesen, und ohnehin hat er sich immer von einem Fahrer bringen lassen.

Eigentlich ist diese Art von Sesshin für angehende Yakuza sehr nützlich: Straff organisierte Tage mit harten Übungen. Einfaches Essen, kein Alkohol. Während dieser Zeit müssen sie weder dem Boss die Unterhosen falten noch können sie nachts ihre Eier auf der Straße spazieren führen und sich etwas darauf einbilden, wenn die Leute sie fürchten, während sie doch in Wirklichkeit Würstchen sind. Früher haben die angehenden Manager der großen Konzerne nach dem Studium Monate oder auch Jahre in einem Zen-Kloster verbracht. Als Meister Okuda Abt in Shiroyama wurde, waren die Zellen voll, obwohl das Kloster im Winter über Monate keinen Kontakt zur Außenwelt hat. Es gab Reis, Suppe und Sauergemüse, wenig Schlaf, lange Zazen-Sitzungen und körperliche Arbeit. Da sie dort keine reichen Gönner hatten, mussten sie das meiste, was sie aßen, selbst anbauen. Meister Okuda hat die Anwärter tagelang draußen vor der Tür im Regen oder Schnee warten lassen, um ihre Entschlossenheit zu prüfen. Wenn die Reisernte schlecht war, hat er die Leute mit der Bettelschale durch die Dörfer der Umgebung geschickt, so wie es jahrhundertelang üblich war. Auf diese Weise haben sie gelernt, dass sie nichts sind, und die Firmenchefs sahen darin eine gute Grundlage für angehende Führungskräfte. Ich bin sicher, dass der Niedergang Japans auch damit zusammenhängt, dass man gedacht hat, man könne auf diese Schulungen um des schnellen Profits willen verzichten. Aber Leute, die zwei Jahre Zazen hinter sich haben, sind nicht nur zuverlässiger, sie werden auch weder Burn-out bekommen noch heulend in Pressekonferenzen sitzen. Doch vielleicht verkläre ich auch die Vergangenheit, wie man es im Alter gern tut. Mit Meister Okuda hat es im Übrigen nicht gerade ein ruhmreiches Ende genommen. Jetzt ist ein Deutscher sein Nachfolger als Abt, weil sich angeblich kein geeigneter Japaner unter seinen Schülern fand, und nach allem, was ich gehört habe, stammen die meisten Mönche inzwischen sowieso aus Amerika und Europa.

»Das Haus ist sehr einfach«, sagte ich zu Natsuko, als wir uns dem Berg-Dōjō näherten. »Vermutlich wird es nicht im besten Zustand sein, obwohl die Nachbarin, Frau Kawazoe, jeden Monat Geld von mir bekommt, damit sie nach dem Rechten sieht.«

Natsuko nickte, sie war zu erschöpft, um sich über irgendetwas aufzuregen: »Hauptsache, wir sind in Sicherheit.«

Ich ließ sie in dem Glauben.

Als wir ankamen, war es halb drei, und meine Sorgen erwiesen sich zum Glück als unbegründet. Offenbar nimmt Frau Kawazoe ihre Aufgabe ernst, unabhängig davon, ob ich ihr auf die Finger schaue. Obwohl ich mich nicht angekündigt hatte, musste sie erst vor wenigen Tagen Staub gewischt und die Holzböden gewienert haben. Es roch nach frischer Seife und Bohnerwachs. Die Tatami zeigten keinerlei Schimmelbefall, und die Gasflaschen waren voll.

Ich trug den schlafenden Nobu ins Haus, zeigte Natsuko die Wandschränke mit den Futons und der Bettwäsche. Es waren genug Räume vorhanden, dass jeder sein eigenes Zimmer haben konnte. Ich fand, dass Nobu nach einer solchen Nacht nicht länger im Arm seiner Mutter schlafen sollte. Wenn die Kindheit vorbei ist, und sei es aufgrund von Ereignissen, die einem die Augen öffnen, gibt es kein Zurück mehr. In der alten Zeit waren Jungen seines Alters längst mitten in der Ausbildung bei einem Priester oder Samurai, statt dass sie sich die Zeit mit Albernheiten totgeschlagen hätten.

Wir holten die Taschen aus dem Wagen, außerdem Lebensmittel, die ich noch eingepackt hatte. Meine Schwerter und die Pistole nahm ich selbst.

»Schick eine Nachricht an Nikola, ob alles glattgegangen ist und wie weit sie sind.«

»Werden sie auch herkommen?«

Ich nickte.

Natsuko verzog das Gesicht, holte dann aber ihr Telefon aus der Tasche.

»Brauchst du noch etwas?«, fragte ich.

Sie schüttelte den Kopf.

»Und wie geht es weiter? Nobu hat Schule morgen.«

»In den nächsten Tagen ist er erst einmal krank.«

»Wir müssen trotzdem zurück.«

Ihr Telefon leuchtete auf: »Nikola schreibt, dass es keine Probleme gab, und dass sie in anderthalb Stunden hier sind.«

»Alles andere werden wir morgen früh besprechen.«

Sie stand sonderbar unschlüssig da und schaute zu Boden.

»Geh schlafen«, sagte ich. »Du bist sicher müde.«

Ich weiß nicht, ob sie erleichtert oder enttäuscht war, dass ich keinerlei Anstalten machte, mich zu ihr zu legen. Vielleicht sowohl das eine wie das andere, auf verschiedenen Ebenen. Dass die Möglichkeit ihr ebenso klar vor Augen stand wie mir, war spürbar.

Ich ging in die Küche, gab Wasser in den Kessel, schaute nach, was an Vorräten vorhanden war: Reis, Salzgebäck, Nüsse, Umeboshi, getrocknete Pilze, Misopaste, Algen. In der Gefriertruhe Bonitoflocken, außerdem mehrere Fische und Sojabohnenschoten. Sogar einige Flaschen Sake standen im Regal. Ich musste also nicht gleich morgen ins Dorf zum Einkaufen fahren, was mir sehr lieb war, denn wer mich nicht gesehen hatte, konnte auch nicht darüber reden, dass ich hier war, ganz gleich, wer danach fragte.

Ich habe das Wasser dann wieder ausgeschaltet, mir stattdessen einen Becher Sake eingeschenkt und bin nach hinten auf die Terrasse gegangen, von wo aus man einen schönen Blick über das kleine Tal mit dem Flüsschen hat. Der Mond stand nach dem stürmischen Tag sehr anmutig über den

Bergen. Ich zündete mir eine Zigarette an, hörte dem rauschenden Wasser zu, dem leichten Wind in den Blättern. Ich dachte: So könnten meine Tage jetzt ablaufen, wenn ich mein Wissen nicht der Yakuza zur Verfügung gestellt hätte. Aber das ist natürlich Unsinn. Die Vergangenheit ist immer vorbei und die Zukunft Illusion. Mit zwanzig denkt man: »Wenn ich vierzig bin, wird Ruhe einkehren«, mit vierzig: »Wenn ich die siebzig erreicht habe, wird alles geklärt sein.« Meister Takuyama hat mir einmal gesagt: »Ganz gleich, welchen Rang du erreichst, du wirst immer wieder die gleichen Kämpfe führen – nicht, bis du gewonnen hast, sondern bis du sie aufgibst.«

Auf jeden Fall ist es besser, den Tod klar und deutlich vor Augen zu haben, als mit schwindender Kraft und zunehmend gebrechlich seine Tage damit zu verbringen, der Vergangenheit nachzutrauern oder bei Ärzten zu sitzen, die einem den Verstand mit Pillen oder der nutzlosen Hoffnung vernebeln, dass man noch viele schöne Jahre vor sich hat.

Nicht weit von der Terrasse entfernt raschelte es im Gebüsch, und ein Fuchs kam auf die Lichtung. Er sprang über einen Baumstamm, den die Sommerstürme umgerissen hatten, und fing an, zwischen den Wurzeln zu wühlen, die wie ein Schirm aus der Erde ragten. Offenbar wehte der Wind meinen Geruch nicht in seine Richtung. Hinter den buddelnden Vorderläufen flog in hohem Bogen Erde weg. Plötzlich hielt er inne und schaute zu mir herüber. Entweder sah er mich nicht oder er betrachtete mich nicht als Gefahr. Im nächsten Moment tauchte er zurück in das Loch, das er gegraben hatte. Es war schon so tief, dass sein Kopf darin verschwand. Nach einer Weile zog er ein armlanges Stück morsches Holz heraus und schaffte es beiseite. Der Fuchs schien sich vollkommen sicher zu fühlen. Plötzlich lief in Wellen ein

Zucken über seinen Rücken, dann tat er einen Satz zurück, und ich sah die Silhouette einer Maus vor seiner Schnauze baumeln. Er hatte sie an der Schwanzspitze erwischt, trug sie einige Schritte fort auf die Wiese und legte sich mit ihr ins Gras. Dort betrachtete er seine Beute, als wäre sie ein interessantes Phänomen, das er gern verstehen würde. Er legte den Kopf schräg, schnappte mehrmals in ihre Richtung, doch es waren nur Scheinangriffe. Ohne ersichtlichen Grund sprang er auf, fixierte die Stelle, wo die Maus kauerte, schüttelte sich, schnappte wieder zu, diesmal richtig, warf sie in hohem Bogen hinter sich, drehte sich mit demselben Schwung um die eigene Achse und stand wieder vor ihr wie ein hochkonzentrierter Jäger. Die Maus lebte offenbar noch und versuchte zu fliehen. In einem eleganten Satz fing er sie erneut, nur um sie gleich wieder fortzuschleudern. In diesem Moment bemerkte er mich, entweder zum ersten Mal oder meine Anwesenheit wurde ihm erst jetzt bewusst – vielleicht weil ich an meinem Sakebecher genippt hatte. Er sah mich unverwandt an. Ich rührte mich nicht. Wir standen uns Auge in Auge gegenüber. Offenbar reichte meine Reglosigkeit, dass er sich sicher fühlte, denn kurz darauf schien er meine Anwesenheit vollständig vergessen zu haben und schaute, wie weit die Maus diesmal gekommen war. Er ging drei, vier Schritte, hob sie vorsichtig mit spitzen Zähnen auf, wie um sie nicht zu beschädigen, warf sie senkrecht in die Luft und wollte sie fangen wie ein Jongleur seinen Ball, doch diesmal verfehlte er sie oder ließ sie absichtlich fallen, und sie entwischte. Er stieß sich mit allen vieren gleichzeitig vom Boden ab, suchte hektisch schnüffelnd im hohen Gras, der Kopf ging hastig hin und her. Offenbar war es der Maus gelungen, sich zwischen die Wurzeln des Baums zu flüchten, vielleicht hatte sie auch einen anderen

Eingang in ihr unterirdisches Labyrinth erreicht. Der Fuchs begann wieder wild entschlossen zu graben, doch er fand nichts. Abermals blickte er zu mir herüber, und ich hatte den Eindruck, dass es ihm peinlich war, vor mir, dem Menschen, wie ein Trottel dazustehen. Entweder, weil er erneut ein Rascheln hörte, oder um wenigstens so zu tun, als sei das alles nur ein Spiel, machte er drei hohe Sätze, wie junge Gazellen, wenn sie ausgelassen durch die Savanne toben, kam noch ein Stückchen näher auf mich zu, hielt inne, versuchte Witterung aufzunehmen und stand dann einfach ratlos da.

19.

Die Sonne schien warm durch das dünne weiße Papier vor den Fenstern und warf ein perspektivisch verzerrtes Schattenraster auf die Tatami-Matten. Es war halb zwölf. Nikola und Friedemann saßen vor dem niedrigen Holztisch, ihnen gegenüber Onishi und Meister Harada, die in ruhigem Ton miteinander sprachen. Schräg hinter dem Meister hockte Natsuko auf ihren Fersen. Eine riesige Thermosflasche, bedruckt mit roten Rosen auf beigem Grund, stand in der Mitte des Tischs, rundherum Teegeschirr und ein Teller mit Sesamgebäck. Der Aschenbecher quoll über. Natsuko nahm die Kanne, hielt sie unter den vorstehenden Ausguss und presste den Knopf im Deckel, bis ein dampfender Wasserstrahl austrat. Eine Minute später schenkte sie den Tee aus.

Der Meister hielt inne, lächelte Nikola zu und sagte: »Tea of the long friendship.«

»Thank you, but I need a break.«

»You don't want long friendship with me?«

»Of course I want your friendship, Harada Sensei, but my stomach is not used to get that much tea.«

Er zündete sich eine Zigarette an und setzte sein Gespräch mit Onishi fort.

»Ich glaube, im Moment hat keiner von beiden einen Plan, wie es weitergeht«, raunte Friedemann.

Auch Nikola versuchte, sich irgendwie zusammenzureimen, worüber sie sprachen, doch außer dem Wort »Nekodoshi-gumi«, das in jedem zweiten Satz fiel, verstand sie nichts.

»Was heißt eigentlich *Nekodoshi-gumi*?«, flüsterte sie.

»Wie meinst du das?«

Friedemann gähnte.

»Na ja, was der Name bedeutet halt?«

»Das weißt du gar nicht?«

»Woher?

»Du hättest jemanden fragen können, schließlich hast du schon länger mit ihnen zu tun.«

Sie zuckte mit den Achseln: »Keine Ahnung. Ist mir nicht eingefallen.«

»So was wie *Jahr-der-Katze-Gruppe.*«

»Ich wusste nicht, dass es ein Jahr der Katze gibt.«

»Gibt es auch nicht.«

»Und der Name?«

»Ist ein Witz.«

»Findest du das lustig?«

»Masumi fand es lustig. Zumindest theoretisch. Ich mag sowieso keine Katzen und bin froh, dass sie nicht auch noch ein eigenes Jahr haben.«

Friedemann lachte.

Nikola sah ihn verständnislos an: »Mir ist echt schleierhaft, wie du tickst, Friedemann. Ich meine: Deine Wohnung ist voll mit Fischabfällen. Deine Frau ist zu ihren Eltern abgehauen. Du hast gesehen, wie ein Mann erschossen wurde, und einen geköpften, der im Dreck lag, anschließend zwei Leichen weggeschafft, jetzt hockst du hier in den Bergen und musst damit rechnen, in einem Bandenkrieg abgeknallt zu werden, dessen Sinn du nicht verstehst – und du lachst.«

Friedemann lachte wieder: »So hab ich das noch gar nicht gesehen. Aber wahrscheinlich ist genau das der Grund.«

»Was jetzt?«

»Dass ich mir nicht so viele Gedanken mache.«

»Hast du keine Angst? – Oder bist du irgendwie … religiös?«

»Keine Ahnung. Ich fahre ja auch Auto – nur als Beispiel. Statistisch gesehen ist ein Verkehrsunfall die wahrscheinlichste Todesursache in meinem Alter: Abgesehen davon wirkst du auch nicht gerade panisch.«

»Ich bin schon länger in diesem Film. Ich fühle gar nichts.«

»Das muss nicht schlecht sein.«

Nikola runzelte die Stirn und sah zu Onishi hinüber. Eine Welle Müdigkeit schwappte über sie hinweg. Einen Moment lang hatte sie den Eindruck, ihre Augen nicht mehr offen halten zu können. Sie musste doch weiter Tee trinken, versuchte, Natsuko zuzulächeln, und deutete auf ihren Becher. Natsuko beugte sich herüber, verneigte sich leicht und schenkte ihr ein. Der Tee war stark und bitter.

»Wieso beteiligst du dich nicht an der Diskussion, wie es weitergeht? Ich glaube ja, dass dein Japanisch viel besser ist, als du zugibst.«

»Weil es nichts bringt.«

»Aber du hast doch sicher eine Meinung.«

»Meine Meinung interessiert niemanden.«

»Das hängt davon ab, wie entschlossen du sie vertrittst.«

»Wie soll ich zu irgendetwas entschlossen sein, wenn ich keine Ahnung habe, wie die Sachen zusammenhängen? Ich weiß nicht einmal, ob sie überhaupt zusammenhängen.«

Die Tür zum Flur wurde aufgeschoben. Nobu schlurfte herein. Erkennbar missmutig hielt er sein Smartphone in der

Hand und spuckte zwei Sätze aus. Nikola verstand lediglich: »Wi-Fi.«

Der Meister verneinte, woraufhin Nobu in einem Ton zwischen Trotz und Weinerlichkeit vor sich hin schimpfte.

Meister Harada reagierte schroff, deutete in Richtung der Tür, dann auf das kleine Regal am anderen Ende des Raums, in dem sich eine Reihe Bücher befanden.

»Was will er?«, fragte Nikola.

»Er will ins Internet, aber es gibt hier kein Internet. Ihm ist langweilig, er weiß nicht, was er machen soll. Der Meister hat ihm gesagt, er soll sich aufwärmen und seine Kata laufen. Er kann auch auf das Makiwara schlagen, das hilft gegen schlechte Laune. Wenn ihm das alles nicht gefällt, sind dahinten noch ein paar Bücher.«

Nobu fuhr mit dem Finger die Buchrücken entlang und rief dem Meister etwas zu.

»Er sagt, das sind Bücher, die ihn nicht interessieren. Er will Mangas. Außerdem hat er Hunger.«

Natsuko stand auf, wies Nobu scharf zurecht und verschwand mit ihm in der Küche.

»Er tut mir schon auch leid«, sagte Nikola. »Also wenn ich mir überlege, was er alles mitgemacht hat. Er ist ja noch ein Kind.«

Onishi wandte sich Nikola und Friedemann zu und sagte: »So wie es aussieht, werden wir Verstärkung bekommen. Komatsu Ken, Taku und Itō Genya haben sich abgesetzt und sind auf dem Weg hierher. Ich glaube nicht, dass es ein Trick ist, aber wir können nicht sicher sein. Der Meister und ich werden sie in Empfang nehmen. Ihr bleibt im Haus. Selbst wenn es zwei gegen drei steht, werden wir mit ihnen fertig – falls sie uns belogen haben sollten.«

»Und wenn sie tatsächlich auf unserer Seite sind?«, fragte Nikola.

»Dann werden wir uns in Ruhe beraten. Sie haben sicher Informationen, was in der Nekodoshi-gumi vorgeht und ob es eine Chance gibt, Takeda auszuschalten.«

»Und wenn sie euch abknallen?«

Onishi lächelte: »Das wird nicht passieren. Falls doch, musst du Friedemann, Natsuko und Nobu beschützen. Du hast eine Waffe.«

»Ich hab noch nie geschossen.«

»Wenn du nicht darüber nachdenkst, sondern einfach schießt, sobald der Moment zu schießen da ist, wirst du treffen. Ziel auf die Bäuche.«

Nikola verdrehte die Augen.

»Vielleicht habt ihr auch eine Pistole für mich«, sagte Friedemann. »Einfach zur Sicherheit, damit ich sie nicht brauche. Das ist ja so ein Trick, dass man sich vorsorglich wappnet. Ich habe auch immer einen Regenschirm dabei, sobald Wolken am Himmel sind, einfach weil es dann meistens nicht regnet.«

Onishi wandte sich an den Meister, der Meister schüttelte den Kopf und ging aus dem Zimmer.

Nach einer Weile kam er mit einer pinkfarbenen Wasserpistole zurück, die er Friedemann mit vollkommen ernstem Gesicht in die Hand drückte.

Friedemann verneigte sich ebenso ernsthaft und murmelte: »Domo arigato gozaimasu.«

»Sehr witzig«, sagte Nikola.

Der Meister gab in feierlichem Ton eine Erklärung ab. Onishi kicherte und übersetzte: »Früher gab es hier eine Katze. Sie kam über viele Monate und immer nur nachts. Harada Sensei ist sicher, dass sie einen gespaltenen Schwanz hatte.

Auch wenn alle Shōji geschlossen waren, fand sie einen Weg ins Haus. Es war ein sehr boshaftes Tier, das eine Menge Unfug angestellt hat. In einer Nacht hat sie die Tatami hier im Wohnraum zerfetzt, in der nächsten auf sämtliche Sitzkissen gepisst, einmal war sie in der Küche und hat das Geschirr aus den Regalen gefegt. Harada Sensei hat dann diese Wasserpistole aus Tokio mitgebracht und sich auf die Lauer gelegt. Zwei Mal hat er die Katze mit einem scharfen Strahl getroffen, seitdem bleibt sie weg. Du sollst es genauso machen.«

Friedemann nickte, schaute sich die Pistole an: »Gut. Das beruhigt mich jetzt.«

»Der Meister sagt, dass die Katze der Geist der Nekodoshigumi war.«

»Glaubt er das wirklich?«, fragte Nikola.

»Kann ich mir kaum vorstellen«, sagte Friedemann. »Aber wetten würde ich nicht darauf.«

Meister Harada verließ erneut den Raum.

»Vielleicht sollten wir Schießtraining im Wald machen, solange noch Zeit ist.«

»Sie können jeden Augenblick hier sein.«

»Und bis dahin warten wir einfach ab?«

Onishi nickte.

Friedemanns Handy brummte. »Masumi möchte, dass ich zu ihr und ihren Eltern komme. Natürlich so, dass niemand etwas davon mitkriegt.«

»Wir brauchen beide Autos, und zurzeit kann dich niemand dorthin bringen«, sagte Onishi. »Sowieso sind wir nur sehr wenige. Takeda hat gut zweihundert Leute, dazu die Chinesen, mit denen er verbündet ist. Das sind bestimmt noch einmal sechzig. Wenn ich es richtig sehe, hat er neue Allianzen mit sehr mächtigen Leuten geschmiedet. Wir wissen noch nicht einmal, um wen es sich dabei handelt. Das heißt auch, dass wir nicht einschätzen können, in welchen Stadtvierteln wir uns sicher bewegen können und wo wir zum Abschuss freigegeben sind.«

»Masumis Eltern wohnen in Saitama, Sakura Ward.«

»Eins der Drogenlabors, in denen Takedas Chinesen ihren Stoff kochen, befindet sich auch in Saitama – in Minami-Ku, das grenzt an Sakura Ward. Wahrscheinlich ist mein Gesicht inzwischen auf den Handys von ein paar hundert Yakuza. Es wäre also unsinnig, wegen einer Privatangelegenheit, die objektiv nicht dringend ist, ein solches Risiko einzugehen.«

»Und das alles nur wegen einem Stück Finger und weil du in Berlin …«, sagte Nikola.

»Wir kennen den Grund für den Krieg nicht. Vielleicht erfahren wir von Komatsu Ken mehr. Er hat alles für Takeda organisiert in den letzten Jahren, sämtliche Termine gemacht, so dass er zumindest ungefähr weiß, wen Takeda getroffen hat.«

»Wieso glaubst du, dass wir ihm vertrauen können? Wenn ich es richtig sehe, ist er ein Verräter, jemand der eigenmächtig seine Verpflichtungen aufgekündigt hat.«

Onishi nickte: »Das ist ein Problem – ein großes Problem. Deshalb können wir bei ihm nicht sicher sein. Harada Sensei zweifelt nicht, dass Komatsu Ken auf unserer Seite ist. Unabhängig davon, ob dessen Entscheidung, Oyabun Takeda zu verlassen, richtig oder falsch war. Der Meister irrt sich nicht in solchen Dingen, er weiß, was in den Herzen der Leute vor sich geht.«

Nikola verdrehte die Augen: »Und deshalb verteilt er Wasserpistolen.«

»Wasserpistolen sind nicht zu unterschätzen«, sagte Friedemann. »Ein Bekannter von mir, der lange in Frankfurt am Flughafen diese Sicherheitskontrollen gemacht hat, hat mir mal erzählt, dass sie dort den Passagieren auch die Wasserpistolen abnehmen, weil man sie beispielsweise mit Säure füllen könnte.«

»Ich bin sicher, dass es hier literweise Säure gibt. – Ich meine, wenn der Berg-Töpfer für eine Ausstellung in New York ist, muss die Arbeit, die anfällt, ja irgendwie anders gemacht werden. Man kann die Leute doch nicht einfach im Wald verscharren.«

»Es gab keine Toten in den vergangenen Jahren. Wer schwere Fehler zu verantworten hatte, wurde zum Aufräumen nach Fukushima geschickt.«

»Ihr seid echt krank.«

»Dort liegt immer noch alles in Trümmern. Jemand muss helfen, und es ist gut, wenn es schlechte Leute sind, die dabei Schaden nehmen. Natürlich sind aber auch einige sehr gute Leute darunter: Die bereit sind, sich für das Land zu opfern, wenn es nötig ist. Das ist der alte Geist.«

»Wieso bringst du Takeda nicht ein Stück Finger, wenn dir *der alte Geist* so wichtig ist?«

Onishi schwieg. Er nickte, zündete sich eine Zigarette an, schüttelte den Kopf: »Manchmal ist das Richtige das Falsche und das Falsche richtig. Dann steht man an einer Gabelung und weiß, dass beide Wege nirgendwohin führen. Trotzdem muss man sich für einen entscheiden.«

»Gib mir ein Tantō. Ich schneide mir ein Stück Finger ab und bringe es Takeda.«

»… also ich weiß nicht, ob das eine gute Idee ist«, sagte Friedemann.

»Nein«, sagte Onishi.

»Du traust es mir nicht zu, aber ich mach das, ich hab lange genug mit all diesen Sachen zu tun, und ich bin verdammt stark – gib mir ein Tantō!«

Sie sprang auf, schaute sich hektisch um, ob irgendwo ein Schwert oder ein Messer lag, öffnete wahllos einen der Wandschränke, doch darin befand sich lediglich ein Stapel Kissen, im nächsten lagen Decken.

»Vielleicht traue ich es dir sogar zu, aber es ist sinnlos.«

»Wegen mir wollte Yuki aussteigen. Damit ist alles ins Rollen gekommen. Ich werde Takeda einen kleinen Finger bringen und ihm erklären, wie es war, dann kann Friedemann zu seiner Frau zurückkehren, ohne dass er Angst haben muss, und der Meister kann in Ruhe sein Haus reparieren, das Training wieder aufnehmen, Nobu geht normal zur Schule, und wir überlegen uns, was wir machen.«

»Du bist eine Frau. Noch dazu eine Deutsche. Niemand interessiert sich für deinen Finger.«

»Dann wird es allerhöchste Zeit, dass sich das ändert.«

»Wir sollten mit den Diskussionen aufhören. Sie stiften nur Verwirrung. Ich weiß schon, ihr Deutschen müsst immer reden. Wenn ihr nicht hört, was ihr sagt, wisst ihr nicht, was ihr denkt. Aber das ist …«

Draußen fuhr ein Wagen vor, rangierte kurz im knirschenden Kies, dann verstummte der Motor. Das Gesicht des Meisters erschien in der Tür. Er schob Nobu ins Zimmer, Natsuko folgte. Onishi stand auf und entsicherte seine Pistolen. Der Meister nickte ihm zu und lachte: »Our friends are coming.«

Onishi schloss die Tür. Das Tappen der Schritte auf den Holzdielen im Flur entfernte sich.

Nikola schwankte, ihre Hände zitterten ein wenig, aber sie

fühlte sich besser, weniger ausgeliefert, weniger mutlos als in den vergangenen Tagen.

»Wollen wir mal hoffen, dass es *friends* sind«, sagte Friedemann.

Nobu lief zum Fenster, wollte das Shōji öffnen, um zu sehen, was draußen passierte, doch Natsuko rief ihn scharf zurück. Auch Nikola hätte am liebsten hinausgeschaut, riss sich aber zusammen. Stattdessen zog sie die Pistole, die Onishi ihr überlassen hatte, aus der Handtasche. Vorsichtig drückte sie auf den silbernen Knopf an der Seite, und mit lautem Ratschen schnellte der Schlitten nach vorn. Friedemann zuckte vor Schreck zusammen. Für einen Moment hatte er mehr Furcht vor der Möglichkeit, Nikola könnte aus Versehen oder Unkenntnis einen Schuss auslösen, als vor den drei Yakuza im Hof.

Sie stand auf, schlich zur Tür und schob sie so weit auseinander, dass sie den Kopf hinausstecken konnte.

»Die Frage ist natürlich, woher wir – beziehungsweise Onishi und Harada Sensei – wissen, ob sie in guter oder böser Absicht hier sind. Am Telefon können sie viel behaupten, was ja aber nicht bedeuten muss, dass sie nicht trotzdem plötzlich losballern, oder einem von ihnen zuckt irgendwie die Hand, Onishi oder Harada Sensei schießt, es gibt eine Kettenreaktion: Auch nicht schön. Andererseits, wenn sie uns wirklich was wollen, hätten sie doch als Erstes mal Sprengsätze oder Molotowcocktails in die Fenster geworfen, das brennt hier ja alles wie Zunder, und dann bräuchten sie nur zu warten, bis wir …«

»Kannst du bitte mal kurz still sein«, zischte Nikola. »Ich würde gern hören, ob irgendetwas passiert, und wenn ja, was.«

Die Glocke läutete. Natsuko hielt Nobu den Mund zu. Friedemann kaute auf seiner Unterlippe. Ein Mann rief etwas von draußen. Nikola meinte Komatsu Kens Stimme wiederzuerkennen. Der Meister antwortete. Es folgte ein Bellen, bei dem Nikola sicher war, dass es von Onishis Freund Taku stammte. Unmittelbar darauf ertönte auf beiden Seiten der Eingangstür Gelächter.

Nikola schob sich vorsichtig hinaus auf den Flur und ließ die Waffe sinken. Stimmen näherten sich, sie klangen entspannt, angesichts der Umstände regelrecht gut gelaunt. Als Erster bog der Meister um die Ecke, runzelte die Stirn und deutete auf ihre Hand. Das Einzige, was er sagte, war: »You should fix it. I guess your foot is not bulletproof.«

Onishi und Komatsu Ken folgten, hinter ihnen Taku mit seiner eindrucksvoll zertrümmerten Nase und ein Dritter, den sie nicht kannte. Jeder von ihnen trug eine Sporttasche über der Schulter. Nobu kam angerannt, drängte sich an Nikola vorbei und erstarrte mitten in der Bewegung, als hätte jemand die Stopp-Taste bei einem Video gedrückt. Aus einem plötzlichen Angstreflex heraus presste er sich an Nikola, die ihrerseits zusammenzuckte, weil ihre Pistole noch immer schussbereit war.

Sie drückte den kleinen Stecker am Griffstück, worauf das Magazin herausrutschte und ihr auf den Fuß fiel. Taku warf seine Tasche weg, riss die Hände hoch und schnitt Grimassen wie eine animierte Mangafigur, als er sie mit der Waffe hantieren sah. Nikola wurde rot, weil sie sich so unglaublich dämlich angestellt hatte, ging in die Hocke und hob das Magazin auf. Ihr Fußrücken schmerzte.

Taku blieb vor ihr stehen und verneigte sich fast in einem rechten Winkel. Sie wusste nicht, ob es ernst oder ironisch gemeint war. Komatsu Ken schaute auf eine Weise an ihrem Blick vorbei, die zeigte, dass er sie in Wahrheit musterte.

»This is our friend Itō«, sagte Taku. »Itō no English.«

»Hi, I'm Nikola.«

Itō gefiel ihr nicht, er hatte etwas düster Gewalttätiges, das durch die von Bodybuilding und Anabolika aufgeblähten Muskeln in Schultern und Oberarmen noch verstärkt wurde.

Alle wirkten locker, wie beste Freunde, die ihrem alten Meister einen Besuch abstatteten, aber wer garantierte, dass die Überläufer wirklich übergelaufen waren und nicht im nächsten Moment automatische Pistolen aus ihren Sporttaschen zogen und sie alle niedermähten, wie Takeda es befohlen hatte.

Nikola schaute zu Friedemann hinüber, sah, dass hinter seiner Stirn dieselbe Frage hin- und herschwappte.

Der Meister warf eine Bemerkung auf Japanisch hin, die niemand übersetzte, woraufhin alle, außer Onishi, in zweideutiges Gelächter ausbrachen.

Wahrscheinlich irgendetwas Sexistisches, dachte sie und spürte, wie ihre Mundwinkel zu einem Ausdruck von Ekel verrutschen wollten. Sie riss sich zusammen, grinste, bildete mit Daumen und Zeigefinger ihrer Linken einen Kreis, schob den Lauf ihrer Pistole hinein, bewegte ihn langsam vor und zurück, während sie Takus Blick festhielt.

»Oh: She wants to fuck us«, sagte Taku.

Onishi zischte etwas auf Japanisch.

»… but our big brother doesn't like it.«

Onishis Gesichtsausdruck verfinsterte sich.

»Fuck yourself«, sagte Nikola und lächelte übertrieben nett. Im nächsten Moment schlug sie Taku aus einer kurzen Drehung mit der Faust in die Magengrube, so dass ihm die

Luft weggeblieben wäre, hätte sie den Schlag mit voller Kraft durchgezogen.

Sie lachte und sagte: »High five.«

Taku wirkte einen kurzen Moment erschrocken, dann lachte er auch. Sie klatschten ihre Hände gegeneinander.

20.

Sie macht sich überraschend gut, gerade auch unter Druck, das muss ich zugeben. Wie sie diese Halbaffen im Griff hat und ihnen den Schneid abkauft, das ist schon beachtlich. Wobei ich es mir hätte denken können, nach ihrem ersten Auftritt im Dōjō. Und sie ist mehrere Jahre mit Ozawa Yuki zusammen gewesen, ohne dass er sie verprügelt hat. Anschließend hat sie sich gleich Onishi geschnappt: Vermutlich war es so, dass sie sich ihn geschnappt hat – nicht umgekehrt.

Die Jungs hier sind diese Art Selbstbewusstsein nicht gewohnt von den Mädchen, mit denen sie es sonst zu tun haben. Auf einmal steht ihnen eine durchtrainierte Europäerin gegenüber, die sie um einen halben Kopf überragt und sich weder von großmäuligem Gehabe, noch von Muskelpaketen einschüchtern lässt. Natürlich gibt es auch zähe und giftige Japanerinnen, aber damit ist man normalerweise erst konfrontiert, nachdem man sie geheiratet hat. Vorher geben sie sich meist willig und sanft.

Es gefällt mir, wie sie sich durchsetzt. Manchmal reicht ein kurzer Blick, oder sie schlägt plötzlich zu und stoppt ihre Hand erst unmittelbar bevor sie einem von ihnen die Nase zertrümmert hätte. Obwohl sie das schon ein paarmal gemacht hat, schafft sie es immer noch, sie in einem unaufmerksamen Moment zu erwischen. Außer Onishi sind sie alle zu langsam.

Wahrscheinlich würde sie auch ziemlich schnell sauber schießen, aber selbst dann hätten wir keine Chance, diesen Krieg zu gewinnen.

Takeda hat offenbar die meisten, die mit seiner Führung unzufrieden waren, von seinem neuen Kurs überzeugt, wohingegen wir Entscheidungen gefällt haben, mit denen wir jetzt allein auf der falschen Seite stehen.

Komatsu Ken erzählt, dass Takeda, als er trocken war, und so lange ist das ja noch nicht her, eine Reihe von Hintergrundgesprächen geführt hat, um seine Position zu stärken: Mit den Bossen der Yamamoto-gumi, mit den Chinesen, aber auch mit Leuten aus dem Umfeld des neuen Gouverneurs und aus der Regierung. Komatsu ist sich nicht sicher, aber er meint, mindestens einen von ihnen schon mit dem Premier im Fernsehen gesehen zu haben. Offenbar sind auf diesem Weg auch die Informationen über Herrn Okabe zu Takeda gelangt. Was im Einzelnen besprochen wurde, weiß Komatsu nicht, aber es herrschte wohl Einigkeit darüber, Herrn Okabe auszuschalten.

Bis vor Kurzem hat es geheißen, dass der Polizeichef auf unserer Seite steht. Ihm lägen die traditionellen Werte und ein gutes Verhältnis zwischen den verschiedenen gesellschaftlichen Gruppen sehr am Herzen, wobei er ganz gegen die Einbeziehung von Koreanern und Chinesen sei, denn das würde bedeuten, sie mit Japanern auf eine Stufe zu stellen. Darin war er sich auch mit dem früheren Gouverneur, Ishihara Yasutaka, einig. Jedenfalls hat die Polizei sich lange an ihren Teil der Absprachen gehalten und dafür gesorgt, dass die bestehenden Strukturen, trotz der Verbissenheit einzelner Ermittler und einiger Zeitungsschreiber mit speziellem Ehrgeiz, weiter relativ reibungslos funktionierten. Irgendjemand – ich vermute Takeda – muss ihn schließlich davon überzeugt haben, dass es besser sei, die Chinesen und damit den wachsenden Rauschgiftmarkt einzubinden, als diesen Bereich sich selbst zu überlassen. Ohne Zweifel warten im Drogenhandel beträchtliche Gewinne, denn die junge Generation ist zunehmend anfällig dafür. Früher ging es hauptsächlich um Amphetamine zur Leistungssteigerung, wie sie schon während des Kriegs an die Soldaten ausgegeben wurden, doch seit einiger Zeit wächst die Zahl derer, die sich in Dämmerzustände und Traumwelten katapultieren wollen. Herr Okabe hätte sich niemals darauf eingelassen, Drogengelder, die noch dazu von Chinesen eingenommen wurden, in seine Unternehmen und Investitionen fließen zu lassen. Das Wohl der kommenden Generationen war ihm ein wichtiges Anliegen. Man kann ja an den Entwicklungen, die der Westen in den vergangenen Jahrzehnten durchlaufen hat, genau studieren, wo es endet, wenn sich Rauschmittel unter der Jugend verbreiten: Hierarchien und Autorität werden ausgehöhlt, dann verwahrlosen die Städte, aus Süchtigen werden Bettler und Diebe, die auf den Straßen herumlungern und nicht einmal vor Mord und Totschlag zurückschrecken. Herr Okabe und ich waren uns darin einig, dass diese Zustände unbedingt verhindert werden müssen.

Komatsu sagt, in der vergangenen Woche, schon bevor die Olympia-Entscheidung gefallen ist, sei es in Takedas Gesprächen verschiedentlich um die Möglichkeiten gegangen, die sich durch die Spiele eröffnen würden. Sicherlich werden viele Milliarden an staatlichen Geldern in zahlreiche Baumaßnahmen fließen. Möglicherweise haben einflussreiche Leute, deren Mitwirkung unerlässlich ist, damit das Ganze auch wirtschaftlich ein Erfolg wird, es zur Bedingung gemacht, diese Projekte ohne Herrn Okabe anzugehen. Möglich auch, dass er sich im Rahmen der Bewerbung zu wenig um die Sportfunktionäre gekümmert hat. Diese westlichen Sportarten haben ihn nie sonderlich interessiert.

Dann ist da noch der neue Gouverneur, Hirose Hideo. Er war es, der die Olympia-Bewerbung mit großem Eifer vorangetrieben hat in den vergangenen Jahren. Deshalb hatte Ishihara ihn geholt und schließlich sogar zu seinem Stellvertreter ernannt. Ich kann nicht einschätzen, wo genau Hirose steht. Mir scheint, er ist ein wankelmütiger Typ, der sein Fähnchen nach dem Wind hängt. Er hat viele Bücher veröffentlicht, hauptsächlich über Literatur und historische Themen, und sogar eine Mishima-Biographie verfasst, aber das heißt nichts. Ishihara selbst hat früher auch Romane geschrieben und sogar Preise damit gewonnen, ehe er in die Politik gegangen ist. Jetzt tritt er ständig in Unterhaltungsshows auf und macht sich zum Affen. Trotzdem liefen die Dinge während seiner Amtszeit immer glatt – und er hat zehn Jahre lang regiert. Ich nehme an, dass Hirose für Unterstützung von jeder Seite offen ist, solange sie ihm nützt. Er weiß vermutlich selbst nicht genau, wie er es geschafft hat, in diese Position zu gelangen. In den Nachrichten hieß es, dass noch nie ein Kandidat so viele Stimmen bei einer Wahl gewonnen hat wie er. Solche Dinge passieren manchmal in der Demokratie, ganz gleich, mit welcher Sorgfalt die wirklich wichtigen Leute im Hintergrund die Wählermasse so zu lenken versuchen, dass stabile Verhältnisse zum Wohle aller gewährleistet sind. Letztlich ist die Demokratie ja ein fremdartiges Konzept, das uns von den Amerikanern aufgezwungen wurde, nachdem wir den Krieg verloren haben. Wir hier gehen davon aus, dass der Kopf den Bauch regieren sollte und nicht umgekehrt. Immerhin ist es uns während der vergangenen Jahrzehnte im Großen und Ganzen gelungen, diese demokratischen Rituale so an unsere Lebensweise anzupassen, dass bislang kein größerer Schaden entstanden ist. Auch Hirose hatte ja breite Unterstützung von Seiten derer, die eine klare Ordnung im Land sicherstellen wollen, da mag er sich dem Wahlvolk gegenüber noch sosehr als unabhängiger Kandidat stilisiert haben. Ich nehme an, dass Leute wie Ishihara und der Premier mit seiner Kandidatur einverstanden waren, weil sie davon ausgegangen sind, ihn in ihrem Sinne führen zu können. Herr Okabe war allerdings insgesamt wenig begeistert von den abrupten Wendemanövern, die Ishihara in jüngster Zeit vollzogen hat. Ishihara ist voriges Jahr achtzig geworden. Vielleicht setzt allmählich der Altersstarrsinn bei ihm ein. Oder es zeigt sich, dass er letztlich doch bloß ein Schriftsteller ist, der sich die Figur eines Politikers ausgedacht hat, um dann gleich selbst in dessen Rolle schlüpfen.

Herr Okabe erzählte außerdem, dass Hirose beträchtliche Summen von der Nihonbashi-Krankenhaus-Gruppe zugeflossen sind. Ich weiß nicht, ob sie für Hirose persönlich bestimmt waren oder ob er sie benutzen sollte, um irgendwelche Araber oder Afrikaner im Olympischen Komitee zu bestechen. Aber wenn solche Informationen schon bis zu mir dringen, heißt das natürlich, dass viele davon Kenntnis haben, und dass er leicht erpressbar ist. Hirose wird ziemlich blauäugig an die ganze Sache herangegangen sein, wie es ja leicht passiert, wenn Büchermenschen, denen ihre eigene Eitelkeit zu Kopf steigt, meinen, sich auf der Bühne der großen Politik produzieren zu müssen, ohne deren Spielregeln zu beherrschen. Fest steht, dass er die Yakuza braucht, um seine Pläne für die Olympischen Spiele umzusetzen, und das heißt, er muss entsprechende Zugeständnisse machen, andernfalls wird man ihn bald auffliegen lassen.

Früher wäre ich in so einer Situation zu Herrn Okabe gegangen und hätte ihn gebeten, mir die Zusammenhänge zu erläutern, wie sie sich von ganz oben betrachtet darstellen. Doch offensichtlich sind auch Herrn Okabe in jüngster Zeit die Fäden aus der Hand geglitten, ohne dass er es bemerkt hat. Ich weiß nicht einmal, wie er zur Wahl Hiroses stand. Mir gegenüber blieb er bei einer relativ sachlichen Darstellung dessen, was er an Informationen bekommen hatte. Lediglich in einem Nebensatz streute er eine leicht abfällige Bemerkung über Hiroses Charakter ein, deren genauen Wortlaut ich jedoch vergessen habe. Letztlich zog Herr Okabe Leute vor, die diskret und professionell tun, was zu tun ist, und die dabei von aufrichtigem Charakter sind, ganz gleich, welchen Überzeugungen sie sonst folgen.

Wenn es die Chinesen waren, die Herrn Okabe umgebracht haben, wäre es natürlich gut zu wissen, in wessen Auftrag sie unterwegs waren, oder ob sie – von verschiedenen Seiten ermutigt – inzwischen zu der Überzeugung gelangt sind, sie könnten hier auf eigene Faust agieren, wie es ihnen beliebt. Global gesehen haben sie ja schon länger Oberwasser, und es war nur eine Frage der Zeit, bis sie auch hierzulande mit diesem neuen Selbstbewusstsein auftreten würden. Unter anderen Umständen hätte ich gesagt, Onishi soll ihnen in einer gezielten Strafaktion ihre Grenzen aufzeigen. Bei den Vietnamesen in Berlin ging das, weil er das Überraschungsmoment auf seiner Seite hatte. Aber hier kennt ihn jeder, und alle rechnen damit, dass er auftaucht – da könnte ich ihn ebenso gut mit einem Betonklotz am Fuß ins Hafenbecken werfen.

Eine schwierige Lage, in der wir uns gerade befinden, anders kann man es nicht sagen.

Wie soll man vorgehen, wenn nichts zu gewinnen ist? Man könnte darin eine Position vollkommener Freiheit sehen, in der alle Möglichkeiten gleichwertig sind, und das ist auch ein sehr guter Gedanke, der aber leider zu nichts führt.

Selbst wenn ich so täte, als wüsste ich dies oder das, und stünde mit anderen Gruppierungen in Kontakt, die uns eventuell Unterstützung gewähren, wenn wir einen Angriff auf Takeda durchführen würden, wäre jedem klar, dass es sich um ein Himmelfahrtskommando handelte. Bei Komatsu, Taku und Itō weiß ich ohnehin nicht, warum sie sich abgesetzt haben. Vielleicht waren sie tatsächlich überzeugt, Onishi und ich könnten eine neue Vereinigung gründen, die den alten Geist aufrechterhält beziehungsweise zu neuem Leben erweckt. Ich habe ja selbst kurz geglaubt, dass ein solcher Schritt mit der Unterstützung von Herrn Okabe Aussicht auf Erfolg hätte. Vielleicht haben die jungen Leute mehr Idealismus und Herz, als man auf den ersten Blick denkt. Trotzdem bin ich sicher, dass sie nicht zu mir gekommen sind, um zu sterben.

Onishi würde in den Tod gehen, wenn ich ihm den Befehl gäbe, das steht außer Frage – genauso wie seine Vorfahren sinnlosen Befehlen gehorcht haben, selbst wenn sie wussten, dass sie dabei auf der Strecke blieben. Zehntausende Samurai sind in unzählige Schlachten gezogen, die verloren waren, noch bevor der erste Pfeil geschossen wurde. Ob der Tod heute oder in zehn Jahren käme, hat niemanden gekümmert, Leben und Tod waren nur zwei Seiten derselben Medaille, man wechselte ständig von einer auf die andere und dann wieder zurück, wichtig war lediglich, aufrecht zu sterben. Im Prinzip gilt das alles noch immer, und doch ist nichts mehr so wie damals. Außer kindischen Selbstmördern, die vor ihrem eigenen Leben davonlaufen, glaubt kaum noch jemand, dass es einen guten Moment zum Sterben gibt, und dass dieser Moment genau jetzt sein kann. Vielleicht sind wir geistig noch nicht ganz so verrottet wie der Westen, aber im Grunde hält sich auch bei uns längst jeder für unersetzlich und meint, dass der Welt etwas entgehen würde, wenn sie seinen nächsten Rülpser nicht mehr hört, und auch bei uns hat die Angst Einzug gehalten – die schlimmste Krankheit, von der Menschen befallen werden.

Im Zen wird nichts beschönigt, nichts verklärt, nichts verleugnet, und für Angst gibt es keinen Platz. Man nimmt an, was einem bestimmt ist. Wenn aber sowieso gemäß dem universalen Gesetz von Ursache und Wirkung längst festgeschrieben ist, wer wann, wo und auf welche Weise stirbt, hat es natürlich auch keinen Sinn, den Tod zu suchen, im Gegenteil: Den Tod zu suchen kann eine ebenso kindische Form der Selbstüberschätzung sein wie vor ihm zu fliehen.

Die vier jungen Männer, die mit mir hier sind, werden tun, was ich ihnen sage. Bei den Frauen bin ich mir nicht sicher, doch letztlich werden auch sie sich fügen. Ich muss kühl und nüchtern entscheiden. Kein sinnloses Sterben – selbst wenn ein Kamikaze-Einsatz mehr hermacht als ein geordneter Rückzug. Mit Flucht, und mag sie noch so klug organisiert sein, bekommt man zwar keine Titelgeschichte in einem Yakuza-Fanmagazin, aber ich will, dass Nobu überlebt, und ich will, dass Onishi überlebt.

Natsuko … – Gut, ich kann mir dies und jenes mit ihr vorstellen. Auf den ersten Blick erscheinen ein paar ruhige Jahre mit ihr eine angenehme Möglichkeit. Doch wahrscheinlich wäre es mir schnell langweilig, müsste ich mir mit einer zunehmend älteren, immer öfter schlecht gelaunten Frau ein abgelegenes Häuschen oder eine versteckte Etagenwohnung irgendwo in einer Kleinstadt im Hinterland teilen, und würde nur noch darauf warten, dass sie mit einem Jüngeren davonläuft, oder dass Takedas Leute uns schließlich doch aufspüren und uns die Kehle durchschneiden. Andererseits, wenn ich Nobu zu einem aufrechten Japaner mit Herz erziehen will, wäre ein gemeinsamer Haushalt mit ihm und seiner Mutter sicherlich das Beste.

Onishi und seine Freundin sollen für eine Weile nach Amerika gehen. Wobei es nicht einfach sein dürfte, sie aus dem Land zu bekommen. Ich kann mir kaum vorstellen, dass sie noch immer nicht gesucht werden – entweder per internationalem Haftbefehl oder von der hiesigen Polizei, der Takedas Leute sicher Informationen zugeschanzt haben, damit sie ihn festnehmen. Takeda hatte immer eine Heidenangst vor Onishi, und seit er wieder säuft, ist sie ins Unermessliche gewachsen. Insgeheim hält er Onishi für unbesiegbar. Vielleicht schwirren ihm die Geschichten von Manji und dessen Kessenchu-Würmern im Kopf herum, und er stellt sich vor, dass auch Onishi immer wieder auf wundersame Weise von allen Verletzungen geheilt wird oder dass die Geister der Vorfahren ihn warnen, sobald ernsthaft Gefahr droht.

Dann muss ich auch noch diesen anderen Deutschen loswerden, Friedemann, ebenfalls nach Möglichkeit lebendig. Es wäre nicht angemessen, ihn einfach sich selbst zu überlassen, nach allem, was er für Onishi getan hat.

So oder so können wir nicht lange hier oben im Berg-Dōjō bleiben. Takeda wird schnell auf die Idee kommen, uns hier zu suchen. Auch wenn die Adresse nicht im Internet zu finden ist, erinnert sich bestimmt der eine oder andere von seinen Leuten an den Weg, und dann dauert es keine drei Stunden, bis eine schlagkräftige Truppe hier vorfährt, entschieden besser bewaffnet als die beiden Trottel, die er mir gestern geschickt hat, denn eine weitere Blamage kann er sich nicht leisten, will er seine neu gewonnene Position nicht gleich wieder aufs Spiel setzen. Oder die Polizei rückt mit großem Aufgebot an und nimmt uns fest. Im Untersuchungsgefängnis wären wir zwar erst einmal aus der Schusslinie, aber wie die Dinge liegen, dürfte es dort weder gemütlich noch sicher sein.

Unkelbach. Vielleicht ist Unkelbach die Lösung. Ich glaube nicht, dass Takeda sich an ihn erinnert, wenn sie sich überhaupt je begegnet sind. Unkelbach spricht Deutsch, er hat sich, seit er im Ruhestand ist, in seine Hütte in den Hügeln bei Mashiko zurückgezogen und folgt dort dem Teeweg. Ich weiß nicht, wie lange er schon in Japan lebt, bestimmt dreißig Jahre. Sein Japanisch hat keinerlei Akzent, und er kann sogar alte Handschriften lesen, mit denen ich meine Schwierigkeiten habe. Wenn ich mich richtig erinnere, hat er schon in den Siebzigerjahren für eine deutsche Bank gearbeitet, später dann für eine japanische, schließlich ist er sogar im Vorstand gewesen und hat eine Menge Geld verdient. Herr Okabe hat ihn eines Tages zu mir gebracht, weil Unkelbach einen Schwertmeister suchte, der ihm zumindest die Grundlagen des Kenjutsu beibrachte. Im Gegenzug hat Unkelbach ihm dann beim Aufbau der Porzellansammlung geholfen, die diese chinesischen Bauernlümmel kurz und klein geschlagen haben. Aber was will man von einem Volk erwarten, das seine gesamte fünftausend Jahre alte Kultur freiwillig und mit dem

Spaten in der Hand den Wahnideen eines irren Kommunisten geopfert hat.

Eine Zeitlang ist Unkelbach ein- oder zweimal pro Woche zu mir gekommen, um den Umgang mit dem Katana zu üben. Manchmal brachte er Klingen mit, die er bei Antiquitätenhändlern gefunden hatte, um meine Einschätzung zu hören. Er hatte einen sehr guten Blick für herausragende Schwerter, doch natürlich war er mit Mitte vierzig schon zu alt, um noch wirkliche Meisterschaft im Umgang mit ihnen zu erlangen.

Vor ein paar Jahren hat er zu mir gesagt: »Wenn ich in den Ruhestand gehe, werde ich mich aus der Stadt verabschieden und in meine Klause ziehen, wie es Samurai und Beamte früher gemacht haben.«

Ich habe gelacht, weil ich es für eine dieser typischen Ausbruchsideen gehalten habe, die chronisch überarbeiteten Leuten in den Sinn kommen. Wobei Unkelbach trotz allem so gut wie nie wirklich überarbeitet wirkte. Letztlich finde ich, dass es zu ihm passt. Obwohl er ein freundlicher und zugewandter Mensch ist, strahlt er doch auch etwas Verhangenes, nach innen Gewandtes aus – wie ein Berg, dessen Spitze im Nebel verschwindet.

Er hat eine gewaltige Sammlung zusammengetragen, Teegerät, Waffen, Rüstungen, Bilder – einfach alles, was schön und kostbar ist. Wahrscheinlich wohnt in ihm die Seele eines Samurai, die irgendwie zwischen zwei Inkarnationen verloren gegangen ist, und so hatte er von Kindesbeinen an den unwiderstehlichen Drang, einen Weg zurück in seine frühere Welt zu finden.

Soweit ich mich erinnere, besitzt Unkelbach eine alte Yacht und hat auch einen Skipper. Er könnte Onishi und seine Freundin irgendwo im Pazifik an ein amerikanisches oder japanisches Frachtschiff übergeben, das sie mit in die USA nimmt. Allerdings habe ich keine Telefonnummer von ihm. Sie müssen einfach zu ihm fahren und mit ihm reden. Er ist mir ohnehin einen Gefallen schuldig. Vor einigen Jahren habe ich ihm einen Termin bei Meister Ono besorgt, der dann tatsächlich eine sehr kostbare Ichimonji-Klinge aus der Kamakurazeit für ihn poliert hat. Meister Ono war der Letzte, der Bizen ko-chōji hamon polieren konnte. Ohne meine Hilfe hätte Unkelbach zehn Jahre auf einen Termin warten müssen, und wahrscheinlich wäre er nicht mehr drangekommen, denn Meister Ono war damals bereits Ende siebzig und ist dann zwei oder drei Jahre später verstorben.

21.

»Natürlich kenne ich Unkelbach«, sagte Friedemann. »Schon lange – sicher zehn Jahre.«

Onishi trat aus der Tür und setzte sich neben ihn auf die Bank: »Harada Sensei will, dass wir zu Unkelbach fahren. Sein amerikanischer Schüler hat ihn in der Nacht angerufen und gesagt, dass es Arbeit in Los Angeles gibt. Angeblich für einen längeren Zeitraum. In der Filmindustrie.«

»Hängt ihr da auch mit drin – ich meine …«

»Unkelbach soll ein Boot haben, mit dem er uns ein Stück hinaus aufs Meer bringen kann.«

»Von Japan weiß man das ja. Irgendein Regisseur ist doch sogar ermordet worden – ich meine der, der *Tampopo* gedreht hat, wie hieß er noch? –, weil er in seinen Filmen …« Friedemann biss sich auf die Zunge, atmete durch und fuhr fort: »Früher … also ganz früher, zu Sinatras Zeiten, soll die italienische Mafia in Hollywood ziemlich mächtig gewesen sein, aber inzwischen hört man davon ja schon lange nichts mehr.«

Über den Hügeln erreichte die Sonne ihren Höchststand. Onishi lehnte sich zurück und streckte die Füße aus, als wäre er im Urlaub, während Friedemann versuchte, einen Niednagel am linken Zeigefinger abzuziehen, ohne dass es blutete. Nikola stand ein paar Schritte entfernt an der niedrigen Brüstung, die um die Terrasse herumlief, und schaute über die verwilderte Wiesenlandschaft hinunter zum Bach. Nach den Regenfällen der vergangenen Tage führte er reichlich Wasser. Auch wenn sie ihn durch Büsche, hohe Gräser und Schilf eher ahnte als sah, hörte sie doch zumindest das wilde Glucksen und Plätschern, und es hatte eine beinahe ebenso beruhigende Wirkung wie die Pistole in ihrem Hosenbund.

»Ich erinnere mich, dass Unkelbach eine ziemlich prächtige Yacht aus den Dreißiger- oder Vierzigerjahren im Hafen von Yokohama liegen hatte. Die komplette Einrichtung in Teak, Palisander oder Mahagoni, Armaturen aus Messing, alles im Art-déco-Stil, wahnsinnig kostbar und schon auch wirklich sehr schön. Der Sultan von Brunei soll das Schwesterschiff dazu in seiner Flotte haben.«

»Wichtig ist, dass es fährt und dass er einen Skipper hat, auf den man sich verlassen kann.«

»Das weiß ich leider nicht. Ich habe Unkelbach länger nicht gesehen. Irgendjemand hat erzählt – einer von der Botschaft, wahrscheinlich Ebeling –, er sei pensioniert und hätte sich völlig aus dem öffentlichen Leben zurückgezogen. Ist ja auch egal. Wenn Meister Harada sagt, dass diese Möglichkeit besteht, wird es schon stimmen.«

»Natürlich.«

»Und was stellt ihr euch vor, soll dann mit Unkelbachs Boot passieren? Ich nehme ja nicht an, dass er euch bis nach Amerika bringen wird.«

»Wir arrangieren auf hoher See, irgendwo im Pazifik, den Wechsel auf ein Frachtschiff, das uns mit nach Los Angeles nimmt.«

»Hältst du das für realistisch?«, fragte Nikola, ohne sich umzudrehen. »Also ich meine, dann könnte sich ja quasi jeder mal eben so in Amerika einschmuggeln lassen.«

Sie hatte eine grellbunte, fast handtellergroße Spinne entdeckt, die ein Netz von den Ästen eines Strauchs zum Eckpfeiler der Terrasse gespannt hatte.

»Die Italiener, mit denen wir manchmal zusammenarbeiten, haben eine ganze Reihe von Kapitänen, die ihnen dies und das transportieren. John Viaggi, das ist ein Amerikaner, der früher einmal bei Harada Sensei gelernt hat, wird sich darum kümmern. Der Meister sagt, ich soll einfach nur dafür sorgen, dass wir das Schiff von Unkelbach bekommen, und alles Weitere seine Sorge sein lassen.«

Die Spinne hatte einen schlanken, hohen Hinterleib in einem gelb-schwarzen psychedelischen Muster, aus dessen Mitte sich eine leuchtend rote Pocke erhob. Das Rot schien an beiden Seiten in kleinen Strömen den Körper hinunterzurinnen, wie Blut, das aus einem Brunnen quoll.

»Wollen wir das?«, fragte Nikola.

»Wollen wir was?«

»Ihm die Planung überlassen?«

Onishi wiegte leicht den Kopf hin und her, Friedemann verzog sein Gesicht: »Ehrlich gesagt, teile ich ein bisschen Nikolas Skepsis. Ich kenne mich zwar nicht mit moderner Navigation auf Segelbooten aus, aber Unkelbachs Skipper wird bestimmt mit GPS fahren, und diese ganzen Google-Earth-Satellitenkameras sind ja doch eigentlich für militärische Zwecke entwickelt worden. Wenn da irgendein Rechner die verdächtige Annäherung zweier Schiffe meldet, wird höchstwahrscheinlich schon mal jemand von der Küstenwache oder der Grenzschutzbehörde draufschauen und eine Meldung an die entsprechende Hafenpolizei schicken. Vielleicht hat der Meister, bei allem Respekt, die veränderten technischen Möglichkeiten noch nicht ganz so präzise auf dem Schirm. Aber unabhängig davon, was ihr plant: Ich würde lieber hierbleiben.«

»Wie du willst«, sagte Onishi. »Harada Sensei ist zwar der Meinung, dass es auch für euch sicherer wäre, wenn ihr das Land eine Weile verlassen würdet, aber für den Fall, dass ihr bleibt, wird er sich darum kümmern, dass ihr keinen weiteren Ärger bekommt.«

»Ist er noch in der Position, wo er solche Garantien geben kann?«

»Er rückt nicht mit der Sprache heraus, was genau er vorhat«, sagte Onishi. »Offenbar sind ihm über Nacht allerhand Ideen gekommen. Er wirkt ausgesprochen gut gelaunt. Ich habe ihm immer vertraut und lag damit noch nie falsch, ganz egal, wie schwierig die Situation oder wie eigenwillig seine Ideen waren. Du sollst auf jeden Fall erst mal mit uns zu Unkelbach fahren. Wir können dich auch unterwegs an einem Bahnhof absetzen, von dem aus du dann einen Zug zu Masumi nimmst – das steht dir frei.«

Friedemann tippte eine Nachricht in sein Telefon und sagte: »Masumi will, dass ich spätestens morgen bei ihr bin. Es wäre mir sehr lieb, wenn wir das irgendwie hinbekämen, sie ist ziemlich verärgert, und ich möchte diese Ehe eigentlich gern noch ein bisschen fortsetzen.«

Bei den Zweigen am Rand des riesigen Netzes hielten sich drei oder vier kleinere, deutlich unspektakulärer gefärbte Spinnenmännchen auf. Eines näherte sich mit äußerster Vorsicht der Königin im Zentrum. Es schien, als würde es ihr über das Ziehen und Dehnen einzelner Fäden Nachrichten übermitteln, während es sich gleichzeitig in einer Art staksigem Tanz zwischen ihren schwarz-gelb gestreiften Beinen hin und her bewegte. Nachdem die Reaktion des Weibchens offenbar ermutigend ausgefallen war, betrillerte es ihren Kopf und sogar die tödlichen Mundwerkzeuge. Das Weibchen reagierte verhalten wohlwollend, wobei Nikola trotzdem jeden Moment damit rechnete, dass sie den Bewerber plötzlich attackieren, fesseln und anschließend verspeisen würde.

»Ihr habt echt abgedrehte Spinnen hier«, sagte sie. »Sind die giftig?«

Onishi zuckte mit den Schultern: »Willst du sie essen?«

»Ich meine natürlich, wenn sie einen stechen oder beißen.«

»Vielleicht für Vögel.«

»Hast du eine Spinnenphobie?«

Onishi antwortete nicht.

»Welche Tiere magst du eigentlich?«

»Falken.«

»Aber du musst zugeben, dass so eine Spinne auch ein cooles Tattoo wäre.«

»Auf Japanisch heißt sie *Jurō-Gumo*: Das bedeutet *Nutten-Spinne*. Ich kenne zwei Leute, die sich so etwas haben stechen lassen, aber bei einer Frau wäre es kein gutes Signal. Nimm lieber etwas anderes. Zum Beispiel Kraniche. Oder die schöne Ichijōsei Kosanrō mit den zwei Schwertern. Ich kenne einen japanischen Tätowierer in Los Angeles, zu dem sehr berühmte Leute gehen, Schauspielerinnen, Popsänger, Basketballer. Er wird dir gute Vorschläge machen.«

»Wer zum Beispiel?«

»In seinem Studio hängen lauter bekannte Gesichter an der Wand.«

»Und wir fahren dann heute noch?«, fragte Friedemann.

»Wir sollen packen, die Futons wegräumen und verschwinden, hat Harada Sensei gesagt.«

»Weißt du, wo Unkelbach wohnt?«

»Ich habe die Adresse, und wir können mit deiner oder Nikolas Telefon-Navigation fahren.«

»Eigentlich ist es schön hier«, sagte Nikola. »Ein paar Tage Urlaub fänd ich auch nicht schlecht nach dem ganzen Stress.«

»Bald werden wir uns am Malibu Beach erholen.«

»Ich dachte, wir hätten da einen Job.«

»Ich suche mal mein Zeug zusammen«, sagte Friedemann und verschwand im Haus.

Onishi stand gleichfalls auf, machte drei sinnlose Schritte Richtung Tür, drehte sich um und ging in die entgegengesetzte Richtung, trat zu Nikola, legte ihr seltsam ungelenk die Hand auf die Schulter: »Bereust du es, mit mir gekommen zu sein?«

»Mal so, mal so.«

»Würdest du in Berlin bleiben, wenn du es jetzt noch einmal entscheiden könntest?«

Sie wandte sich ihm zu, hielt seinen Blick fest, fragte sich, was aus dem Schwarz am Grund seiner Augen sprach, dachte: »Ich kenne dich aus einem früheren Leben, auch wenn ich nicht daran glaube.« Ihre Lippen näherten sich seinem Mund, während ihre Hand in seine Trainingshose glitt, seinen weichen Schwanz umschloss, der keinerlei Regung zeigte.

»Nicht jetzt«, sagte Onishi, schob sie weg und trat einen Schritt zurück.

»Natürlich nicht jetzt. – Warum eigentlich nicht?«

»Was ist mit deinen Sachen?«

»Sind schon in meiner Tasche. Du kannst den Reißverschluss zuziehen. – Räumst du für mich mit auf? Dann kann ich noch ein bisschen in der Sonne bleiben. Wer weiß, in welchem Loch wir uns nachher wieder verstecken müssen.«

»Wir werden uns nicht verstecken.«

Er strich ihr über die Wange und ging ins Haus.

Nikola schaute erneut nach der Spinne, die ihre Position gewechselt hatte und jetzt im Randbereich des Netzes beschäftigt war. Entweder hatte sie sich doch entschieden, ihren potenziellen Liebhaber zu fressen, oder ein anderes Insekt war ihr ins Netz geflogen, jedenfalls drehte sie ein kleines, seidig schimmerndes Päckchen zwischen ihren Füßen und umwickelte es mit weiterem Faden.

»Nuttenspinne«, dachte Nikola und fragte sich, ob sie das wirklich glauben sollte, oder ob Onishi es ihr nur erzählt hatte, damit sie sich auf keinen Fall eine Spinne tätowieren ließ. Andererseits – wenn es bei der Tätowierung darum ging, die Anteile der eigenen Persönlichkeit zu stärken, die eigentlich zu schwach ausgeprägt waren – welche Seite an ihr würde durch ein japanische Spinne unterstützt, unabhängig von der Tatsache, dass man sie »Nutte« nannte. Yuki hatte einen lebensgroßen Kraken auf dem Rücken gehabt. Anfangs war es verstörend gewesen, das Bild nasskalter, glitschiger Tentakel vor Augen zu haben, während er sie umarmte. Onishi war viel scheuer und unsicherer als Yuki, trotzdem trug er Kannon, die Göttin der Barmherzigkeit, auf dem Rücken und vorne auf der Brust ein Blumenmeer. Vielleicht, damit er überhaupt so etwas wie menschliche Regungen spürte. Sie fragte sich, ob Meister Harada, Takeda oder der Tätowierer ihm diese Figur ans Herz gelegt hatten oder ob es seine eigene Idee gewesen war?

Sie öffnete das Törchen in der Brüstung und setzte sich auf die Holztreppe, die hinunter zur Wiese führte.

Ein kleiner Schwarm grüner Finken flog heran, ließ sich in einem Strauch nieder und machte sich über die Beeren an den Ästen her.

Aus einiger Entfernung klang das Geräusch eines Wagens

herüber, der sich zügig näherte. Nikola drehte sich um und rief: »Da kommt ein Auto.«

Niemand reagierte.

Sie ging zur Tür, steckte den Kopf in den Flur. Taku lehnte an der Wand und telefonierte. Er legte die Stirn in Falten, bedeutete ihr zu verschwinden, obwohl er Japanisch sprach, sie also ohnehin nichts von dem verstand, was sie nicht einmal hören sollte.

»There is a car coming«, flüsterte sie.

Er fuchtelte unwirsch mit der Hand und drehte sich weg.

»A car«, wiederholte Nikola und zog die Pistole aus ihrem Hosenbund.

Taku winkte ab.

»If it's Takeda's men, we will have a fucking problem.«

Kopfschütteln, sonst nichts.

Ihr Herzschlag beschleunigte und setzte kurz schmerzhaft aus, kalter Schweiß trat ihr auf die Stirn. Einen Moment später hörte sie, wie der Wagen am Haus vorbeirauschte, ohne langsamer zu werden und ohne auf den Hof zu biegen. Wenn er angehalten hätte und Takedas Leute oder Chinesen auf das Gelände gestürmt wären, hätte keiner außer ihr eine Waffe auch nur in Reichweite gehabt.

Sie fragte sich, wie der Meister mit diesen Trotteln eine Verteidigung organisieren wollte. Immerhin hatte er seinen kleinen Sohn und seine Freundin, oder was immer Natsukos Stellung war, in seiner Obhut, und zumindest deren Leben musste ihm doch etwas bedeuten.

Kopfschüttelnd ging sie zurück zur Treppe, die Pistole noch immer in der Hand, und setzte sich wieder. Die Sonne schien warm und friedlich. Auf Anspannung, Erregung, folgte Erleichterung, zugleich bekam die Vorstellung, in diesem Licht, bei diesen Temperaturen, in eine Schießerei zu geraten – erschossen zu werden –, etwas vollkommen Unwirkliches. Trotzdem oder gerade deshalb war es wohltuend, einfach nur hier zu sitzen. Früher, zu Hause, hatte sie im Sommer ganze Nachmittage in den Weinbergen verbracht, Vögeln und Wolken, manchmal auch den Schiffen unten auf dem Fluss nachgeschaut und sich vorgestellt, wie sie eines nicht allzu fernen Tages in New York, Tokio, Berlin oder wenigstens Köln wohnen würde, wo richtige Menschen ein wirkliches Leben hätten, statt des trostlosen Daseins, das sie zwischen engstirnigen, süßweinstumpfen Provinzspießern zubrachte.

»Ich sollte nervös sein«, schoss es ihr durch den Kopf, gleichzeitig spürte sie ein Lächeln um die Mundwinkel: »Warum bin ich nicht nervös?«

Aus einem der Bäume ertönte der scharfe Alarmruf eines Vogels, im nächsten Moment flogen die Finken davon, gefolgt von einer Handvoll Spatzen, die weiter vorn in einer Pfütze gebadet hatten. Nikola suchte Wiese und Buschwerk nach dem Grund für die Warnung ab, ließ ihre Augen zwischen umgeknickten Baumstämmen und Felsbrocken schweifen, konnte jedoch nichts entdecken. Sie warf einen Blick auf die Pistole in ihrer Hand, wobei sie nicht davon ausging, dass sich tatsächlich ein Kommando der Nekodoshi-gumi aus dem Nachbartal über die Hügelkette auf diese Seite durchgeschlagen hatte, um sie anzugreifen. Rechter Hand, wo der Wald begann, knickten Gräser um, doch es war nichts zu sehen. Nikola stand vorsichtig, wie in Zeitlupe, auf, atmete ganz flach, um das Tier, das sich dort heranpirschte, nicht zu verschrecken. Nach einer Weile völligen Stillstands setzte sich die Bewegung im Gras fort, und dann tauchte eine Katze zwischen den Büschen auf, schwarz-weiß-orange gefleckt, wie die, die sich ihr neulich bei dem Shinto-Schrein an den Hals geworfen hatte. Ihr fiel die Katze wieder ein, die Meister Harada mit der Wasserpistole verscheucht hatte und die angeblich der Geist der Nekodoshi-gumi gewesen war. Eigentlich neigte sie nicht zum Aberglauben. Schwarze Katzen von rechts oder links hatten sie ebenso wenig beunruhigt wie die Zahl dreizehn oder nächtliche Rufe von Käuzchen, vor denen ihre Großmutter sich zu Tode gefürchtet hatte. Allerdings gingen hier in Japan mehr oder weniger alle, selbst die scheinbar aufgeklärtesten Leute, selbstverständlich davon aus, dass es Geister gab, und dass man sie freundlich stimmen musste, weil sie sonst die sonderbarsten Dinge anstellten: Häuser wurden verlassen und blieben jahrelang unbewohnbar, wenn sich dort ein Geist eingenistet hatte. Straßen wurden umgeleitet, um die Konfrontation mit dem Geist zu vermeiden, der einen Felsbrocken oder eine Kieferngruppe neben der Fahrbahn besetzt hielt. Was, wenn es tatsächlich so etwas wie einen Geist der Nekodoshi-gumi gab, der gelegentlich die Gestalt einer dreifarbigen Katze annahm?

Die wirkliche Katze dort auf der Wiese schien sich nicht weiter an Nikolas Anwesenheit zu stören, setzte ihre Pirsch gespannt und lautlos fort, was eindeutig dagegen sprach, dass es sich um etwas anderes handelte als das, was sie sah. Andererseits waren halbwilde Katzen eigentlich scheu und flüchteten meist sofort, wenn ihnen ein Fremder zu nahe kam.

Nikola spürte das Gewicht der Waffe in ihrer Hand. Wenn sie nun tatsächlich das Totemtier der Nekodoshi-gumi vor sich hatte, das hier ums Haus schlich, war es äußerst wahrscheinlich, dass es in Verbindung mit Takeda oder mit irgendeinem Shinto-Priester stand, der ihm verpflichtet oder der Nekodoshi-gumi anderweitig verbunden war. Sicherlich benötigte auch eine Yakuza-Gruppe gelegentlich Rat oder Unterstützung durch einen Experten, der sich mit diesen Zwischenwesen auskannte. Gerade wenn es um Grundstücke oder Immobilien ging, war es besser, im Vorhinein zu überprüfen, ob dort jemand oder etwas herumspukte.

Die Katze hockte sprungbereit zwischen den hoch aufragenden Wurzeln eines umgestürzten Baums, und Nikola hob ganz langsam, Zentimeter für Zentimeter, ihre Pistole. Es konnte nicht so schwer sein. Sie streckte den Arm gerade durch, bewegte die Waffe vorsichtig so, dass Kimme und Korn eine Linie mit dem Bauch des Tiers bildeten, spürte den Widerstand des Abzugs im Gelenk ihres Zeigefingers. Sie hatte noch nie geschossen – sie hatte noch nie getötet. Wahrscheinlich würde sie sowieso nicht treffen. Diesen Widerstand des Abzugs, der überraschend groß war, zu überwinden, ohne dass das Ziel aus dem Fokus geriet oder der Schuss verwackelte – darum ging es. Sie legte ihre linke Hand um die Finger der rechten, die den Griff fest umschlossen hielten. Diese verdammte Katze sah wirklich ganz genauso aus wie die, die sie am Schrein gesehen hatte, was objektiv nicht sein konnte, wenn es sich lediglich um eine Katze handelte, denn beide Orte lagen mindestens hundertvierzig, hundertfünfzig Kilometer voneinander entfernt … In diesem Augenblick gab der Abzug nach, und später als erwartet, wenn auch in Wirklichkeit lediglich um einen Sekundenbruchteil verzögert, der ihr endlos erschien, da sich ihre gesamte Wahrnehmung im selben Moment um ein Vielfaches ausdehnte, krachte der Schuss. Sein Echo wurde mehrfach zwischen den Hügelketten hin- und hergeworfen. Nikola sah, einen halben Meter von der Stelle entfernt, wo eben noch die Katze gehockt hatte, das morsche Holz des umgestürzten Baumes splittern und wegspritzen. Ihre Hand, ihr Arm zitterten – sie zitterte am ganzen Leib. Von der Katze war nichts mehr zu sehen.

Onishi und Taku kamen aus der Tür gerannt, beide ebenfalls ihre Pistolen schussbereit in der Hand.

»Was ist passiert?«, rief Onishi.

»Nichts«, sagte Nikola. »Ich wollte nur wenigstens ein Mal probiert haben, wie es geht, bevor ich sie brauche.«

22.

Auf die Witwe Kuraki ist Verlass. Wenn sie einen der Handwerker anruft und sagt, er soll gefälligst hier erscheinen, und zwar sofort, traut sich keiner, ihrem Befehl nicht Folge zu leisten. Ich habe mich schon des Öfteren gefragt, woher sie diese Autorität nimmt. Vermutlich ist sie Teil ihres Karmas, denn eine vernünftige Erklärung dafür gibt es nicht. Weder stammt sie aus einer berühmten Familie, noch hat ihr verstorbener Mann es zu Ansehen oder Reichtum gebracht. Als junge Frau zeichnete sie sich nicht durch besondere Schönheit aus, und es waren auch nie Gerüchte in Umlauf, dass sie Liebestechniken beherrschte, die jede Selbsterniedrigung wert gewesen wären. Sie redet selten mehr als unbedingt nötig und stellt keine überflüssigen Fragen, aber wenn sie beschlossen hat, dass eine Anweisung ungehörig ist oder aus einem anderen Grund nicht umgesetzt werden kann, hat es keinen Sinn, mit ihr zu diskutieren. Wobei ihre Entschlüsse im Großen und Ganzen auf Grundsätzen beruhen, die dem gesunden Menschenverstand folgen oder ihren Ursprung in der Tradition haben. Insofern ist es leicht, mit ihr zurechtzukommen, vorausgesetzt, man bildet sich nicht ein, der bloße Umstand, dass man ihr Geld bezahlt, würde einem die Herrschaft über das, was sie tut oder nicht tut, verleihen.

Sobald sie allerdings zu der Überzeugung gelangt ist, dass

auf eine bestimmte Weise verfahren werden muss, jetzt sofort, ist sie von unerbittlicher Hartnäckigkeit und geht erst wieder, wenn alles in exakt dem Zustand ist, den sie sich vorgestellt hat.

Ich glaube, seit ich vorgestern Morgen bei ihr angerufen und sie gebeten habe, sich um die Beseitigung der Schäden am Haus zu kümmern, ist sie nicht mehr in ihrer eigenen Wohnung gewesen. Wenn sie sich überhaupt eine Pause gegönnt hat, wird sie sich einen Futon im Trainingsraum ausgerollt und dort ein wenig geruht haben. Da ich ihr vollkommen vertraue, habe ich ihr freie Hand gelassen, sämtliche Entscheidungen so zu treffen, wie sie es für richtig hält.

Allein die Tatsache, dass im Dōjō mit dem Aufräumen beziehungsweise dem Wiederaufbau des Eingangsbereichs begonnen wurde, dass hier jetzt also gearbeitet wird, signalisiert Normalität – den Nachbarn ebenso wie Takeda und natürlich auch den Chinesen –, falls sie das Gebiet beobachten: Es hat einen Unfall gegeben, wie er bei Starkregen und Sturm leicht geschehen kann, und dessen Folgen werden nun zeitnah von entsprechenden Fachkräften beseitigt. Schneller wäre weder ein Abschleppdienst noch ein Maurer zu bekommen gewesen, denn das Unwetter hat zahlreiche Schäden in der Stadt verursacht.

Zum Glück scheint heute schon den ganzen Tag die Sonne, und es sieht nicht so aus, als wäre neuer Regen im Anzug. Ich denke, dass Tür und Außenwand nachher so weit wieder hergerichtet sein werden, dass zumindest alles wasserdicht ist, und wir uns keine Gedanken machen müssen, wie das Wetter morgen oder übermorgen wird.

Obwohl einige Balken von der Wucht des Aufpralls gebrochen und nach innen gestürzt sind, ist letzten Endes erstaunlich wenig kaputt gegangen. In den Schränken rechts des Eingangs waren lediglich Schuhe, Jacken, Schirme – Dinge, die man braucht, wenn man auf die Straße geht. Allerdings ist das Rollbild mit den beiden Chrysanthemen von Matsumura Keibun schwer beschädigt worden, das ich morgens in der Nische aufgehängt hatte, entsprechend der Jahreszeit und wie immer mit großer Freude, denn es ist ein herausragendes Werk. Der schöne alte Weihrauchbrenner aus Imari-Porzellan, der ebenfalls dort stand, wurde geradezu pulverisiert. Wobei ich mich trotzdem nicht beklagen will. Als ich den Knall gehört und gespürt habe, wie das ganze Haus gezittert hat, bin ich davon ausgegangen, dass im nächsten Moment, das, was auch immer da gegen die Wand gekracht war, in einem gewaltigen Feuerball explodieren würde. Solche Angriffe hat es während früherer Auseinandersetzungen durchaus gegeben. Einmal, das muss um 1990 gewesen sein, ist ein Tanklastzug ins Hauptquartier der Shitamichi-kai gefahren, es gab fünf oder sechs Tote, und von dem Gebäude ist nichts übriggeblieben. Verglichen damit sind die Schäden bei uns wirklich gering ausgefallen. Wahrscheinlich wird Meister Inagaki sogar das Chrysanthemen-Bild retten können – die Montierung eher nicht, was schade ist, weil sie ebenfalls alt und sehr kostbar war. Ich werde mit ihm telefonieren und dann auch Natsuko entsprechende Anweisungen geben.

Mir ist noch immer nicht klar, ob Takedas Mann, Fukihara, und der Chinese, die den Wagen gesteuert beziehungsweise so präpariert haben, dass er von alleine fuhr, einfach stümperhaft gearbeitet haben, oder ob sie tatsächlich nur den Auftrag hatten, mir einen Schrecken einzujagen, gleichsam als letzte Warnung. Komatsu sagt, außer Onishi sei einfach niemand da, der im Umgang mit Sprengstoff wirklich Erfahrung habe. Wie auch immer: Inzwischen dürfte nicht viel mehr von den beiden Trotteln übrig sein als ein bisschen Asche, die der Wind über die Wälder rund um Akiyamas Werkstatt verteilt.

Natürlich kann es sein, dass es ein Fehler war, gleich wieder in die Stadt zurückzukehren. Andererseits habe ich einfach keine Lust, die kommenden Wochen oder gar Monate auf der Flucht zu verbringen und dabei auch noch Frau und Kind mitzuschleppen. Insofern musste ohnehin eine andere Lösung gefunden werden.

Ich werde Takeda anrufen und ihm sagen, dass ich zu ihm komme, um von Angesicht zu Angesicht mit ihm zu sprechen und ihm meine Entschuldigung zu überbringen. Oder vielleicht ist es besser, wenn ich mich nicht ankündige, sondern einfach im Hauptquartier der Nekodoshi-gumi auftauche und den Überraschungseffekt nutze. Jeder dort kennt mich, und ich kann mir kaum vorstellen, dass man mich nicht zu ihm vorlassen wird. Dass Komatsu, Taku und Itō sich hier bei mir im Haus aufhalten, weiß ja niemand – bis jetzt jedenfalls.

Obwohl Komatsu kaum Kampferfahrung hat und vermutlich auch keine Begabung für gewalttätige Auseinandersetzungen mitbringt, wirkt er am wenigsten nervös.

»Wenn Sie mich fragen, hat Takeda keinen Plan«, hat er gesagt, als wir vorhin überlegt haben, wie es weitergehen soll. »Um diese Tageszeit ist er ohnehin nicht mehr zurechnungsfähig. Wir können uns also die ganze Nacht auf einen Angriff vorbereiten. Aber vielleicht ist es besser, damit zu warten, bis die Handwerker weg sind.«

Ich musste lachen, weil er hier gleich in dieselbe Rolle geschlüpft ist, die er bei Takeda vermutlich vierundzwanzig Stunden am Tag gespielt hat: Der umsichtig planende Schatten, ebenso vorausschauend wie behutsam, der dem Boss die richtigen Entscheidungen zuflüsterte, und zwar auf eine Weise, dass Takeda jeden Befehl, den er erteilte, für seine eigene Idee halten konnte. –

»Ja, bitte?«

Die Witwe Kuraki: Man sieht ihr doch an, dass sie zu wenig geschlafen hat.

»Entschuldigen Sie die Störung, Meister Harada. Mit Ihrem Einverständnis würde ich jetzt nach Hause gehen. Falls Sie hungrig sein sollten, sind Suppe, Reis und einige Kleinigkeiten vorgerichtet. Morgen werde ich nicht kommen.«

Wenn sie von »Kleinigkeiten« spricht, lohnt es sich, in die Küche zu gehen.

»Ich danke Ihnen sehr, Frau Kuraki, erholen Sie sich gut von den übermenschlichen Anstrengungen, die ich Ihnen aufgebürdet habe.«

Allein für das missmutige Knurren, das sie statt einer Antwort von sich gibt, müsste man sie einstellen.

Im Flur riecht es nach feuchtem Lehm, Sägespänen und nach dem frischen Reisstroh der neuen Tatami. Das ist ein Duft, den ich schon als Kind besonders gern mochte. Es liegt Vergänglichkeit und Zukunft darin – beides zugleich.

Ich höre die Jungs trainieren. Das ist das Beste, was sie derzeit tun können. Es gibt ihnen Selbstsicherheit und vertreibt die Anspannung. Einer schlägt auf das Makiwara, zwei üben mit Holzschwertern. Nobu ist bei ihnen. Seine Stimme, wenn er »Kiai« brüllt, ist noch ganz hell, auch wenn er sich bemüht, wie ein Mann zu klingen. Ein Wunder, dass Natsuko nicht versucht hat, es ihm zu verbieten. Vielleicht sieht sie selbst, wie gut das Karate Nobu bekommt. Es muss erstaunlich wenig geschehen, damit aus einem dümmlichen Kind, das sich für nichts als Computerspiele und alberne Zeichentrickfilme interessiert, ein Junge mit Herz wird.

Ich hätte mich früher um seine Erziehung kümmern sollen, dann wäre ihm der ganze Ärger in der Schule erspart geblieben.

Komatsu Ken trainiert nicht, sondern sitzt im Hof an seinem Laptop. Ich hätte es mir denken können. Er wirkt sehr konzentriert. Wahrscheinlich ist in der heutigen Zeit jemand wie er genauso wichtig wie ein gut ausgebildeter Kämpfer, den man in jede Auseinandersetzung schicken kann. Ich werde mich an diesen Gedanken gewöhnen müssen.

Der Innenhof sieht aus, als wäre nichts geschehen. Offenbar hat der Regen das ganze Blut von den Steinen gespült. Wenn noch Spuren von Fukiharas Tod übriggeblieben wären, hätte Frau Kuraki sie bestimmt beseitigt, so wie sie sich auch um die umgestürzten Bäume und Sträucher gekümmert hat.

»Gewinnst du oder verlierst du?«

»Das ist noch nicht ausgemacht, aber im Moment sieht es eher so aus, als ob ich verliere: Takeda war schlau genug, gleich jemanden mit der Überprüfung seiner Computer zu betrauen. Jedenfalls haben sie mir die Hintertüren geschlossen, durch die ich Zugang zu seinen Kommunikationsdaten hatte.«

»Was bedeutet das?«

»Nicht viel. Die wirklich wichtigen Informationen werden sowieso nicht per Computer übermittelt.«

»Wir benötigen weiterhin Menschen, denen man bedingungslos vertrauen kann, trotz der ganzen Technik. Das ist beruhigend, nicht wahr?«

Er tut so, als hätte er meine Bemerkung überhört, was aus seiner Sicht verständlich ist. Wobei ich natürlich froh bin, dass er sich auf unsere Seite geschlagen hat, jenseits aller Fragen nach Gehorsam, Treue und Verrat.

»Wenn du etwas Wichtiges herausfindest, kannst du es mir sagen.«

Er nickt.

Ich warte.

Er kann sehr schnell schreiben, seine Finger fliegen nur so über die Tastatur. Zwischendurch wirft er mir einen kurzen Blick zu, um einen Eindruck von meiner Stimmung zu bekommen.

»Interessant ist, dass nirgends etwas über die Vorfälle berichtet wird – nur von Herrn Okabes Ermordung. Aber weder von dem Wagen, der in Ihr Haus gerast ist, noch von einem verschwundenen, eventuell flüchtigen Fahrer, was ja auch eine Nachricht gewesen wäre. Offenbar hat niemand in der Nachbarschaft etwas gesehen, und weder die Polizei noch Takeda, noch die Chinesen haben ein Interesse daran, es an die Öffentlichkeit zu bringen.«

»Was denkst du: Ist das ein gutes oder ein schlechtes Zeichen?«

»Schwer zu sagen.«

»Du kennst Takeda am besten.«

»Nein, Meister Harada: Sie wissen viel mehr über ihn. Sie haben ihn ausgebildet und seinen Weg über dreißig Jahre begleitet.«

Einerseits stimmt das, andererseits ist er mir schon vor langer Zeit entglitten. Das weiß Komatsu so gut wie ich.

»Gibt es noch mehr Waffen hier, die uns zur Verfügung stehen? Ich meine jetzt nicht Schwerter.«

»Sondern?«

»Automatische Gewehre. Vielleicht auch Handgranaten

oder so etwas. Es hieß ja immer, Onishi habe ein unglaubliches Waffenarsenal.«

Offenbar ist er doch besorgt.

»Die Zimmerleute werden in einer halben Stunde gehen, und dann schauen wir, wie wir dieses bescheidene Haus in eine Festung verwandeln können.«

»Wissen Sie, Meister Harada, der Oyabun Takeda liebt und verehrt Sie. Ich bin mir sicher, wenn es sich irgendwie vermeiden lässt, ohne dass es für ihn einen Gesichtsverlust bedeutet, wird er zumindest Sie am Leben lassen. Bei uns sieht die Sache anders aus – vor allem, was mich betrifft. Ich war sein persönlicher Sekretär und bin abgehauen. Ich verdiene die schlimmste Bestrafung. Insofern wäre ich froh, wenn wir möglichst gute Vorkehrungen treffen könnten.«

Obwohl es ihm ernst ist, lacht er.

»Es ist ein Konflikt, der sich nie auflösen lässt: die Loyalität gegenüber dem Fürsten, dem man Treue geschworen hat, und die Loyalität gegenüber dem, was Recht ist. Bei uns gilt seit Jahrhunderten, dass es besser ist, für seinen Herrn jedes nur erdenkliche Verbrechen zu begehen, als ihn zu verraten, denn Treulosigkeit wiegt schwerer als Unrecht. Andererseits kann die Schandtat, die einer begangen hat, sich als Schatten über Generationen von Nachkommen legen. Zwar hat jeder sein eigenes Karma, das er erfüllt und fortschreibt, andererseits ist alles mit allem verbunden, ein Netz, das in sämtliche Richtungen gespannt ist und ebenso in die Zukunft wie in die Vergangenheit reicht. Zum Beispiel verdüstert die Hinrichtung des Teemeisters Yamanoue Sōji bis heute die Geschichte der Familie seines Mörders, auch wenn Hideyoshi den Befehl dazu gegeben – sein Gefolgsmann also eigentlich recht gehandelt hat. Andererseits hat aber auch Yamanoue Sōji nicht viel

Gutes weitergegeben, denn er war ein aufrührerischer Querkopf, der vor niemandem Respekt hatte, außer vielleicht vor Meister Rikyū, aber selbst das ist nicht sicher.«

Komatsu hebt kurz den Blick, schaut mich an, als hätte ich nicht alle Tassen im Schrank, und wendet sich wieder seinem Bildschirm zu.

Eine leichte Böe fährt in den Bambus und lässt ihn wispern. Es ist eines der schönsten Geräusche, die der Himmel uns geschenkt hat. Zugleich tönen aus dem Eingangsbereich Hammerschläge in einem konzentrierten Rhythmus herüber. Ich mag es, wenn solche einfachen Arbeiten ausgeführt werden, von Leuten, die altes Wissen und herausragende Fertigkeiten haben.

»Ich nehme an, diese Geschichten sind dir vertraut.«

»Leider kenne ich mich gar nicht aus mit den alten Zeiten. Meine Mutter hat die Teegerätschaften ihrer Familie schon als ich noch ein Kind war einem Antiquitätenhändler gegeben, weil sie gemeint hat, dieses ganze Zeug hätte nur ein einziges Ziel, nämlich, die Frauen klein zu halten.«

Offenbar weiß er nichts über Onishis Familiengeschichte, was mich wundert.

»Und was hat dein Vater dazu gesagt?«

»Meinem Vater ist immer ziemlich egal gewesen, was meine Mutter gemacht hat, solange nicht schlecht über uns geredet wurde.«

»Was arbeitet dein Vater?«

»Er war bei Seiko im Vertrieb.«

»Und jetzt?«

Komatsu zuckt mit den Schultern.

»Lass uns schauen, wie weit die Handwerker sind.«

Er klappt den Laptop zu, packt ihn in seine Tasche und wirft sie sich über die Schulter. Seine Haltung ist wirklich erbärmlich, krummer Rücken, Hängeschultern, man kann kaum von »aufrechtem Gang« sprechen.

Es sind immer noch drei Mann bei der Arbeit: Meister Shimizu, der Inhaber des Betriebs, Herr Mori, der schon über zwanzig Jahre bei ihm beschäftigt ist, und ein junger Mann, den ich vorher noch nicht gesehen habe. Meister Shimizu kümmert sich schon sehr lange um dieses Haus, er kennt jeden Winkel.

Der Lehmputz ist aufgetragen und muss durchtrocknen. An Stelle der Tür haben sie ein Provisorium eingesetzt. Immerhin lässt es sich abschließen. Wenn Takeda ein Sturmkommando schicken würde, wäre es binnen Sekunden durchsiebt, aber ich werde nicht noch damit anfangen, die Wände mit Stahlplatten zu verstärken.

»Wie ich sehe, ist es gut vorangegangen.«

»Mehr kann jetzt nicht gemacht werden.«

»Ich danke Ihnen, dass Sie so schnell haben kommen können.«

»Ihre Zufriedenheit liegt uns sehr am Herzen, Meister Harada.«

Im Moment reicht noch die Mischung aus Angst vor dem langen Arm der Nekodoshi-gumi und Respekt vor Frau Kurakis Entschlossenheit, um ihn unverzüglich hier auftauchen zu lassen, mit allen Leuten, die ihm zur Verfügung stehen, ganz gleich, welche Aufträge dafür warten müssen.

»Wir sehen uns dann übermorgen wieder.«

Ich weiß nicht, was übermorgen ist. Auf jeden Fall sollten die Arbeiten so schnell wie möglich abgeschlossen werden, doch das versteht sich von selbst: »Ich wünsche Ihnen einen guten Abend, Meister Shimizu.« –

Wenn man Komatsu irgendwo herumstehen sieht, denkt man, er kann nicht bis drei zählen, aber ich bin sicher, dass es eine Masche ist: Er will, dass man ihn unterschätzt.

»Siehst du links neben der Tür diese Öffnung? Ich habe Meister Shimizu gesagt, er soll wieder eine Katzenklappe einbauen, obwohl ich gar keine Katzen habe. Wenn alles fertig ist, kommt eine Holztreppe davor, damit die Katze, die es nicht gibt, ihren Eingang bequem erreichen kann.«

Komatsu schaut mich fragend an.

»Auf der Innenseite befindet sich ein abgetrennter Raum, eher eine Kammer, gerade groß genug, dass ein einzelner Mann mit an den Bauch gezogenen Beinen darin hocken kann. Hinter einem Maschinengewehr. Ich habe diese Stellung in den frühen Achtzigerjahren einbauen lassen, als es häufig Kriege zwischen verschiedenen Gruppen gab. Damals hat sich ein Teil der Yamaguchi-Kai abgespalten und sich fortan Nekodoshi-gumi genannt. Vorher waren sie alle gemeinsam bei mir im Dōjō, und auf einmal befand ich mich zwischen den Fronten. Aber du hast wahrscheinlich zu der Zeit noch nicht mal im Sack deines Vaters geschwommen und weißt von gar nichts.«

»Doch, natürlich weiß ich davon. Takeda hat mir solche Geschichten erzählt.«

»Damals habe ich den Leuten gesagt: Ganz gleich, welche Einigung ihr untereinander findet – wer das Trainingsgelände betritt, kennt weder Freund noch Feind, es gibt keine Aufrechten und keine Abtrünnigen. Niemand nimmt seine Waffen mit hinein. Es soll sein, als beträtet ihr ein Teehaus. Selbst große Generäle wie Oda Nobunaga und Toyotomi Hideyoshi haben ihre Schwerter draußen abgelegt, wenn sie zu Meister Rikyū zum Tee kamen, sogar wenn ein Todfeind der zweite

Gast war. Ich habe trotzdem während der heißen Phasen immer jemanden in die Kammer gesetzt, um dieser Forderung Nachdruck zu verleihen. Das Maschinengewehr gibt es noch. Es ist ein M60 aus amerikanischen Beständen. Falls dir das etwas sagt. Wir müssen sehen, in welchem Zustand es ist.«

23.

Hinter den Bergen ging die Sonne unter und tauchte das weite, zu beiden Seiten von bewaldeten Hügelketten begrenzte Tal in dunkelgelbes Licht. Strommasten und verkrüppelte Bäume mit struppigen Rutenbüscheln, die an Kopfweiden erinnerten, säumten die schmale Straße. Am Rand einer Wiese lagen Kanalrohrsegmente aus Beton zwischen einer LKW-Ladung Feldsteine, als wären sie dort vergessen worden.

»Dahinten müsste es sein«, sagte Onishi. »Die beiden Häuser am Hang mit den Strohdächern.«

»Ich finde es völlig absurd und auch peinlich, dass wir jetzt einem Deutschen, den wir gar nicht kennen, einem superreichen Spitzenbanker noch dazu, erzählen, Harada Sensei hätte uns geschickt und er soll uns doch bitte mal seine Yacht leihen.«

Onishi zuckte mit den Schultern: »Sicherlich hat Takeda dafür gesorgt, dass wir nicht mehr die Möglichkeit haben, Japan auf dem normalen Weg zu verlassen. Außerdem kannst du davon ausgehen, dass Herr Unkelbach dem Meister gegenüber Verpflichtungen hat, die er sein Leben lang nicht wird abtragen können. Insofern wird er froh sein, uns behilflich zu sein.«

»Warum verstecken wir uns nicht einfach hier irgendwo und warten, bis der Krieg vorbei ist.«

»Es gibt Arbeit in Los Angeles.«

»Glaubst du das?«

Er knurrte etwas Unverständliches.

»Wenn du mich fragst, will dein Meister dich einfach aus der Gefahrenzone bringen.«

»Früher wäre es vielleicht möglich gewesen, für eine Weile irgendwo im Hinterland unterzutauchen, aber heute, mit Internet, Facebook, WhatsApp, Snapchat? – Vergiss es: Eine blonde Frau und ein sehr großer Yakuza, die zusammen durch die japanische Provinz ziehen. Wir fallen überall auf. Es sei denn, du willst monatelang allein in irgendeiner Wohnung hocken und nicht vor die Tür gehen. Andernfalls dauert es keine Woche, bis die falschen Leute in Tokio oder Osaka gehört haben, wo wir sind, und es findet sich garantiert einer, der sich hervortun will, indem er uns ausliefert oder gleich selbst abknallt.«

»Wahrscheinlich hast du recht.«

»Du lernst langsam.«

»Was soll das jetzt wieder heißen?«

»Dass du akzeptierst, was ich sage, auch wenn es dir nicht gefällt.«

Nikola verdrehte die Augen.

»Du kannst mich auch einfach irgendwo absetzen.«

»Das hatten wir schon, und es hat nicht funktioniert.«

Onishi bog rechts in den schmalen Pfad, der hinauf zu den beiden abgelegenen Häusern führte. Der obere Rand der Sonnenscheibe war rot glühend hinter den Hügeln verschwunden. Ein unwirkliches Türkis färbte die Luft und gab den Dingen einen übernatürlichen Glanz, als stammten sie aus einem Fantasy-Film.

»Liebst du mich?«

Er reagierte nicht.

Nikola sah ihn an und wartete auf eine Antwort, zog eine Zigarette aus der Packung, stieß sie sich demonstrativ mit dem Filter auf den Handrücken und schob sie zwischen ihre Lippen. Die Straße war uneben und die Federung des TownAce so alt, dass sie Schwierigkeiten hatte, das Feuerzeug lange genug ruhig zu halten, um sie anzuzünden. Als die Zigarette endlich brannte, nahm sie einen tiefen Zug und blies den Rauch durch beide Nasenlöcher: »Manchmal nervst du auch.«

»Natürlich«, sagte Onishi, parkte den Wagen links auf der Grasnarbe und stieg aus.

Er stand seltsam unschlüssig da, als wüsste er einen Moment lang nicht, was er als Nächstes tun sollte. Nikola drehte sich langsam um die eigene Achse und sagte: »Richtig viel Geld haben ist schon auch geil.«

Zur Hauptstraße hin hatte man einen weiten Blick über das gesamte Tal. Halbwildes Brachland, hier und da ein Holzschuppen, abgeerntete Ackerflächen, Haine, Reisfelder erstreckten sich bis zu den Hügeln am Horizont. Auf der anderen Seite lag Unkelbachs Grundstück hinter einem brusthohen Zaun aus sonnengebleichten Kiefernlatten. Das ziegelgedeckte Tor stand offen, dahinter stieg das Gelände sanft an und mündete weiter oben in einen bewaldeten Hang.

Onishi ging vor und trat ein. Nikola warf ihre Zigarette weg und folgte ihm.

Grob behauene Steinplatten bildeten einen Pfad durch eine Miniaturlandschaft aus wohlgeordnetem Geröll, Mooshügeln, beschnittenen Büschen, einzelnen Bäumen. Weiter vorn führte eine hölzerne Brücke über einen schmalen Wasserlauf, der irgendwo aus den Bergen kam und jenseits des Zauns in einen schmalen Graben ablief. Während die Trittsteine rechts zum Hauptgebäude führten, verschwanden sie links in einem Wäldchen.

Das Wohnhaus wirkte nicht sehr groß. Von vorn hatte es die Form eines gleichschenkligen Dreiecks. Das Dach war mit einer voluminösen Strohschicht gedeckt, die an den Seiten fast bis zum Boden hinunterreichte. Darunter lagerte Feuerholz. Eine Fachwerkkonstruktion aus schwarzen Balken markierte die Stockwerke. Im oberen befand sich ein quadratisches Fenster, im mittleren Geschoss waren zwei derselben Größe unmittelbar nebeneinandergesetzt. Alle drei wurden von weißen Blenden verschlossen. Beinahe die gesamte Front des Erdgeschosses bestand aus Shōji, die ein mit Holzschindeln gedecktes Vordach vor Regen schützte.

Ein älterer Mann mit grauem Kinnbart und zerzaustem Haar, der zwischen Kuppeln und Beeten aus verschiedenen Arten von Moos und Gräsern gekniet hatte, richtete sich auf und kam ihnen entgegen. Er trug einen blau-weiß gestreiften Seglerpulli, dazu ebenso verwaschene wie schmutzige Jeans und grüne Gummistiefel.

»Hallo«, sagte Nikola.

»Anatatachi wa dare desu ka«, sagte er.

Onishi setzte zu einer Antwort an, doch Nikola fiel ihm ins Wort: »Vielleicht können wir Deutsch reden, sonst ist es immer so ein Hin und Her mit dem Übersetzen. Ich bin aus Deutschland und Fumio spricht auch Deutsch. – Sie sind Herr Unkelbach, schätze ich.«

Hartmut Unkelbach, der in seinem Leben schon so viel Sonderbares gesehen hatte, dass er sich nur selten wunderte und durch nahezu nichts aus der Ruhe bringen ließ, lächelte und sagte: »Aha. Gut. Dann seid ihr vermutlich nicht zufällig hier.«

»Bitte entschuldigen Sie die Störung«, sagte Onishi. »Wir überbringen Ihnen Grüße von Harada Sensei, der uns geschickt hat. Leider hatte er Ihre Telefonnummer nicht zur Hand, so dass wir uns nicht anmelden konnten.«

Unkelbach deutete eine Verneigung an, schaute auf seine erdverkrusteten Hände, klatschte sie gegeneinander, um zumindest den gröbsten Dreck zu entfernen.

»Wie geht es Harada Sensei?«

»Er ist gesund, und heute Morgen, als wir ihn verlassen haben, schien er guter Dinge. Erlauben Sie, dass ich mich vorstelle: Onishi Fumio ist mein Name. Ich bin ein Schüler von Harada Sensei. Und das ist Frau Nikola Weber aus Berlin. Sie arbeitet mit mir zusammen.«

Unkelbach runzelte die Stirn: »Onishi Fumio. Von dir habe ich natürlich gehört. Du bist der Mann, der mit dem Katana einen Strohhalm der Länge nach spalten kann.«

Onishi senkte den Blick.

»Stimmt das?«, fragte Nikola.

Er zögerte, kaute auf seiner Unterlippe.

»Es hängt vom Schwert ab.«

»Spielt ja auch keine Rolle«, sagte Unkelbach. »Harada Sensei hat jedenfalls öfter von dir erzählt. Aber ich wüsste nicht, dass wir uns schon getroffen hätten, obwohl ich zeitweise ja oft bei ihm gewesen bin.«

»Wir haben noch einen weiteren gemeinsamen Bekannten: Friedemann Weinzierl.«

»Friedemann. Ach ja. Genau. Den habe ich schon lange nicht mehr gesehen. Er hatte mich immer mal besuchen wollen, aber bis jetzt ist nichts daraus geworden. Macht er noch diese Fantasiegeschichten fürs Fernsehen?«

Nikola lachte: »Er berichtet über das deutsche Kulturleben.«

»Wir sind die vergangenen Tage zusammen mit ihm in Harada Senseis Berg-Dōjō gewesen«, sagte Onishi. »Friedemann hatte noch überlegt, mit zu Ihnen zu kommen, musste sich dann aber doch um seine Frau kümmern. Wir haben ihn vorhin zu seinen Schwiegereltern gefahren. Deshalb sind wir so spät. Ich hoffe, dass wir Ihnen nicht zur Last fallen.«

Nikola wunderte sich, dass Onishi auf diese merkwürdig geschwollene Art daherredete, sagte jedoch nichts. Vermutlich hatte Unkelbach, unabhängig von der Tatsache, dass er ein hochseetaugliches Schiff besaß, eine bedeutende Stellung, in welchem Beziehungsgeflecht auch immer, und Onishi versuchte einfach, ihm Respekt zu zeigen.

»Kommt erst mal rein.«

Unkelbach drehte sich um und ging hinauf zum Haus. Oben streifte er die Gummistiefel ab, stellte sie in ein kleines Regal an der Seite und schlüpfte in ein Paar ausgelatschte Birkenstocksandalen. Seine linke Socke hatte ein Loch, aus dem der große Zeh herausragte. Er schob die Tür auf und trat ein.

»Sucht euch einen Platz und entschuldigt mich einen Moment, ich ziehe mir kurz was anderes an.«

Das Innere des Hauses bestand mehr oder weniger aus einem einzigen Raum, wobei rechts des Eingangsbereichs eine Küchenzeile samt Tisch und zwei Stühlen durch eine halb geöffnete Schiebewand abgetrennt war.

Unkelbach stapfte links eine Holztreppe hinauf.

Im vorderen Teil war eine relativ niedrige Balkendecke eingezogen, über der sich die beiden oberen Stockwerke befanden. Weiter hinten konnte man direkt in den Dachstuhl schauen. Hoch oben, über der rechteckigen, in den Boden eingelassenen Feuerstelle, befand sich eine Öffnung im First, durch die der Rauch abzog. Tatami-Matten wechselten sich mit dunklem Dielenboden ab, doch von beidem war nur wenig zu sehen. Lediglich um die Feuerstelle herum, wo sich ein niedriger Tisch mit Sitzkissen anschloss, gab es freien Platz. Hunderte mit Tusche und Stempeln beschriftete Holzkisten – manche kaum größer als eine Zigarettenschachtel, andere beinahe hüfthoch – bildeten eine Art geometrisch abstraktes Gebirge, unterbrochen von Terrassenfeldern in Gestalt schiefer oder umgestürzter Bücher- und Zeitschriftenstapel. Antike, aus zahlreichen Einzelsegmenten zusammengefügte Samurai-Rüstungen samt aufwendig gestalteten Helmen ragten aus der zerklüfteten Landschaft heraus. In schlichten Regalen, die teilweise entlang der Wände standen, teilweise in den Raum hineingebaut waren, befanden sich Teeschalen, Sake-Flaschen, Vasen, Teller und Töpfe, die meisten aus Keramik, dazwischen jedoch auch Lackwaren, goldschimmernd oder in leuchtendem Rot, und naturbelassene Holzgefäße. Schwerter mit kostbaren Montierungen, teilweise in bunte Beutel aus Seidenbrokat gehüllt, lagen einfach so herum, desgleichen Rollbilder, manche ebenfalls in signierten Kisten, andere stapelten sich auf kostbaren alten Kommoden oder ragten aus geöffneten Schubladen. An den Wänden hingen gerahmte Farbholzschnitte: ein Wasserfall mit staunendem Mönch, der Fuji aus verschiedenen Perspektiven, zwei Spatzen zwischen blauweißen Ackerwinden; Falter, die über Distelblüten taumelten, aber auch wütende Krieger mit gezücktem Schwert und grimmige Dämonenporträts. Ein knallroter Hummer aus dicker, hochkompliziert verknoteter Schnur baumelte von einem Eisenhaken, und an einigen Balken waren Vasen aufgehängt, in denen Röhricht oder vertrocknete Blütenzweige steckten.

»Wo sind wir hier, und was ist das?«, fragte Nikola mit halb geöffnetem Mund.

»Eine Sammlung von japanischen Kunstwerken«, sagte Onishi. »Die größte und beste, die je ein Ausländer zusammengetragen hat – sagt Harada Sensei.«

»Aber ein bisschen durcheinander«, flüsterte sie.

Vor einem Stück freier Wand stand ein Stativ samt Kamera neben einem Tisch, auf dem eine halbe Tatami-Matte lag, rechts und links davon zwei aufgeklappte Reflektorschirme.

Unkelbach kam die Treppe herunter. Er trug eine frische Jeans, darüber ein kariertes Hemd: »Viel Zeug«, sagte er. »Ich hab angefangen aufzuräumen, und wo ich schon mal dabei bin, will ich das alles auch fotografisch dokumentieren. Dann kommen noch Herkunftsnachweise, Einschätzungen von Museumsleuten und sonstigen Experten, soweit ich sie habe. Eine Menge Arbeit. Und den Sommer über muss ich mich hauptsächlich draußen um den Garten kümmern. Deswegen geht es nicht so schnell, wie ich mir das eigentlich erhofft hatte, zumal ständig neue Sachen dazukommen.«

»Machen Sie das alles alleine?«, fragte Nikola.

»Das Sammlungsarchiv schon. Da kennt sich ja kaum einer aus, einfach weil es so viele verschiedene Gebiete sind. Für den Garten, insbesondere für die Moosbeete, habe ich natürlich einen Spezialisten. Ohne Okura Sensei sähe es hier binnen sechs Wochen aus wie in der Wüste. – Wollt ihr was trinken?«

Er schaute auf die Uhr: »Zwanzig nach acht. Da kann man ein Bier aufmachen.«

»Warum nicht«, sagte Nikola.

»Für mich lieber Wasser.«

»Ich hätte auch Whisky.«

»Wasser ist gut.«

»Ich dachte immer, Leberzirrhose ist bei euch offiziell als Berufskrankheit anerkannt«, sagte Unkelbach und lachte. »Oder ändert sich das auch gerade?«

»Es ist vieles in Bewegung zurzeit«, sagte Onishi. »Ob das auch die Trinkgewohnheiten betrifft, weiß ich nicht. Ich bin häufig im Ausland unterwegs gewesen in den vergangenen Jahren.«

Unkelbach ging zurück in den vorderen Teil, holte zwei Flaschen Bier aus dem Kühlschrank, goss Wasser aus einem großen Kanister in einen Krug, stellte die Getränke auf ein Tablett, dazu drei Becher aus dunkelvioletter Keramik mit grau-braunen Farbverläufen, füllte Reiscracker in eine weiße Schale, und kehrte mit all dem zurück an den Tisch.

»Wenn ihr sehr hungrig seid, kann ich auch Reis und Suppe aufsetzen.«

»Vielen Dank, das ist sehr freundlich von Ihnen, Herr Unkelbach. Aber wir wollen Ihnen keine zusätzliche Arbeit machen.«

»Arbeit wäre was anderes. So oft kommt hier ja niemand vorbei. Insofern: prost erst mal. Und du willst wirklich nur Wasser?«

»Ja, danke.«

Nikolas Magen knurrte. Gern hätte sie das Angebot, Reis und Suppe zu kochen, angenommen. Stattdessen schob sie sich eine Handvoll Reiscracker in den Mund.

»Die Situation, in der wir uns derzeit befinden, ist nicht einfach. Vielleicht haben Sie gehört …«

»Vergiss es. Ich höre schon länger nichts mehr. Was Vorteile hat. Und vorher habe ich nur das gehört, was ich hören wollte.«

»Es findet gerade eine Auseinandersetzung zwischen verschiedenen Fraktionen sowohl innerhalb der Nekodoshi-gumi als auch zwischen unterschiedlichen politischen Lagern statt. Es sieht aus, als würde es sich zu einem Krieg entwickeln, wie es länger keinen gegeben hat. Ehrlich gesagt, wissen weder Harada Sensei noch ich genau, wer damit begonnen hat und warum. Wir dachten zuerst, eine Auseinandersetzung mit vietnamesischen Gruppen in Europa wäre der Grund. In Deutschland, um genau zu sein. Aber jetzt scheint es eher, als würde hier in Japan auf einigen Geschäftsfeldern eine Neuausrichtung erfolgen. Drogenhandel und auch Strategien, die mit dem Computer zu tun haben, sollen eine größere Rolle spielen. Der Oyabun Takeda, und vermutlich nicht nur er, greift seit einiger Zeit verstärkt auf ausländische Kräfte zurück, auf Chinesen vor allem. Wahrscheinlich haben auch die Möglichkeiten, die sich mit den Olympischen Spielen auftun, Konflikte ausbrechen lassen, die schon länger geschwelt hatten. Jedenfalls ist Herr Okabe zu Tode gekommen, das haben Sie vielleicht gehört, es war ja in allen Nachrichtensendungen.«

»Okabe Takashi?«

Onishi nickte.

»Ich habe den Fernseher schon seit ein paar Tagen nicht mehr angehabt.«

Okabe Takashis Tod schien Unkelbach tatsächlich mitzunehmen. Er war ganz bleich geworden und wirkte beinahe verwirrt. Nikola, die sich gerade eine weitere Handvoll Cracker in den Mund geschoben hatte, sah ihn fragend an und erschrak über die enorme Lautstärke, mit der das Knabberzeug unter ihren Kaubewegungen barst.

»Wir sind befreundet gewesen, Okabe Takashi und ich. Über dreißig Jahre. Ich habe ihm immer mal Zeug aus

Deutschland besorgt. Er hatte einige spezielle Sammlungsgebiete, die ein bisschen Fingerspitzengefühl benötigten.«

Unkelbach verstummte und trank einen großen Schluck Bier.

Onishi fuhr fort: »Außerdem gab es einen Angriff auf das Haus von Harada Sensei, an dem ebenfalls Chinesen beteiligt waren. Zum Glück konnten wir ihn abwehren. Der Meister hat trotzdem entschieden, dass er den Oyabun Takeda persönlich aufsuchen wird, um zu einer Friedenslösung zu kommen, zumindest soweit es ihn und seine Familie betrifft.«

»Hatte er wenigstens einen würdigen Abgang – Okabe Takashi?«

»Harada Sensei, der ihn gesehen hat, sagt, er wurde genauso getötet wie Yamanoue Sōji, der Teemeister, und dass diese Art der Hinrichtung ein Signal sein sollte.«

Unkelbach schüttelte nachdenklich den Kopf, während sein Blick in unsichtbare Fernen driftete.

Nikola versuchte, die Cracker in ihrem Mund so weit mit Spucke einzuweichen, dass sie sich möglichst lautlos herunterschlucken ließen.

»Gut, wir ändern es nicht«, sagte er schließlich. »Und weshalb seid ihr jetzt zu mir gekommen?«

»Aufgrund der Auseinandersetzungen glauben wir nicht, dass es für uns noch möglich ist, das Land einfach mit dem Flugzeug zu verlassen. Es gibt aber einen Termin in Los Angeles, den wir wahrnehmen müssen. Harada Sensei hatte die Idee, Sie um Hilfe zu bitten. Sie hätten ein Boot, das uns vielleicht aus den japanischen Hoheitsgewässern herausbringen könnte, so dass wir dann auf dem Ozean …«

Unkelbach räusperte sich und schüttelte den Kopf: »Hatte ich, hatte ich … Ein sehr schönes Schiff. Aus den Dreißigerjahren. Alles noch von Hand gebaut. Und wie durch ein Wunder hat es sogar den Tsunami unbeschadet überstanden. Leider seid ihr zehn Monate zu spät. Das Schiff gehört jetzt einem chinesischen Oligarchen. Hier in den Bergen kann man mit einer Yacht ja nicht viel anfangen, und ich wollte sowieso ein bisschen Ballast abwerfen. Ich weiß nicht einmal mehr, wohin genau er sie gebracht hat. Zusammen mit einer sehr schönen Tenmoku-Schale aus der Song-Zeit und ein paar Stücken Ming-Porzellan, die ich mal gekauft hatte, als sie noch spottbillig waren. Inzwischen kriegst du da ja nichts Brauchbares mehr. Die Chinesen kaufen alles zurück, was älter als hundert Jahre aussieht, und dementsprechend sind die Preise. Da werdet ihr euch leider etwas anderes überlegen müssen, so gern ich Harada Sensei einen Gefallen getan hätte. Euch natürlich auch.«

24.

Ich habe Onishi gesagt, wenn Unkelbach es ihnen schon anbietet, sollen sie doch bei ihm übernachten, sicherer als dort sind sie nirgends. Ich kann mir nicht vorstellen, dass Takeda seinen Rückzugsort kennt. Ob seine Freundschaft mit Herrn Okabe eine geschäftliche Seite hatte, weiß ich nicht. Die Arbeit von Banken besteht ja nun einmal darin, das Kapital, das andere ihnen zur Verfügung stellen, möglichst gewinnbringend anzulegen, unabhängig davon, woher es stammt. Insofern sind die Grenzen zwischen schön und weniger schön verdientem Geld immer fließend, abgesehen davon, dass es nicht weiterhilft, sich darüber den Kopf zu zerbrechen.

Natürlich ist es ärgerlich, dass Unkelbach sein Schiff nicht mehr hat. Aber beide lieben sie Schwerter und alte Dinge, da können sie wenigstens einen netten Abend zusammen verbringen. Unkelbach freut sich, wenn jemand da ist, dem er seine Schätze zeigen kann, und Onishi muss man ohnehin sagen, was er tun soll. Von sich aus ist er im Grunde ohne Antrieb, es sei denn, es geht um einen Auftrag. Natürlich hätte er auch irgendwo im Umland ein nettes Ryokan nehmen und mit seiner Freundin ein oder zwei Nächte die Liebe genießen können, bis ich eine Möglichkeit gefunden habe, sie außer Landes zu bringen. Allerdings hat er in dieser Hinsicht nie einen besonders aktiven Eindruck gemacht. Außerdem wissen wir meist nicht, welcher Gasthausbesitzer in der Provinz an welche Gruppe zahlt, und welche Informationen er in vorauseilendem Gehorsam weitergibt. Auf keinen Fall sollen sie hierherkommen. Ich bin schon froh, wenn niemandem auffällt, dass ich die drei Takeda-Jungs bei mir einquartiert habe, solange ich nicht selbst bei ihm gewesen bin. Wie sich die Lage danach darstellt, weiß im Augenblick niemand.

Im Haus herrscht jetzt endlich Ruhe. Bis auf Taku und mich schlafen alle, zumindest hoffe ich das, schon damit morgen keiner die Nerven verliert. Abgesehen von ein paar Schlägereien haben ja selbst die Nekodoshi-gumi-Jungs nichts erlebt, sondern immer nur so getan, als wären sie wild und abgebrüht. Wenn man verbotene Autorennen und Einsätze im Fukushima-Gebiet ausnimmt, gab es in den vergangenen Jahren kaum etwas, bei dem sie sich hätten beweisen müssen. Ich weiß gar nicht, ob einer von ihnen bei Hilfstransporten in die Sperrzone mitgefahren ist oder als Aufpasser bei der Überstellung von Arbeitern dabei war, die zum Aufräumen zu den Reaktorruinen gekarrt wurden. Als Wachleute wären sie ohnehin nicht so nah an strahlendes Material herangekommen, dass sie spürbare Verbrennungen oder Vergiftungen abbekommen hätten. Das ist ja das Gute an der Radioaktivität, dass man sie weder sieht noch riecht, noch sonst irgendwie bemerkt – da spült die Begeisterung über die eigenen Heldentaten die Todesangst schnell weg, gerade wenn man zu mehreren ist, ausreichend Bier dabeihat und sich fühlt, als würde man sein Leben für Kaiser und Vaterland aufs Spiel setzen.

Takeda ist bei diesen Aktionen nach wie vor in vorderster Front aktiv. An zahlungsunfähigen Schuldnern mangelt es ihm nie. Privatkredite sind seit Langem eine seiner Haupteinnahmequellen. Junge Leute aus angesehenen Familien, die während der inzwischen über zwanzig Jahre andauernden Krise ihr Vermögen verloren haben, tun sich schwer damit, ein ihrer Finanzlage entsprechendes Leben zu führen. Manche träumen sich in die ruhmreiche Samurai-Vergangenheit zurück, während sie in Wirklichkeit so leer sind wie ein ausgenommener Fisch. Statt etwas Vernünftiges zu lernen – Karate oder den richtigen Umgang mit dem Schwert zum Beispiel –, hocken sie am Computer und bilden sich ein, wenn sie mit einer gewissen Geschicklichkeit ein paar Knöpfe drücken und reichlich Bildschirm-Blut spritzen lassen, wären sie schon auf dem Weg des Kriegers. Nach all den Schlachten wollen sie dann entspannen und brauchen Geld für Mädchen, Drogen, teuren Whisky, das sie nicht haben und auch von keiner regulären Bank bekommen. Also gehen sie zu den Finanzberatern der Nekodoshi-gumi. Zehn Tage später müssen sie den nächsten Kredit aufnehmen, um den alten samt hundert Prozent Zinsen zurückzuzahlen. So geht das einige Wochen, manchmal Monate, schließlich verpfänden sie Teegerät, Bildrollen und sogar Schwerter, die über Jahrhunderte im Familienbesitz gewesen sind. Wenn sie auch dieses Erbe aufgebraucht haben, folgt der Arbeitsdienst in Fukushima. Komatsu hat erzählt, dass sie ganze Wagenladungen alten Kram, wie er sich ausdrückte, zu Schleuderpreisen über irgendwelche Internetmarktplätze ins Ausland verscherbelt haben, während Takeda deren vormalige Besitzer gegen gutes Geld zu den Reaktorruinen hat bringen lassen, wo sie radioaktiven Müll schippen, solange sie es eben überleben. Manche bringen sich auch vorher um, aber den meisten fehlt selbst dazu der Mut.

Taku ist sicher der richtige Mann, um überschuldete Muttersöhnchen oder Kleinkriminelle, die ihren Verpflichtungen nicht nachgekommen sind, einzuschüchtern. Seine dekorativ zertrümmerte Nase, die beiden verstümmelten Finger und die Muskelpakete, die sich unter dem Hemd abzeichnen, sorgen ganz von selbst dafür, dass die Schuldner nicht auf dumme Gedanken kommen.

Vorhin hat er sich gefreut wie ein kleiner Junge, der zum ersten Mal ein Katana anfassen darf, als ich ihm gesagt habe, er soll sich hinter das MG hocken und bis Sonnenaufgang die Wache übernehmen. So ein Maschinengewehr neben dem Eingang gibt einem ja ein gutes Gefühl, auch wenn wir das Ding erst einmal auseinanderbauen, gründlich reinigen und wieder zusammensetzen mussten. Ich hoffe, dass alles funktioniert. Es ist mindestens zwanzig Jahr her, dass ich es zuletzt in der Hand hatte, und wir konnten natürlich nicht ausprobieren, ob es gut schießt. Im Grunde ist es auch egal. Wenn uns nicht jemand verraten hat, werden Takedas Leute erst einmal anderswo nach mir suchen. Wahrscheinlich tauchen sie im Berg-Dōjō auf und schlagen alles kurz und klein. Unabhängig davon fühlen sich hier alle sicherer, seit das MG installiert ist. Selbst Natsuko wirkte entspannt, als sie zu Bett gegangen ist. Ich weiß nicht, ob sie einfach unter Schock steht, resigniert hat oder tatsächlich darauf vertraut, dass ich alles im Griff habe. Jedenfalls lächelte sie sehr anziehend, und ich bin sicher, sie wird mich nicht fortschicken, wenn ich mich gleich noch ein wenig zu ihr lege. Wobei mir gerade gar nicht der Sinn danach steht. Es ist mehr ein Reflex, einfach weil es fünfzig Jahre lang so war, ganz gleich, was sonst anstand. Für eine Frau ist immer Zeit gewesen: Freundinnen, Gelegenheitsbekanntschaften, Nutten, Schülerinnen, Verheiratete und Verlassene, buddhistische Nonnen – sei es für eine schnelle Nummer zwischen zwei Trainingseinheiten oder für eine ausgewachsene

Liebesnacht mit allem Drum und Dran. Wenn ich all das so an mir vorbeiziehen lasse, hatte ich wirklich ein gutes Leben. Nach den Härten der ersten zehn oder fünfzehn Jahre, ist es vielleicht manchmal gefährlich gewesen, aber nur noch selten mühsam – sieht man von den Katern nach Zechgelagen einmal ab. Erst das Schwere und dann das Leichte. So ist es besser als andersherum, und es entspricht auch eher dem, wie die natürliche Entwicklung eines Menschen verlaufen sollte. Das sehe ich gerade an Nobu: Seit er sich anstrengen muss, benimmt er sich wie ein normaler Junge. Diese ganze verzärtelte Unzufriedenheit, die sich bei ihm breitgemacht hatte, ist wie weggeblasen. Er trainiert sogar freiwillig am Makiwara. Bevor er schlafen gegangen ist, hat er mir stolz seine blutigen Fingerknöchel gezeigt. Am liebsten würde er morgen früh als Erstes eine Schicht Wache am MG schieben, aber das geht natürlich nicht.

Ich glaube, Nobu hat in den vergangenen Tagen ein paar grundlegende Eindrücke davon bekommen, wie das Leben beschaffen ist – auf was es ankommt und was keinen Wert hat, und auch, dass es von einem Moment auf den nächsten vorbei sein kann. Er wird sich nicht mehr mit Kinderkram abspeisen lassen. Wenn ich morgen auf der Strecke bleibe, wird er meinen Tod als Verpflichtung ansehen, mir ein würdiger Sohn und Nachfolger zu werden. Und falls ich noch ein bisschen weiterlebe, kann ich ihm eine Ausbildung geben, wie sie einem aufrechten Japaner angemessen ist. Vielleicht ist das Schicksal uns ja wohlgesonnen, und in einigen Monaten sitzen wir hier oder anderswo wieder zusammen – vielleicht sogar in Kalifornien – und lachen über die ganze Aufregung von heute.

Das Gespräch mit John Viaggi ist jedenfalls gut verlaufen. Er wird sich darum kümmern, einen Frachter zu finden, der

Onishi und sein Mädchen mit nach Los Angeles nimmt. Sobald er erfolgreich war, wird er mir eine Nachricht zukommen lassen. Es dürfte nicht sehr schwierig sein, meinte er, vor allem die Chinesen schaffen ja riesige Mengen Zeug auf Containerschiffen über den Pazifik in die USA, da kommen ständig welche vorbei. Ich muss nur einen Weg finden, die beiden zu dem entsprechenden Treffpunkt zu schaffen.

John ist froh darüber, dass Onishi ihnen für eine Weile zur Verfügung steht. Eine solche Verstärkung flößt den anderen Organisationen Respekt ein. Auch dort drüben ist zurzeit wohl einiges im Umbruch. Heroin erlebt ein unerwartetes Comeback gerade in der weißen Mittelschicht, womit niemand mehr gerechnet hat. Außerdem sind künstliche Opiate aus dem medizinischen Bereich plötzlich sehr beliebt. Selbst unter Hollywoodstars und ganz generell in der Unterhaltungsbranche, wo jahrelang hauptsächlich Kokain und diese Partydrogen gegangen sind, gibt es wieder eine Menge Leute mit Heroinsucht. Es ist nur eine Frage der Zeit, bis es zu Auseinandersetzungen um Territorien und Vertriebswege kommt. Unter solchen Umständen ist jemand mit Onishis Fähigkeiten von großem Nutzen.

Die Amerikaner nehmen diese Art Rauschdrogen ja schon seit den Zeiten der Hippies und Kommunisten, wahrscheinlich sogar noch länger, was nicht weiter verwunderlich ist, denn sie haben keine Traditionen, die ihnen inneren Halt und Klarheit des Geistes geben, deshalb müssen sie sich in falsche Gefühle und Traumbilder flüchten.

John will außerdem zusehen, dass er herausfindet, wie der Ermittlungsstand bei FBI und Interpol in Sachen Onishi ist. Sie haben Leute in den verschiedenen Behörden, von denen sie entsprechende Informationen abschöpfen können. Das sind ja Berufsgruppen, die großem Druck ausgesetzt sind, weshalb immer mal jemand in die Drogenabhängigkeit abgleitet, um sich Entlastung zu verschaffen. Falls es tatsächlich nötig sein sollte, wird John sich darum kümmern, Onishi neue Papiere zu besorgen. Bei dem Mädchen muss er erst einmal schauen, was er mit ihr anfängt – ob sie überhaupt für etwas zu gebrauchen ist. Ich habe ihm gesagt, dass ich sie interessant finde. Ihr Karate ist erstaunlich gut für eine Ausländerin. Auf jeden Fall sollte sie erst einmal anständig Schießen lernen, das ist in Amerika, wo jeder alle Waffen, die ihm Spaß machen, besitzen darf, ja kein Problem.

Ich muss schleunigst einen Weg finden, die beiden hier herauszubringen, denn sobald John einen Frachter hat, dürfen wir keine Zeit verlieren.

Zu dumm, dass Unkelbach sein Boot nicht mehr hat. Damit wäre es einfach gewesen. Die meisten Leute mit Hochseeyachten, die ich kenne, sind entweder zu ängstlich, um sich auf eine solche Aktion einzulassen, oder sie haben Verbindungen zu dieser oder jener Gruppierung, und dann steht ein Kommando am Hafen und wartet nur darauf, Onishi mit einem Kugelhagel in Empfang zu nehmen.

Herr Okabe kann uns leider auch nicht mehr helfen.

Ich werde noch etwas essen, bevor ich mich schlafen lege. Sicher gibt es noch Reste von dem, was Frau Kuraki für uns gekocht hat. Niemand macht bessere Tamago-Rollen als sie. Auch ihr Spinat mit Sesam und Miso ist vorzüglich. Vielleicht sind noch welche von diesen marinierten Sardinen da. Ich werde mir einen Becher Sake dazu genehmigen. Im fortgeschrittenen Alter, wenn man anfängt, das Alleinsein zu genießen, zählt eine leichte Mahlzeit mit einem Schluck guten Sake nach Mitternacht zu den besten Dingen im Leben. –

»Mein Junge, was machst du hier. Warum schläfst du nicht?«

»Es war … Ich wollte … Meister, ich bitte vielmals um Entschuldigung.«

Er fürchtet sich vor mir und rechnet damit, dass ich ihn bestrafe – zumindest mit ihm schimpfe. Gefällt mir das oder gefällt es mir nicht?

»Ich wollte mir gerade in der Küche etwas zu essen holen. Vielleicht hast du auch Hunger?«

»Sehr großen Hunger sogar. Bestimmt war es der Hunger, der mich geweckt hat.«

Eigentlich ist es schön, einen Sohn zu haben, ihn nachts auf dem Flur zu treffen, als wären wir eine gewöhnliche Familie. Wer weiß, wie viele solcher Gelegenheiten es noch geben wird. Es spielt ja keine Rolle, ob er morgen ausgeschlafen ist. In die Schule kann er ohnehin erst wieder gehen, nachdem ich bei Takeda gewesen bin. Ich muss nur daran denken, nachher Dr. Watanabe anzurufen, damit er ein Attest für ihn ausstellt.

»Was magst du?«

»Was da ist. Und Reis.«

»Soll ich dir einen Tee kochen?«

Jetzt schaut er mich an wie neulich Komatsu, als ich ihn auf einen Tee in die Küche gebeten habe.

»Guck nicht so. Ein Meister sollte doch wohl Tee kochen können, oder meinst du nicht?«

Wiederum braucht er eine Schrecksekunde, bis er sich traut, mit mir zu lachen.

»Setz dich. Mal sehen, was die Bande uns übrig gelassen hat.«

»Wenn meine Mutter wüsste …«

»Ach was. Früher, in der alten Zeit, wärest du längst bei

einem Meister in der Ausbildung, oder dein Vater würde dir sein Wissen weitergeben, statt dass du in der Schule sitzt und Zeug auswendig lernst, das niemand braucht.«

Er sieht mich ungläubig an: »Ich möchte gern eines Tages ein Meister mit dem Schwert sein. Und auch im Karate. Wie du. Oder wie Onishi Fumio …«

»Schau mal, es gibt noch einiges. Willst du Spinat? Und Tamago?«

»Ja, sehr gerne, bitte.«

»Du weißt, dass es ein steiniger Weg ist, und dass du dich dafür mehr anstrengen musst als in der Schule und mehr Schmerz aushalten als von den Trotteln, die dich immer verprügeln.«

»Ja.«

»Und das willst du?«

»Ja.«

»Hier ist dein Tee. Möchtest du auch eine Sardine? – Es sind noch zwei da.«

»Dann nehme ich gern eine Sardine.«

Er scheint tatsächlich Hunger zu haben.

»… und vergiss den Kopf nicht. Der Kopf ist das Beste.«

»Das, was ich am liebsten mag, hebe ich mir immer bis zuletzt auf.«

Er sagt das so vorsichtig, als hätte er wiederum Angst, ich könnte es falsch finden.

»Das Beste zum Schluss. So mache ich es auch.«

Ich weiß nicht, ob Nobu genauso begabt ist wie Onishi, aber das spielt auch keine Rolle. Er will wirklich lernen, das ist spürbar. Ich habe es im Laufe der Jahrzehnte nicht selten erlebt, dass die Leute, die diesen unbedingten Willen hatten, im Training am Ende weiter gekommen sind als die, die überragendes Talent mitbrachten. Anfangs ragen die Begabten heraus, das schon, doch wenn ihnen dann nicht mehr alles von selbst zufliegt, werden sie wehleidig und verlieren die Lust. So oder so werde ich Onishi die Verpflichtung mit auf den Weg geben, sich um Nobu zu kümmern.

»Meister … Vater, glaubst du, dass wir Takeda besiegen können?«

»Man weiß nie, wie ein Kampf ausgeht. Bedeutende Generäle haben sich unbekannten Emporkömmlingen geschlagen geben müssen, überragende Schwertmeister sind von Bauernlümmeln besiegt worden, weil sie das Gesetz des Moments nicht erkannt haben. – Weißt du, was das Gesetz des Moments ist?«

Er schlägt die Augen nieder und schüttelt den Kopf. Auf einmal ist es ihm peinlich, Dinge nicht zu wissen. Früher hätte er mit Starrsinn und Trotz reagiert.

»Pass auf, ich will dir eine Geschichte erzählen. Sie ist vor über sechshundert Jahren passiert: Sawa, die Witwe des Hōjō-Gefolgsmannes Sakurada Sadakuni, entschloss sich nach dem Tod ihres Mannes, Nonne zu werden, um viel für ihn zu beten und sein Andenken in Ehren zu halten. Sie lernte schnell und errang großes Wissen über den Buddhismus. Schließlich wurde sie die dritte Meisterin des Tokei-ji-Tempels in Kamakura. Als sie eines Nachts nach einer längeren Unterhaltung mit dem Abt des Engaku-ji Tempels auf dem Heimweg war, trat ihr ein Bewaffneter entgegen, der trotz ihres rasierten Schädels und der Nonnentracht so hingerissen von ihrer Schönheit war, dass er sein Schwert zog und ihr Gewalt antun wollte. Sawa jedoch, die lediglich ein Schriftstück bei sich hatte, einen Sutren-Text, um genau zu sein, rollte das Papier straff zusammen, und während der Räuber noch zwischen

Schmeichelleien und Drohungen wechselte, gewiss, dass er sie so oder so gleich besitzen würde, stieß sie einen markerschütternden Kampfschrei aus, so dass das Herz des Mannes zwei Schläge lang aussetzte, und in diesem Moment stach sie ihm den Papierdolch erst ins eine, dann ins andere Auge und ließ ihn blind zurück.«

Er schaut mich an, als hätte er einen Geist gesehen.

»Solche Dinge passieren, wenn man das Gesetz des Moments missachtet.«

»Du meinst, wir haben nur ein Stück Papier?«

»Wir haben gar nichts. Wir stehen mit leeren Händen da. Aber wir sind hellwach, und nichts kann unsere Zuversicht trüben.«

Er nickt.

»Willst du noch Reis?«

»Ja, danke, bitte.«

25.

Nikola schaltete die Massagedüse in ihrem Rücken aus. Vom Pool auf der Hotelterrasse schaute sie über Kiefernwipfel und Palmen hinunter auf den Ozean. An vorgelagerten Felsbänken brachen sich einzelne Wellen, Gischtfontänen sprühten hoch. Der Himmel wurde von einer hellgrauen Wolkenschicht bedeckt. Es war deutlich abgekühlt, aber das Wasser im Becken hatte fast vierzig Grad. Beim Hineinsteigen war es ihr kochend heiß vorgekommen. Onishi, der ihr schräg gegenüber am Rand lehnte, sah auf ein riesiges Doppelbett, über dem so etwas wie eine moderne Kalligraphie hing, nur dass das schwarze, teilweise mit Silberlack übersprühte Zeichen nicht einmal »Nichts« bedeutete.

»Würdest du da unten baden … Also, ich meine, im Meer?«, fragte sie.

»Ich bade nicht gern im Meer. Das Meer ist zu schmutzig.«

»Ja, ich weiß. Ich meine jetzt nicht wegen deines Sauberkeitsfimmels, sondern wegen der Radioaktivität.«

Nikola hielt die Luft an, stieß sich ein Stück vom Rand ab und tauchte unter. Über ihr stiegen Blasen an die Oberfläche. Onishi staunte, wie lange sie den Atem anhalten konnte. Als das Blubbern aufhörte, spürte er für eine Schrecksekunde Besorgnis, riss sich jedoch zusammen und sprang nicht zu ihr hin, um sie aus dem Wasser zu ziehen.

Nach einer Minute tauchte sie prustend und mit geschlossenen Augen wieder auf, legte den Kopf in den Nacken und strich sich die Haare aus dem Gesicht: »Wie weit ist es von hier bis Fukushima?«

»Ich dachte, das hätten wir hinter uns, und du beschäftigst dich jetzt nur noch mit wirklichen Gefahren.«

Sie verdrehte die Augen: »Vor denen laufen wir ja gerade weg, weil dein Meister beschlossen hat, dass es hier zu riskant für uns ist.«

»Würdest du gerne länger in Japan bleiben?«

»Ich hab ja noch kaum was gesehen bis jetzt.«

»Aber es gefällt dir?«

»Keine Ahnung, wie soll ich das wissen, irgendwie schon: ja, klar.«

Von Unkelbachs Landgut aus waren sie viereinhalb Stunden bis hierher nach Chōshi gefahren, weil dort aus dem Fischereihafen morgen früh ein Trawler auslaufen und sie mitnehmen sollte – irgendwohin auf den Pazifik, Richtung Amerika. »Es sind zuverlässige Leute, ich kenne sie schon lange«, hatte Meister Harada gesagt, sich am Telefon aber nicht konkreter äußern wollen. Später am Abend werde sich jemand melden, um die Einzelheiten zu besprechen.

Onishi war nie in Chōshi gewesen, obwohl es nicht sehr weit von Tokio entfernt lag. Etwa auf halber Strecke, in der Stadt Mito, hatte er den Van in einem Parkhaus abgestellt und anschließend bei einem Autohändler, der ihm keinen Gefallen schuldete und den er auch nicht einzuschüchtern versuchte, eine gebrauchte Honda-Limousine zum ausgewiesenen Preis gekauft. Nikola war der Meinung gewesen, es sei Geldverschwendung, für eine Strecke von maximal zweihundert

Kilometern den Wagen zu wechseln, noch dazu, wenn man anderntags auf unbestimmte Zeit das Land verlasse, doch nachdem er ihr erklärt hatte, dass der TownAce voller Spuren sei, unter anderem von zwei Toten, und dass die Jungs sich im Lauf der Woche um beide Autos kümmern würden – den einen grundreinigen und den anderen in seiner Garage abstellen –, dass also nichts verloren sei, hatte sie die Standnummer des Wagens und die Adresse des Parkhauses an Friedemann geschickt, der beides wiederum dem Meister weiterleiten würde.

Das letzte Stück des Wegs hatte direkt an der Küste entlanggeführt. Ohne die Straße aus bröckelnden Betonplatten und die heruntergekommenen Häuser wäre es eine schöne Gegend gewesen, wild und felsig, mit einer rauen Brandung, die an manchen Stellen gegen Uferbefestigungen aus dreistrahligen Betongussblöcken klatschte, dann wieder auf weiten Sandstränden auslief. Dort war kein Mensch unterwegs gewesen, niemand führte seinen Hund aus, niemand ging joggen, geschweige denn schwimmen. Es hatten sich nicht einmal Rentner zusammengefunden, um das angespülte Plastik einzusammeln. Onishi schwieg, und Nikola schwieg auch, jeder war in seine eigenen Gedanken versunken, irgendwo zwischen Abschied, Aufbruch und der Leere, die aus dem grauen Ozean über sie hinwegschwappte. Von fern sahen sie eine Landzunge, auf der ein Leuchtturm stand, wie er manchmal auf Postkarten aus der Normandie oder Friesland in Nikolas Briefkasten gewesen war. Bei seinem Anblick hatte sie einen Moment lang etwas wie Heimweh nach Europa gespürt, gefolgt von einer schwebenden Verlassenheit, und sich eine Zigarette angezündet, wegen des sanften Todesgefühls, mit dem der Rauch die Lungen füllte. Aus irgendeinem Grund war die Straße dann plötzlich besser geworden. Es gab Ablaufrinnen rechts und links der Fahrbahn, sogar einen gepflasterten Gehweg für abwesende Fußgänger. Ab und zu kam ihnen ein LKW entgegen oder der Kleinlaster eines Handwerkers. Ein alter moosgrüner VW-Golf war auf den Strand gefahren und stand da wie verlassen, vom Fahrer weit und breit keine Spur. Zerfallende Baracken schlossen sich an, die vielleicht einmal Fischern oder Bootsbauern gehört hatten, und vor ihnen immer der Leuchtturm, der gar nicht so weit entfernt zu sein schien und doch nicht näher kam.

»Laut Google Earth sind wir schon in Chōshi«, sagte Nikola und nahm einen letzten Zug, ehe sie das Fenster herunterließ und die Kippe hinauswarf.

Die Straße entfernte sich ein Stück weit vom Wasser. Rechts und links wuchsen jetzt Büsche und verwilderte Hecken, es ging schnurgerade, nur selten öffneten sich kurze Durchblicke auf den Strand und das Meer.

»Wir brauchen ein Hotel«, hatte Onishi gesagt und war scharf links auf eine Art Promenade gebogen, wo sich kleine Geschäfte, Bars und Restaurants aneinanderreihten. Die meisten hatten geschlossen und waren mit Rollläden verrammelt. Am Ende der Straße erhob sich, plötzlich ganz nah und strahlend weiß, der Leuchtturm, umgeben von einem leeren Parkplatz. Onishi stellte den Wagen ab.

»Und jetzt?«

»Gib mir dein Telefon, wir suchen ein Hotel. Hier in der Nähe wird schon eins sein.«

»Wir können auch aussteigen und da vorn in einem der Läden fragen.«

»Keine gute Idee.«

Onishi tippte, wischte über den Bildschirm, murmelte vor

sich hin. Er benötigte keine fünf Minuten, um ein Zimmer zu buchen, startete erneut den Wagen, gab beim Anfahren zu stark Gas, so dass ein Schwung Kies unter den Rädern wegspritzte. Sie fuhren eine bewaldete Hügelkuppe hinauf und erreichten schon nach wenigen Minuten einen terrassenförmig in den Hang gebauten Hotelkomplex, der sowohl nach Luxus als auch nach gutem Geschmack aussah.

Zwei livrierte Männer kamen zügigen Schrittes vom Eingang auf sie zu, einer schob einen dieser Gepäckkarren, die an Käfige erinnerten. Beide riefen ihnen synchron Begrüßungsfloskeln zu, die wahrscheinlich höflich gemeint waren, aber wie Befehle klangen, verneigten sich zackig und tief. Onishi tat so, als wären sie gar nicht da, öffnete die Heckklappe, nahm seine Tasche mit den wichtigen Dingen heraus und reichte Nikola ihre. Die Koffer überließ er mit beiläufigem Wink dem einen, während er dem anderen den Schlüssel in die Hand drückte, damit er den Wagen in die Hotelgarage fuhr.

Das Foyer war weitläufig und mit verschiedenfarbigen Hölzern vertäfelt. Es wirkte sowohl klassisch japanisch als auch global modern. Ein kleiner Edelsupermarkt für Lebensmittel, Süßigkeiten, Getränke schloss sich an, dazu Verkaufsstände mit Ziertextilien und Kosmetika. Onishi ging an die Rezeption, Nikola schlenderte hinter ihm her, kam sich vor, als wandelte sie durch einen Traum. »Es sind gar keine anderen Gäste hier«, dachte sie, »aber wir haben den Laden vor gerade mal zwanzig Minuten selbst ausgesucht, spontan, ohne einer Empfehlung zu folgen: Es kann keine Falle sein.«

Als die junge Frau hinter dem Tresen nach ihren Pässen fragte und sie auf den Scanner legte, rechnete Nikola trotzdem damit, dass im nächsten Moment Alarm ausgelöst würde, Wachpersonal herbeistürmte und sie festsetzte, bis die Polizei käme, doch nichts dergleichen geschah. Die Dame hatte weder einen besorgten noch einen ängstlichen Gesichtsausdruck, im Gegenteil: Sie benahm sich so betont selbstverständlich, dass es schon wieder unnatürlich wirkte.

»Sie hält mich für deine Nutte und tut alles, damit wir nicht denken, dass sie genau das denkt«, sagte Nikola.

»Vielleicht versteht sie Deutsch«, knurrte Onishi.

»Und wenn?«

Das Zimmer, das Onishi ausgesucht hatte, war riesig, eine Suite mit Wohn- und Schlaftrakt, die durch helle Shoji voneinander getrennt werden konnten, dazu eine kleine Bar, eine Küchenzeile und zwei Terrassenbalkone, von denen einer ihr eigener Spa-Bereich unter freiem Himmel war.

»Baden macht hungrig, findest du nicht?«, sagte Nikola.

»Ja, vielleicht.«

»Sollen wir nachher noch ausgehen?«

»Nein.«

»Gleich hinter dem Hotel beginnt so ein Küstenpfad, wahrscheinlich kann man zu dem Leuchtturm rüberlaufen, das wäre doch schön.«

»Wir haben zwar keinen Auftrag, aber das, was morgen ansteht, ist auch riskant. Insofern sollten wir so unsichtbar wie möglich sein.«

Sie spritzte ihm mit flachen Händen eine Ladung Wasser ins Gesicht: »Ich wusste gar nicht, dass du so ängstlich bist.«

»Ich bin nicht ängstlich, nur umsichtig. Deshalb lebe ich noch.«

›Yuki war da immer entspannt‹, lag ihr auf der Zunge, doch sie schluckte die Bemerkung hinunter, denn genau das war – zumindest Onishis Logik zufolge – der Grund für seinen Tod.

»Gut, dann gehen wir hier ins Restaurant. Es sah ziemlich gut aus. Sauteuer allerdings.«

»Wir können uns etwas aufs Zimmer bringen lassen.«

»First-Class-Sushi im Bett und dabei Fernsehen gucken. Manga auf NHK, damit ich auch was verstehe: Warum nicht.«

Sie drehte sich um und stemmte sich mit beiden Armen aus dem Wasser. Onishis Augen folgten den Bewegungen ihres Hinterns, der festen Schenkel, blieben am dunklen Rosa ihrer Schamlippen hängen, die sich leicht öffneten, als Nikola, mit dem linken Bein zuerst, aus dem Becken stieg. Er wandte den Blick ab.

Sie nahm ihr Handtuch von einem der Liegesessel und begann, sich langsam und gründlich von den Füßen aufwärts abzutrocknen.

»Kennst du das: dass der Körper genau die richtige Temperatur hat«, sagte sie. »Wie wenn man im Winter aus der Sauna kommt und raus in den Schnee geht.«

»So mögen wir es in Japan.«

»Du kannst mich anschauen, wenn ich mit dir rede.«

»Natürlich.«

Sie verdrehte die Augen.

»Ich dachte immer, japanische Männer wären cool, was Sex anbelangt. Aber offenbar funktioniert das nur, solange die Frauen sich wie Mäuschen benehmen.«

»Die Menschen aus dem Westen haben immer eine Theorie zu allem, was sie sehen, besonders, wenn es um Männer und Frauen geht. Mit Hilfe dieser Theorie wissen sie dann, ob es so, wie es ist, bleiben kann oder geändert werden muss.«

»Und Japaner haben zehntausend Regeln, die auf keinen Fall geändert werden dürfen, egal wie schwachsinnig sie sind.«

Sie lachten beide.

Onishi stieg jetzt ebenfalls aus dem Becken.

Nikola überflog das verwirrende Ornament aus Blumen und Meer, das von den Seiten her seinen Oberkörper umfasste, griff nach dem zweiten Handtuch über der Sessellehne, wollte es ihm hinüberreichen, entschied sich dann anders, trat einen Schritt auf ihn zu, trocknete ihm die Brust, den Bauch ab, führte das Handtuch um ihn herum, kam noch ein Stück näher, so dass ihre Brustwarzen zwei Chrysanthemen auf seinen Rippen berührten, eine gelbe und eine rote. Sie glitt mit dem Handtuch seinen Rücken hinunter, ließ es fallen, drückte ihren Mund auf seinen, öffnete seine Lippen mit der Zunge, während ihre Hände seine Schenkel hinauffuhren.

Das Zimmertelefon klingelte.

Er löste sich ruckartig, verneigte sich, um das Alberne der Situation zu überspielen: »Entschuldigung. Ich muss rangehen. Es kann wichtig sein. Wahrscheinlich ist es wichtig. Wegen morgen.«

Nikola zuckte mit den Achseln und ging ins Bad, warf sich einen der beiden Yukata-Kimonos über, die dort hingen, nahm die Bürste aus ihrem Necessaire und begann, ihre Haare zu kämmen.

Onishis Stimme klang klar und entschieden. Offenbar war er einverstanden mit dem, was die Stimme am anderen Ende der Leitung vorschlug, legte auf.

»Zieh dich an«, sagte er.

»Wozu?«

»Es kommt jemand, um zu besprechen, wie es morgen abläuft.«

»Und das konnte er nicht am Telefon?«

»Er steht unten an der Rezeption und wird in fünf Minuten hier sein.«

»Du bist sicher, dass es keine Falle ist?«

»Es gibt keine Sicherheit. Nur Möglichkeiten.«

»Schieb einfach die Tür zu, ich bleibe hier. Ich verstehe eh nichts von dem, was ihr redet, und vielleicht ist es besser, wenn der Typ mich nicht sieht, sonst stellt er sich wieder wer weiß was vor.«

»Diese Fischer haben mit unserer Hilfe über viele Jahre eine Menge zusätzliches Geld verdient, und wir haben ihnen den Rücken frei gehalten.«

Er stieg in seine schwarze Trainingshose, streifte sich ein weißes T-Shirt über, das seine austrainierten, aber nicht Anabolika-geblähten Muskeln nachzeichnete, legte den ledernen Halfter mit der Pistole an: »Vielleicht hast du recht und für einen Fischer ist es verwirrend, wenn ihm in einem solchen Gespräch eine Frau gegenübersitzt, noch dazu eine aus dem Westen.«

»Ich komme doch mit«, sagte Nikola und zog ihren Slip an.

Onishi lächelte.

»Willst du ihn ernsthaft mit Knarre empfangen?«, fragte sie.

»Sie dürfen auf keinen Fall denken, wir wären schwach. Auch wenn es gute Leute sind: Sie folgen immer dem Stärksten, nur so überleben sie. Gleichzeitig sind sie sehr stolz, denn ihr Beruf ist uralt, und ohne ihre Arbeit gäbe es die japanische Küche nicht.«

Ein elektrischer Gong ertönte. Onishi ging zur Tür, Nikola schlenderte in Richtung der Sitzgruppe.

Ein Mann Ende vierzig in knallroten Trainingshosen, einem blauen Blouson und weißen Turnschuhen verneigte sich und knurrte einige Sätze, die zumindest nicht unterwürfig klangen. Nikola versuchte, am Neigungswinkel seines Rückens zu erkennen, ob er sich für höher oder niedriger oder für Onishi gleichrangig hielt, kam aber zu keinem Schluss. Die Gesichtshaut des Mannes war knittrig wie Krokodilleder und jetzt, gegen Ende des Sommers, dunkelbraun von den endlosen Sonnenstunden auf See.

Onishi bat ihn herein, schloss die Tür und ging vor. Der Fischer folgte, bewegte sich erst geradeaus auf Nikola zu, jedoch ohne sie anzusehen oder zu begrüßen, und bog dann unmittelbar vor ihr nach rechts. Onishi wies ihm das Sofa zu, setzte sich ihm gegenüber in einen der Sessel.

Nikola hatte den Eindruck, Onishi wusste ebenso wenig wie sie selbst, auf welche Weise er sie in die Situation integrieren sollte. Sie überlegte, zumindest »Konnichiwa« oder etwas in der Art zu sagen, entschied sich aber dagegen und ließ sich in den zweiten Sessel fallen, etwas zu lässig, etwas zu laut, aber keiner der beiden Männer reagierte darauf.

Onishi hielt dem Fischer seine Zigarettenpackung hin, der Fischer bedankte sich und zog eine heraus, schützte die Flamme mit beiden Händen, als Onishi ihm Feuer gab.

Nikola überlegte, sich ebenfalls eine Zigarette anzuzünden, ließ es dann aber. Der Kimono war ihr von den Knien gerutscht und glitt seitlich die Schenkel hinunter. Ohnehin war es das falsche Kleidungsstück für eine solche Besprechung. Sie sah, wie der Fischer sie mit einem schnellen Blick musterte. Vermutlich hatte er noch nie einer Europäerin gegenübergesessen, und sicher hielt auch er sie für eine Nutte. Sie überlegte, was sie tun konnte, um ihm klarzumachen, dass sie eine unabhängige Frau war, die für sich selbst stand, doch ihr fiel nichts ein. Wenn sie mit Yuki in Marokko unterwegs gewesen war, in Hotels oder Restaurants, wo man sie nicht kannte, hatten die Leute oft das Umgekehrte gedacht: dass sie diejenige sei, die sich einen knackigen Edelasiaten für ihr Vergnügen leistete, so wie ältliche Europäer sich früher marokkanische Jungs gehalten hatten. Yuki war anfangs irritiert darüber gewesen, dann hatte er es zunehmend lustig gefunden.

Der Fischer hielt seine Zigarette in der hohlen Hand zwischen Daumen- und Zeigefingerkuppe, als müsste er sie vor der sprühenden Gischt abschirmen. Jedes Mal, wenn er zog, warf er einen kurzen Blick in ihre Richtung.

Beide Männer wirkten völlig unaufgeregt. Offenbar reichte die Tatsache, dass Meister Harada den Kontakt hergestellt hatte, um eine Vertrauensbasis zu schaffen. Nikola hatte nicht die geringste Ahnung, worüber gesprochen wurde, nicht einmal das Wort »Nekodoshi-gumi« fiel. Unvermittelt stand Onishi auf, holte drei Gläser und eine Flasche Johnny Walker »Black Label« aus dem Barschrank und schenkte großzügig ein.

Er hob sein Glas, sagte irgendetwas, das sich wie eine kleine Ansprache oder ein in die Länge gezogener Trinkspruch anhörte, und endete mit »Kampai!«.

»Kampai«, wiederholte der Fischer.

Sie stießen die Gläser aneinander, alle drei gleichzeitig, ohne einander in die Augen zu sehen. Die beiden Männer tranken ihre in einem Zug leer. Onishi schenkte nach, daraufhin redete auch der Fischer. Er machte längere Pausen zwischen den einzelnen Wünschen oder Beteuerungen. In diesen Pausen stellte sich eine Stille ein, die Gewicht hatte, was er mit einem kurzen Vorschnellen des gesamten Oberkörpers unterstrich. Schließlich sagte er ebenfalls, »Kampai!«, und obwohl es ruppiger klang als aus Onishis Mund, bezog er Nikola durch die Drehung seines Gesichts in ihre Richtung ausdrücklich mit ein. Sie meinte sogar, den Anflug eines Lächelns um seinen Mund zu erkennen.

Onishi wandte sich ihr zu und sagte: »Es ist so weit alles geklärt. Sie werden uns mitnehmen. Wir müssen morgen früh um fünf am Hafen sein. Angeblich werden größere Bonito-Schwärme aus dem Norden erwartet.«

26.

Ich habe über vierzig Jahre Zusammenarbeit mit der Nekodoshi-gumi und anderen Gruppierungen hinter mich gebracht, ein Dutzend Bosse aufsteigen und fallen, abdanken oder sterben sehen, ohne dass mir je ein Fehler unterlaufen wäre, der das Opfern eines Fingerglieds notwendig gemacht hätte. Realistischerweise werde ich allerdings, im Unterschied zu Onishi, nicht mehr in so viele Auseinandersetzungen mit Schwertern geraten, dass es ein schwerer Schaden wäre, wenn meine Präzision beim beidhändigen Führen der Klinge nachließe, zumal ich Musashis Technik, mit Katana und Wakizashi gleichzeitig zu kämpfen, zumindest, wenn man es mit mehreren Gegnern zu tun hat, ohnehin immer effektiver fand.

Vielleicht ist die Maßnahme zu drastisch und dem Anlass nicht angemessen, vielleicht reicht sie auch längst nicht mehr aus, um das Gleichgewicht wiederherzustellen. Mittlerweile haben sich viele unvorhergesehene Dinge ereignet. Teilweise stehen sie in direkter Verbindung zueinander, teilweise vermitteln sie zwar diesen Eindruck, haben aber in Wirklichkeit nichts miteinander zu tun. Wieder anderes ist aufgrund von Verwechslungen dazugekommen, oder weil jemand das Chaos zu seinem eigenen Vorteil nutzen wollte. Das Ergebnis ist ein großes Durcheinander aus Ursachen, Wirkungen, Verkettungen und Zufällen. Wobei in den menschlichen

Verhältnissen ohnehin nur wenig den Gesetzen von Logik oder Angemessenheit gehorcht: Ein Halbwüchsiger tritt gegen einen Stein, der vor ihm auf der Straße liegt, und trifft ihn so gut oder schlecht, dass er jemanden, der auf der anderen Seite geht, am Kopf erwischt, was dieser für einen heimtückischen Angriff hält, und da er ein Heißsporn ist, kann er den Stein nicht einfach zurückwerfen, sondern stürmt schreiend über die Straße und geht dem, der den Stein geschossen hat, an die Gurgel. Vor lauter Wut unterschätzt er den Bordstein, knickt mit dem Fuß um, und aus dem Reflex, sich festzuhalten, drückt er dem Jungen mit beiden Daumen den Kehlkopf ein. Ein Dritter, der den Streit schlichten will, wird vom Ellbogen des Jungen im Todeskampf am Kinn erwischt und rempelt einen verwirrten Alten, der unglücklich stürzt und sich am Boden den Schädel aufschlägt. Der Sohn des Alten, der seinen Vater nur eine Sekunde aus den Augen gelassen hat, um sich eine Zeitung zu kaufen, prügelt auf den, der den Jungen erdrosselt hat, ein, während weitere Passanten hinzueilen, teils um zur Ruhe zu mahnen, teils weil sie dem, was sie für Recht halten, zum Durchbruch verhelfen wollen. Längst weiß niemand mehr, worum es geht und womit alles angefangen hat, aber am Ende liegt eine Handvoll Toter und Verletzter auf der Straße, und alle wundern sich, wie so etwas passieren konnte. Dann kommt ein Fernsehteam und berichtet über Probleme mit einer gewalttätigen Jugendbande, die seit Langem das Viertel terrorisiert, ein Soziologieprofessor spricht über die verzweifelte Lage vereinsamter Rentner in unserer Gesellschaft, Politiker fordern größere Polizeipräsenz im öffentlichen Raum, und eine zottelige Aktivistin ruft nach mehr Zivilcourage. Hätte der Junge, der aus Versehen den Stein geschossen hat, ein brauchbares Messer in der Tasche gehabt und sich ein Stück Finger abgeschnitten, nachdem ihm klar geworden ist, was er ausgelöst hat, ganz gleich ob mit Absicht oder nicht, denn so oder so trägt er die Verantwortung für die Folgen seiner Handlungen, dann wäre alles gut gewesen, da die Größe des Sühneopfers jeden Zweifel an der Aufrichtigkeit der Entschuldigung ausgeräumt hätte. So war es früher. Lokführer haben wegen einer zehnminütigen Verspätung ihres Zuges Sepukku begangen, Bankangestellte sind wegen eines faulen Kredits von Hochhäusern gesprungen.

Es geht immer um Leben und Tod, auch wenn man es nicht auf den ersten Blick sieht. Deshalb bereiten wir uns in der Kampfkunst nicht auf die angemessene Reaktion vor, sondern auf den völlig unvorhersehbaren Schritt, der eine Entscheidung erzwingt. Diese Art der Bewegung kann nicht geübt werden, da sie ganz aus dem Augenblick hervorbrechen muss, aber ohne ständige Übung wird sie auch niemals gelingen. Selbst der, der einen solchen Schlag ausführt, muss davon überrascht werden und darf doch auf keinen Fall überrascht sein, gerade so wie Nansen in der berühmten Geschichte aus »Die torlose Schranke«, als sich die Mönche der östlichen Meditationshalle mit den Mönchen der westlichen über eine Katze stritten. Nansen trat zwischen sie, das Schwert in der Hand, schnappte sich die Katze, hielt sie hoch und sagte: »Wenn einer von euch ein Wort hat, werde ich sie verschonen.« Aber keinem der Anwesenden fiel etwas ein. Daraufhin hieb Nansen die Katze entzwei, und sicherlich hatte er sich noch einen Wimpernschlag zuvor nicht vorstellen können, jemals etwas Derartiges zu tun. Als Joshu abends ins Kloster zurückkehrte, erzählte Nansen ihm, was geschehen war. Joshu zog seine Strohsandalen aus, legte sie sich auf den Kopf und ging weg, und auch er wird niemals vorher etwas Vergleichbares getan haben. Daraufhin sagte Nansen: »Wärest du hier gewesen, hätte ich die Katze verschonen können.«

Ich habe überlegt, ob ich eine Serviette nehmen soll, wie es früher üblich war, oder doch ein Gläschen Formaldehyd, was immer mehr, ich will nicht sagen, in Mode gekommen ist, sich aber doch zunehmend verbreitet hat. Bei einigen Bossen habe ich eine ganze Sammlung eingelegter Fingerglieder im Büro stehen sehen. Es zeugt von schlechtem Geschmack, andererseits vergisst ein wirrer Säufer wie Takeda dann nicht so schnell, wer sich bei ihm auf diese Weise entschuldigt hat. Ich bin sicher, er wird sehr stolz auf meine Trophäe sein, sie wird ihn regelrecht in Hochstimmung versetzen. Dabei könnte er sich eigentlich denken – wenn er noch denken würde –, dass der Schmerz und die Geste mir so gleichgültig sind wie Nansen die Katze. Aber zweifellos wird sich die Nachricht wie ein Lauffeuer verbreiten, so dass Takeda keine andere Wahl hat, als die Entschuldigung anzunehmen. Damit dürften dann zumindest Nobu und Natsuko in Sicherheit sein.

Ich bin dann zu Komatsu gegangen, der immer noch oder schon wieder mit rauchendem Kopf vor seinem Computer saß, und habe ihn gefragt: »Wenn du eine Fingerverkürzung machen müsstest, würdest du eine Serviette nehmen oder Formaldehyd?«

Er wurde kreidebleich, vermutlich, weil er befürchtete, dass ich ihm jetzt gleich den Befehl dazu geben würde.

»Was du tust, ist mir egal, du Trottel. Ich will wissen, ob Takeda Gläschen mit Fingergliedern bei sich im Büro stehen hat?«

»Ja, aber nicht viele«, sagte er. »Vier oder fünf vielleicht. Und er präsentiert sie nicht, sondern hat sie in einem verschlossenen Schrank. Fingerverkürzungen sind nicht mehr so verbreitet seit einigen Jahren. Manche vertreten sogar die Ansicht, dass sie nicht in unsere Zeit passen.«

Ich glaube, er überlegte, ob ich selbst gerade dabei war, mich zu diesem Schritt durchzuringen, aber er traute sich nicht zu fragen. Für so einen Bildschirmfresser ist der Verlust eines Fingers ja fast noch schlimmer als für einen Schwertkämpfer, weil er nicht nur die ganze Tipperei neu lernen müsste, sondern allein von der Vorstellung des Schmerzes, den eine Messerklinge beim Durchtrennen des Knochens verursacht, in Ohnmacht fällt.

»Wir könnten zusammen gehen, du und ich – was hältst du davon?«

Obwohl ich kicherte, begann er sinnloses Zeug zu stammeln, und mir fiel das Entsetzen in seinem Gesicht wieder ein, als ihm vor einigen Jahren plötzlich dämmerte, dass die dicken Schwielen auf meinen Fingerknöcheln vom Training am Makiwara und von den Schlägen gegen Baumstämme, Stein- und Betonwände stammten, mit denen wir Härte und Kraft vergrößern.

»Ist doch besser, als wenn er dich abknallen lässt.«

»Ich hatte gehofft, Sie hätten eine Alternative zu diesem Schritt, Meister Harada. Deshalb sind wir ja zu Ihnen gekommen.«

»Vielleicht müsst ihr erst mal nach Amerika gehen.«

»Geht Onishi nach Amerika?«

»Mal sehen, ob er es überhaupt aus dem Land heraus schafft.«

»Und bis dahin?«

Gut, habe ich gedacht, bis jetzt hast du dir nichts zuschulden kommen lassen, Komatsu, aber wer weiß: Du hast deinen

Oyabun verraten, dem du Treue auf den Tod geschworen hast, du wirst auch mich verraten, wenn der Preis stimmt oder die Angst groß genug ist: »Ich habe Onishi in ein Kloster im Westen geschickt.«

»Könnten wir auch dorthin gehen?«

»Glaubst du, du hast die Kraft, die du brauchst, um auch nur eine Woche lang so zu tun, als wärest du Zen-Mönch? Vier Stunden Schlaf pro Nacht; acht, manchmal zehn, zwölf Stunden Zazen jeden Tag, dazu Arbeit im Wald oder auf dem Reisfeld statt neckischen Spielchen am Computer?«

»Und seine Freundin?«

»Gefällt sie dir? Vielleicht kannst du sie übernehmen. Sie ist flexibel, glaube ich. Dann würde ich aber schon mal mit dem Training anfangen, denn wenn du mich fragst, steht sie auf Muskeln, nicht auf Schlabberfleisch.«

Vielleicht wollte er wirklich nur herausfinden, ob die Geschichte mit dem Kloster stimmt, vielleicht hat er einen Moment lang sogar ernsthaft darüber nachgedacht, Zen-Mönch zu werden, weil es immer noch weniger schlimm wäre, als ein Stück Finger zu verlieren oder erschossen zu werden. Ich glaube gar nicht, dass er ein schlechter Charakter ist, aber wenn der Damm erst einmal gebrochen ist, gelingt es nur selten, ihn wieder vollständig zu schließen, weshalb es in solchen Fällen sicherer ist, das Wasser nach einer anderen Seite hin ablaufen zu lassen.

»Du kannst Itō um zwei am MG ablösen.«

»Ich wollte eigentlich noch einmal versuchen, in die Nekodoshi-gumi-Rechner hineinzukommen, um herauszufinden …«

In diesem Moment flog meine Hand heraus, beschrieb einen kurzen Bogen und landete in seinem Gesicht, so fest, dass meine vier Finger sich der Länge nach weiß auf seiner Wange abzeichneten, als wären sie ein Fotonegativ. Dann kehrte das Blut zurück, und sie leuchteten feuerrot. Er schüttelte sich wie ein Hund, der nach einem heftigen Schauer ins Trockene kommt, und verneigte sich.

Ich habe ihn stehen gelassen und bin gegangen.

Draußen zogen sich wieder Wolken zusammen, aber noch regnete es nicht. Meine Nachbarin, Frau Hijikata, die gerade dabei war, Unkraut aus den Fugen der Steinplatten ihrer Garagenauffahrt zu stechen, nickte mir zu und fragte, wie es gehe: »Es hat ja diesen schrecklichen Unfall gegeben«, sagte sie, »mit dem Wagen, der seinem Fahrer wohl außer Kontrolle geraten ist. Ich habe gar nichts direkt davon mitbekommen, es war ja eine furchtbare Sturmnacht, aber am nächsten Morgen habe ich es natürlich gesehen.«

Weder wollte ich sie durch Unhöflichkeit verärgern noch selbst in ein Gespräch verwickelt werden: »Wir wissen immer noch nicht genau, wie es passiert ist. Die Polizei hat den Fahrer bislang nicht ermittelt – bestimmt ein Betrunkener, der das Weite gesucht hat.«

»Nicht wahr, Meister Harada, die Verhältnisse entwickeln sich zunehmend zum Schlechteren. Früher wären solche Dinge unvorstellbar gewesen …«

Ich habe ihr beigepflichtet, ein paar Worte des Trostes hinzugefügt, mich dann aber entschuldigt, da ich eine dringende Besorgung machen müsse und ein wenig in Eile sei, und bin zügig die zwanzig Minuten zu Dr. Arazekis Apotheke gegangen.

Ich kenne Dr. Arazeki schon seit über dreißig Jahren. Wenn man eine Kampfkunstschule betreibt, braucht man natürlich einen verlässlichen Apotheker, der einen mit Verbandszeug,

Desinfektionsmitteln und all diesem Zeug versorgt. So jemand ersetzt einem ein halbes Dutzend Ärzte.

Es war bereits halb sechs, als ich sein Geschäft betrat, das auch schon bessere Zeiten gesehen hatte. Die Einrichtung ist in einem altmodischen Stil, Holzregale und Glasvitrinen, und entspricht längst nicht mehr dem Zeitgeschmack. Viele, gerade jüngere Menschen kaufen ihre Medikamente ja inzwischen im Internet, nachdem sie vorher auf allen möglichen Ratgeberseiten geschaut haben, von welcher Krankheit sie betroffen sein könnten und was dagegen hilft. Ich weiß es von Natsuko, die, sobald Nobu einen Schnupfen oder einen Anflug von Fieber hat, Stunden im Internet verbringt, um bei allen möglichen Quacksalbern zweifelhafte Pillen, Tropfen und Kräuteraufgüsse zu bestellen.

Dr. Arazeki kam von hinten aus seinem Labor, wo er bis heute Tinkturen und Salben nach alten Familienrezepturen herstellt. Sein Gang war ein wenig schleppend, und wie bei vielen Menschen, die ihren Körper vernachlässigen, scheint dieser zunehmend Mühe zu haben, den viel zu großen Kopf zu tragen. Ich war wirklich erschrocken, wie sehr Dr. Arazeki gealtert war, seit ich ihn das letzte Mal gesehen habe. Vor mir stand ein Hutzelmännlein mit rundem Rücken, schmalen Hängeschultern, schütterem Haar. Dabei sind wir, glaube ich, im selben Jahr geboren. Er hat zeitlebens an seinen Waagen, Mikroskopen, Mörsern und Tiegeln gestanden und lediglich mit Stößeln oder Pipetten hantiert. An Vergnügungen hatte er kein Interesse, so dass ihm die Bitterkeit des Lebens jetzt, wo die Zeit, das Versäumte nachzuholen, zunehmend schwindet, stärker zusetzt. Offenbar sind die Umsatzzahlen auch nicht so, dass er die Apotheke an einen jüngeren Kollegen verkaufen kann, um sich einen ruhigen Lebensabend zu gönnen, nachdem seine Kinder sich eins nach dem anderen für andere Berufe entschieden haben.

Wir begrüßten uns herzlich, wobei er mich noch besorgter ansah als ich ihn. Normalerweise bestelle ich die Dinge, die ich für das Dōjō benötige, am Telefon, worauf Dr. Arazeki alles in Ruhe zusammensucht und mir von einem Gehilfen bringen lässt.

»Meister Harada, was für eine Ehre, Sie hier zu sehen. Ich hoffe, es sind keine ernsthaften Gesundheitsprobleme, die Sie zu mir treiben.«

Ich winkte ab: »Ich brauche ein Gläschen Formaldehyd, Verbandszeug und Jod oder etwas in der Art.«

Er schaute auf und nickte. Auch wenn sich in seinem eigenen Leben nie etwas Dramatisches ereignet hat, ist er natürlich über viele Jahrzehnte mit den Krankheiten, Schicksalsschlägen und Seelennöten seiner Kundschaft beschäftigt gewesen, und abgesehen davon konnte er sich leicht ausrechnen, wozu ich diese Dinge benötigte.

»Verstehe, verstehe … Eine Kundin erzählte mir gestern oder vorgestern, dass es diesen Unfall gegeben hat, jemand ist bei Sturm von der Straße abgekommen und in den Eingang Ihres Hauses gefahren, und man weiß ja, wenn die Dinge erst einmal außer Kontrolle geraten sind, überschlagen sich die Ereignisse, und niemand hat mehr die Macht, sie aufzuhalten. Wir haben es ja erst jüngst angesichts des Tsunamis erleben müssen, nicht wahr.«

In seiner Stimme lag dieser gesunde Realismus, den ich sehr schätze, weder überzogenes Mitleid noch verkappte Schadenfreude, wobei ich nicht ausschließen will, dass es einen grundsoliden Mann wie Dr. Arazeki, trotz aller Sympathie, die er für mich empfindet, mit einer gewissen Befriedigung erfüllt, wenn er sieht, dass jemand wie ich im fortgeschrittenen Alter zumindest die Zinsen für seinen fragwürdigen Lebenswandel zahlen muss.

»Nun ja«, sagte ich, »wir haben beide nun schon geraume Zeit auf diesem Planeten verbracht und wissen, wie die Verhältnisse sind. Unsere Berufe haben jeden von uns auf seine Weise gelehrt, sich keine Illusionen zu machen. – Gibt es etwas, was ich bei der Verwendung des Formaldehyds beachten muss?«

»Ich nehme an, Sie wollen ein Präparat herstellen?«

»Ich habe die Totgeburt einer Katze mit gespaltenem Schwanz gefunden, die ich der Nachwelt erhalten möchte.«

Ohne jede Reaktion ging er über meinen kleinen Scherz hinweg.

»In diesem Fall würde ich Ihnen von Formaldehyd abraten, da es hochgiftig ist, und ihnen stattdessen siebzigprozentiges Ethanol empfehlen. Beides führt zwar auf die Dauer zu unschönen Verfärbungen am konservierten Objekt, aber Ethanol ist deutlich unkomplizierter in der Handhabung, gerade wenn es schnell gehen soll und die Konzentration vielleicht nicht die beste ist. Es wird seit Jahrhunderten von Medizinern und Biologen verwendet, um Tiere, Organe, außergewöhnliche Fehlbildungen oder regelrechte Monstrositäten haltbar zu machen.«

»Dann nehme ich Ethanol. Geben Sie mir ein kleines Gläschen, so groß wie ein Guinomi. Und Jodtinktur. Zum Desinfizieren.«

»Sie können natürlich Jod nehmen. Wenn es aber eine schwerwiegende Verletzung ist, sollten Sie doch einen Arzt zu Rate ziehen.«

»Dr. Arazeki, Sie sind seit langer Zeit der Mann meines

Vertrauens in allen Angelegenheiten, die meine Gesundheit betreffen, und ich bin sicher, Sie haben sehr gutes Verbandsmaterial.«

»Es besteht immer die Gefahr einer Wundinfektion, und damit ist nicht zu spaßen. Insofern muss ich Ihnen als Apotheker dringend ans Herz legen, bei einer ernsthaften Verletzung einen Arzt aufzusuchen, auch wenn ich weiß, dass Sie meinen Rat in den Wind schlagen werden.«

Ich bin zwei Mal dabei gewesen, als sich junge Männer vor den Augen ihres Oyabun ein Stück Finger abgeschnitten haben. Einmal, das war in einem Restaurant, ist der Betreffende in die Küche gestürmt, hat sich das erstbeste Messer geschnappt, kniete sich dann vor dem Boss auf die Tatami, und als das Fingerglied ab war, hat er eine normale Serviette genommen, um die Blutung zu stillen. Ich habe nie gehört, dass jemand anschließend für eine medizinisch korrekte Wundversorgung zu einem Arzt gegangen wäre.

Zum Abschied hat Dr. Arazeki mir die Karte eines pensionierten Unfallchirurgen in der Nachbarschaft gegeben, für den Fall, dass sich doch Komplikationen einstellen sollten.

Jetzt hocke ich hier also hier auf der Tatami in dem Zimmer, das normalerweise dem Zazen vorbehalten ist, habe den Jungs gesagt, dass ich nicht gestört werden will, desgleichen Natsuko und Nobu. Vor mir ein dickes Handtuch, das Gläschen Ethanol und mein liebstes Tantō, geschmiedet von Muramasa Kei II., mit der verzauberten Härtelinie, die sich die Klinge hinunterbewegt wie ein ausgelassener Tengu, der des Nachts durch die Lüfte tollt. Über Jahrhunderte hieß es, die Schwerter der Muramasa-Familie seien von einer dunklen Macht besessen, die sowohl den, der sie benutzt, als auch den, der von ihnen verletzt wird, ins Verderben reitet. Niemand kennt ja die Kräfte, die den alten Schmieden zur Seite standen, damit ihre Schwerter unwiderstehlich wurden. Doch diese Klinge, das weiß ich, wurde vor langer Zeit von einem der Vorfahren mit Hilfe eines mächtigen Shintō-Priesters gereinigt und bringt uns seither nur Gutes.

Im Halbdunkel schimmert der Griff aus feiner Rochenhaut elfenbeinfarben, in der Mitte ist der Wappenknopf unserer Familie aufgesetzt: ein einfaches Dreiblatt.

Seit Meister Ono Kōkei die Klinge poliert hat, ist sie so scharf, dass sie ein seidenes Tuch, das in einem langsam fließenden Rinnsal triebe und nur von der sanften Gewalt des Wassers gegen die Schneide gedrückt würde, glatt in zwei Teile schnitte.

Es ist keine große Sache.

27.

Nikola meinte, die Krümmung der Erdoberfläche zu sehen, wenn sie den Horizont in den Blick nahm und die Augen leicht unscharf stellte, doch wahrscheinlich war es eine Täuschung. Neben ihr lehnte Onishi über der Reling und beobachtete die unablässigen Wandlungen der Schaumformationen auf dem vom Schiffsrumpf aufgewühlten Wasser. Links von ihnen, am vorderen Mast, knallte eine grellbunte Flagge im Wind, deren Bild an einen Tattoo-Entwurf erinnerte: Zwei stilisierte Kraniche flogen zwischen poppigen Blüten und frei schwebenden Kiefernkronen über einem Ozean aus konzentrischen Halbkreisen vor einer rotglühenden Sonnenscheibe, neben der sich der schneebedeckte Fuji erhob.

Seit mehr als sechs Stunden jagte der Trawler jetzt Richtung Ostsüdost, auf der Suche nach den Bonito-Schwärmen. Irgendwann morgen gegen Mittag sollte er auf einen philippinischen Frachter aus Shanghai mit Ziel Los Angeles treffen. Ob die Fahrt wirklich nach Ostsüdost ging, ließ sich schwer überprüfen, denn der Himmel wurde von einer gleichbleibend grauen Wolkendecke verhüllt, so dass die Position der Sonne nicht auszumachen war. Da Nikolas Handy, einschließlich des dazugehörigen Kompasses, schon lange keinen Empfang mehr hatte, waren sie auf das angewiesen, was der Kapitän Onishi erzählte.

Sie starrte aufs Wasser. Die Aufregung, die sie gespürt hatte, nachdem das Schiff in Izumi, einem kleinen Hafen südlich von Chōshi, große Mengen Köderfische in die Tanks geladen und anschließend Kurs aufs offene Meer genommen hatte, war einer ruhigen Müdigkeit gewichen. Immerhin drohte jetzt nicht mehr von allen Seiten der Tod. Hätten der Kapitän oder die Besatzung von Takeda mehr Geld dafür bekommen, sie über Bord zu werfen, als Meister Harada dafür aufgewandt hatte, sie sicher außer Landes zu bringen, wären inzwischen genug Gelegenheiten dazu da gewesen, auch wenn Nikola und Onishi unter ihren Jacken Waffen trugen.

Nikola wollte etwas sagen, doch bevor der Gedanke sich zu einem Satz verfestigt hatte, war er schon wieder zerfallen.

Sie drehte sich um. Auf der überdachten Aussichtsplattform des Peildecks klebten zehn der vielleicht zwanzig Fischer an Bord hinter ihren Ferngläsern und suchten den Ozean ab. Auf der Brücke, eine Ebene tiefer, werteten drei andere die Signale von verschiedenen Ortungsgeräten – Echolot, Fishfinder und Seevogelradar – aus.

Nikola kannte die Nordsee und das Mittelmeer. Mit Yuki und seinen Freunden beziehungsweise Geschäftspartnern war sie einige Male vor der marokkanischen Küste auf den Atlantik hinausgefahren, allerdings ausschließlich bei bestem Wetter, und nie so weit, dass nicht nur kein Land mehr zu sehen gewesen wäre, sondern die Gewissheit, dass es überhaupt Land unter dem Himmel gab, Risse bekommen hätte.

Der Bug hob und senkte sich im stumpfsinnigen Rhythmus eines, nach Ansicht der Seeleute, mittleren Wellengangs, der jedoch so stark war, dass Nikola anfangs bei jeder Abwärtsbewegung das Gefühl gehabt hatte, das Schiff würde im nächsten Moment von einem riesigen Schlund verschluckt. Aus den

Knien, der Magengrube, war ein fahles Gefühl, eine Ahnung von Schwerelosigkeit aufgestiegen, hatte sich im Brustkorb ausgedehnt, und dann war das Herz abgesackt wie in freiem Fall. »Bestimmt werde ich seekrank«, hatte sie gedacht, »ich kotze über die Reling und diesen Fischern klatscht mein halbverdautes Essen ins Gesicht.« Doch nach ein oder zwei Stunden – die Zeit hatte irgendwann ihre Konturen eingebüßt, so wie es in der grauen, nach allen Seiten hin grenzenlosen Fläche auch keine messbaren Abstände zwischen hier und dort, nah und fern mehr gab – war aus dem beängstigenden Gefühl, gigantischen Kräften über einem unauslotbaren Abgrund ausgeliefert zu sein, ein geradezu friedliches Schaukeln geworden. Ihre Wahrnehmung hatte sich in einen unscharfen Bewusstseinsstrom ohne feste Grenzen verwandelt, während der Körper in dieser verschwommen schwankenden Welt auf die Auswirkungen von Schwerkraft und Massenanziehung nur mehr stark verlangsamt reagierte.

»Ich war noch nie in Amerika«, sagte sie, jedoch nicht laut genug, um den Lärm der Motoren, des Winds und der Wellen zu übertönen.

»Was?«, rief Onishi.

»Ich hab gesagt, dass ich noch nie in Amerika gewesen bin!«

Er nickte, und auf das Nicken folgte ein Echo des Nickens, als hätte auch er Mühe, aus weit verstreuten Gedankenfetzen eine Antwort zu bilden.

»Bestimmt wird es dir gefallen«, sagte er schließlich und legte ihr den Arm um die Schulter. Obwohl sie inzwischen schon fast vier Wochen so etwas wie zusammen waren, fühlte es sich ungewohnt an, nicht nur, weil er nicht zu Zärtlichkeitsbekundungen in der Öffentlichkeit neigte, sondern auch, weil die Geste für jemanden, der eigentlich jeden Muskel perfekt beherrschte, sonderbar ungelenk wirkte.

Sie lächelte Onishi an und Onishi lächelte zurück, zumindest war es der Versuch eines Lächelns, das ausdrücklich ihr galt – weder einem perfekten Tempura noch einer alten Kalligraphie oder einem Schwerthieb, der besonders präzise gelungen war –, auch wenn es ein wenig verunglückte, da sein Gesicht wenig Übung darin hatte.

Nikola schloss die Augen, um die Wärme seines Arms, seines Körpers deutlicher zu spüren, dazu den Wind im Haar, die gesprühte Nässe auf der Haut, den salzigen Geschmack, riss sie jedoch nach wenigen Sekunden wieder auf, erstens, weil es in ihrem Bauch plötzlich zu schwappen begann, und zweitens, weil sie sonst im nächsten Moment jeglichen Halt verloren hätte und entweder nach vorn über die Reling oder rückwärts auf die Fließbandanlage für die gefangenen Fische gestürzt wäre.

Ihr Mund näherte sich Onishis Ohr: »Hast du eine Idee, was wir dort machen sollen, in L. A.?«

Er schüttelte den Kopf.

»Irgendetwas muss Harada Sensei dir doch gesagt haben!«

»Dass er alles so weit geregelt hat, dass es Arbeit gibt, aber nichts Kompliziertes, und dass wir John Viaggi hundert Prozent vertrauen können.«

»Welche Art Arbeit?«

Er schüttelte den Kopf und hob die Schulter: »Ich habe keine Ahnung.«

»Und was ist mit mir?«

»Mal sehen.«

Sie spürte einen Moment Ungeduld, die sich unter anderen Umständen in Ärger verwandelt hätte, doch das unablässige

Bemühen des Körpers, sich selbst in der Balance zu halten, wirkte sich offenbar auch beruhigend auf ihren Gemütszustand aus, und sowieso war es weder der richtige Ort noch der passende Zeitpunkt, um über Dinge zu streiten, die in den Sternen standen – wenn überhaupt irgendwo.

Da es sonst nichts zu tun gab, suchten ihre Augen jetzt wieder die Wasseroberfläche ab, doch ganz gleich, wie weit und in welche Richtung sie schaute, da war nichts, was aus dem Einerlei herausstach, kein anderes Schiff, kein Vogel, keine Besonderheit, die auf einen Fischschwarm hindeutete. Oft zögen Bonitos im Schutz von Walen oder Riesenhaien, hatte Onishi gesagt, und wenn sich irgendwo Möwen oder Seeschwalben in großer Zahl versammelt hätten, eine nach der anderen hinunterstieße, kurz eintauche und wieder aufsteige, könne das ebenfalls ein Indiz sein.

›Leere, nichts als leere Leere‹, ging es ihr durch den Kopf. Es war weniger eine Feststellung, geschweige denn eine Erkenntnis, eher ein vor- und zurückschwingender Rhythmus, der vom Hin und Her der Wellen und des Schiffs ausgelöst wurde. Sie versuchte erneut einen Gedanken über irgendetwas zu fassen – das Wetter, die Route, Japan, Amerika, Fischfang –, doch in ihrem Kopf zerfloss alles, kaum dass es für den Bruchteil einer Sekunde Umriss, Form, Gestalt angenommen hatte, wurde unfertiges Zwischenstadium, war schon das Nächste, Übernächste, Vierte, Siebte, Zehnte und zerfiel dann zusammen mit den geschwungenen Linien aus Schaum und Wasser zu ihren Füßen.

»Sag mal …«, setzte sie an, zu leise, als dass Onishi sich ihr auch nur zugewandt hätte, um von ihren Lippen zu lesen, was er nicht hören konnte – … »Wenn wir …«, fuhr sie fort, doch in diesem Moment begann hinter beziehungsweise unter ihnen mit einem abrupten, ganz und gar nicht fließenden Ruck eine mechanische Bewegung. Das Förderband im Schiffsrumpf war angesprungen, eine primitive Mechanik, die ratterte wie ein Güterzug auf überalterten Gleisen. Im nächsten Moment lief der erste Fischer nach vorn, betrat links die Plattform, die ein wenig über die Seitenwand hinausragte und größtenteils von einem bleichen Kunststofftank ausgefüllt wurde. Tausende lebender Sardinen schwammen darin. Rechts davon befand sich ein überdachtes Regal mit hundert oder zweihundert Angelruten. Der Mann trug blauweiße Regenkleidung, außerdem einen gelben Bauarbeiterhelm, hatte sich bereits in Position gebracht, und beobachtete ebenso ruhig wie gespannt die Wasseroberfläche. In wenigen Augenblicken würde sein Einsatz beginnen, und auf keinen Fall wollte er den richtigen Moment auch nur um eine Sekunde verpassen.

Nikola überlegte, ob der Ausguck auf der Backbord- oder auf der Steuerbordseite war, erinnerte sich, dass sie sich die Regel und worin der Unterschied zu rechts und links bestand, schon mehrfach hatte erklären lassen und sich nie hatte merken können. Eine abgehackte Stimme tönte aus einem Blechlautsprecher über das Deck. Plötzlich richtete der Mann sich auf, und eine andere Spannung erfasste ihn. Er drehte sich um, zog ein küchensiebgroßes Netz aus der Halterung, begann, mit hoher Geschwindigkeit die fingerlangen Fische aus dem Tank zu schöpfen und über die Reling zu werfen. Es war eine einzige kraftvoll-flüssige Bewegung, kreisend und wellenförmig zugleich. Unmittelbar vor dem Schiff tauchten jetzt tatsächlich Vögel auf, jagten niedrig über das Wasser, manche blitzen ebenfalls silbern, wenn sie in waghalsigen Manövern die Richtung wechselten und versuchten, einen der Köder im Flug zu erwischen. Andere waren grau oder schwarz, vielleicht Jungtiere, möglicherweise gab es hier im Pazifik auch dunklere Arten von Möwen oder sogar Fregattvögel.

Die Angler kamen jetzt zügig vom Peildeck und aus dem Rumpf. Weitere Kommandos schepperten aus dem Lautsprecher. Die Männer warfen sich kurze Sätze zu, vielleicht jahrhundertealte Parolen, mit denen sie das Ziel ins Auge fassten, Geister beschwichtigten, sich gegenseitig anfeuerten, die Gemeinschaft stärkten.

»Was sagen sie?«, rief Nikola Onishi ins Ohr, doch Onishi zuckte bloß mit den Schultern.

Die ersten beiden hatten bereits ihre Ruten aus dem Regal gezogen, gingen an der Plattform vorbei in die Spitze des Bugs. Einer von ihnen war derjenige, der sie gestern Nachmittag im Hotel aufgesucht hatte. Er hieß Hiroshi. Den Nachnamen hatte Nikola gleich wieder vergessen, als sie sich heute Morgen endlich korrekt vorgestellt worden waren. Auch er trug Ölzeug, allerdings einfarbig blau. Einen Helm hielt er für überflüssig, stattdessen hatte er eine Basecap mit einem fetten gelben Stern auf dem Kopf. Nikola war kurz irritiert, so wie sie angesichts der Hakenkreuze an japanischen Tempeln irritiert gewesen war, dann fiel ihr auf, dass mit dem Stern etwas nicht stimmte, sie entdeckte seitlich den Schriftzug *Sapporo-Beer*, außerdem war der Stern fünfstrahlig.

»Lass uns hochgehen, wir stören hier«, sagte Onishi und setzte sich in Bewegung.

Alle Angler hatten sich mittlerweile Ruten aus dem Regal gezogen und ihre Plätze eingenommen, in einer streng festgelegten Hierarchie, entsprechend ihrer Erfahrung und ihres Könnens, und der Mann auf der Plattform warf weiterhin ununterbrochen seine Köder.

Onishi hatte bereits das Peildeck erreicht, von wo aus man

ohnehin einen besseren Überblick hatte, Nikola stieg gerade die Treppe hinauf, als es knallte, dumpf und spitz zugleich. Etwas Lebendiges war auf Blech geschlagen. Sie blieb stehen, drehte sich um. Der nächste Knall folgte, noch einer und noch einer. In immer kürzeren Abständen klatschten oberschenkelgroße Fische auf die grellblau lackierte Fangfläche, die einen halben Meter hinter den Anglern begann und gut dreieinhalb Meter bis in die Mitte des Decks anstieg. Dort erhob sich eine senkrechte, ebenfalls blaue Wand. Einzelne Exemplare, die mit zu viel Schwung aus dem Wasser gerissen worden waren, prallten dagegen. Nikola versuchte die innere Logik der verschiedenen Bewegungsabläufe zu erfassen, die Ordnung im Zusammenspiel der knapp zwanzig Angler zu begreifen. Jeder von ihnen hielt seine Rute mit dem Kunstköder, aus dem ein glatter Haken ragte, in einer unablässigen Kreisbewegung, senkte sie vor sich ins Wasser, riss sie einen Augenblick später aus der Lendenwirbelsäule heraus, mit dem ganzen Oberkörper wieder hoch und zurück, so dass die Rute sich unter dem Gewicht des Bonito erst bog, doch sobald der Fisch über dem Kopf des Anglers den Scheitelpunkt seiner Flugkurve erreicht hatte, ließ die Spannung nach, und der Fisch löste sich wie von Zauberhand vom Haken, landete je nach Schwung und Kurve seitlich, kopfüber, mit dem Schwanz zuerst auf dem blauen Blech, während Rute und Köder bereits wieder vorschnellten, ins Wasser tauchten, wo das nächste Tier, von den vor seinen Augen zappelnden Ködern in Jagdfieber, regelrechten Blutrausch versetzt, auf alles biss, was im Entferntesten Beute ähnelte. Unversehens fand es sich aus seinem Element gezogen, segelte durch die Luft, schlug hart auf. Je nachdem, mit welchem Körperteil, welcher Wucht der Aufprall erfolgte, spritzte mehr oder weniger viel Blut aus dem Maul, den Kiemen, dem aufgeplatzten Schädel, das auf der blauen Fläche dunkelviolett wirkte, Kleckse wie von Farbbeuteln, die gegen eine Wand geschleudert wurden, und dann rutschte der zappelnde oder springende, mal vom Aufschlag betäubte, mal vom Schock gelähmte oder sofort tote Bonito das Blech hinunter in die Förderrinne, die unmittelbar hinter der Sitzbank der Fischer nach vorn führte, dort kurz unter Deck verschwand und auf der gegenüberliegenden Seite wieder heraustrat. Einzelne Bonitos hatten noch genug Kraft und sprangen heraus, doch nie reichte der Schwung, um es über die Reling zurück in den Ozean zu schaffen. Manchmal blieb auch tatsächlich einer am Haken hängen, so dass der Angler, dem ein solches Missgeschick passierte, aus der vollkommen gleichmäßigen, dabei verwirrend vielschichtigen Choreografie ausscheren musste, aufstand und sich umdrehte, den Fisch zu sich heranzog, ihn eigenhändig vom Köder löste und auf das Band warf. Auch auf dem Band zappelten sie, manche ununterbrochen und kräftig, andere nur noch vereinzelt und schwach, die wenigsten starben schnell, und sogar auf der anderen, vom Peildeck aus rechten Seite, wo sie zurücktransportiert wurden, um schließlich im Bauch des Trawlers zu verschwinden, gelang einigen noch ein Satz aus der unerbittlichen Förderstraße, doch daneben standen zwei junge Männer, einem klebte eine Kippe zwischen den Lippen, und der Rauch verwehte schon beim Verlassen des Mundes, schnappten sie sofort, manchmal beidhändig, manchmal einfach am Schwanz, hoben sie auf und warfen sie zurück auf das Band. Der Schwarm dort draußen musste riesig und die Bonitos vollkommen ausgehungert sein, sie bissen auf alles, was sich bewegte, flogen in einem fort auf das Schiff, manche geradeaus, als hätten sie sich gezielt und mit einem kraftvollen Schlag der Schwanzflosse aus dem Wasser katapultiert, um vor einem übermächtigen Feind zu fliehen, andere vollführten Saltos, drehten Schrauben um die eigene Achse, wieder andere taumelten wie trunken oder im Rausch, und so unterschieden sich auch die Geräusche, mit denen sie aufschlugen. Jeder hatte seinen eigenen Klang, so wie auch die Blutspur, die er hinterließ und die sofort vom Wasser oder Schleim des nächsten oder übernächsten verwischt wurde, einzigartig war.

Jetzt verriss es einen Fisch, der am Haken des letzten und damit unerfahrensten Anglers aus dem Wasser geschleudert worden war, er segelte knapp an Nikolas Kopf vorbei, schlug ein Stück hinter ihr auf die Holzplanken des Decks, zuckte, zappelte, und Nikola überlegte, ob sie hingehen, das Tier aufheben sollte – und dann? Sie zögerte, schaute zu Onishi hinüber, sah, dass er sich dieselbe Frage stellte, ebenfalls nicht wusste, wie er reagieren, was er tun sollte. Die Kraft des Fisches ließ nach, die Abstände zwischen seinen Sprüngen wurden größer, die Sprünge kleiner. Nikola sprach halblaut vor sich hin, um ihre Gedanken beim Hören besser zu verstehen: »Wenn ich jetzt dorthin gehe und den Fisch aufhebe, bringe ich ihn dann runter zum Fließband oder werfe ich ihn zurück ins Meer, und würde er überleben, oder ist er schon zu schwer verletzt und stirbt sowieso?«

Eine Weile rührte der Fisch sich kaum noch, dann begann er zu zittern, als stünde er unter Strom. Nikola war wie gelähmt. Sie hätte es nicht übers Herz gebracht, das Tier auf das Fließband zu werfen, zuzuschauen, wie es unerbittlich abtransportiert wurde zu einem rechteckigen Loch, in dem rosafarbenes Wasser gurgelte, darin verschwand. Aber wenn einer der Fischer sähe, wie sie ihn nähme und zurück in den Pazifik würfe, würde er vermutlich verdammt wütend werden. Vielleicht wurden sie pro Stück bezahlt oder nach Tonne, und jedes einzelne Exemplar hatte dem Rücken, den Armen und Händen dessen, der es aus dem Meer gezogen hatte, Kraft abverlangt. Einen kurzen Moment lang sah sie vor ihrem inneren Auge, wie sie ihre Pistole zog und den Bonito in den Kopf schoss, um wenigstens sein Leiden zu verkürzen, was nicht nur vollkommen absurd war, sondern auch unkalkulierbare Folgen haben konnte. Sie waren auf diese Leute angewiesen. Ohne sie würden sie den Frachter nach Los Angeles nicht erreichen, und wenn der Kapitän oder der Oberfischer nachhaltig verärgert wäre und zu dem Schluss käme, dass es sich nicht lohnte, wegen einer verrückten Europäerin Ärger mit dem Staat oder einem führenden Boss zu riskieren, konnten sie es sich jederzeit anders überlegen und über Funk die Polizei benachrichtigen, so dass bei der Rückkehr ein Sondereinsatzkommando am Kai wartete.

Der Fisch auf den Planken zuckte noch einmal, sprang zwanzig Zentimeter Richtung Bordwand, die jedoch nach wie vor anderthalb Meter entfernt und einen unüberwindlichen Meter hoch war. Nikola spürte, dass er seine Lebenskraft jetzt endgültig verbraucht hatte, bildete sich ein, für einen Sekundenbruchteil den Schatten des Todes über das Holz huschen zu sehen, riss ihren Blick mit Gewalt los, drehte sich um.

Vor ihr flogen noch immer unablässig Fische durch die Luft und dazwischen Möwen oder Albatrosse, als hätte der ganze Bonito-Schwarm den Entschluss gefasst, sich den Vögeln anzuschließen und fortan in der Luft zu leben, wo die Freiheit so viel größer wäre als in den Weiten des Ozeans, doch dann klatschen sie in einem ebenso vorwärtsdrängenden wie unbegreiflichen Rhythmus einer nach dem anderen auf das Blech, hüpften, glitten, rutschten herunter in die Transportrinne, zogen ihre letzte Kurve auf einem gnadenlosen Fließband erst auf der Steuerbord- und dann auf der Backbordseite, oder umgekehrt, verschwanden im Bauch des Schiffes, erstickten oder wurden geschlachtet, schockgefrostet oder auf Eis gelegt, dann geräuchert, getrocknet und zu hauchdünnen Flocken gehobelt.

Nikola stand da, versuchte vergeblich, sich eine Zigarette anzuzünden, und sagte: »Das ist alles schon ganz schön brutal.«

28.

Draußen schüttet es. Immerhin habe ich es schon einmal bis in Takedas Vorzimmer geschafft. Auf einem der drei Fernseher an der Wand läuft Baseball, der daneben zeigt eine mittelmäßige Actionserie, auf dem dritten klimpert diese russische Pianistin, in die er offenbar wirklich vollkommen vernarrt ist, lautlos vor sich hin. Diesmal trägt sie ein schwarzes schulterfreies Kleid, das ihre nicht übermäßig großen Brüste unter durchsichtiger Spitze und Glitzersteinen zusammenquetscht. Die beiden Aufpasser neben der Tür schweigen und richten ihren Blick konsequent zehn Zentimeter vor mir auf den Boden.

Natürlich hatte ich nicht die geringste Idee, was passieren würde, wenn ich unangemeldet im Hauptquartier der Nekodoshi-gumi auftauchen würde. Ich bin aus dem Taxi gestiegen und zügig auf den Eingang zumarschiert, schon, um nicht bis auf die Knochen nass zu werden. Mehrere Außenkameras folgten mir, dann öffnete sich die automatische Glastür, und ich habe den wachhabenden Jungs hinter dem Tresen erklärt, dass ich Takeda sprechen wolle: »Dringend.«

Es sind ausgemachte Trottel, die er dort abgestellt hat. Angeblich haben die Gruppen ja zunehmend Schwierigkeiten, neue Mitglieder zu rekrutieren, und müssen mehr oder weniger jeden nehmen. Andererseits finden sich auch immer öfter Studenten wie Ozawa Yuki, die sich früher niemals für eine Karriere als Yakuza interessiert hätten. Zumindest zwei von den dreien am Empfang kannten mich. Ich erinnere mich jedoch nicht, sie schon einmal gesehen zu haben. Offenbar lässt Takeda neue Leute mittlerweile in einem anderen Dōjō trainieren, oder sie können es sich selbst aussuchen. Vielleicht lernen sie auch dieses amerikanische Mixed Martial Arts statt unserer traditionellen Kampfkünste, oder sie werden überhaupt nur noch an Schusswaffen ausgebildet, was ich mir allerdings kaum vorstellen kann, denn wenn sie Rundgänge durch ihr Revier machen, Lokale besuchen, Abgaben fordern, Schulden eintreiben, müssen sie doch nach wie vor den Eindruck vermitteln, dass sie gegebenenfalls mit bloßen Händen töten können.

Es ist durchaus möglich, dass Takeda inzwischen mehr Geld mit Interneterpressung und Datenmanipulation, was weiß ich, einnimmt als mit Glücksspiel, Schutzgeldern und Hilfsdiensten bei Streitfällen, die einen robusten Auftritt erfordern. Bauunternehmer und Abfallentsorger verlangen einfach eine andere Art Entschlossenheit als Investmentbanker oder Computerspezialisten. Unabhängig davon waren die drei Jungs dort unten so unglaublich beschränkt, dass ich mich geschämt habe, der Meister ihres Bosses zu sein – und sei es der ehemalige. Obwohl ich ihnen demonstrativ meinen verbundenen Finger unter die Nase gehalten habe, wollten sie allen Ernstes wissen: »In welcher Angelegenheit?«

»Ich bin Meister Harada, ich gehe in diesem Laden seit dreißig Jahren ein und aus. Meldet Takeda einfach, dass ich hier bin und ihn sprechen will.«

Ich habe dann noch mit meiner verbundenen Hand in die Kamera gewunken, von der ich weiß, dass ihre Bilder in den Kontrollraum übertragen werden, während der Oberwachmann, der ein Headset trug, fast wörtlich das, was ich ihm gesagt hatte, in das kleine Mikrophon an dem Drahtbügel vor seinem Mund sprach: »Hier ist Meister Harada, und er ist gekommen, um den Oyabun Takeda zu sprechen.«

Leider konnte ich nicht hören, wie die Antwort lautete, aber immerhin nahm der Junge plötzlich Haltung an und verneigte sich: »Entschuldigen Sie bitte vielmals, Meister Harada. Einen kleinen Moment bitte.«

Es dauerte vier oder fünf Minuten, ehe die nächste Anweisung aus dem Knopf in seinem Ohr kam.

»Der Oyabun Takeda wird Sie selbstverständlich empfangen. Bitte sehen Sie uns nach, dass wir Sie, trotz Ihrer bedeutenden Verdienste für die Nekodoshi-gumi, einer Kontrolle unterziehen müssen.«

»Tut, was ihr nicht lassen könnt.«

»Würden Sie bitte auch die Tasche öffnen, Meister Harada.«

In meiner Tasche befand sich lediglich das Gläschen mit dem Fingerstück. Ich nahm es heraus und hielt es ihm unter die Nase. Ich glaube, er kapierte erst jetzt, weshalb meine linke Hand verbunden war. Dann schnüffelte er in meiner Tasche herum wie dieser englische Detektiv mit der Tweedkappe, Sherlock Holmes, knetete das Leder durch, um sicherzugehen, dass es keinen doppelten Boden gab, und dass ich auch nichts in den Seiten eingenäht hatte. Anschließend schaltete er eine Metallsonde ein und fuhr hinten und vorne, vom Kopf bis zu den Füßen meinen Körper ab. Sobald es piepste, tatschte er mich jedes Mal an und ließ sich allen Ernstes meine Schlüssel, das Feuerzeug und die Geldbörse zeigen. Zum Schluss wollte er sogar, dass ich meine Jacke ganz ausziehe, woraufhin ich ihm gesagt habe: »Diese Anweisung möchte ich vom Oyabun persönlich hören.«

Immerhin hat er nach Rückfrage darauf verzichtet, Takeda an die Sprechanlage holen zu lassen.

Keine Ahnung, ob sie sich wirklich eingebildet haben, ich würde bewaffnet hier auftauchen. Für so bescheuert können sie mich doch nicht halten. Wahrscheinlich hat Takeda es einfach mit der Angst zu tun bekommen, als er hörte, dass ich vor der Tür stünde, und wollte lieber auf Nummer sicher gehen. Es ist ja etwas anderes, ob man ein chinesisches Killerkommando damit beauftragt, seinen Meister umzubringen, oder ob man diesem Meister unvorbereitet von Angesicht zu Angesicht gegenübersteht, nachdem das Killerkommando seit Tagen spurlos verschwunden ist.

Immerhin hat er noch so viel Ehre im Leib, dass er mich empfängt. Vielleicht auch nicht. Vielleicht kommt auch gleich einer seiner Jungs und jagt mir sang- und klanglos eine Kugel durch den Kopf. Im Prinzip ist ihm alles zuzutrauen, zumal ich nicht weiß, wer seine neuen Verbündeten sind, und inwieweit sich die heruntergekommene Moral ohne Respekt und Loyalität, die von diesen chinesischen Drecksäcken ins Land geschleppt wird, hier bereits durchgesetzt hat.

Angeblich ist Takeda in einer Besprechung. Das kann ja durchaus stimmen. Mittags, um kurz nach eins, sollte er noch einsatzfähig sein. Es gibt sicher eine Menge Dinge zu regeln im Rahmen der Umstrukturierungsmaßnahmen, die seine neue Rolle nach sich zieht. Vielleicht muss er sich auch erst einsatzbereit trinken, um mir unter die Augen zu treten. Selbst wenn er Brandy nimmt oder einen von diesen sehr starken chinesischen Schnäpsen, dauert es ein bisschen, bis die Wirkung einsetzt.

Auf dem Rollbild in der Nische ist ein Katana dargestellt – die blanke Klinge mit einer schlichten Montierung, eine einzige Pinselgeste in Tusche: nicht schlecht gemalt. Ich frage mich, ob Takeda es noch schnell und eigens für mich hat aufhängen lassen, und falls ja, was er mir damit sagen will?

Mein Fingerstumpf pocht, aber es ist bei weitem nicht der stärkste Schmerz, den ich in meinem Leben ausgehalten habe. Takus Verband sitzt gut. Ihm war die Prozedur vertraut, er hat sie schon drei Mal hinter sich gebracht, weil er einen chaotischen Charakter hat und immer wieder in dämliche Geschichten gerät: Ein Stück Finger hat er wegen einer Nutte verloren, in die er verknallt war und der er dann heimlich einen Flug zurück nach Kiew bezahlt hat. Takeda ist darüber derart wütend geworden, dass er eine ihrer Kolleginnen so lange durchgeprügelt hat, bis von ihrem hübschen Gesicht nichts mehr übrig war und sie Takus Namen zusammen mit einem Schneidezahn ausgespuckt hat. Offenbar liegen Taku und er, was Frauen anlangt, auf einer Wellenlänge. Dann ist ihm tatsächlich einer von Takedas Schuldnern auf dem Weg nach Fukushima während einer Pinkelpause entwischt. Sie haben stundenlang die gesamte Gegend abgesucht, doch der Mann blieb unauffindbar. So etwas darf natürlich auf keinen Fall passieren. Was beim dritten Mal der Grund war, wollte er mir nicht verraten.

Natsuko war kreidebleich, als ich mit den blutdurchtränkten Lappen aus dem Zazen-Zimmer kam, aber nachdem ich ihr erklärt hatte, dass wir alle, vor allem Nobu und sie, wieder in Ruhe leben können, wenn Takeda meine Entschuldigung annimmt, schien sie doch erleichtert über meine Entscheidung. Heute Morgen, als ich mich auf den Weg hierher gemacht habe, klang sie dann wieder besorgt und wollte nicht nur wissen, wie es mit dem Schmerz sei, sondern auch, ob ich denn sicher sein könne, dass Takeda die Entschuldigung akzeptiere.

»Kann ich nicht«, habe ich gesagt. »Schlimmstenfalls knallt er mich ab, bevor ich ihm das Gläschen überreichen kann.«

Nebenan im Büro sind Stimmen zu hören. Es scheint, als würde sich endlich etwas bewegen. Leider ist nicht zu verstehen, worüber gesprochen wird. Es klingt so, als würde er seine Gäste nicht durch diesen Raum hinausgeleiten, sondern durch den Flur. Es hätte mich natürlich interessiert, mit wem er sich getroffen hat.

Einer der Lakaien öffnet die Tür und tritt vornübergebeugt zur Seite, während Takeda mit den Händen in den Taschen seiner seidig schimmernden Trainingshose dasteht, schlecht gelaunt, leicht angeschlagen, aber noch nicht völlig hinüber: »Meister Harada, willkommen in meinem Haus.«

Er verneigt sich tief, so wie es sich gehört, doch ich verneige mich noch tiefer, damit er gleich sieht, dass ich seine höhere Stellung ohne Wenn und Aber akzeptiere.

»Treten Sie ein.«

Seine Stimme hat diese leichte Unschärfe, die sich bei älteren Säufern oft schon nach dem ersten Glas einstellt und die dann zwanzig weitere Gläser lang unverändert bleibt. Als er an den Schreibtisch geht, schrammt seine Schulter haarscharf an der Tatze des Tigers vorbei.

Seine beiden Leibwächter folgen und postieren sich rechts und links hinter ihm. Anders als beim letzten Mal traut er sich wohl nicht, allein mit mir in einem Raum zu sein.

»Arbeit, Meister Harada, sehr viel Arbeit. Sie können sich nicht vorstellen, was hier gerade los ist.«

»Die Last der Verantwortung auf den Schultern eines wichtigen Mannes.«

Er lässt sich mit einem Seufzer in seinen Chefsessel fallen, wischt kurz über das iPad, das vor ihm auf der schwarzen Tischplatte liegt, woraufhin sich der monumentale, in die Wand eingelassene Fernseher ausschaltet und leise surrend hinter zwei Schiebetüren verschwindet.

»Bitte, setzen Sie sich. Was bringt Sie zu mir?«, sagt er und weist mit großzügiger Geste auf den Stuhl.

Etwas Bösartiges blitzt in seinen Augen auf: »Was macht die mobile Einsatztruppe, die Sie mir versprochen haben? – Oder sind Sie nicht deswegen gekommen.«

Er tut allen Ernstes so, als hätte er keine Ahnung, was in den vergangenen Tagen vorgefallen ist. Gut, ich werde das Spiel mitspielen: »Ich bin noch auf der Suche nach geeigneten Männern. Leider habe ich bislang erst drei gefunden, und einer von ihnen taugt eher nicht für diese Art Einsatz, obwohl er sich redlich bemüht.«

»Drei?! – Wir brauchen mindestens zehn, eigentlich fünfzehn, vielleicht zwanzig, wenn wir in Europa etwas ausrichten wollen gegen diese vietnamesischen Kakerlaken! Sie enttäuschen mich, Meister Harada. Wirklich. Ich bin sehr enttäuscht. Von einem Mann wie Ihnen hätte ich mehr erwartet. Es scheint, Sie werden alt, und ich muss mich nach einem Ersatz umsehen.«

»Ich weiß, dass ich aufgrund dieses Versagens und natürlich auch, weil es mir nicht gelungen ist, meinen besten Schüler, Onishi Fumio, dazu zu bewegen, die Verantwortung für sein unangemessenes und eigenmächtiges Handeln in Europa zu übernehmen – dass ich tief in Ihrer Schuld stehe. Deshalb bin ich heute zu Ihnen gekommen, um Ihre Vergebung zu erbitten.«

Es ist ein Affentheater, das ich veranstalte. Er weiß es, und ich weiß es, aber anders geht es nicht. Manchmal muss man sich so tief verneigen, als wollte man mit der Stirn den Boden wischen, um genug Spannung für einen Aufwärtshaken mit dem Hinterkopf aufzubauen.

»Oh, Sie haben sich verletzt. Das sehe ich erst jetzt …«

Offenbar ist er sich seiner Sache so sicher, dass er sogar meint, er könne sich ungestraft über mich lustig machen.

»Sie haben ja schon auf mein fortgeschrittenes Alter hingewiesen. Mag sein, dass meine Zeit allmählich vorbei ist, aber wie Sie wissen, bin ich ein Mann, der die Traditionen, das Herz unserer japanischen Kultur, hochhält, und deshalb blieb mir keine andere Wahl, als Ihnen meine Entschuldigung auf die überlieferte Weise zu überbringen.«

Während ich meine kleine Ledertasche öffne, schaut er mich so irritiert an, dass ich einen Moment lang glaube, er hält tatsächlich für unvorstellbar, was ich jetzt tun werde, und also stelle ich ihm ohne die geringste Regung in meinem Gesicht das hübsche Gläschen des Apothekers, Dr. Arazeki, mit dem ersten Glied meines linken kleinen Fingers in einer Ethanol-Lösung auf den Schreibtisch.

»Ich wünsche mir nichts sehnlicher, als dass Sie mir die Versäumnisse der jüngsten Vergangenheit nachsehen.«

Er runzelt die Stirn. Es scheint, als hätte es ihm die Sprache verschlagen.

Langsam schiebt er seine Hand vor und greift nach dem Glas, noch immer mit diesem ungläubigen Staunen im Blick, zieht es vorsichtig zu sich heran, nimmt es in beide Hände, als wollte er ein kostbares, mit goldenen Kiefernzweigen auf schwarzem Grund lackiertes Matcha-Döschen am Ende der Teezeremonie betrachten. Ein triumphierendes Lächeln gleitet über sein Gesicht, und ich sehe den Kindskopf, der er schon auf dem Schulhof gewesen ist, stolz, dass die Dreistigkeit, mit der er Tag für Tag die Bentō-Box seines Tischnachbarn vor aller Augen bis auf das letzte Reiskorn leer gegessen hat, sich auszahlte, da niemand den Mut aufbrachte, sich über ihn zu beschweren.

Er dreht und wendet das Gläschen, schaut zu, wie mein Fingerglied hierhin und dorthin schwimmt, grinst selbstzufrieden und stellt es schließlich zwischen sich und das iPad auf die schwarze Steinplatte.

Jetzt sitzt er da, wiegt den Kopf hin und her, als würde gerade eine unglaubliche Erkenntnis über alles, was ist und geschieht, in seinem Kopf aufblitzen – was ich allerdings zu bezweifeln wage.

Immer noch schweigend hebt er seine linke Hand, zieht die Silikonprothese von seinem eigenen kleinen Finger und legt sie mir hin: »Jeder kommt einmal dran, Meister Harada, nicht wahr.«

Ich erinnere mich natürlich: Vor über zwanzig Jahren wollte der Oyabun Kobekuro – der Vorgänger des Oyabun Nakamura, der später in Deutschland an einem Wespenstich erstickt ist –, ihn töten lassen, weil Takeda so dämlich war, dessen Tochter zu einer seiner Partys mitzunehmen, sie dort komplett abzufüllen und anschließend zu schwängern, wobei das Mädchen nachher behauptete, sie habe sich mit Händen und Füßen gewehrt, Takeda sei gewalttätig geworden, um ihr seinen Pimmel zwischen die Beine zu schieben.

Der Boss Kobekuro fand das alles ganz und gar nicht schön, aber bei den Jüngeren, die Kobekuro ohnehin nicht mochten, galt Takeda fortan als tollkühn und furchtlos, was seinem späteren Aufstieg sicher zugutegekommen ist. Nichtsdestoweniger hätte ihn damals jeder von ihnen auf Kobekuras Befehl hin umgelegt, wenn Takeda nicht schließlich mit seinem Finger angekrochen gekommen wäre.

»Zumindest in meinem Fall weiß ich, dass dieser Schritt unausweichlich geworden ist«, sage ich.

Offenbar hat sich seine Überraschung gelegt. Vielleicht schwillt seine Selbstüberschätzung auch gerade wieder an.

»Haru«, brüllt er in die Gegensprechanlage. »Bring mir was zu trinken, Whisky, und zwar sofort!«

Offenbar reicht der Mut noch nicht.

»So, so, Meister Harada«, murmelt er, und ich höre, dass noch etwas kommt. »Dieser Schritt war also unausweichlich.«

Seine Stimme soll bedrohlich klingen. Anscheinend bildet er sich ein, damit könne er mich beeindrucken.

»Haru, du hirnamputierter Idiot: Wo bleibt mein Drink, verdammt noch mal, wird's bald!«

Haru kommt beinahe rechtwinklig durch die Seitentür hereingestürzt, als wäre die Verneigung inzwischen zu seiner regulären Köperhaltung geworden, und stellt ihm den Whisky auf einem silbernen Tablett vor die Nase. Takeda schüttet ihn hinunter und wendet sich wieder mir zu: »Und für welches Ihrer Vergehen soll dieses winzige Fingerstückchen die Abbitte sein, Meister Harada? – Für die Männer, die Sie mir nicht bringen können? Oder für Ihre lächerlichen Versuche, mich absetzen zu lassen? Dafür, dass sich Komatsu und die anderen Schwachköpfe bei Ihnen verschanzen? Oder vielleicht dafür, dass Sie Ihren Schützling Onishi immer noch decken, obwohl Sie hier so reuig angekrochen kommen?«

Offenbar hat Takeda gute Informanten, wer auch immer das sein mag, entweder stammen sie aus meiner nächsten Umgebung oder er hat eine 24-Stunden-Überwachung organisiert.

»Sie sind ein kluger Mann, manche behaupten sogar, Sie hätten Satori erfahren, was auch immer das sein soll. Haben

Sie tatsächlich die Stufe der Erleuchtung erreicht? Das kann ich mir kaum vorstellen. Denn dann müssten Sie ja wissen, was der Lohn einer guten und der Preis einer schlechten Handlung ist, oder täusche ich mich: *Meister*?«

Zwei Bizen-Schwerter – ein Katana und ein Wakizashi –, beide aus der Kamakura-Zeit, poliert von meinem Freund, Meister Ono Kōkei, bei dem Takeda ohne meine Hilfe niemals einen Termin bekommen hätte, stehen rechts des Bären an der Wand. Die beiden Jungs neben ihm taugen nichts, das sehe ich mit einem Blick, ganz gleich, welche Waffen sie einstecken haben.

»Niemand kennt den Wert einer Handlung, der Täter nicht und das Opfer nicht. Niemand weiß, ob sie richtig oder falsch ist und welche Wirkungen sie haben wird, aber wenn Sie der Meinung sind, ein Stück Finger reicht als Entschuldigung in diesem Fall nicht aus, dann schrauben Sie schon mal das Glas auf.«

Ich stehe bereits, mache einen Ausfallschritt nach rechts, als würde ich fallen, stolpern, die Täuschung verschafft mir genau die zwei Sekunden Vorsprung, die ich brauche. Meine Linke wird nicht hundertprozentig präzise sein, aber das spielt keine Rolle. Im Kampf spürt man keinen Schmerz wegen des Adrenalinschubs. Schon sind meine beiden Hände an den Schwertgriffen. Ich gebe leichten Druck auf die Halterung, damit das erste, das zweite aus der Scheide rutscht, eine halbe Drehung zurück, aus der heraus das Katana in meiner Rechten dem wirklich unglaublich schlecht ausgebildeten Leibwächter den Oberarm mit einem glatten Schnitt durchtrennt, ehe dieser Stümper auch nur die Pistole im Halfter unter seinem Jackett erreicht. Mit einem waagerechten, sehr harten Tritt treffe ich Takedas Brust. Er saust in seinem fetten Sessel gegen den zweiten Mann, der sich reflexhaft vorbeugt, so dass die Spitze des vorschnellenden Wakizashi in meiner Linken ihm tief in die Bauchhöhle dringt. Ich reiße die Klinge quer durch die Decke und seitlich wieder heraus. Dünnflüssige Scheiße fließt sein schönes weißes Hemd herunter und kleckert auf den Boden. Es stinkt. Was sind das für armselige Kreaturen, die er sich da angeheuert hat, und welcher Hohlkopf hat sie ausgebildet. Der eine schreit, als würde seine Mama ihn retten, versucht todespanisch mit der Hand den Blutschwall aus seinem Oberarmstumpf zu stoppen, während der andere wimmernd auf die Knie sackt, mit dem Kopf gegen die Tischplatte kippt, statt dass sie mit Händen und Füßen, mit allem, was sie noch haben, ihren Oyabun verteidigen, ganz gleich, wie groß der Schmerz ist, aber sie haben aufgegeben, ihn, sich selbst, die ganze Welt – trotzdem: Es bleibt nicht viel Zeit. Im nächsten Moment können von draußen andere Leute hereingestürmt kommen, Utzis oder Maschinenpistolen in der Hand, bei denen man nicht schießen können, sondern einfach nur den Finger am Abzug halten muss. Dann darf keinerlei Zweifel darüber bestehen, dass dieser Kampf längst sein Ende gefunden hat. Einen toten Oyabun müssen sie nicht verteidigen. Sobald Takeda verloschen ist, sind sie herrenlos, ohne Befehl. Das weiß er auch. Deshalb versucht er, noch immer in seinem Sessel sitzend, den halb ausgeweideten Trottel zu seinen Füßen beiseitezutreten, um an die Schubladen in seinem Schreibtisch zu kommen. Wahrscheinlich liegt dort eine entsicherte Knarre für genau solche Fälle, doch das Katana in meiner Rechten hat längst die Richtung gewechselt und trifft ihn mit voller Wucht zwischen Stirn und Schläfe, dringt vor bis zur Höhe der Nasenwurzel. Viele sagen, die Bizen-Klingen der Kamakura-Zeit seien die besten, die je geschmiedet wurden, und zumindest in diesem Augenblick bin ich sicher, es stimmt. Mit einer weiteren halben Drehung ziehe ich die Klinge seitlich wieder heraus, der Schädel klappt auf, und sein halbes Gehirn klatscht auf das alberne T-Shirt mit dem Adler-Wappen der University of Chicago.

Dank

Ich danke dem Deutschen Literaturfonds für die Unterstützung meiner Arbeit durch ein Stipendium.

MIX
Papier aus verantwortungsvollen Quellen
FSC® C014496

Verlagsgruppe Random House FSC® N001967

1. Auflage

Neumarkter Str. 28, 81673 München
Umschlaggestaltung: Buxdesign | München
Covermotiv: Plainpicture / Bill Brennan
Satz: Greiner & Reichel, Köln
Druck und Einband: GGP Media GmbH, Pößneck

Printed in Germany
ISBN 978-3-630-87476-0

www.luchterhand-literaturverlag.de
www.facebook.com/luchterhandverlag
www.twitter.com/luchterhandlit